Michael Kibler

ABENDFROST

Kriminalroman

PIPER

Mehr über unsere Autoren und Bücher:
www.piper.de

Von Michael Kibler liegen im Piper Verlag vor:
Zarengold
Rosengrab
Schattenwasser
Todesfahrt
Engelsblut
Opfergrube
Sterbenszeit
Totensee
Seelenraub
Treueschwur
Abendfrost

MIX
Papier aus verantwortungsvollen Quellen
FSC® C083411
FSC
www.fsc.org

Originalausgabe
ISBN 978-3-492-31386-5
November 2018

Umschlaggestaltung: semper smile
Umschlagabbildung: Katrin Binner
Satz: Kösel Media GmbH, Krugzell
Gesetzt aus der Minion Pro
Druck und Bindung: CPI books GmbH, Leck
Printed in the EU

Für die Bewahrerin des Einhornstaubs

INGEBORG I

Fühlt sich so das Ende an?

Ich werde immer schwächer. Und mir ist kalt. Im Radio schwärmen sie von dem schönen, lauen Sommerabend, aber ich friere. Und sogar das Fischfilet heute Mittag hat mir nicht geschmeckt.

Echte Dorade. Keine Fischstäbchen vom Discounter. In feiner Senfsoße. Kartoffeln dazu. Ausgesuchtes Mischgemüse, Karotten, Erbsen, Brokkoli – auf den Punkt gegart. Ich glaube, vor zwei Wochen haben sie uns dieses Essen zuletzt serviert. Hat mir geschmeckt damals.

Ach, was das Essen angeht, war ich noch nie kompliziert. In den Jahren nach Kriegsende – mein Gott, womit wir uns da zufriedengegeben haben. Da war alles *al dente.* Denn es gab oft keine Kohlen, um das Gemüse zu kochen. Und wenn man die schimmeligen Stellen der Möhren weggeschnitten hätte, wäre das Mahl um die Hälfte geschrumpft.

Und jetzt? Jetzt gibt es Möhren genug, aber ich habe keinen Appetit mehr. Und mir ist kalt.

Die Dorade – ein französischer Name für die Goldbrasse. Irgendwie passt dieser Fisch zu meinem Leben. Seine Stirn ziert – und daher rührt sein Name – ein sichelförmiges Goldband. Mein Goldband: bürgerlicher Geldadel aus Bremen. Und dann die Zweigeschlechtlichkeit des Fisches. Bis zum Alter von zwei Jahren sind sie männlich, danach weiblich. Ich war immer ein Junge, als ich noch ein Mädchen war. Klettern auf Bäume, Flitzen durch Bäche, nur um zu sehen, was auf der anderen Seite ist. Die Jungs flüchteten vor dem Hund, ich bin auf ihn zugerannt und habe ihn angebrüllt, woraufhin er den Schwanz eingezogen und sich vom Acker gemacht hat.

Dann, als junge Frau, die Versuche meiner Eltern, mich möglichst schnell und gewinnbringend unter die Haube zu bekommen. Immer wieder Freunde meines Vaters, ich wurde zur Schau gestellt. Fest und schmackhaft, so wird das Fleisch der Dorade beschrieben. Hat auch auf mich zugetroffen, wenn man den Worten meiner Eltern Glauben schenken durfte.

Ich aber wollte nur eins: raus. Freund Nummer vier meines Vaters wollte mich heiraten. Vinzenz hatte Manieren und sah gar nicht so übel aus. Und geheiratet hat er mich tatsächlich. Besser als Möhren mit Schimmel. Und Ruhe vor meinen Eltern.

Was mir alles durch den Kopf geht, nur weil ich keinen Appetit mehr habe … Ich schlinge die Decke enger um mich.

Vinzenz wünschte sich einen Sohn. Ich hatte drei Totgeburten. Drei tote Mädchen. Veronika, Victoria, Vanessa – er hat auf den ersten Buchstaben seines Vornamens bestanden. Dann der Sohn, der gelebt hat: Valentin. Und Valentin hat sich prächtig entwickelt. Bei dem Zweitnamen habe ich mich dann durchgesetzt und ihn nach meinem Großvater benannt. Der einzige Mann in meiner Familie, den ich geliebt habe.

Und jetzt?

Jetzt habe ich nicht einmal mehr Lust auf diese Dorade. Sie schwimmt davon wie die Erinnerung an den leckeren Geschmack von Gemüse, Kartoffeln, Steak, von Chateaubriand oder den delikaten italienischen Spezialitäten, Ossobuco, davor Spaghetti alle vongole oder das von mir einstmals so geliebte Vitello tonnato. Eine Erinnerung an etwas, das ich nie wieder werde schmecken können, auch wenn ein Sternekoch es zubereiten würde.

Ach, das Essen. Kalorien, die einen am Leben erhalten.

Die wichtigen Dinge: die Kinder. In meinem Fall: das Kind. Mein Junge.

Ich habe ihn verloren, irgendwo auf dem Weg hierher.

Wo er jetzt ist? Keine Ahnung.

Die Dorade schmeckt mir nicht mehr.

Das Leben schmeckt mir nicht mehr.

Aber ihn noch einmal zu sehen.

Ja, das wäre der Nachtisch.

Der Nachtisch, bevor auch ich gehe.

Montag, 4. Juni

Es war die unbequemste Couch, auf der sie je gelegen hatte. Wahrscheinlich von einem Orthopäden gespendet, der sich erhoffte, auf diese Art und Weise neue Kunden unter der stattlichen Zahl von Polizeibeamten zu akquirieren.

Leah Gabriely wälzte sich auf die andere Seite. Dabei rutschte ihr die Decke vom Körper. Verhalten fluchend tastete sie mit der rechten Hand auf dem Boden herum, bis sie den Überwurf wieder zu fassen bekam.

Es dauerte eine weitere halbe Minute, bis sie Decke, Kissen und ihre langen Haare so weit sortiert hatte, dass an eine erneute Mütze Schlaf zu denken war. Bald wäre die Nachtschicht zu Ende, und sie war froh, dass man ihr ein wenig Ruhe zugestanden hatte. Im vergangenen Jahr hatten sie hier im Polizeipräsidium Südhessen einen Kriminaldauerdienst eingerichtet. Immer mit von der Partie: ein Kollege von K10, der Mordkommission. Heute hatte es sie getroffen. Und Nachtschichten waren ihr ein Graus.

Die Nacht war geruhsam verlaufen, sodass Leah sich um zwei Uhr in den Nebenraum hatte zurückziehen dürfen, um sich etwas auszuruhen. Das gelang allerdings nur, wenn man sich auf irgendeine Weise mit dem Sofa zu arrangieren wusste. Gleich nach der ersten Nacht, in der sie gegen die

Couch gekämpft und eine bittere Niederlage hatte einstecken müssen, hatte sie eine zweite dicke Wolldecke mitgebracht. Die dämpfte die Attacken der drei fast bloß liegenden Sprungfedern gegen Pobacke, Hüftknochen und die dritte oder vierte Rippe, je nachdem, wie man den Körper zu posieren versuchte.

Kaum war sie wieder in jene Grauzone zwischen Wachen und Schlafen hinabgeglitten, die in wenigen Sekunden zu Tiefschlaf geführt hätten, flog die Tür auf, und das Deckenlicht tauchte den Raum in gleißendes Neonlicht: »Leah, wir müssen los. Eine tote Frau, vielleicht Fremdeinwirkung.«

Der Störenfried hieß Friedrich Wayne. Er war noch nicht sehr lange dabei, aber den Spitznamen *John* hatte er bereits weg. Auch wenn er in seiner Statur und seinem Gang dem Hollywood-Westernstar kaum glich.

Leah schlug die Decke zurück, schälte sich aus der unter Mühen hergestellten bequemen Liegeposition. Im Raum befand sich ein Waschbecken, darüber ein Spiegel, in dem sie, wenn schon nicht das gesamte Outfit, so doch zumindest ihr Gesicht kritisch beäugen konnte. Mit wenigen geübten Handgriffen hatte sie die Haare durchgekämmt und den Dutt gesteckt. Den Rock hatte sie abgelegt, um es etwas bequemer zu haben. Also, hinein in den Rock, hinein in die Schuhe – dann war sie gerüstet. Ihr Blick fiel auf das Handy. Es war Viertel nach fünf.

Sie fuhr mit in Johns Wagen. Die Kollegen der Spurensicherung starteten ebenfalls mit ihrem Sprinter. Der war bis unters Dach mit dem nötigen High- und Lowtech-Equipment ausgerüstet. John, der den Anruf aus einem Altenheim entgegengenommen hatte, berichtete ihr auf der Fahrt in knappen Worten, was er bereits erfahren hatte: Ein Arzt habe den Tod einer Bewohnerin untersucht und konnte eine Fremdeinwirkung nicht ausschließen. Genaueres würden sie dann vor Ort erfahren.

Die Kolonne von Polizeifahrzeugen fuhr die Nieder-

Ramstädter Straße nach Norden, bog später nach Osten in die Dieburger ab. Jetzt erkannte Leah, um welches Heim es sich handelte. Sie war schon einmal hier gewesen.

»Hat total was von einem Schloss, das Ding«, brummte John, der den Wagen lenkte. »Meine Oma kann sich so was nicht leisten. Das Heim, in dem die wohnt – Mann, Mann, Mann, da überlegt man sich dreimal, ob man wirklich achtzig Jahre alt werden möchte! Aber die Hütte hier – das ist echt nur was für Bonzen.«

Leah kommentierte die Ausführung nicht. Es glich einem Schloss, da hatte John recht.

Im vergangenen Jahr hatte sie ihren Vorsatz, ihre sozialen Kontakte zumindest etwas zu erweitern, in die Tat umgesetzt. Diese trockene Umschreibung traf das Vorhaben wohl am nächsten. Mit einem Herrn hatte sie die erste Stunde des Tanzkurses in der Tanzschule Bäulke hier in der Nähe – nun, *hinter sich gebracht* schien durchaus die richtige Wortwahl zu sein. Vor der zweiten Stunde waren sie etwas zu früh vor dem Gebäude der Tanzschule angekommen. Daher war sie mit Wieland, so hieß ihr Tanzpartner, noch eine Runde spazieren gegangen. Die Seniorenresidenz lag keine zweihundert Meter entfernt. Zunächst erstaunte Leah das prunkvolle Gründerzeitpalais. Drei Bögen bildeten das Eingangsportal. Symmetrisch nach oben richtete sich der rechteckige Turm. Rechts ragte ein kleines Türmchen frech in die Höhe, und das Halbrund der Außenmauern auf dieser Seite nahm dem Bau das Konforme. An der linken Mauer war nachträglich ein gläserner Aufzug installiert worden. Wahrlich ein Schloss. Konterkariert durch drei alte Damen, die, jede auf ihren Rollator gestützt und in eine rege Unterhaltung vertieft, vor dem Portal flanierten.

Wieland hatte sofort über die Geschichte der Residenz referiert, die Leah kaum interessierte. Sie hatte sich vielmehr auf das munter plappernde Trio konzentriert. In dem Moment, in dem Wieland den letzten Satz seiner Ausführungen beendet hatte, war ein silberfarbener Rolls-Royce auf den Parkplatz des Hauses abgebogen. Der Chauffeur stieg aus, ging um den Wagen herum, öffnete den Verschlag des Fonds, und heraus stieg ein grau melierter Herr, auf einen Stock gestützt, dessen Griff, so schien es Leah zumindest, aus Elfenbein geschnitzt war.

Dann drängten auch die restlichen Erinnerungen an diesen verunglückten Tag an die Oberfläche ihres Bewusstseins. Denn unmittelbar nach der zweiten Tanzstunde hatte Leah den Kontakt zu Wieland final beendet. Er hätte nicht versuchen sollen, sie zu küssen. Und schon gar nicht, sie mit seiner Zunge in ihrem Mund zu ersticken. Schade. Denn eigentlich war er ganz nett gewesen.

»Echt, meine Oma hätte das auch verdient. Muss ein toller Schuppen sein«, bemerkte John und riss Leah aus ihren Gedanken.

John lenkte den Wagen auf denselben Parkplatz, auf dem Leah vor ein paar Monaten den Rolls-Royce gesehen hatte. Sie verließen ihren roten Opel Insignia, jüngster Spross der Flotte der Fahrzeugbereitschaft. Dann gingen sie auf den Haupteingang zu. Im Gegensatz zu ihrem letzten Besuch lag das Gebäude heute im Dunkeln, kein plapperndes Trio, kein eleganter Herr mit Stock. Dafür stand eine Frau vor dem Eingang, hielt eine Zigarette in der einen Hand, in der anderen ein Handy. Sie steckte das Smartphone in die Tasche ihres Kittels, als sie auf die Beamten zuging.

»Gut, dass Sie da sind«, begrüßte sie die Polizisten. »Mein Name ist Ria Brandes. Ich hatte die Nachtschicht.«

Eine Leidensgenossin, dachte Leah.

»Ich habe die Tote gefunden und den Hausarzt verständigt. Kommen Sie doch bitte herein.« Sie trat einen Schritt zur Seite.

Leah begutachtete die Dame und fällte ihr Blitzurteil: Ria Brandes glich einer Madonna. Das braune, glatte, schulterlange Haar umrahmte den dunklen Teint: Ein Elternteil musste afrikanischer Abstammung sein. Ria Brandes trug ein unaufdringlich geschnittenes blaues Kleid mit weißen Punkten, bis zum Hals geschlossen. Ein schlichtes Silberkreuz an einer schmalen Kette lag auf Höhe ihrer Brust. Ihre Stimme glich dem sanften Plätschern eines Baches im Frühling. Eine Stimme, der man Vertrauen schenken durfte.

Frau Brandes geleitete die Polizisten durch das Portal. Im Wettkampf um den prächtigsten Eindruck nahmen sich Eingangshalle und das Drei-Säulen-Entree nichts. Vom marmorierten Steinboden aus führte das breite Treppenhaus rechter Hand in den ersten Stock. Marmorstufen und Jugendstilfliesen an den Wänden steuerten ihr Übriges dazu bei, um Leah zu beeindrucken.

Das Land Hessen als ihr Arbeitgeber trug zwar seinen Teil zu ihrer Altersabsicherung bei. Aber auch das Geld ihrer Zusatzversicherung, da war Leah sich sicher, würde unter der Last der Miete in diesem Kasten verdampfen wie ein Tropfen auf einer Herdplatte und somit einen Lebensabend in diesem Ambiente unmöglich machen.

Sie stiegen die Treppen in den ersten Stock hinauf und bogen in den linken Gang ein. Der war erleuchtet und offenbarte, dass der Boden aus echtem Parkett bestand. Der Flur wurde am Ende durch zwei Glastüren abgeschlossen, Zugang zum Außenaufzug, ein Zugeständnis an die Menschen, die sich nicht mehr so agil bewegen konnten oder sogar einen Rollstuhl benötigten.

Im Türrahmen der letzten Wohnung auf der rechten Seite stand ein Mann, neben ihm auf dem Boden eine klassische Arzttasche aus schwarzem Leder. Er war ganz offensichtlich der Mediziner, der die Polizei verständigt hatte.

Als Leah einen Schritt über die Türschwelle trat, fühlte sie sich, als habe sie das Portal einer Zeitmaschine durchschritten und sei direkt im Musikzimmer eines Barockschlosses gelandet. Das lag vor allem an der Harfe am anderen Ende des Raumes. Sie war höher, als Leah groß war.

An der Wand befand sich ein großes Sofa mit geschliffenen und verzierten Beinen, die in feinem Schwung in die Seitenlehnen übergingen. Das lackierte Holz schimmerte, und die Maserung schien mustergültig auf jene der Harfe abgestimmt. Vor dem Sofa residierte ein flacher Tisch. Ein Esstisch vor dem Fenster, flankiert von zwei Stühlen, fügte sich ebenfalls harmonisch in den Raum. Der Bezug des Kanapees spiegelte den Charakter des ganzen Zimmers wider: Ein dezenter dunkelroter Brokat mit ziselierten Verzierungen, edel, aber nicht aufdringlich, zeugte vom Understatement, das dennoch unmissverständlich klarmachte, dass die Einrichtung dieses Raumes den Wettbewerb zu den Kosten des britischen Luxusautomobils mit Emily als Kühlerfigur nicht zu scheuen brauchte. Einzig die moderne Küchenzeile an einem Rand des Raumes störte das durchdachte Ensemble.

Und natürlich auch das Bild der Verstorbenen. Sie lag auf dem Rücken in unmittelbarer Nähe der Harfe, der Kopf unweit der Pedale. Ihr Morgenmantel war aus feinster Seide gefertigt und mit ornamentalen Stickereien versetzt. Obwohl ebenfalls aus Seide, wirkte das Nachthemd im Vergleich dazu unscheinbar.

Leahs nächster Gedanke blitzte auf, pietätlos, aber zu schnell zu Ende gedacht, als dass er sich hätte verdrängen lassen können: Die Dame braucht das Sofa nicht mehr – und im Ruheraum des Präsidiums würde es sicher eine vortreffliche Figur machen, die Gesundheit der Beamten schonen – und damit den Staatssäckel. »Sie sind der Arzt?«, fragte Leah.

»Ja, Perlau, Dr. Peter Perlau.«

»Wer ist die Tote?«

»Lucrezia von Selberg-Broode.«

»Sie haben die Tote entdeckt?«

»Nein. Entdeckt hat sie Frau Brandes.« Er deutete auf die Pflegerin, die ebenfalls im Türrahmen stand. »Sie war es auch, die mich angerufen hat.«

Leah vernahm Schritte im Flur, wenige Sekunden später

erblickte sie Silvia Rauch, die Leiterin der Spurensicherung. »Vielleicht unterhaltet ihr euch irgendwo anders, dann können wir hier schon mal Spuren sichern«, schlug sie vor.

Leah nickte ihr zu, dann wandte sie sich an Ria Brandes: »Gibt es hier ein Zimmer, in dem ich mich in Ruhe mit Dr. Perlau unterhalten kann?«

»Im Erdgeschoss im Aufenthaltsraum, da sind Sie ungestört.«

»Mit Ihnen werde ich nachher auch sprechen müssen«, erklärte Leah sofort.

»Natürlich«, erwiderte die Altenpflegerin.

In diesem Moment öffnete sich die Tür der gegenüberliegenden Wohnung. Heraus trat ein älterer Herr, bekleidet mit einem auberginefarbenen Morgenmantel. Als er die Versammlung erblickte, stutzte er kurz: »Was ist denn hier los?«

Auch am Ende des anderen Flügels öffnete sich eine Tür: »Ist hier jetzt mal Ruhe?!«, krächzte eine alte Dame.

»Vielleicht halten Sie erst mal die ganzen Bewohner in Schach«, schlug Leah vor. Und in dem Moment wurde ihr bewusst, dass sie Hilfe benötigen würde: Sie musste wohl oder übel ihren Kollegen Steffen Horndeich vorzeitig aus der wohlverdienten Nachtruhe reißen. Und sie konnte auch gleich Verstärkung anfordern, damit die Kollegen die erwachten Hausbewohner befragen konnten. Sie griff zum Handy.

Der Klingelton des Handys riss Kriminalhauptkommissar Steffen Horndeich aus seinem Traum. Eben hatte er noch als Großwildjäger mit einem Krokodil gekämpft, das seine siebenjährige Tochter Stefanie bedroht hatte. Das Display zeigte, dass seine Kollegin Leah Gabriely anrief. Es war Viertel vor sechs und damit eine Stunde vor der Zeit, zu der der Wecker geklingelt hätte.

»Hallo, Leah, was gibt's?«, murmelte er schlaftrunken.

»Ich bin im Seniorenstift Goldenstern. Dieburger Straße 241. Eine alte Dame ist verstorben – und die Todesursache noch nicht eindeutig geklärt. Ich denke, du solltest herkommen.«

Horndeich nickte. Was Leah natürlich nicht sehen konnte. »Ja, klar, ich komme. Bis gleich.« Sein Daumen drückte den roten Beenden-Button.

Er setzte sich auf den Bettrand. Eine Hälfte des Ehebettes war leer. Seine Frau Sandra schlief derzeit rund sechshundert Kilometer von ihm entfernt. Bereits seit einer Woche. Mit ihrem jüngeren Kind, Alexander, der nach den Sommerferien in den Kindergarten kommen sollte, war sie in eine Mutter-Kind-Klinik an der Ostsee gefahren. Der Kleine litt seit geraumer Zeit unter einer Bronchitis, die sich nicht auskurieren lassen wollte. Ihr Hausarzt setzte seine Hoffnung darauf, dass sich die Bronchien im milden Seeklima beruhigten. Drei weitere Wochen würde die Kur dauern, bevor Sandra und Alexander wieder nach Hause kämen.

Sandra hatte mit dem Gedanken gespielt, Stefanie ebenfalls mitzunehmen, doch die junge Dame von sieben Jahren hatte sich strikt geweigert. Sie wäre jetzt ein Schulkind, hatte sie betont, und als ein solches hätte man Pflichten. Ihr machte die Schule Spaß, obwohl diese das Mädchen derzeit nicht besonders herausforderte. Schon bevor sie eingeschult worden war, hatte sie Worte lesen können, Papa, Mama, und sie beherrschte den Zahlenraum bis zwanzig sicher, wie es im Lehrerdeutsch hieß.

Sandras Eltern wohnten nur fünfzehn Kilometer von Darmstadt entfernt in Büttelborn und hatten sich bereit erklärt, bei der Versorgung der Enkelin einzuspringen. Horndeich brachte sie morgens in die Schule, und die Großeltern holten sie von dort ab und nahmen sie bis zum Abendessen mit zu sich. Und Horndeich musste zugeben, dass er die anschließenden Papa-Tochter-Abende bei sich zu Hause genoss.

Es war noch zu früh, um seine Tochter zur Schule zu fahren. Kurz überlegte Horndeich, welche Optionen er hatte.

Stefanie zu den Schwiegereltern zu chauffieren würde wenig Sinn machen, denn die müssten dann wenig später mit ihr wieder nach Darmstadt hineinfahren. Und Sebastian Rossberg, den Vater seiner ehemaligen Kollegin Margot Hesgart, der in der Souterrainwohnung ihres Hauses wohnte, wollte er um diese Zeit ebenfalls nicht wecken. So würde er seine Tochter wohl oder übel in das Altenheim mitnehmen müssen. Und sie dann von dort aus zur Schule bringen.

Er stand auf, ging ins Bad, wusch sich und zog sich an. Dann betrat er das Kinderzimmer. Der Kopf seiner Tochter lag am Fußende, das linke Bein ragte unter der Decke hervor, der Fuß lag auf dem Gesicht ihres Lieblingsteddybären. Seine Tochter brachte es pro Nacht auf mehr Drehungen in ihrem Bett als ein Laken in der Waschmaschine.

»Hey, meine Kleine«, sagte er und strich ihr über den Kopf. Der Effekt war ein blaues Auge für den Bären durch Stefanies Fuß. »Aufwachen«, sagte Horndeich. Stefanie drehte sich einmal um die eigene Achse, machte aber keine Anstalten zu erwachen. Horndeich stand auf und schaltete das Deckenlicht ein. Das wirkte.

Verschlafen blinzelte Stefanie und murmelte: »Ist schon Morgen?«

»Ja, meine Kleine.«

Stefanie hatte ein erstaunliches Talent, von dem er sich gerne eine Scheibe abgeschnitten hätte, nämlich spätestens nach dem dritten Augenaufschlag hellwach zu sein. »Papa, machst du Frühstück? Ich geh auf die Toilette, Zähneputzen und mich anziehen.«

»Klar.« Horndeich machte sich auf den Weg in die Küche ein Stockwerk tiefer.

Er bereitete seiner Tochter einen Kakao zu, sich selbst einen Kaffee. Dann schmierte er für Stefanie das Brot – viel Butter, viel Marmelade –, so viel Zeit musste sein.

Stefanie kam die Treppe hinunter, angezogen – was sie seit einem halben Jahr unbedingt immer selbst machen wollte –

und mit geputzten Zähnen. Sie hauchte Horndeich an – auch eines der Morgenrituale.

»Papa, warum ist es heute dunkler am Morgen als gestern?«

»Wir sind heute viel früher aufgestanden. Eine ganze Stunde.«

»Warum?«

»Weil ich zur Arbeit muss. Jetzt.«

»Eine ganze Stunde, das heißt, dass ich jetzt noch nicht zur Schule kann, oder?«

»Ja, das stimmt.«

»Warum musst du denn jetzt schon los?«

Stefanie wusste, dass ihr Papa bei der Polizei arbeitete. Sie wusste auch, dass er die Bösen jagte. Vor zwei Jahren, als einer ihrer Betreuer im Kindergarten ermordet worden war, da hatte sie begriffen, was ihr Vater genau machte. Dass er keine Uniform tragen musste, dass er sich nicht darum kümmerte, wenn bei jemandem eingebrochen wurde. Sondern dass er diejenigen aufspürte, die anderen Menschen wehtaten. Und sie hatte ebenfalls erfasst, dass es den bösen Menschen dabei völlig egal war, wie spät es war.

»Ich muss in ein Altenheim fahren. Dort ist was passiert.«

»Ist da jemand gestorben?«

»Ja.« Horndeich hatte sich immer wieder überlegt, wie er seiner Tochter seinen Job vermitteln wollte. Er war zu dem Schluss gekommen, dass er sie nicht anlügen würde. Die Balance zwischen Aufrichtigkeit und Schutz der Kinderseele war manchmal ein Drahtseilakt.

»Ist ein alter Mensch gestorben?«

»Ja. Du kennst doch meine Kollegin, Leah. Sie ist schon dort, und sie hat mich angerufen, damit ich komme und ihr helfe. Ich nehme dich mit. Du kannst dort sicher irgendwo spielen. Und von dort aus fahre ich dich dann in einer Stunde in die Schule.«

Stefanie hatte inzwischen die Tasse Kakao geleert und ihr

Brot aufgegessen. »Gut, Papa, dann lass uns gehen. Damit Leah schnell Unterstützung bekommt.«

Ja, seine Tochter mochte bisweilen etwas altklug wirken. Aber ihr Wortschatz war mit sieben Jahren sehr reich bestückt. Und einmal mehr war er stolz auf sie. *Unterstützung bekommen* gehörte ganz sicher nicht zum Standardwortschatz einer Erstklässlerin.

Horndeich fuhr seinen Mazda Xedos 9 auf den Parkplatz des Seniorenstifts. Vierundzwanzig Jahre hatte der Wagen inzwischen auf dem Buckel, sah aber immer noch aus, als sei er gerade vom Band gerollt.

Horndeich kannte das Gebäude vom Sehen. Aber er hatte nicht gewusst, dass es ein Seniorenwohnheim war.

Kaum hatte er den Motor abgestellt, parkte neben ihm ein dunkler BMW.

Horndeich ging um seinen Wagen herum, dann öffnete er die Beifahrertür. Ja, es war nicht korrekt, doch Stefanie hatte darauf bestanden, vorne zu sitzen. Und er, der jeden Test von Kindersitzen fürs Auto dreimal gelesen hatte, hatte sich heute früh von seiner kleinen Tochter breitschlagen lassen.

»Papa, ich kann ja gar nichts sehen!«, hatte sie gemeckert. Der Kindersitz bescherte ihr in seiner erhobenen Position einen wesentlich besseren Rundumblick.

»Ja, so ist das, wenn man vorne sitzt«, hatte der Papa nur geantwortet.

Sie stieg aus, zeitgleich mit dem Fahrer des BMW. Dr. Martin Hinrich. Rechtsmediziner aus Frankfurt. »Ach, Sie auch hier. Dann bin ich wenigstens nicht der Einzige, den man so früh aus dem Bett gescheucht hat«, brummte er.

»Du bist der Arzt, der die Toten anschaut?«, fragte Stefanie Hinrich. Ein wenig hatte sie die Strukturen der Polizeiarbeit bereits verinnerlicht.

»Wie wäre es mit einem Sie?« Hinrich warf Horndeichs Tochter einen scharfen Blick zu. Dann rang er sich ein gequältes Lächeln ab. »Ja, ich bin der Rechtsmediziner, der hier die Entscheidung fällen muss, ob die alte Dame eines natürlichen Todes gestorben ist oder ob da jemand nachgeholfen hat.«

Ein Mann kam ihnen entgegen. Er wirkte auf den ersten Blick, als sei er einem Werbefilm für Armani-Anzüge entsprungen. Großgewachsen, von schlanker Statur, zeugten die Knöpfe des Hemdes im Brustbereich, die sich krampfhaft an den für sie vorgesehenen Löchern festzukrallen schienen, vom ausgezeichneten Trainingszustand ihres Besitzers. Stimmig wie Kleidung und Körper harmonierten auch alle Proportionen im Gesicht, die besonders gut zur Geltung kamen, da ihr Besitzer kein Haar auf dem Kopf trug.

»Kommissar Horndeich?«, sagte er, als er mit ausgestreckter Hand auf den Polizisten zukam.

»Ja.« Horndeich nickte.

Der Händedruck des Mannes ließ darauf schließen, dass auch einer Hantel im Fitnessstudio dieser Griff mindestens Respekt, wenn nicht sogar ein Quäntchen Furcht abnötigte. Er wandte sich an Hinrich: »Und Sie müssen der Rechtsmediziner sein. Gut, dass Sie da sind.« Er reichte Hinrich die Hand.

»Und ich bin Stefanie.« Horndeichs Tochter streckte ihre Hand in Richtung des Anzugträgers.

Der ging in die Hocke. »Sehr angenehm, junge Dame. Mein Name ist Horst Diebold. Ich leite dieses Haus.« Er erhob sich wieder. »Bitte folgen Sie mir doch.«

Horst Diebold führte sie durch das Eingangsportal und bog dann nach links ab in Richtung eines Aufenthaltsraums.

Horndeich fühlte sich ein Jahrhundert zurückversetzt: Der Raum hätte perfekt zu einer Verfilmung von Thomas Manns *Buddenbrooks* gepasst: schwere Ledersofas und Sessel, Wände bestehend aus Bücherregalen, Beistelltischchen mit kunstvollen Elfenbeinverzierungen. Horndeich meinte den Zigarrenrauch, der zu so einem Herrenzimmer gehörte, förmlich wahrzunehmen.

Auf dem Ledersofa erwartete ihn bereits Leah Gabriely mit einem weiteren Herrn. Horndeich tippte auf den Hausarzt.

Leah begrüßte Horndeich, Stefanie und Dr. Martin Hinrich und stellte ihnen Dr. Peter Perlau vor. »Im Moment ist gerade die Spurensicherung am Werk. Aber ich denke, Dr. Hinrich, dass Sie dennoch einen Blick auf die Verstorbene werfen können. Am besten, wir beide gehen hoch in ihre Wohnung.«

Erst dann fiel Leahs Blick auf den Herrn an Horndeichs Seite: »Und Sie sind?«

»Horst Diebold. Ich leite dieses Heim. Frau Brandes hat mich angerufen.«

»Jemand von uns wird sich nachher auch mit Ihnen unterhalten. Wo finden wir Sie?«

»Im Erdgeschoss, im westlichen Flügel, da ist mein Büro. Ich würde gerne den laufenden Betrieb weiter organisieren.«

Leah nickte nur.

Stefanie trat auf Leah zu, dann fragte sie: »Darf ich mit euch hochgehen?«

»Ganz bestimmt nicht«, sagte Horndeich schnell. In einer Ecke des Raumes entdeckte er einen Sekretär. »Du kannst hierbleiben und malen.« Er hatte extra den Notfallrucksack mitgenommen. Darin eine Kiste mit Legosteinen, ein Malblock und das Mäppchen voller Filzstifte.

Bevor Horst Diebold in Richtung seines Büros verschwunden war, hatte er Horndeich und Dr. Perlau noch in einen Nebenraum geführt. Dort war es möglich, sich ungestört zu unterhalten. Der Raum wirkte wie die Miniaturvariante des Clubraums nebenan.

Dr. Perlau musste, wie er Horndeich augenblicklich mitteilte, schon eine ganze Weile darauf warten, dass sich jemand ihm und seinen Erläuterungen zu Lucrezia von Selberg-Broodes Todesursache widmete. Horndeichs Kollegin Leah hatte, nachdem innerhalb weniger Minuten fast das ganze Haus auf den Beinen gewesen war, genug damit zu tun gehabt, die Befragung durch die vor Horndeich eingetroffenen Kollegen zu koordinieren. Was augenscheinlich nicht einfach gewesen war – das gesamte Haus glich der Wohnstatt eines Taubenschwarms.

Horndeich und Dr. Perlau ließen sich auf zwei Lederfauteuils nieder, zwischen denen ein schmales Tischchen platziert war. Horndeich schaltete die Diktierapp seines Smartphones an und legte es auf den Tisch. Gleichzeitig zog er einen Notizblock aus der Innentasche des Jacketts. Was das anbelangte, bevorzugte er die altmodische Variante. Er begann die Befragung. »Warum haben Sie uns benachrichtigt?«

»Es kommt immer wieder vor, dass ich hierher gerufen werde, wenn einer der Bewohner von dieser Welt gegangen ist. Der Altersdurchschnitt liegt derzeit glaube ich bei fünfundachtzig Jahren. Es kommt also öfters vor, dass ich einen Totenschein ausstelle. In den seltensten Fällen bemerke ich da etwas Ungewöhnliches. Auch bei Lucrezia von Selberg-Broode ist mir anfangs nichts aufgefallen. Sie lag auf dem Boden. Auf den ersten Blick wirkte es, als ob sie auf dem Weg zur Toilette gewesen und dabei ihr Herz stehen geblieben sei. Ich habe keinen Puls fühlen können, aber der Körper war noch warm. Als ich mir die Augen genauer angeschaut habe, habe ich dort ganz feine Einblutungen in der Bindehaut feststellen können. Es waren nur ein paar geplatzte kleine Äderchen, doch solche Blutungen können ein Zeichen dafür sein, dass die Person erstickt worden ist. Da konnte ich nicht guten Gewissens *natürlicher Tod* ankreuzen. Liegt vielleicht auch daran, dass unsere Profession doch immer wieder in die Schusslinie gekommen ist. Viel zu oft wird Menschen ein natürlicher Tod attestiert, wenn ein Tötungsdelikt vorliegt.

Es gibt da ja Studien zum Thema. Na ja, ich hab dann auf jeden Fall zu Frau Brandes gesagt, dass ich die Todesursache nicht eindeutig feststellen kann. Und dann haben wir Sie angerufen.«

»Und wer hat Sie angerufen? Frau Brandes?«

»Ja. Frau von Selberg-Broode hatte die Notklingel gedrückt, als Frau Brandes daraufhin ihr Zimmer betrat, fand sie sie auf dem Boden liegend. Und hat sofort mich gerufen. Aber sie selbst hatte schon nach dem Puls getastet und keinen mehr gefühlt.«

»War Frau von Selberg-Broode eine gesunde Frau?«

»Nun, sie war dreiundneunzig. Und das Herz war nicht mehr so kräftig. Seit sieben Jahren hat sie Blutverdünner genommen, um dem Herz den Job etwas leichter zu machen. Aber abgesehen davon, war sie sowohl körperlich als auch geistig in einem für ihr Alter guten Zustand.«

Leah stand mitten im Raum, während Martin Hinrich sich neben der Leiche niederließ. Silvia Rauch hatte einen Gang ins Zimmer markiert, dem sie folgten. Auch eine Fläche um die Verstorbene herum hatte sie freigegeben.

Hinrich begutachtete den Körper, maß die Körpertemperatur, dann besah er eingehend das Gesicht der Toten. »Können Sie mir gerade mal behilflich sein?«, fragte Hinrich an Leah gewandt.

Die ging daraufhin auf der anderen Seite des Leichnams in die Hocke. »Können Sie schon was zur Todesursache sagen?«, wollte sie wissen und ärgerte sich im selben Moment, dass sie die Frage überhaupt gestellt hatte. Hinrich würde kundtun, wenn ihm etwas aufgefallen wäre. Und sie wusste, wie leicht er sich reizen ließ. Entsprechend brummte der etwas in den Bart, und Leah konnte den Satzfetzen »… mich meinen Job machen lassen …« heraushören. Hinrich griff in seinen Koffer und entnahm ihm eine Taschenlampe, die er Leah reichte: »Können Sie bitte mal in die Nase leuchten?«

Leah tat, wie ihr geheißen. Sie ließ sich auf die Knie nieder. Dann hielt sie die Handleuchte in Richtung der Nase. Hinrichs Blick folgte dem Lichtstrahl. »Na also«, sagte er. Dann schwieg er.

»Und?«

»Auch wenn ich mir mit dem Lob anderer zugegebenermaßen etwas schwertue, muss ich gestehen, dass es eine weise Entscheidung meines Kollegen war, uns zu rufen«, sagte er. Dann nahm er Leah die Taschenlampe aus der Hand, leuchtete seinerseits in Richtung Nasenhöhle. »Schauen Sie selbst. Fällt Ihnen was auf?«

Leah musste den Kopf fast auf die Brust von Frau von Selberg-Broode legen, um Hinrichs Anweisungen zu folgen. »Rechtes Nasenloch. Also, aus unserer Perspektive.«

Und Leah erkannte, was der Rechtsmediziner meinte: Darin befand sich ein Fussel. Ein roter Fussel.

»Staublutungen in den Augen, ein Fussel in der Nase – da lohnt ein zweiter Blick. Also genau genommen ein dritter …«

»Sie ist erstickt worden?«, spekulierte Leah.

»Da will und kann ich mich noch nicht festlegen. Aber der Fussel gehört definitiv nicht in die Nase. Und er ist ganz bestimmt auch nicht von selbst reingesprungen. Meine Arbeitshypothese ist, dass hier kein natürlicher Todesfall vorliegt. Die Details kriegt ihr, wenn ich die Dame in Frankfurt auf meinem Tisch gehabt habe.«

Mit diesen Worten erhob er sich, verließ den Raum und ward nicht mehr gesehen.

Nun konnten die Bestatter, die inzwischen ebenfalls eingetroffen waren, die sterblichen Überreste von Frau von Selberg-Broode zum Rechtsmedizinischen Institut fahren.

Leah hatte sich mit Ria Brandes in den kleinen Raum neben der Bibliothek zurückgezogen, in dem bis vor Kurzem Horndeich und Dr. Perlau gesessen hatten. Perlau war inzwischen nach Hause gefahren, und Horndeich wollte sich nun mit dem Heimleiter Horst Diebold in dessen Büro unterhalten.

Leah hatte das Aufnahmegerät auf den Tisch zwischen ihnen gelegt und die Aufnahmetaste gedrückt. Inzwischen waren fast alle Hausbewohner wach geworden, und Leah hatte weitere Verstärkung angefordert. Die Kollegen sollten klären, ob jemandem in der Nacht irgendetwas Seltsames aufgefallen war.

Ria Brandes saß aufrecht, hatte die Hände auf die Tischplatte gelegt, wobei die rechte die linke bedeckte. Der madonnenhafte Eindruck verstärkte sich dadurch noch.

»Frau Brandes, könnten Sie mir bitte den Ablauf Ihrer Schicht schildern? Und mir bitte genau sagen, wann und wie Sie Lucrezia von Selberg-Broode gefunden haben?«

Kurz schaute Frau Brandes nach unten, als ob sie sich sammelte. Dann sah sie Leah an und sagte: »Die Nachtschicht geht bei uns immer von acht Uhr abends bis acht Uhr morgens. Frau von Selberg-Broode saß hier in der Bibliothek, als meine Nachtschicht begann. Es ist ein Ort, an dem sie jeden Tag eine Weile verbrachte. Sie hat gelesen, und sie hatte stets eine Kanne Tee neben sich stehen. Alles wie immer. Ich habe einen Rundgang durchs Haus gemacht, damit fange ich die Nachtschicht an. Wir haben im Moment zwei Bewohnerinnen und zwei Bewohner, die pflegebedürftig sind. Also deutlich über das normale Maß hinaus, wie Fußpflege, Eincremen oder auch mal das Helfen beim Umkleiden. Zwei von den vieren sind bettlägerig.«

Frau Brandes hielt kurz inne. Leah nutzte die Pause für eine Zwischenfrage: »Welche konkreten Aufgaben haben Sie denn während der Nachtschicht?«

»Unser Haus legt großen Wert auf individuelle Betreuung. Es gibt Bewohner, für die ist dieses Heim einfach das Haus, in dem sie ihre private Wohnung haben. Und sie sind noch so rüstig, um für sich selbst sorgen zu können, wenn sie das wollen. Frau von Selberg-Broode gehörte zu diesem Kreis.

Sie verließ das Haus nicht mehr so oft wie früher. In den vergangenen drei Jahren, also seit ihrem neunzigsten Geburtstag, haben ihre Kräfte durchaus etwas nachgelassen. Bis dahin ist sie noch ein- bis zweimal in der Woche zu kulturellen Veranstaltungen unterwegs gewesen. Damals gab es kein Theaterstück und kein Konzert im Staatstheater, das sie versäumt hätte.

Und dann gibt es Bewohner, die mehr Fürsorge brauchen. Frau Bednartz zum Beispiel, sie ist vor fünf Jahren gestürzt, Schenkelhalsbruch. Der ist zwar wieder verheilt, doch seitdem hat sie Angst, dass sie fällt – und niemand das mitbekommt. Deswegen wünscht sie sich, dass man dreimal in der Nacht in ihrer Wohnung vorbeischaut, ob sie wirklich in ihrem Bett schläft und nicht im Badezimmer mit gebrochenen Knochen auf dem Boden liegt. Von solchen Sonderwünschen haben wir natürlich ein paar hier – aber ansonsten besteht die Nachtwache meist nur aus der Bereitschaft, wenn irgendetwas nicht in Ordnung sein sollte, sofort zur Stelle zu sein.

In unserem Gemeinschaftsraum steht eine bequeme Couch mit warmen Decken und einem Kissen – sodass wir bei einer Nachtschicht durchaus auch ruhen können.«

Leah hatte das Bedürfnis, die Augen zu schließen, als sie Ria Brandes zuhörte. Das ist die Stimme, die mir einen Roman als Hörbuch vorlesen sollte, dachte sie. Seit einem Jahr ungefähr hatte sie diese Art des Lektüregenusses für sich entdeckt. Beim Spazierengehen, beim in der Sonne Sitzen oder auch nur, wenn sie auf ihrem Balkon eine Tasse Kaffee oder ein Glas Wein zu sich nahm, ließ sie sich mit kabellosen Ohrstöpseln in fremde Welten entführen. »Ist in der vergangenen Nacht irgendetwas Ungewöhnliches passiert?«

»Nein, alles war im grünen Bereich. Um vier Uhr habe ich zum dritten Mal bei Frau Bednartz vorbeigeschaut.« Ria Brandes lächelte und zeigte dabei ihre strahlend weißen Zähne. Kurz fragte sich Leah, ob sie in dieser Perfektion ein

Werk der Natur sein konnten oder ob die Pflegerin sie einigen kostspieligen Sitzungen bei einem äußerst fähigen Zahnarzt zu verdanken hatte.

Sie erinnerte sich an die letzte Rechnung ihres Dentisten, nachdem lediglich eine Krone hatte erneuert werden müssen. Ein solches Gebiss, wenn es denn künstlich war, konnte man sich vom Gehalt einer Altenpflegerin wahrscheinlich kaum leisten.

Ria Brandes fuhr fort: »Frau Bednartz lag in ihrem Bett und schnarchte laut«, sagte sie. »Ich bin danach wieder in unseren Gemeinschaftsraum gegangen, habe mich auf die Couch gelegt und mir den Wecker auf halb acht gestellt. Und gegen halb fünf kam dann der Alarm von Frau von Selberg-Broode.«

»Woher wussten Sie, dass es Frau von Selberg-Broode war, die den Alarm ausgelöst hatte?«

»Wir haben hier im Haus ein ziemlich ausgeklügeltes Notrufsystem. In den Zimmern der Bewohnerinnen und Bewohner ist eine klassische Krankenhausklingel angebracht, die sie drücken können, aber sie haben auch Armbänder mit einem Notfallknopf, oder Umhängebänder – je nachdem, was für unsere Bewohner am angenehmsten ist. Es gibt zwei unterschiedliche Klingeln: die mit dem gelben Knopf, wenn man Unterstützung braucht, und die mit dem roten, wenn es sich um einen Notfall handelt. Und ich habe auf meinem Diensthandy eine App, die mit unserer EDV verbunden ist. Wenn jemand eine der Klingeln betätigt, vibriert das Handy, der Alarm schwillt an, unabhängig davon, ob ich das Handy auf stumm geschaltet habe. Und wenn ich auf das Display schaue, kann ich genau sehen, wer den gelben oder roten Alarm ausgelöst hat.«

»Und der Alarm war rot?«

»Ja, der Alarm war rot.«

»Wie haben Sie reagiert?«

Wieder überzog Ria Brandes' Gesicht jenes gewinnende

Lächeln. »Ich habe das getan, was ich immer in solchen Fällen mache: Ich lief auf dem schnellsten Weg zur Wohnung der Bewohnerin, die den Alarm ausgelöst hat. Ich glaube, ich habe vierzig Sekunden gebraucht, bis ich die Tür zu ihrem Apartment geöffnet hatte.«

»Und dann?«

»Sie trägt dieses Notfallarmband nachts noch nicht lange. Ich habe mich sofort neben sie gekniet und den Puls gefühlt. Aber da war keiner mehr. Und sie hat auch nicht mehr geatmet.« Frau Brandes hielt inne.

»Haben Sie versucht, sie wiederzubeleben?«

Das Lächeln verschwand aus dem Gesicht der Altenpflegerin, so schnell davongehuscht wie eine Kakerlake, wenn man das Licht einschaltete. »Nein, das habe ich nicht getan«, sagte sie.

Leah war irritiert. Lucrezia von Selberg-Broode konnte kaum eine Minute lang ohne Atmung und Puls auf dem Boden gelegen haben. Da gab es keinen Grund, nicht zu versuchen, ihr Leben zu retten. Ria Brandes sprach nicht weiter. Und somit musste Leah die scheinbar rhetorische Frage stellen: »Und *warum* haben Sie das nicht getan?« Sie überlegte, ob hier nicht der Tatbestand der unterlassenen Hilfeleistung erfüllt war.

»Wissen Sie, Frau Gabriely, es ist erklärte Politik dieses Hauses, die Bewohnerinnen und Bewohner bewusst und gezielt darauf anzusprechen, was sie in einem Fall wie diesem für sich wünschen – sprich: Wir unterstützen unsere Hausgäste darin, genaue Patientenverfügungen zu erstellen. Wir arbeiten dabei sogar mit einem Notar zusammen, damit ihre Wünsche genau formuliert werden. Frau von Selberg-Broode war eine Frau, die das für sich präzise geregelt hatte. Sie wünschte keinerlei lebensverlängernde Maßnahmen, und sie hatte deutlich gesagt: Sollte ihr Herz einmal aufhören zu schlagen, würde sie es sich verbitten, dass irgendjemand versuchte, es nochmals zu weiterer Arbeit zu animieren. Viel zu groß war ihre Angst, dass auch nur wenige Sekunden Sauerstoffmangel im Gehirn dazu führen würden, dass das Herz zwar seinen Job noch einmal aufnehmen konnte, aber das Hirn seine Unterstützung versagte. Sie war so stolz darauf, dass sie mit ihren dreiundneunzig Jahren alle Sinne beieinanderhatte, von einer Demenz oder Ähnlichem weit entfernt war – und wer wäre ich, mich über diesen Wunsch zu erheben?«

Leahs Gedankenkarussell begann Fahrt aufzunehmen. Da war plötzlich das Bild von ihr selbst, in einem Krankenhausbett liegend, nicht fähig, sich zu bewegen, geschweige denn zu kommunizieren. Und so für Wochen, Monate, Jahre dahinzuvegetieren. Kurz war sie versucht, nach der Adresse des Notars zu fragen, doch sie hielt sich zurück.

In diesem Moment sprach Ria Brandes weiter: »Was ich hingegen gemacht habe, war, das Handy zu nehmen und Dr. Perlau anzurufen. Ich wusste, dass er Frau von Selberg-Broodes Hausarzt ist – auch das verrät uns die App nach zweimaligem Tippen.«

Um fünf Uhr zehn war der Anruf von Dr. Perlau auf dem Polizeipräsidium eingegangen, danach hatten sie sich auf den Weg zum Haus Goldenstern gemacht.

»Hatte Frau von Selberg-Broode denn Feinde?«

Ria Brandes zuckte mit den Schultern. »Frau Selberg-Broode war eine noble Dame – ein anderer Begriff fällt mir nicht ein. Ihre Familie war alter Adel, über Generationen hinweg, ich glaube, bis ins zwölfte Jahrhundert zurück. Sie kannte den Knigge auswendig – erwartete allerdings auch von allen anderen, sämtliche Regeln der Höflichkeit, des Benimms und der Etikette zu beherrschen und einzuhalten. Damit stand sie ein wenig allein auf weiter Flur, schien etwas aus der Zeit gefallen. Sie kam nicht mit allen Menschen gut aus, aber sie hatte keine Feinde.«

»Hatte sie hier im Heim Freundinnen oder Freunde? Mit denen sie Zeit verbrachte?«

Zwei Falten gruben sich in Ria Brandes' Gesicht. Sie schien nachzudenken. »Soweit ich das mitbekommen habe, hat sie im Haus keine Freundschaften gepflegt – oder gar noch einen Gefährten für die letzten Lebenstage gefunden.«

»Sie leiten dieses Heim?«, wollte Horndeich von dem Mann ihm gegenüber wissen.

»Ja, seit wir das Gebäude vor sechzehn Jahren gekauft haben.«

Sie saßen im Büro des Heimleiters, das durch eine massive Eichentür vom Flur getrennt war und damit exzellent akustisch isoliert. Auch die Möblierung des Zimmers fügte sich stilvoll und nahtlos in das Ambiente der anderen Räume, die Horndeich inzwischen von innen gesehen hatte. Sollte Diebold dieses Haus einmal aufgeben, so könnte es ohne große Umbauten seine Pforten als Jugendstilmuseum öffnen.

»Ein eindrucksvolles Bauwerk«, stellte Horndeich fest.

»Ja, nicht wahr? Ich habe damals etwas Besonderes gesucht. Und als die Technische Universität das Gebäude veräußerte, habe ich zugeschlagen. Es hat eine wechselvolle, aber ereignisreiche Geschichte.«

Horndeich wusste, dass für ihn nun kaum ein Weg daran vorbeiführte, sich diese Geschichte anzuhören, konnte aber gut damit leben. »Erzählen Sie«, forderte er Diebold auf und hoffte, die kurze Variante präsentiert zu bekommen.

»1898 ist das Haus erbaut worden, zwölf Jahre lang war es ein Hotel – aber leider kein erfolgreiches. Später wurde es bereits im Jugendstil restauriert, dann als Privatvilla genutzt. Auch die Nationalsozialisten hatten ihren Narren an dem Bau gefressen und nutzten ihn als Gruppenschule der SA. Dann diente es als Hospital für Tuberkulosepatienten. In den Fünfzigerjahren fiel das Gebäude an die Technische Hochschule. Erst war es Studentenwohnheim, dann Gästehaus – und vor sechzehn Jahren habe ich es gekauft. Wir mussten natürlich investieren und umbauen. Allein der Glasaufzug am Ostflügel hat viel Nerven und Geld gekostet. Aber da wir hier eine äußerst solvente Klientel bedienen, hat sich das alles längst amortisiert.«

»Und Lucrezia von Selberg-Broode – wie lang wohnte sie hier?«

Horndeichs Gegenüber strich sich über die Glatze – vielleicht war diese Handbewegung eine Art Ritual – und erklärte, wieso die Haut auf seinem Haupt so perfekt glänzte. Dann sagte er: »Frau von Selberg-Broode war eine unserer ersten Bewohnerinnen. Schon drei Jahre zuvor hat sie zu uns Kontakt aufgenommen, als klar war, dass wir in Darmstadt ein geeignetes Objekt suchten, um Klienten mit gehobeneren Ansprüchen ein würdiges Heim für ihren Lebensabend zu ermöglichen. Und dabei meine ich Heim nicht im Sinne einer Institution, sondern im Sinne von Heimat.«

»Frau von Selberg-Broode lebte also seit etwa fünfzehn Jahren hier im Haus?«

»Ja.«

»Kennen Sie jemanden, der einen Grund gehabt hätte, sie umzubringen?« Ach, es war dieser Standardsatz, den er in jeder Befragung nach einem Todesfall aufsagen musste. In den seltensten Fällen lautete die Antwort: »Ja, klar, anbei die Liste der Top Drei!« Und dennoch war die Frage alternativlos, wie es die Bundeskanzlerin formuliert hätte.

»Nein, Lucrezia von Selberg-Broode hatte keine Feinde. Sie war nicht immer beliebt bei allen. Mit mir hat sie sich hingegen sehr gut verstanden. Offen gesagt: Sie war ein bisschen etepetete. Und damit kam nicht jeder zurecht. Wir haben hier eine Menge individueller Persönlichkeiten, von denen sich jede wünscht, der Rest der Menschheit hätte genau dieselbe Sicht auf die Welt wie sie selbst. Manchmal führt das zu einem Disput, jedoch ganz gewiss nicht zu Feindschaft.«

»Ich habe im Apartment der Dame eine Harfe gesehen – was hat es damit auf sich?«

Der Leiter des Seniorenstifts Goldenstern erhob sich. Er trat zum Fenster des Raumes, sah nach draußen, dann drehte er sich um und schaute Horndeich direkt an. »Sie haben den Namen Lucrezia von Selberg-Broode noch nie gehört?«

»Nein«, antwortete Horndeich wahrheitsgemäß.

»Nun, dann kläre ich Sie auf: Lucrezia von Selberg-Broode war eine Harfenistin. Nein, sie war *die* Harfenistin des europäischen Kontinents im vergangenen Jahrhundert. Sie hat unter Karajan gespielt, sie hat alle großen Harfenkonzerte auf LP und CD eingespielt. Sie war überall auf der Welt unterwegs, zum Teil mit den ganz berühmten Orchestern, den New Yorkern, den Berlinern, den Wiener Philharmonikern. Sie interessieren sich nicht für die Harfe?«

Auch wenn es widersinnig war, Horndeich fühlte sich ertappt. Nein. Er hatte in seinem Leben niemals irgendein Musikstück, in dem eine Harfe geklimpert wurde, bewusst gehört. Allein, dass er im Zusammenhang mit diesem Instrument an das doch etwas despektierliche Verb *klimpern* dachte, zeugte von seiner Einstellung.

»Lucrezia von Selberg-Broode hat mit zehn Jahren angefangen, Harfe zu spielen. Sie war ein Naturtalent. Es ist vielleicht ein etwas schräger Vergleich, aber Lucrezia war an der Harfe das, was Jimi Hendrix an der Gitarre fünfzig Jahre später war: Sie und ihr Instrument waren eins. Es gibt sogar eine inoffizielle Aufnahme von einer Jazz-Session, bei der sie mitgespielt hat. Sie konnte durchaus mit Alice Coltrane oder Dorothy Ashby mithalten. Entschuldigen Sie, ich schweife ab. Aber Frau von Selberg-Broode hat mir das Instrument nahegebracht. Wobei ich eher beim Jazz hängen geblieben bin. Sie hat noch bis vor fünf Jahren selbst auf ihrer Harfe gespielt. Das war der Moment, in dem die Arthrose in ihren Fingergelenken dazu führte, dass sie nicht mehr brillant, sondern nur noch gut war. Glauben Sie mir, ein Laie würde diesen Unterschied nie hören. Aber ich habe ihr geglaubt, als sie gesagt hat, dass sie nicht mehr spielen wolle, weil sie ihren eigenen Ansprüchen nicht mehr gerecht werden könne.«

»Und dennoch stand die Harfe weiterhin in ihrem Apartment?«

Diebold lächelte. »Selbstverständlich. Frau von Selberg-Broode hätte ihre Harfe niemals hergegeben. Alle sechs Monate bestellte sie einen Harfenbauer ein. Er überzeugte sich davon, dass die Mechanik in Ordnung war, die Gabelscheiben intakt, die Harfe sich problemlos stimmen ließ. Frau von Selberg-Broode hat sie alle zwei Tage durchgestimmt. Auch wenn sie selbst nicht mehr spielte.«

»Hat denn jemand anderes darauf gespielt?«

Diebold lächelte nicht, nein, er lachte auf: »Das Instrument war Frau von Selberg-Broode heilig. Meines Wissens nach haben dieser Harfe genau zwei Menschen jemals Töne entlockt: der Harfenbauer und Lucrezia selbst. Okay, es waren ein paar mehr: Die Harfenbauer, die sie gestimmt haben, gehören natürlich ebenfalls zum erlesenen Kreis. Wenn ich es richtig erinnere, hat sie das Instrument vor vierzig Jahren gekauft.«

»Herr Diebold, ich hätte da noch eine ganz andere Frage. Welche Überwachungseinrichtungen haben Sie hier installiert? Gibt es Kameras?«

Diebold hatte sich wieder auf seinen Stuhl gesetzt und sagte: »Ja, natürlich haben wir solche Systeme installiert. Wir haben beispielsweise an den Hauseingängen Überwachungskameras, die mit Bewegungsmeldern verknüpft sind. Aber dazu kann Ihnen unsere Mitarbeiterin Nathalie Ankenbrand mehr sagen. Sie hat heute ihren freien Tag. Aber soviel ich weiß, ist sie zu Hause. Ich gebe Ihnen die Telefonnummer.« Er setzte sich hinter den Schreibtisch, scheuchte kurz die Maus über das Mauspad, dann diktierte er Horndeich die Telefonnummer.

Nachdem er Namen und Nummer notiert hatte, sah Horndeich auf die Uhr. Es wurde Zeit, seine Tochter zur Schule zu fahren.

Als Horndeich zurück in die Bibliothek kam, lag auf dem Sekretär der aufgeschlagene Malblock seiner Tochter, umrahmt von verschiedenen farbigen Filzstiften. Auf das oberste Blatt des Blockes hatte Stefanie eine perfekt konstruierte Rakete gemalt, inklusive kleinem Mond in der oberen rechten Ecke. Aber von Stefanie selbst gab es keine Spur. Horndeich hörte Geschirr klappern und folgte dem Geräusch.

Die Tür zu dem Raum, hinter der er das Geräusch vermutete, war nur angelehnt. Er klopfte, zog die Tür auf und entdeckte seine Tochter, die von einem Beistellwagen aus den Tisch deckte.

Horndeich sah sich um. Der Raum glich eher einem Saal. Auch hier überzog feinstes Parkett den Fußboden. Die Decke war an den Rändern mit Jugendstilornamenten verziert. Vierertische verteilten sich über die Räumlichkeit, alle mit Tischdecken versehen. Der Abstand der Tische war so gewählt, dass man in Ruhe miteinander sprechen konnte, ohne den Rest der Anwesenden mit zu unterhalten. An der Stirnwand des Raumes öffnete sich eine Tür, und eine junge Frau mit weißer Kittelschürze trat ein. Stefanie wandte sich um, sah ihren Vater und die Haushälterin. Sie zeigte mit dem Finger auf die junge Dame, dann sagte sie zu Horndeich: »Das ist Stella. Sie ist nicht nur die Köchin, sie ist auch Hauswirtschaftsleiterin«, präsentierte Stefanie stolz das wohl eben erst gelernte Wort.

Stella kam auf Horndeich zu, reichte ihm die Hand: »Bankowski, Stella Bankowski.«

Horndeich stellte sich ebenfalls vor: »Hauptkommissar Steffen Horndeich.« Natürlich wusste die Hauswirtschaftsleiterin bereits, weshalb die Polizei im Haus war. »Das ist ja fürchterlich, die Sache mit Frau von Selberg-Broode. Haben Sie schon etwas herausgefunden?«

Sosehr Horndeich von einigen Fragen genervt war, die er selbst immer stellte, gab es im Gegenzug auch eine Liste jener Fragen, bei denen er immer ein Zucken unterdrücken musste, wenn sie ihm gestellt wurden. Die letztere gehörte definitiv dazu, hatte schon einen Platz unter den Top Ten ergattert. Platz eins nahm unangefochten »Wissen Sie schon, wer's getan hat?« ein. Die Antwort, die er dann am liebsten gegeben hätte, lautete: »Klar. Das haben wir schon vor zwei Wochen rausgefunden. Da wir im Moment aber eher wenig zu tun haben, fragen wir noch ein bisschen herum.«

Frau Bankowski konnte von diesen Gedankengängen natürlich nichts wissen, als Horndeich nur knapp antwortete: »Nein.« Dann wandte er sich seiner Tochter zu: »Stefanie, wir müssen los. Es ist Zeit für die Schule.«

»Ich muss nur noch diesen Tisch fertig decken«, sagte sie. Und Horndeich ließ sie gewähren, denn eine Diskussion darüber, die Arbeit vorzeitig zu beenden, würde wahrscheinlich länger dauern, als das restliche Porzellan und Besteck auf dem Tisch zu verteilen.

Als Stefanie zu ihrem Vater ging, strich Stella Bankowski ihr übers Haar: »Das hast du ganz toll gemacht!«

Stefanie strahlte und sagte: »Vielleicht werde ich ja auch mal Wirtschaftshausleiterin, wenn ich groß bin!«

Horndeich überlegte kurz, ob er seine Tochter korrigieren sollte, aber das übernahm Frau Bankowski höchstselbst: »Hauswirtschaftsleiterin, du wirst bestimmt eine gute Hauswirtschaftsleiterin.«

»Haus-wirt-schafts-leiterin. Zumindest kann ich das Wort jetzt.« Sie griff Horndeichs Hand: »Komm, Papa, wir müssen los.«

Horndeich half seiner Tochter, die sich freiwillig auf dem Kindersitz niedergelassen hatte, sich anzugurten, dann startete er den Wagen. Die Schule lag unweit des Bürgerparks, und fünf Minuten später hatten sie ihr Ziel erreicht. Stefanie stieg aus, und Horndeich öffnete den Kofferraum des Wagens, um Stefanies Schulranzen herauszuholen.

»Hallo Frau Moltke«, hörte er seine Tochter sagen. Er schloss den Kofferraumdeckel wieder und sah nun auch die angesprochene Dame. Frau Moltke war Stefanies Lehrerin – und Stefanie hatte sie in ihr Herz geschlossen.

»Hallo, Stefanie!« Sie sah Horndeich an und begrüßte ihn ebenfalls.

Stefanie schulterte ihren Schulranzen. »Was machen wir denn heute?«

Frau Moltke lächelte sie an. »Wir malen ein Bild.«

Stefanie strahlte, als ob ihre Lehrerin ihr soeben ein Eis mit zehn Kugeln versprochen hätte. Frau Moltke hätte wohl auch sagen können, dass sie heute den Hof kehren würden, und Stefanie hätte bestimmt genauso begeistert reagiert. Würde man sie in diesem Moment fragen, Stefanie würde gewiss nicht sagen, dass sie Hauswirtschaftsleiterin werden wolle, wenn sie groß sei, sondern Lehrerin. Und zwar genau so eine wie Frau Moltke.

Stefanie drehte sich kurz zu Horndeich um, rief »Tschüss, Papa« und fragte dann, ohne noch einmal Luft zu holen: »Was für ein Bild malen wir denn heute?«

»Auf Wiedersehen, Herr Horndeich«, verabschiedete sich auch die Lehrerin.

Horndeich sah den beiden hinterher und hörte noch, wie Frau Moltke antwortete: »Wir malen heute ein Bild von der Familie.«

»Gehört Che auch zur Familie?«, war das Letzte, was er von seiner Tochter hörte, bevor diese mitsamt der Lehrerin auf dem Schulhof verschwand. Der kleine Chihuahua Che lebte zwar gerade bei Horndeichs Schwiegereltern, während seine Frau mit Alexander an der Ostsee residierte, aber er gehörte definitiv zur Familie.

Eine gute Freundin seiner Frau Sandra hatte Stefanie zahlreiche Tricks verraten, mit denen man einen Hund dazu brachte, aufs Wort zu gehorchen. Und was für Horndeich ein Buch mit sieben Siegeln blieb, war seiner Tochter mühelos gelungen: Wenn Che neben ihr an der Leine lief, war diese kein bisschen angespannt. Es schien, als hätte Stefanie in ihren Strümpfen eine Art Hundemagnet versteckt, der Che eisern an ihrer Seite hielt.

Die Frage, ob Che zur Familie gehörte, war also nur eine rhetorische.

Zurück im Goldenstern lockte das verführerische Aroma frisch aufgebrühten Kaffees Horndeich in die Küche des Anwesens. Dort traf er überraschenderweise nicht nur auf seine Kollegin Leah Gabriely, sondern auch auf die anderen Kollegen, die sich hier offenbar zu einer kurzen Kaffeepause verabredet hatten. Stella Bankowski eilte mit einer Kanne zwischen den Beamten umher und schenkte fleißig nach.

Leah hatte inzwischen mit dem Staatsanwalt telefoniert und die Leitung des Falls übertragen bekommen. Dementsprechend legte sie nun die nächsten Schritte fest. »Wir müssen mit dem Pflegepersonal sprechen und auch noch mit den restlichen Bewohnern dieses Heims. Die Frage lautet, ob irgendjemandem etwas Seltsames aufgefallen ist, in der letzten Nacht oder den vergangenen Tagen oder Wochen.«

Da konnte Horndeich seiner Kollegin nur zustimmen. In diesem Moment betrat auch Silvia Rauch den Raum. Die Chefin der Spurensicherung ergriff sofort das Wort: »So, wir sind jetzt durch. Wir haben alles dokumentiert und die relevanten Sachen mitgenommen.«

»Ich würde mir gern den Raum einmal anschauen und dabei deine Meinung hören. Kannst du ihn uns noch einmal zeigen?«, fragte Horndeich.

»Klar.«

An Tür und Türrahmen des Appartements prangte ein Polizeisiegel. Horndeich durchtrennte es mit dem Fingernagel.

»Ich zeige euch erst mal den hinteren Bereich.« Silvia Rauch führte sie durch das Wohnzimmer, an dessen hinterer Wand eine weitere Tür eingelassen war. Von hier aus ging es in einen winzigen Flur, der seinerseits zu Bad und Schlafzimmer führte.

Das Schlafzimmer fügte sich in seiner Einrichtung perfekt zu dem, was Horndeich im Wohnzimmer schon wahrgenommen hatte. Wäre die Wand statt mit einer Papiertapete mit Brokat überzogen gewesen, hätte auch dieses Zimmer direkt aus Schloss Neuschwanstein importiert sein können. Das Doppelbett überzog ein Baldachin, Vorhänge konnten als Sichtschutz vorgezogen werden oder um Mücken fernzuhalten.

Zwei weitere Möbel zierten den Raum: ein massiver Kleiderschrank, der auch mindestens hundertfünfzig Jahre auf dem Buckel hatte, obwohl er bestens in Schuss war, sowie eine Frisier- und Schminkkommode. Die kam sehr leichtfüßig daher, auf schmalen, geschwungenen Beinen. Unter dem mittig angeordneten Spiegel befanden sich mehrere Schubladen. Sowohl die Spiegeleinfassung als auch die Beine waren verschwenderisch verziert. Auf der Kommode selbst lag nur eine Bürste. Offenbar waren alle anderen Utensilien auf die Schubfächer verteilt.

»Hier haben wir absolut nichts Auffälliges gefunden.« Silvia Rauch deutete in Richtung des Bettes. »Ihr seht ja, die Bettdecke ist zurückgeschlagen und das Kopfkissen nicht akkurat ausgerichtet und verknautscht – sie hat offensichtlich dort geschlafen. Ansonsten gab es keinerlei Hinweise darauf, dass sich jemand in diesem Zimmer bewegt hat. Oder, im Kollegendeutsch: keine Kampfspuren.«

Silvia Rauch führte die beiden Kommissare in das kleine Badezimmer: eine Dusche, ebenerdig begehbar, ein Waschbecken, eine Toilette. Das Bad war innen liegend. Nachdem Silvia Rauch den Lichtschalter betätigt hatte, nahm ein Lüfter seine Arbeit auf. Über dem Waschbecken hing ein Spiegel, ebenfalls mit eindrucksvoll verziertem Holzrahmen. Auf der Ablage darunter stand ein Becher mit Zahnbürste, eine Tube Zahncreme lag daneben. Rechts vom Waschbecken hingen zwei Handtücher an Haken – und das war's dann auch schon gewesen mit Gegenständen, die darauf hinwiesen, dass jemand dieses Bad benutzte. In der Ecke ebenfalls ein kleines Schränkchen, auch antik, aber, passend zu Keramik und Kacheln, in weißer Farbe. Horndeich konnte sich vorstellen, dass das Schränkchen die Feuchtigkeit auf Dauer nicht goutieren würde. Dennoch zeigte es bislang keinerlei Spuren eines Konflikts mit dem Wasserdampf.

Silvia Rauch verließ das Bad, und sie folgten ihr zurück ins Wohnzimmer. »Kollege Hinrich hat ja von diesem roten Fussel in der Nase gesprochen – und ich glaube, wir haben auch das passende Kissen gefunden.« Silvia Rauch klappte die Abdeckung ihres Tablet-Computers zur Seite, tippte ein paarmal auf den Bildschirm, dann zeigte sie Leah und Horndeich eine Fotografie. »Das Kissen ist schon auf dem Weg zum Labor. Hier könnt ihr sehen, wo es lag.«

Das Bild zeigte das Sofa. Das Kissen lag darunter auf dem Boden. Kein Ort, an dem sich in einem so ordentlichen Quartier ein Kissen befinden sollte.

»Das war aber auch schon das Einzige, was den Eindruck der perfekt aufgeräumten Wohnung gestört hat.« Silvia Rauch deutete auf den massiven Büfettschrank: »Darin befindet sich ihr Leben: Fotoalben, Briefe, Bücher, CDs und Geschirr, Besteck und Gläser.«

»Was sind das für Möbel?«, fragte Horndeich mehr sich selbst. Erst als Silvia Rauch ihm eine Antwort gab, merkte er, dass er die Frage laut ausgesprochen hatte.

»Teuer«, sagte sie, »alles im Stil Louis Philippe. Das Büfett und auch das Bett stammen von der Möbelmanufaktur Heinrich Pallenberg. Ich schätze, so um 1860 gefertigt. Ich muss mich korrigieren: nicht teuer, sondern *richtig* teuer.«

Sowohl Horndeich als auch Leah sahen Silvia Rauch

erstaunt an. »Woher weißt du denn so was?«, fragte Horndeich entgeistert. »Hast du an einem Seminar teilgenommen? Kleine Möbelkunde für Spurensicherer?«

Silvia Rauch schüttelte den Kopf. »Nein. Mein Lieblingsonkel vertreibt Antikmöbel. Und als ich noch in der Schule war, da habe ich mir bei ihm immer ein bisschen das Taschengeld aufgebessert. Na ja, und über den Namen Pallenberg stolpert man da schon hin und wieder.«

»Und jetzt kannst du uns sicher auch noch den Hersteller der Harfe nennen?«, wollte Leah wissen.

»Natürlich. Eine Horngacher.«

Leah und Horndeich waren einen Moment lang sprachlos. Dann fragte Horndeich: »Vertreibt dein anderer Onkel Musikinstrumente?«

Silvia konnte sich ein Grinsen nicht verkneifen. »Nein. Aber wenn die Spurensicherung ihren Job gut macht, dann entgeht ihr auch das Firmenlogo am Harfenhals nicht.«

Horndeich trat auf den Schrank zu. Drei gerahmte Fotografien standen akkurat ausgerichtet unterhalb des Vitrinenteils des Schrankes. Eine zeigte eine junge Frau im Abendkleid, Harfe spielend – Frau von Selberg-Broode höchstselbst vor vielen Jahren. Dann ein Hochzeitsbild. Auf dem Foto, das rechts außen stand, erkannte Horndeich die Züge von Lucrezia Selberg-Broode, die bereits eine alte Dame war. Neben ihr stand eine Frau mittleren Alters.

»Das muss die Tochter sein«, sagte Leah. »Ich rufe Richard an, er soll sich darum kümmern, dass wir heute Mittag den Lebenslauf des Opfers auf dem Tisch haben.«

Sie griff zum Handy.

Richard hieß mit vollem Namen Richard Feller und war der Herr über die Computer bei der Mordkommission in Darmstadt. Keine Festplatte, der er nicht gefühlt mit bloßem Auge all ihre Geheimnisse entlocken konnte. Er war fähig in seinem Job, besser, als Horndeich jemals einen anderen Kollegen erlebt hatte. Und das, obwohl Feller erst spät angefangen hatte, die elektronische Datenverarbeitung als seine Passion zu entdecken. Er war knapp sechzig Jahre alt – und würde gewiss bis zu seiner Pensionierung im Team bleiben.

Sosehr Richard Feller seine Computer liebte, umso schwerer fiel es ihm, sich im Leben jenseits seiner Computerhöhle zurechtzufinden. Was dazu geführt hatte, dass Horndeich den Kollegen erst nach und nach wirklich schätzen gelernt hatte. Und Leah – sie war der einzige Mensch, der zu Kollege Feller tatsächlich so etwas wie einen persönlichen Draht hatte aufbauen können. Wenn Horndeich auch den Eindruck hatte, dass das Verhältnis der beiden zueinander in der letzten Zeit etwas abgeflaut war. Horndeich hatte keine Ahnung, ob zwischen den beiden auf privater Ebene etwas vorgefallen war – und er wollte das auch gar nicht wissen. Zumindest nicht, solange ihre gemeinsame Arbeit nicht darunter litt.

Auch jetzt war Leahs Ton gegenüber dem Kollegen knapp, kühl und sachlich. »… und der Heimleiter heißt Horst Diebold – er ist bereits im Haus, und er wird dir sicher mit allem weiterhelfen können. Die Dame, die unter anderem für die EDV zuständig ist, heißt Nathalie Ankenbrand. Bitte setz dich mit ihr in Verbindung, und lass dir erklären, was es hier alles an Sicherheitseinrichtungen gibt. Vielleicht verfügen die ja auch über ein elektronisches Steckkartensystem – dann wissen wir, wer vom Personal wann wo war.« Sie schickte noch ein knappes »Danke« hinterher, dann beendete sie das Gespräch.

Unmittelbar danach wandte sie sich an Silvia Rauch: »Und habt ihr außer dem Kissen noch irgendetwas gefunden, was nicht hierher gehörte oder ungewöhnlich war?«

»Nein, nichts. Aber, wir wussten ja auch nicht, wonach wir genau suchen sollen. Ich denke, wenn Hinrich uns etwas zur Todesursache sagen kann, dann werden wir uns hier noch mal gezielter umschauen. Aber was ganz klar ist: Es hat kein

Kampf stattgefunden. Alles steht an seinem Platz, nichts ist umgefallen, nirgendwo liegen Scherben.«

Horndeichs Blick fiel nochmals auf die Harfe. Sie wirkte in ihrer Größe in diesem Wohnzimmer völlig deplatziert. Ihr Platz war die Bühne und nicht der schmale Raum zwischen einem Schrank und einem Sofa.

Richard Feller seufzte. Dabei war die Aufgabe, die ihm zugedacht worden war, durchaus reizvoll. Er sollte das Leben von Lucrezia von Selberg-Broode durchleuchten und herausfinden, welche ermittlungsrelevanten elektronischen Daten im Seniorenstift Goldenstern abzugreifen waren. Horndeich hatte ihm bereits die Kontaktdaten von Nathalie Ankenbrand auf sein Handy geschickt.

Er war um halb acht im Büro angekommen, wie so oft als Erster. Deshalb hat er sich nicht gewundert, dass weder Leah noch Horndeich an ihren Schreibtischen saßen. Zunächst hatte er sich nichts anderem gewidmet als der Pflege seiner diversen Computersysteme. Das, was als sein Büro gedacht war, beherbergte mehr Equipment als mancher Serverraum. Was vielleicht auch daran lag, dass er nicht in der Lage war, vermeintlich ausrangierte Geräte dem Elektroschrott zu übereignen. Mehrere Hochleistungsrechner hatten in dem Raum ihr Zuhause gefunden, an jedem waren mindestens zwei Monitore angeschlossen und – darauf legte Feller Wert – ergonomische Tastaturen mit leichtem, aber präzisem Anschlag. Er vertrat die Philosophie, dass nichts teurer war als die Investitionen in minderwertiges Werkzeug. Und nichts anderes als Werkzeug war die kleine Computerfamilie, die er in seinem Raum hegte und pflegte. Nachdem ihm Leah mitgeteilt hatte, dass im Goldenstern die Leiche einer Bewohnerin aufgefunden worden war, bei der die Todesursache noch nicht festgestellt werden konnte, hatte er seinen Tagesplan etwas verändert. Seit er gemeinsam mit seinen Kollegen zwei Jahre zuvor einen spektakulären Fall von Kindesmissbrauch aufgedeckt hatte, nutzte er die Zeit, in der keine aktuellen Todesfälle zu bearbeiten waren, damit, in diese Richtung das Internet zu durchforsten – ganz besonders jenen Bereich, der im Volksmund den Namen Darknet bekommen hatte – das Netz hinter dem Netz. Doch nach Leahs Anruf hatte er beschlossen, seinen Computern nur ein paar administrative Streicheleinheiten zukommen zu lassen, die er jederzeit unterbrechen konnte, wenn er eine konkrete Aufgabe zu bewältigen hätte.

Feller wählte die Nummer der Pflegedienstleiterin Ankenbrand. Nach dem dritten Klingeln wurde das Gespräch angenommen. »Ankenbrand, guten Morgen – wer ruft mich um diese Uhrzeit an?«

Feller hatte Glück gehabt, dass Nathalie Ankenbrand an den Apparat gegangen war, denn die Telefonnummern der Polizei wurden beim Gegenüber immer als *Unbekannt* angezeigt.

»Guten Tag, hier spricht Richard Feller von der Kriminalpolizei in Darmstadt.« Feller erklärte Frau Ankenbrand, dass im Seniorenstift Goldenstern eine der Bewohnerinnen, Lucrezia von Selberg-Broode, tot aufgefunden worden sei und die Polizei Ermittlungen aufgenommen habe.

»Frau von Selberg-Broode ist verstorben? Das tut mir leid. Was ist ihr denn zugestoßen?«

»Darüber kann und darf ich im Moment nichts sagen.«

Nathalie Ankenbrand zögerte kurz: »Das verstehe ich. Ich helfe Ihnen gern. Da Sie mich auf meiner Privatnummer angerufen haben, gehe ich davon aus, dass Sie wissen, dass ich heute freihabe. Das ändert aber nichts daran, dass ich Ihnen helfe. Was genau kann ich denn für Sie tun?«

»Frau Ankenbrand, es gibt zwei Dinge, die ich von Ihnen wissen möchte: Zum einen geht es uns darum, ein umfassendes Bild von Lucrezia von Selberg-Broode zu bekommen. Außerdem würde ich gerne erfahren, welche Sicherheitseinrichtungen im Goldenstern vorhanden sind. Und welche

Daten Sie uns noch zur Verfügung stellen können, zum Beispiel Daten von Stechkarten oder Ähnlichem.«

Am anderen Ende der Leitung war nur Schweigen zu vernehmen. Feller hielt kurz inne, dann sagte er: »Frau Ankenbrand? Hallo?«

»Ja, ich bin noch dran. Ich überlege nur, wie ich Ihnen die Informationen am besten zukommen lassen kann. Ich glaube, es wäre das Einfachste, wenn wir uns im Goldenstern treffen. Freier Tag hin oder her, wenn ich helfen kann, den Tod einer unserer Bewohnerinnen aufzuklären, mache ich das gerne. Allerdings habe ich heute Vormittag noch einen Arzttermin. Würde es Ihnen so gegen halb eins passen?«

Jetzt war es an Feller zu schweigen. Die Uhrzeit war kein Problem. Feller war, was seine Mittagspause anging, schon seit jeher flexibel gewesen. Doch er fühlte sich nicht wohl, wenn er sein vertrautes Büro verlassen musste. Innerhalb der Arbeitsgruppe war es völlig klar, dass Leah, Horndeich und alle anderen Kollegen die Außentermine wahrnahmen, während er die Ermittlungen immer von seinen Bildschirmen aus unterstützte. Er litt nicht unter Panikattacken, er war durchaus in der Lage, sich auch außerhalb des Polizeireviers oder seiner Wohnung frei zu bewegen. Aber er konnte sich nicht dafür begeistern, ständig unterwegs zu sein. »Frau Ankenbrand, wäre es nicht möglich, dass Sie hierher aufs Präsidium kommen?«

Nathalie Ankenbrand antwortete sofort: »Ja, natürlich, das wäre kein Problem. Aber ich glaube, dass es besser ist, wenn wir vor meinem Rechner sitzen. Dann kann ich Ihre Fragen direkt beantworten. Sie müssen wissen, dass wir noch ein bisschen nach der alten Schule arbeiten: Unsere Daten liegen nicht in irgendeiner Daten-Cloud, alles ist nur lokal gespeichert.«

Abermals seufzte Feller. Er musste wohl in den sauren Apfel beißen. »Also gut, halb eins bei Ihnen im Goldenstern.«

»Freut mich sehr, dass Sie hierherkommen konnten«, begrüßte Nathalie Ankenbrand den EDV-Spezialisten des Polizeipräsidiums Südhessen.

Feller nickte nur, gab ihr die Hand. Er war irritiert. Nathalie Ankenbrand wirkte auf ihn wie ein Fotomodell, das etwas in die Jahre gekommen war. Sie trug ihr graues Haar offen, dazu einen dunkelroten Rollkragenpullover, der eng anliegend ihre schlanke Figur betonte. Feller war nicht gut darin, das Alter von Menschen zu schätzen, insbesondere, wenn sie weiblichen Geschlechts waren. Doch die vierzig hatte Nathalie Ankenbrand wohl bereits überschritten. Ihre dunkelblauen Augen schimmerten lebendig. Schmale Nase, schmale Lippen, hohe Wangenknochen – ja, die Assoziation zu dem Begriff Fotomodell traf es ziemlich gut. Hatte er sie schon einmal irgendwo gesehen? Er konnte sich nicht erinnern.

»Ich führe Sie in meine geheiligte Kammer, bitte folgen Sie mir«, sagte Frau Ankenbrand, und Feller trottete ihr hinterher. Auf dem Weg zum Büro grüßte sie zwei Damen, beide in edle Hosenanzüge gekleidet. Eine der beiden lief auf einen Rollator gestützt, dessen Felgen den Vergleich zum Design jener an einem edlen BMW nicht zu scheuen brauchten. Beide wollten sofort wissen, wieso sie an ihrem freien Tag im Hause war – dann beantworteten sie sich die Frage jedoch selbst, als sie einen Blick auf Richard Feller warfen. Die Damen hatten von dem Todesfall erfahren, waren wahrscheinlich selbst schon befragt worden und mussten nur ein kleines Stückchen weiterdenken: Feller war Polizist, und Nathalie Ankenbrand musste die Polizei bei ihrer Arbeit unterstützen.

Gleich darauf standen sie vor Nathalie Ankenbrands Büro. »Ach so, bevor ich es vergesse: Ich hoffe, Sie haben keine Angst vor Hunden. Vor dem Gesellen hinter der Tür müssen Sie sich nicht fürchten – aber ich wollte es Ihnen lieber vorher sagen, damit Sie nicht erschrecken.«

Hunde. Hätte Feller sich zwangsweise für ein Haustier entscheiden müssen, so hätte er sich ganz bestimmt für einen Fisch entschieden. Na gut, unter Umständen auch für ein Aquarium mit ein paar Fischen darin, er wollte ja nicht als Tierquäler gelten. Aber in einem war er sich ganz sicher: Er brauchte nichts zum Streicheln, er brauchte nichts, was ihn ansabberte, und er brauchte auch nichts, was überall seine Haare hinterließ. Außerdem konnte er auch gut auf den Duft eines Köters nach einem Spaziergang im Regen verzichten … Daher zuckte er nur mit den Schultern, das musste als Antwort genügen.

Nathalie Ankenbrand öffnete die Tür. Der Hund schien dahinter gewartet zu haben. Schwanzwedelnd strich er um sein Frauchen herum. Der zottelige Geselle reichte seiner Besitzerin ungefähr bis zum Knie. Kurz beschnupperte er Fellers Hosenbein, sah ihn dann von unten mit großen schwarzen Augen an. Dann trottete er zurück in das Körbchen in der einen Ecke des Raumes.

»Das ist Napoleon. Ich bin der Meinung, er wäre mein Hund – aber der Rest der Hausbelegschaft sieht das, glaube ich, anders. Ich finde es gut, dass die Heimleitung den Hund hier duldet. Besonders beim Nachmittagskaffee macht er seine Runde und holt sich seine Streicheleinheiten ab.« Unvermittelt fuhr Nathalie Ankenbrand fort: »Herr Feller, kann ich Ihnen etwas zu trinken anbieten? Einen Kaffee, einen Saft, ein Wasser?«

Feller schüttelte nur den Kopf. Er wollte das hier so schnell wie möglich hinter sich bringen, um dann flugs wieder zwischen den vertrauten Monitoren in seinem Büro zu sitzen. Ohne Wauwau …

Nathalie Ankenbrand setzte sich an ihren Platz, fuhr den Rechner hoch, loggte sich ein. Dann stand sie auf, schob einen zweiten Stuhl neben ihren, deutete darauf, und Feller setzte sich neben sie. Er nahm einen Hauch ihres Parfüms wahr. Niemals wäre er in der Lage gewesen, irgendwelche dieser Düfte auseinanderzuhalten, doch was die feinen Härchen seiner Riechnerven wahrnahmen, war durchaus angenehm.

Frau Ankenbrand wandte sich Feller zu: »Nicht, dass sie mich für herzlos halten, weil ich vorhin am Telefon nicht in Tränen ausgebrochen bin, als sie mir vom Tod von Frau von Selberg-Broode erzählt haben. Ich hatte nicht viel mit ihr zu tun. Und sagen wir mal so, es gibt Bewohner in diesem Heim, an denen hängt mein Herz sehr viel stärker.«

Feller nickte nur. Welchen Kommentar sollte er dazu auch abgeben?

Frau Ankenbrand schien auch keine Stellungnahme zu erwarten. Sie sprudelte gleich weiter: »So, vielleicht fangen wir mit dem Lebenslauf von Frau Selberg-Broode an.«

»Sie haben eine Vita von ihr?«

»Ja, jeder unserer Bewohnerinnen und Bewohner wird gebeten, einen kurzen Lebenslauf von sich bei uns zu hinterlegen, den auch etwaige neue Mitarbeiter lesen dürfen. Denn es ist uns ganz wichtig, dass sie einen persönlichen Draht zueinander haben. Und, ohne überheblich wirken zu wollen, das darf man in dieser Preisklasse von Unterbringung im Übrigen auch erwarten. Frau von Selberg-Broode hat uns ebenfalls einen solchen zur Verfügung gestellt.«

Mit wenigen Klicks hatte Frau Ankenbrand den Lebenslauf auf den Bildschirm gezaubert. Feller las:

Ich wurde 1925 in Königsberg als Lucrezia Kristiane Veronika von Selberg-Broode geboren. Mein Vater war Heinrich von Selberg-Broode, meine Mutter Sieglinde von Selberg-Broode. Während meiner Kindheit und Jugend lebten wir in Tiefensee im Kreis Heiligenbeil/Ostpreußen, dem heutigen Głębock in Polen. Ich war das Nesthäkchen, hatte drei ältere Brüder: Heinz, Wilhelm und Adolf. Sie alle sind im Krieg den Heldentod gestorben.

Bereits im Alter von zehn Jahren gaben mir meine Eltern die Möglichkeit, die Königin aller Musikinstrumente beherrschen zu lernen: die Harfe. Ich war sehr ehrgeizig und liebte das Instrument. Aber ich muss eingestehen: Das Instrument liebte auch mich. Als Jugendliche galt ich als Wunderkind, insbesondere nach einem Auftritt 1942 im damaligen Preußischen Staatstheater Berlin. Es folgte eine steile Karriere, und ich habe sogar vor Hitler gespielt und vor Goebbels. Auch wenn es aus heutiger Sicht politisch nicht korrekt ist: Nach wie vor bin ich darauf unglaublich stolz.
1944 heiratete ich Heinrich von Plasberg. Es war eine arrangierte Ehe meiner Eltern, der ich mich nicht widersetzte. Am Anfang meiner Ehe spielte ich weiterhin Harfe. Ich lebte mit meinem Mann in Berlin. Als die Stadt kurz davorstand, von den Barbaren aus dem Osten eingenommen zu werden, rettete mein Mann mein Instrument, wofür ich ihm bis heute dankbar bin. Er ließ es zu einem seiner Pächter, einem Bauern im Spreewald, transportieren und in einer Scheune verstecken. Als die Horden in unser Haus eindrangen, hatte ich es auch meinem Mann zu verdanken, dass mir kein Haar gekrümmt wurde. Als gebildeter Herr konnte er die Sprache jener Untermenschen sprechen. Durch seine akzentfreie Artikulation überzeugte er den Anführer davon, dass sein Vater russischer Abstammung war. Dann zeigte er ihm unseren Weinkeller. Er verhandelte geschickt, und der Iwan sorgte dafür, dass wir gut versorgt wurden, unter seinem persönlichen Schutz standen und die unerträglichen Monate nach dem Zusammenbruch unbeschadet überstanden. Ein Jahr nach Ende des Krieges gelangte auch meine Harfe wieder zurück in unser Haus, das aus heutiger Perspektive völlig zufällig im späteren Westteil der Stadt stand.
Unsere Ehe blieb kinderlos – mein Mann ließ sich des-

halb von mir scheiden. Er sorgte dafür, dass ich finanziell abgesichert war, was ich ihm zugutehielt. Nach der Ehe trug ich auch wieder meinen Mädchennamen von Selberg-Broode. Kein Jahr später war er bereits erneut verheiratet, und seine zweite Frau schenkte ihm sechs Nachkommen. Nachdem er mich nach Kriegsende gerettet hatte, hegte ich mein Leben lang keinerlei Groll gegen ihn. Heute, im Nachhinein, denke ich, es war Schicksal. Ich nahm das Harfenspiel wieder auf. Natürlich war ich mit dem Makel einer Scheidung behaftet, aber die Qualität meines Spiels sorgte dennoch für ein Engagement im Orchester in Hannover. 1956 begegnete ich Herbert von Karajan, der auf mich aufmerksam wurde. Durch ihn lernte ich einflussreiche Menschen in der Szene der klassischen Musik kennen – insbesondere in der Musikindustrie. 1959 begann ich im Berliner Orchester zu spielen und gleichzeitig meine ersten Langspielplatten aufzunehmen.

In diesem Jahr begegnete ich auch Ludwig Wegener, den ich im Jahre 1960 heiratete. Als Künstlerin trat ich öffentlich jedoch weiterhin unter meinem Mädchennamen auf. 1962 wurde unsere Tochter Ariane geboren – worüber niemand mehr erstaunt war als ich selbst. Sie blieb unser einziges Kind. Aufgrund einer beruflichen Veränderung meines Gatten siedelten wir 1975 nach Darmstadt um. Dort konnte ich ebenfalls dank eines glücklichen Zufalls im Orchester spielen. Wir wohnten in einer Villa im Mozartweg – was einer Vereinigung von Flöte und Harfe gleichkam, nach Mozarts Konzert für diese beiden Instrumente in C-Dur, einem meiner Lieblingskonzerte.

Ich spielte bis 1984 im Darmstädter Ensemble, dann nur noch bei privaten Kammermusik-Auftritten. Am Tag des Mauerfalls, dem 9. November 1989, starb mein Mann. Und nun lebe ich hier. Wir schreiben das Jahr 2003, ich bin 78 Jahre alt, erfreue mich immer noch geistiger und körperlicher Gesundheit und bin dankbar, dass mir Gott die Harfe, meinen zweiten Ehemann und eine Tochter geschenkt hat. In dieser Reihenfolge. Nun, vielleicht sollte ich auch dankbar sein für Amadeus.

Einen Preis für politische Korrektheit hätte sie mit diesem Text wohl kaum gewonnen, dachte Feller. »Und diesen Lebenslauf hat sie geschrieben, wohl wissend, dass jeder neue Mitarbeiter darauf Zugriff haben würde?«

Frau Ankenbrand nickte. »Ja. Wir bitten unsere Bewohner immer darum, die Lebensreise genau so zu schreiben, dass er eben von neuen Kollegen gelesen werden kann. Einige notieren den Text auch nicht selbst. Dann reden wir mit ihnen, sie erzählen uns ihre Geschichte, wir machen uns Stichpunkte und formulieren einen Entwurf. Der wird dann manchmal noch sieben Mal verändert, bevor er endgültig bei uns abgelegt wird – aber das ist schon in Ordnung so.«

»Am Ende des Berichts erwähnt Frau von Selberg-Broode einen ›Amadeus‹. Sie schrieb ja, dass sie nur ein Kind bekommen habe. Wer ist also dieser Amadeus?«, fragte Feller.

Nathalie Ankenbrands Lächeln schien den Raum trotz der einfallenden Sonne noch ein wenig heller erstrahlen zu lassen: »Amadeus hieß ihr Hund. Sie hat mir einmal verraten, dass sie ihn nach Mozart benannt hat, weil der eben eines ihrer Lieblingskonzerte komponiert hat. Der kleine Amadeus ist fast achtzehn Jahre alt geworden, vor drei Jahren ist er gestorben. Er war ein putziger kleiner Kerl. Sie hatte ihn aus dem Tierheim. War eine wilde Mischung. Irgendwo im Stammbaum muss ein Afghane gewesen sein, denn er hatte für seine Körpergröße unglaublich lange und zierliche Beine. Ansonsten war sehr viel Chihuahua drin. Sozusagen ein Chihuahua auf Stelzen.«

»Lebt Frau von Selberg-Broodes Tochter Ariane auch in Darmstadt? Und hat sie noch weitere Verwandte?«

Frau Ankenbrand tippte auf der Tastatur, scheuchte die Maus ein wenig umher, dann tat sich ein neues Fenster auf dem Bildschirm auf. »Das sind die Kontaktdaten, die Ariane Wegener hinterlegt hat.«

Feller las. Eine Adresse in Graz. Also in Österreich. Mit dabei: eine E-Mail-Adresse und drei Telefonnummern. Die begannen alle mit 0043, der Landesvorwahl für Österreich. Zwei der Nummern hatten die Vorwahl 0316 – waren also Festnetznummern. Die dritte Nummer begann mit 0688 – das war eine Vorwahl für Handys. Manchmal fragte sich Feller, wie er sich solche Dinge merken konnte. Die Information, dass Handynummern in Österreich immer mit 06 begannen, gefolgt von den Ziffern 6–9 waren für seinen Alltag absolut überflüssiges Wissen, das man zudem überall nachschlagen konnte. Und dennoch hatte es sich in seinem Gehirn festgekrallt, während er sich auf der anderen Seite anstrengen musste, die Stationen in seinem eigenen Leben chronologisch aufzuzählen.

»Ist der Kontakt …«, Feller korrigierte sich, »war der Kontakt zwischen Frau Selberg-Broode und ihrer Tochter eng? Ich meine, Graz liegt ja ein paar Hundert Kilometer weit entfernt.«

»Das kann ich Ihnen nicht genau beantworten. Jede Wohnung in unserem Haus hat einen eigenen Festnetzanschluss, der von den Bewohnern selbst verwaltet und bezahlt wird. Daher weiß ich nicht, wie intensiv der telefonische Kontakt zwischen Mutter und Tochter gewesen war. Frau von Selberg-Broode hatte kein Handy, das weiß ich. Der Anrufbeantworter am Festnetzanschluss hat ihr völlig genügt. Sie hatte auch keinen Computer – allerdings hat sie sich vor vier Jahren ein Tablet gekauft. Ein iPad.«

Feller griff zu seinem eigenen iPad, das er natürlich mitgenommen hatte. Bis vor einem Jahr hatte er sich geweigert, dieses Gerät im Dienst einzusetzen. So schön es war, aktuelle Zeitschriften darauf zu lesen, E-Books oder einfach auch nur einmal Spiegel online, so sehr hasste er die Bildschirmtastatur. Er war Profi, wenn es darum ging, mit zehn Fingern blind, schnell und fehlerfrei zu tippen. Aber dazu brauchte er eben eine Tastatur, die seinen Fingern zeigte, wo diese sich befanden. Eine Illusion auf jedem Tablet-Computer. Inzwischen gab es jedoch die Variante, bei der eine Tastatur in der Abdeckhülle integriert war. Damit konnte Feller leben. Er stellte den Kleinstcomputer vor sich auf und tippte eine Notiz: *Silvia fragen, ob sie das iPad mitgenommen haben. Zugangsdaten?*

»Briefe hat sie von ihrer Tochter nicht bekommen«, fuhr Frau Ankenbrand fort. »Aber wer schreibt heute auch noch Briefe? Vielleicht hat sie ihrer Tochter E-Mails geschickt, wobei ich mir nicht vorstellen kann, dass sie mit ihren Fingern flink auf einer Bildschirmtastatur hantieren konnte. Die Arthrose war in den letzten drei Jahren, besonders in der rechten Hand, schlimm geworden. Das war auch das, womit sie sich am schwersten abfinden konnte: nicht mehr so perfekt Harfe spielen zu können, wie sie es gewohnt war.«

Feller sah Frau Ankenbrand an: »Die Tochter Ariane hat ihre Mutter aber nicht regelmäßig besucht, oder?« Blaue Augen, schoss es Feller plötzlich durch den Kopf. Tiefblaue Augen. Schöne Augen. Er war über seine eigenen Gedanken irritiert. Nicht, dass er eine schöne Frau nicht als solche erkannt hätte. Aber das war bislang zumeist ein ästhetischer Genuss gewesen. Und ja, es hatte in seiner Zeit in Darmstadt eine Frau gegeben, zu der er sich hingezogen gefühlt hatte. Aber darüber wollte er jetzt nicht nachdenken.

»Ich habe Ariane Wegener das letzte Mal vor ungefähr drei Jahren hier gesehen. Und ich glaube, davor war es auch weitere vier Jahre her. Ihr Enkel Matthias, also Ariane Wegeners Sohn, er wohnt in Wiesbaden. Ich glaube mich zu erinnern, dass Frau Wegener noch zwei weitere Kinder hat, die allerdings in den Staaten leben. Matthias hat seine Oma ab und zu besucht. Immer einmal so um die Weihnachtszeit, natürlich, und auch zu Ostern manchmal. Auch sonst ist er immer mal wieder aufgetaucht, aber eher selten.«

»Und gab es noch weitere Menschen, die Lucrezia von Selberg-Broode besucht haben?«

»Nein, soweit ich weiß nicht. Ich habe davon nichts mitbekommen – womit ich glaube, sagen zu können, dass da auch niemand war. Ich kann mir nicht vorstellen, dass sie Besuch hatte, ohne dass ich davon erfahren hätte – entweder von ihr direkt oder über unsere Angestellten.«

Kaum Besuch von der Tochter, ein paarmal im Jahr eine Stippvisite vom Enkel – viel war das nicht, dachte Feller. Doch dann resümierte er: Frau von Selberg-Broode hatte drei Brüder gehabt, die alle bereits im Krieg gestorben waren. Also nichts mit Schwägerinnen, Neffen und Großneffen. Ihr Mann war ebenfalls bereits vor fast dreißig Jahren verstorben. Selbst wenn er noch Geschwister gehabt hätte – die wären dann wohl auch in Lucrezias Alter. Und da reiste man kaum noch quer durch die Republik, um Verwandtenbesuche zu absolvieren. Sie hatte eine Tochter und einen Enkel, die in Deutschland lebten, und einer von den beiden besuchte sie – das war dann rein statistisch eine Trefferquote von fünfzig Prozent. Also nichts, worüber man sich beklagen sollte, oder?

»Wie verstand sich Frau von Selberg-Broode denn mit den Bewohnern im Heim? Und mit den Pflegekräften?«

Nathalie Ankenbrand schaute Feller nicht an. Ihr Blick war weiterhin nur auf den Bildschirm gerichtet, als sie sagte: »Frau von Selberg-Broode war eine feine Dame. Sie hatte Charakter, sie hatte Ausstrahlung, all das muss man ihr zugutehalten. Aber sie war auch eine Diva. Sie ging davon aus, dass sie, da sie als Adlige geboren worden war und als die große Harfenistin ihrer Zeit gegolten hatte, über allen stand – das stieß nicht bei jedem auf Gegenliebe. Und gerade uns, die Angestellten in diesem Haus, hat sie immer ein wenig von oben herab behandelt. Das überschritt oft das Maß zur Überheblichkeit und immer wieder auch das Maß zur Frechheit. Um Ihre Frage also kurz und knapp zu beantworten: Das Verhältnis zu den Mitbewohnern und auch zu uns Angestellten war im besten Falle distanziert.«

Inzwischen hatte sich Nathalie Ankenbrand vom Monitor ab- und Feller wieder zugewandt: »Ihr Leben war also – formulieren wir es positiv – zurückgezogen. Etwas weniger positiv formuliert: einsam.«

Für einen kurzen Moment trafen sich Fellers und Nathalie Ankenbrands Blicke. Es war Feller, der zuerst wieder wegschaute. »Welche Daten haben Sie noch von Frau von Selberg-Broode in Ihrem System?«

»Wir haben natürlich auch eine Akte angelegt über ihren Gesundheitszustand – das müssen wir, um auch kurzfristig reagieren zu können, wenn sich ihre Konstitution plötzlich verschlechtern sollte.«

Wieder lag die schriftliche Antwort auf Fellers Frage nur ein paar Mausklicks entfernt. »Hier sehen Sie das, was wir als unsere persönliche Krankenakte bezeichnen.«

Wieder las Feller. Frau von Selberg-Broode litt unter Herzinsuffizienz. Der Begriff war zum Glück in Klammern erklärt: eine Herzschwäche. Das war bei ihr die Ursache für eine absolute Arrhythmie, also das sogenannte Vorhofflimmern. Die Therapie: Blutverdünner.

Ansonsten war Frau von Selberg-Broode für ihr Alter sehr gesund gewesen. Ja, die Arthrose hatte ihr zu schaffen gemacht, ganz besonders in den Zehen des rechten Fußes und in den Fingern der rechten Hand. Doch alle anderen wichtigen Körperfunktionen waren intakt: Ihre Augen waren gut, ihr Hörvermögen ebenfalls – und auch die Zähne im Mund waren ihre eigenen.

Da war ein leiser, kalter Schauer, der Feller den Rücken hinunterlief. Dieser Bericht war intimer als jedes Nacktfoto. Wenn er sich vorstellte, dass jemand seine Krankenakte zu

Gesicht bekäme. Hatte nicht jeder seine kleinen Geheimnisse über die kleinen Zipperlein, die er definitiv nicht auf einem Plakat in der Fußgängerzone lesen wollte? Er selbst hasste es ja bereits, in der Apotheke Medikamente zu kaufen. Allein der Erwerb von Fußpilzsalbe, am besten dargereicht von der jüngsten und hübschesten Apothekerin des ganzen Ladens, konnte einem die Schamesröte ins Gesicht treiben. Und vor zwei Jahren hatte er selbst sich zum ersten Mal eine Salbe gegen Hämorriden kaufen müssen. Er konnte es durchaus nachvollziehen, dass jemand solche Medikamente nur noch über das Internet bestellte. Wobei man dort natürlich nie wusste, ob man auch das bekam, wofür man bezahlte … Sein Blick fiel wieder auf den Monitor. Es gab wohl nur einen Menschen in seinem Umfeld, der all jene kleinen Geheimnisse von Frau von Selberg-Broode ebenfalls erfahren würde: Das war Dr. Martin Hinrich, der Rechtsmediziner aus Frankfurt.

»Haben Sie noch weitere Informationen über Frau von Selberg-Broode?«, fragte Feller nun und dachte daran, dass Nathalie Ankenbrand sich bestimmt darüber wundern konnte, wieso seine Gesichtsfarbe sich so ins Rot verschoben hatte.

»Klar, wir haben noch den Personalbogen – aber darin steht letztendlich nur das, was Sie auch im Lebenslauf gelesen haben. Mehr haben wir hier im System nicht gespeichert, außer den Bankdaten.«

Feller ließ sich auch diese zeigen. Ein Konto bei der Volksbank Darmstadt, inklusive Kreditkarte, ein Aktiendepot, ebenfalls bei der Volksbank, und noch ein Sparbuch bei der Sparkasse.

»Das war's?«, wollte Feller wissen.

»Ja. Das ist das, was wir an persönlichen Daten über Frau von Selberg-Broode gespeichert haben.«

Ein ganzes Leben, reduziert auf vier Dokumente im Altenheim. Das hatte definitiv etwas Gruseliges. Richard Feller setzte sich aufrecht, drehte dabei die linke Schulter, seine Art, das ungute Gefühl abzuschütteln.

»Kann ich noch etwas für Sie tun?«, wollte Nathalie Ankenbrand wissen.

»Ja. Können Sie mir sagen, wer in dieser Nacht hier im Hause anwesend war? Haben Sie ein Kartensystem, das diese Daten erfasst?«

Nathalie Ankenbrand nickte. »Ja, ist kein Problem.«

Wieder ein paar Klicks, dann ein paar andere Fenster auf dem Monitor.

»Also, es ist ganz klar: Von allen Mitarbeitern dieses Hauses war Frau Brandes in dieser Nacht allein hier im Haus. Schauen Sie hier«, sagte sie und zeigte auf eine Spalte einer Tabelle, in der alle Zellen rot markiert waren.

»Alle haben an diesem Abend das Haus verlassen«, sagte Frau Ankenbrand. »Nur Frau Brandes ist kurz vorher gekommen.« Sie deutete mit ihrem Kuli auf eine Zelle, die grün markiert war. »19:32 Uhr. Da hat Ria das Haus betreten. Und bis 20:24 Uhr haben alle anderen das Haus verlassen.«

»Gibt es bei Ihnen Überwachungskameras? Zeichnen die automatisch auf?«

Nathalie Ankenbrand wandte sich Feller zu. »Ja, wir haben solche Kameras. Die haben wir an drei Stellen installiert. Am Haupteingang, am Eingang zum Garten und auch am Aufzug im Ostflügel. Also an allen drei offiziellen Zugängen. Es gibt im Souterrain noch die Möglichkeit, direkt in den Bereich der Hausmeister zu gehen – aber dazu brauchen Sie einen Sicherheitsschlüssel. Da haben wir keine Kameras.«

»Können Sie mir die Aufzeichnungen zeigen?«

»Selbstverständlich.« Wieder huschte der Mauszeiger über den Bildschirm, wieder flogen ihre Finger über die Tastatur, und bereits wenig später sah Feller, wie Frau Brandes durch den Haupteingang das Seniorenstift betrat.

»Die Kameras zeichnen nur auf, wenn ein Bewegungsmelder aktiv wird«, erklärte Frau Ankenbrand.

Dementsprechend war auf dem Video des Haupteingangs nach 20:24 Uhr keinerlei Aktivität mehr verzeichnet – erst, als Frau Brandes vor die Tür des Haupteingangs trat, um den Hausarzt Dr. Perlau in Empfang zu nehmen.

»Irgendwas an den anderen Eingängen?«, wollte Feller wissen.

Nathalie Ankenbrand klickte und sagte: »Nein, weder am Aufzug noch am Ausgang zum Garten ist seit gestern Nachmittag irgendeine Bewegung registriert worden.«

»Das heißt, dass niemand das Haus betreten hat?«

Frau Ankenbrand sah Feller an und sagte: »Das heißt, dass niemand in den Bereichen, die durch die Videoüberwachung abgedeckt werden, das Haus betreten oder verlassen hat. Ob jemand mit einer Leiter in den ersten Stock geklettert ist und dort von jemand anderem durch ein Fenster eingelassen wurde – das erfassen die Kameras natürlich nicht.«

»Könnte es denn noch weitere digitale Spuren geben, die Frau von Selberg-Broode hinterlassen hat?«

Nathalie Ankenbrands nickte erneut. »Ja. Wir zeichnen unter anderem auf, wenn eine unserer Bewohnerinnen oder einer unserer Bewohner die Klingel betätigt. Auch das dient der Dokumentation dazu, wie schnell wir auf eine solche Aktion reagieren. Diese Dokumentaritis in der Betreuung und der Pflege, mit der man auch das Entfernen der letzten Wollmaus hinterlegen muss – ich kann mir vorstellen, dass das für andere Einrichtungen, die finanziell nicht so gut ausgestattet sind wie wir, zur Hölle werden kann. Ich habe eine Kollegin, die … nun, lassen wir das, gehört jetzt nicht hierher. Also. Hier ist der Klingelnachweis, wie ich ihn immer nenne.«

Feller schaute auf den Monitor. Die Tabelle war simpel aufgebaut: Links stand der Name des Apartmentbewohners. Daneben die Nummer der Wohneinheit. Eine Spalte weiter der Zeitpunkt, zu dem der Alarm ausgelöst und beendet worden war. Daneben erfuhr man, welcher Angestellte ihn abgeschaltet hatte.

Die letzte Zeile zeigte, dass Frau von Selberg-Broode aus ihrer Wohnung heraus um 4:30 Uhr die Notfallklingel betätigt hatte. Und dass Ria Brandes den Alarm in der Wohnung um 4:31 Uhr abgestellt hatte.

Fellers Blick richtete sich auf die Zeile darüber. Um 4:00 Uhr war ebenfalls ein Alarm ausgelöst worden, gleichfalls aus der Wohnung von Frau von Selberg-Broode. Auch dieser war eine Minute später von Ria Brandes abgeschaltet worden.

Die Zeile darüber zeigte ebenfalls einen Alarm aus der Wohnung von Frau von Selberg-Broode, diesmal um 0:02 Uhr, abermals beendet eine Minute später durch Ria Brandes.

In der Zeile darüber war der vorhergehende Alarm dokumentiert. Doch der lag über zweiundsiebzig Stunden zurück. Und er war auch nicht ausgelöst durch Lucrezia von Selberg-Broode, sondern durch einen anderen Heimbewohner.

»Verstehe ich das richtig? Hat Frau von Selberg-Broode in dieser Nacht dreimal den Notalarm ausgelöst?«

»Ja. Offensichtlich ging es ihr in dieser Nacht nicht gut.«

»Weitere digitale Spuren?«

»Nein, ich glaube, das war's«, sagte Nathalie Ankenbrand.

»Können Sie mir diese Daten zukommen lassen? Am besten per E-Mail?«

»Selbstverständlich. Wenn Sie zurückfahren ins Präsidium, werden die Daten bereits vor Ihnen dort angekommen sein«, lächelte sie.

»Ganz herzlichen Dank, Sie haben mir sehr geholfen.«

»Gern geschehen.«

Feller war bereits im Begriff, sich zu erheben, als Nathalie Ankenbrand ihn fragte: »Sie gehen ab und zu ins Delfino?«

Feller sah sie erstaunt an. Wie kam sie dazu, ihm jetzt so eine persönliche Frage zu stellen? Er speiste öfter in dem

Restaurant unweit seiner Wohnung. »Wie kommen Sie darauf?«

»Ich meine Sie da schon einmal gesehen zu haben. Was ist Ihr Lieblingsgericht?«

Feller antwortete nicht gleich.

Natalie Ankenbrand überspielte den kurzen Moment der Irritation geschickt: »Ich bin ein großer Fan eines guten Steaks. Dazu muss man zwar nicht zu einem Italiener gehen, aber es schmeckt mir dort.«

»Hm«, brummte Feller. Ihm war völlig schleierhaft, wieso diese Frau jetzt auf das Restaurant zu sprechen kam. Dann hörte er sich sagen: »Saltimbocca.«

»Ja, das ist gut, dass esse ich auch ab und zu. Und Ihre Frau?«

Feller sah Frau Ankenbrand entgeistert an. »Meine Frau?« Er dachte kurz, wie um alles in der Welt Nathalie Ankenbrand eine Frau an seiner Seite wähnte. Doch dann fiel es ihm ein: Fast eineinhalb Jahre lang hatte er gemeinsam mit Leah Gabriely alle zwei Wochen in diesem Restaurant gespeist. Sie beide wohnten schließlich nur wenige Gehminuten entfernt, in der Heinrich-Fuhr-Straße. Womit sich der Italiener anbot. Hatten sie beide so vertraut gewirkt, dass jemand auf die Idee hatte kommen können, Leah wäre seine Frau? Das konnte er sich nicht vorstellen. Es hatte einen einzigen Moment in diesen eineinhalb Jahren gegeben, in dem sie kurz seine Hand gehalten hatte – um sie gleich darauf wieder zurückzuziehen. Und das war dann auch der Anfang vom Ende ihres gemeinsamen Rituals gewesen. Feller hatte nicht verstanden, wieso Leah diese gemeinsamen Verabredungen aufgegeben hatte. Sie hatte nie darüber gesprochen. Und er hatte nie gefragt.

Und, ja, verdammt, er hatte das vermisst. Und wenn er zu sich selbst ehrlich war, dann hatte er auch eine Wiederholung dieser unendlich zarten Berührung vermisst. Was er niemals irgendeiner Menschenseele gegenüber laut auszusprechen gewagt hätte. Was er sich nur in schwachen Momenten eingestand. Offensichtlich war gerade solch ein schwacher Moment.

Und Nathalie Ankenbrand, sie erinnerte sich an diese Momente mit Leah? Da musste er ja mächtig Eindruck hinterlassen haben.

»Entschuldigen Sie, ich wollte dir nicht zu nahetreten.« Natalie Ankenbrand lachte auf. »Das war jetzt etwas missglückt.«

Knigge sagte ja, dass eine Frau einem Mann das Du anbieten durfte, es aber ebenso dem Älteren zusteht, es dem Jüngeren anzubieten. In ihrem Fall ein unauflösbarer Konflikt. Oder hatte er seinen Knigge nicht gründlich genug gelesen?

»Du?«, fragte Natalie Ankenbrand vorsichtig.

»Gern«, antwortete Feller. Ein *Du* kam Feller nicht leicht über die Lippen. Normalerweise vermied er jegliche Art des persönlichen Austausches mit anderen Menschen – abgesehen vielleicht von jener Freundschaft zu Leah Gabriely. Doch auch die war im vergangenen Jahr immer mehr zur reinen Dienstbeziehung degradiert worden. Was Feller nie richtig verstanden hatte. Ach, er würde auf seine alten Tage nicht mehr damit anfangen, Frauen verstehen zu wollen.

Feller schüttelte leicht den Kopf. »Und – das war nicht meine Frau«, sagte er nur, während er aufstand.

Er reichte Nathalie Ankenbrand die Hand. »Danke für deine Unterstützung«, sagte er noch, dann hatte er das Büro auch schon verlassen.

Leah sah auf ihre Uhr. Die zeigte Viertel nach fünf. Sie saßen im kleinen Besprechungsraum und wollten die ersten Ergebnisse zusammenfassen. Mit am Tisch hatten Horndeich, Feller, Silvia Rauch von der Spurensicherung und Bernd Süllmeier vom ersten Polizeirevier Platz genommen. Dessen Kollegen hatten die gesamte Bewohnerschaft des Hauses befragt.

Vor Leah lagen eine Tastatur und eine Maus. Per Funk angeschlossen an ein Surface Hub, quasi ein Riesen-Tablet auf einem eigenen Rollwagen, mit integrierter Kamera, um Videokonferenzen abzuhalten – und gleichzeitig gemeinsam auf ein und dieselben Dateien zugreifen zu können. Leah war diesen technischen Neuerungen gegenüber immer skeptisch gewesen. Sie liebte ein Whiteboard, Folienschreiber in verschiedenen Farben, mit denen sie Sachverhalte gleich durch farbliche Kennzeichnung sortieren konnte. Inzwischen hatte sie eingesehen, dass die Arbeit vereinfacht wurde, wenn man das Protokoll bereits während der Sitzung schrieb. Süllmeier hatte die Ergebnisse der Befragungen als ein Bündel von PDF-Dateien auf den Server gelegt. Leah sah in seine Richtung: »Bernd, würdest du bitte zusammenfassen, was die Befragung der Heimbewohner ergeben hat?«

Bernd Süllmeier nickte. Selbst wenn er auf einem Bürostuhl saß, wirkte es, als ob die Möbel in diesem Raum direkt aus dem Sieben-Zwerge-Katalog bestellt worden wären. Er war so groß, dass er selbst im Sitzen die anderen um einen halben Kopf überragte. »Also, meine Kollegen und ich haben alle befragt. Der Tenor von allen Bewohnern stimmt überein: Lucrezia von Selberg-Broode war nicht sonderlich beliebt. Es gab keine offenen Konflikte, aber jeder hatte so seine Erfahrungen mit dieser Dame, die alle in die gleiche Richtung wiesen: Frau von Selberg-Broode hielt sich für etwas Besseres und ließ ihr Umfeld das auch deutlich spüren. Und so gewinnt man nun mal keine Freunde. Die wenigsten haben sich mit ihr ab und an unterhalten, einige haben sie immerhin gegrüßt. Aber, wenn ihr mir diese Interpretation gestattet, ich glaube, Frau von Selberg-Broode war ziemlich isoliert. Selbst verschuldet isoliert.«

Leah hatte bereits Stichpunkte mitgeschrieben, dann blickte sie auf und sah in Richtung ihres Kollegen Horndeich: »Hat der Heimleiter Horst Diebold noch irgendetwas Erhellendes beigetragen?«

Der zuckte mit den Schultern: »Diebold hat nur noch einmal klargemacht, was für eine tolle Harfenistin Lucrezia von Selberg-Broode gewesen ist. Ich hatte den Eindruck, er war ziemlich stolz darauf, solch eine Prominenz in seinem Seniorenstift zu beherbergen. Ansonsten? Nada. Ich habe auch noch mit dem anderen Pfleger gesprochen, Andreas Liebermann. Er sagte, er und Frau von Selberg-Broode wären miteinander ausgekommen. Aber er machte auch keinen Hehl daraus, dass es andere Bewohner im Heim gab, die er deutlich mehr mochte.«

»Gut«, sagte Leah. »Ich habe heute Mittag mit der Tochter von Frau von Selberg-Broode telefoniert. Sie setzt sich morgen früh in den ersten Flieger und kommt nach Darmstadt. Sie wird um elf Uhr hier auf dem Präsidium sein. Sie hat gesagt, sie wird auch ihren Sohn Matthias versuchen zu erreichen und ihn gleich mitbringen.«

»Hat sie noch mehr Kinder?«, wollte Feller wissen.

»Ja, insgesamt hat sie drei Kinder. Zwei davon wohnen jedoch in den USA. Sie wird ihnen ebenfalls Bescheid sagen.«

»Wie hat sie auf die Nachricht reagiert?«, wollte Horndeich wissen.

»Nicht besonders emotional. Ich meine, Frau von Selberg-Broode war dreiundneunzig Jahre alt, da musste man damit rechnen, dass sie irgendwann stirbt. Aber Ariane Wegener hat schon ziemlich gelassen aufgenommen, dass ihre Mutter offenbar keines natürlichen Todes gestorben ist. Mehr werden wir erfahren, wenn sie morgen bei uns ist.« Leah hielt kurz inne, dann wandte sie sich an Silvia Rauch: »Gibt es von der Spurensicherung noch irgendwelche Neuigkeiten?«

»Nein. Wir haben das Kissen ins Labor gebracht – aber unterm Strich: nichts Auffälliges. Eine ganz normale Wohnung. Sagt uns, wonach wir suchen sollen, dann gehen wir da gern noch mal rein. In der Zwischenzeit muss das Polizeisiegel dafür sorgen, dass das niemand anderes tut.«

Leahs Blick fiel auf Richard Feller. Er hatte sich während der gesamten Sitzung noch nicht zu Wort gemeldet. Das war nichts Ungewöhnliches. Und dennoch: Irgendwie wirkte er verändert auf Leah. Was glaubte sie, in seinen Augen zu sehen? Trotz? Wut? Sosehr Richard ein Meister darin war, ein Pokerface aufzusetzen, sosehr erkannte Leah, dass in ihrem Kollegen irgendetwas arbeitete.

»Richard, noch irgendwas von deiner Seite?«

Richard Feller schien sich kurz zu sammeln, dann sagte er: »Ich habe mich heute Mittag mit Nathalie Ankenbrand unterhalten. Sie ist die Pflegedienstleiterin des Heims – und gleichzeitig auch für die gesamte EDV verantwortlich.« Er wandte seinen Blick in Richtung Bernd Süllmeier. »Sie hat das, was auch die Bewohner des Hauses gesagt haben, bestätigt. Frau von Selberg-Broode war nicht sehr beliebt.

Frau Ankenbrand hat mir die Sicherheitseinrichtungen des Hauses erklärt. An den drei Stellen, die zum Haus führen, sind Videokameras installiert. Jeweils mit Bewegungsmeldern. Die Kameras haben also nur aufgezeichnet, wenn sich tatsächlich irgendetwas geregt hat. Aber in der Zeit, nachdem die Pflegekräfte abends das Haus verlassen haben, und dem Tohuwabohu, nachdem Ria Brandes den Arzt gerufen hatte, hat sich da nichts getan. Niemand ist rein oder raus. Also muss der Mörder oder die Mörderin wohl aus dem Haus stammen. Ich checke das noch mal genau, aber ich bin mir ziemlich sicher.

Frau Ankenbrand hat mir auch einen Lebenslauf zur Verfügung gestellt, den habe ich bereits auf dem Server abgelegt. Wer ihn liest, vergibt bestimmt keine zehn Sympathie-Sterne, aber ein Mordmotiv lässt sich daraus auch nicht ableiten. Ich habe auch schon die Bankdaten von Frau von Selberg-Broode überflogen. Der Geldsäckel ist wohl gefüllt. Aber ich habe keine auffälligen Geldbewegungen finden können. Erpresst hat sie wohl niemand.

Dann hat mir Frau Ankenbrand die Log-Datei gezeigt, in

der alle Notrufe protokolliert werden. Frau von Selberg-Broode hat in der Nacht dreimal die Notruftaste betätigt, und Ria Brandes war jedes Mal innerhalb von einer Minute bei ihr gewesen. War eine ziemlich unruhige Nacht für die alte Dame – okay, das war jetzt nicht witzig.«

»Moment. Sagtest du, dass Frau von Selberg-Broode in dieser Nacht dreimal den Notruf ausgelöst hat?«

»Ja«, Feller tippte auf seinem Tablet, »um 0:02 Uhr, um 4:00 Uhr und dann um 4:30 Uhr. Und jedes Mal war Ria Brandes innerhalb von einer Minute in ihrem Apartment.«

Leah runzelte die Stirn. »Mir hat Frau Brandes gesagt, dass Frau von Selberg-Broode nur einmal den Notruf betätigt hat. Ria Brandes hat gelogen.« Leah klickte mit der Maus, und Sekunden später hatte sie das Protokoll des Gesprächs mit Ria Brandes auf dem Bildschirm. Sie hatte gesagt, dass sie dreimal in dieser Nacht bei Frau Bednartz vorbeigeschaut habe und dann erst um 4:30 Uhr bei Frau von Selberg-Broode. Hier stimmte irgendwas nicht. Da galt es nachzuhaken.

Leah sah Horndeich an: »Dann sollten wir uns morgen noch einmal mit Frau Brandes unterhalten.«

Horndeich nickte. »Machen wir.«

Leah wandte sich wieder an Feller: »Hat dir diese Frau Ankenbrand noch etwas aus dem Hut zaubern können?«

Für den Bruchteil einer Sekunde spielte sich in Fellers Mimik ein wahres Feuerwerk ab. Zwischen Stirnrunzeln, Lächeln, Irritation und Wut liefen seine Gesichtsmuskeln zu Höchstleistungen auf. Wenn Leah auch nicht verstand, was in ihrem Kollegen gerade vorging.

»Nein, mehr konnte sie uns nicht mitteilen.«

»Gut, dann warten wir einmal ab, was uns die Tochter und der Enkel von Lucrezia von Selberg-Broode morgen erzählen werden. Und bis dahin wird Martin Hinrich sicher ein Statement zur Todesursache abgegeben haben.«

Horndeich stieg in seinen Mazda. Er mochte den alten Wagen. Und auch seine Tochter hatte er dafür begeistern können. Sie kannte sich nicht aus mit Automarken. Aber sie sprach immer von »unserem Xedos«. Und wer darauf die Gegenfrage wagte, was denn ein Xedos sei, dem erzählte sie, dass es sich um das schönste Auto der Welt handelte und dass ihr Papa dieses Auto fuhr. Und Stefanie hatte darauf bestanden, stets neben einem Familienfoto und einem Bild ihres Hundes Che ein Foto der Familienkutsche bei sich zu tragen.

Er startete den Motor, dann ließ er den Wagen Richtung Ausfahrt auf die Straße rollen. Zuvor hatte Horndeich noch mit seiner Frau telefoniert. Zwar genossen Sandra und sein Sohn Alexander die salzigen Brisen der See, aber der Husten seines Sohnes heilte nicht ab. Die dortigen Ärzte hatten versucht, Sandra zu beruhigen. Anfangs könne die Meeresluft die Bronchien noch reizen, Sandra solle sich noch etwas in Geduld üben. Das jedoch fiel seiner Frau zunehmend schwerer. Sie überlegte, ob sie die Kur abbrechen solle, um wieder nach Hause zu kommen. Horndeich war von dem Vorschlag nicht begeistert. Denn dass sich Alexanders Husten hier vor Ort wie von selbst auflösen würde, war kaum zu erwarten. Im Laufe des Telefonats hatte Sandra zunehmend gereizt auf Horndeichs Argumente reagiert.

Horndeich hasste Telefonate, in denen Wichtiges besprochen werden musste, ohne dass man einander gegenübersaß. Noch schlimmer war es, wenn man sich selbst das Handy vor die Nase hielt und das Bewegtbild des anderen sah. Er hatte immer den Eindruck, so etwas würde die Distanz nur vergrößern und nicht verringern. Zumal man sich ja nicht in die Augen sah, sondern dank des Versatzes zwischen Bildschirm und Kamera immer knapp aneinander vorbei. Sechshundert Kilometer waren nun mal sechshundert Kilometer. Hätten sie darüber gemeinsam auf dem Sofa diskutiert – Horndeich hätte genau gewusst, an welcher Stelle er nach Sandras Hand gegriffen hätte. Wodurch sich die gegenseitigen Argumente nicht verändert hätten. Aber er hätte ihr das Gefühl vermitteln können, dass sie weiterhin an einem Strang zogen.

Wenig später stellte Horndeich den Wagen vor dem Haus seiner Schwiegereltern ab. Der Türsummer wurde schon betätigt, bevor er dazu kam, den Klingelknopf zu drücken. »Steffen, schön, dass du da bist. Hast du einen anstrengenden Tag gehabt?« Seine Schwiegermutter war fürsorglich wie immer.

»Alles gut«, sagte Horndeich.

»Aber da stand doch schon was im Internet, dass da eine alte Dame gestorben ist und man nicht weiß, ob sie nicht vielleicht ermordet worden ist?«

Die Medien. Die Presse. Horndeich hielt große Stücke auf die Pressefreiheit. Und er musste immer schmunzeln, wenn er in irgendwelchen Filmen die Horden von Reportern sah, die sich zu Hunderten auf einen Verdächtigen, auf ein Opfer, auf den Staatsanwalt, auf den Verteidiger – auf wen auch immer stürzten. Das war ziemlich weit von der Realität entfernt. Aber dass die Medien rasch Lunte rochen und dann auch vorschnell Meldungen raushauten, das war durchaus Realität.

»Stimmt das? Habt ihr einen neuen Fall?«

Horndeich seufzte innerlich. »Susanne, du weißt doch, dass ich darüber nicht reden darf. Wie geht es Stefanie?« Über seine Tochter zu reden war die sicherste Möglichkeit, die Schwiegereltern von ihrer Neugier abzulenken.

Horndeich mochte seine Schwiegereltern, beide. Was nicht hieß, dass sie nicht unglaublich anstrengend sein konnten. Sein Schwiegervater Georg war Mister Bauhaus persönlich. Es gab nichts, was er nicht zu reparieren wusste. Und wenn es nichts zu reparieren gab, dann fand sich immer irgendeine Stelle, die es im Haus zu optimieren galt. Leider zog das meist gewisse Kollateralschäden nach sich. Natürlich war es toll, auch im hinteren Teil des Gartens eine wetterfeste Steckdose zu haben. Blöd war es allerdings, wenn durch deren missglückte Installation das gesamte Haus zwei Tage vom Strom abgeschnitten wurde. Nun, seine Tochter liebte es, ihrem Großvater beim Reparieren schwieriger Dinge zu helfen und sich mit dem Hammer in der Hand als echte Handwerkerin zu fühlen.

Und seine Schwiegermutter? Horndeich empfand sie nicht als das perfekte Rollenvorbild für seine Tochter. Sie war ganz Hausfrau, zweihundertprozentig, sie machte den leckersten Kuchen weit und breit – aber alles darum herum interessierte sie wenig. Abgesehen vielleicht von neuen, spektakulären Fällen, die der Schwiegersohn bearbeitete.

Horndeich hörte seine Tochter, bevor er sie sah. Sie flitzte neben ihre Oma, bremste kurz, indem sie deren rechtes Bein umklammerte, dann nahm sie erneut einen Schritt Anlauf und stürmt auf ihren Vater zu. »Papa!!«, brüllte sie und warf sich in seine Arme. Horndeich hob sie hoch, wirbelte sie dreimal im Kreis, bevor er sie wieder absetzte. Ein altes, lieb gewonnenes Ritual.

Horndeichs Schwiegermutter hatte gekocht. Lasagne. »Setzt euch an den Tisch«, forderte Susanne Hillreich Horndeich und seine Tochter auf. Dann rief sie: »Georg! Essen!«

»Opa arbeitet noch auf dem Dach von der Gartenhütte«, klärte Stefanie ihren Papa und ihre Oma auf. Susanne Hillreich verschwand kurz durch die Terrassentür und kam wenig später mit Georg an ihrer Seite zurück. Sie setzten sich. Horndeichs Schwiegermutter streckte die Hände aus, Georg und Stefanie ergriffen sie, und Horndeich schloss den Kreis. »Komm, Herr Jesus, sei unser Gast und segne, was du uns bescheret hast. Amen.« Bevor dieses Gebet gesprochen war, gab es keinen Krümel. Zumindest nicht bei seinen Schwiegereltern. Und auch erst danach sagte Stefanie zu Che: »Fresschen« – das Kommando, dass auch der Hund an den bereits gefüllten Napf durfte. Horndeich hatte seinen Frieden mit dem religiösen Ritual gemacht, auch wenn er dem Glauben nicht viel abgewinnen konnte. Nein, so stimmte das auch nicht – er hatte festgestellt, dass er, seitdem er eigene Kinder hatte, mehr darüber nachgedacht hatte. Zum ersten Mal, als er vor ein paar Jahren angeschossen worden war. Wäre das schiefgegangen, hätte er eine Antwort darauf gehabt, ob da überhaupt jemand, und wenn ja, wer nach dem Tod auf ihn wartete.

Für Stefanie schien die Welt in Ordnung. Bei den Großeltern wurde gebetet, im eigenen Esszimmer nicht. Immer wieder wunderte sich Horndeich, wie flexibel und überaus anpassungsfähig Kinder sein konnten, wenn es darum ging, in ihrer Umwelt ihren Platz zu finden.

Horndeich schätzte die Kochkünste seiner Schwiegermutter und nahm sich bereits zum zweiten Mal, als Stefanie laut in die Runde fragte: »Wisst ihr, was wir heute bei Frau Moltke gemacht haben?« Offensichtlich hatte sie es den Großeltern bereits erzählt, denn die beiden reagierten nicht. Stefanie sah ihren Vater an: »Wir haben ein ganz tolles Bild gemalt. Also ich, ich hab ein ganz tolles Bild gemalt.«

»Zeigst du es uns nach dem Essen?«, wollte Horndeich wissen.

»Klar!«, antwortete seine Tochter.

Während Susanne Hillreich wenig später den Tisch abräumte, holte Stefanie das Bild aus ihrem Schulranzen und legt es auf den Esstisch. »Ist unsere Familie«, erläuterte sie. Horndeich betrachtete die Kinderzeichnung auf dem hochkant ausgerichteten Papier. Mehrere Personen waren darauf zu sehen. Stefanie. Langes Haar, das Kind in der Mitte, unverkennbar. Daneben Alexander, das Kleinkind im Kinderwagen. Und neben den beiden: Che. Darüber er und Sandra als Eltern. Hier sollte offensichtlich ein Stammbaum gezeichnet werden. So viel begriff Horndeich.

Über Sandra sah er die etwas dicke Frau mit rötlich gefärbten Haaren – eindeutig seine Schwiegermutter. Horndeich musste schmunzeln, als er erkannte, wie treffsicher sie seine Tochter mit sieben Jahren via Buntstift charakterisiert hatte.

Neben ihr der etwas kompakte Schwiegervater. Auch er unschwer zu erkennen und zuzuordnen.

Dann, über seinem Kopf: ein Mann, der jenem Abbild des Schwiegervaters sehr ähnelte, allerdings Flügel statt Arme hatte. Und er stand auf etwas, was einer kleinen Wolke recht nahekam. Daneben befand sich eine Frau, die seiner Schwiegermutter eins zu eins glich.

Stefanie deutete mit zwei Fingern auf den Engel und Schwiegermutter Nummer zwei. »Guck, Papa, da habe ich deine Eltern hingemalt.«

»Schön hast du das gemacht«, lobte Susanne Hillreich, die sich inzwischen auch wieder an den Tisch gesetzt hatte. Dann sah sie Horndeich an und fragte: »Sieht deine Mutter mir ähnlich? Du hast uns nie ein Bild von ihr gezeigt.«

Horndeich starrte auf das Kinderbild. Fünfzehn war er gewesen, als sein Vater gestorben war. Der hatte tatsächlich ein wenig so ausgesehen wie sein Schwiegervater, wenn auch sicherlich zehn Zentimeter größer.

»Papa?«

Horndeich antwortete nicht. Nein. Seine Mutter hatte überhaupt keine Ähnlichkeit mit Susanne Hillreich. Zumindest nicht, als er sie das letzte Mal gesehen hatte.

Da Horndeich nicht antwortete, plapperte seine Tochter munter weiter: »Weißt du, Oma, der Papa von meinem Papa, der ist schon gestorben. Schon ganz lange. Der ist jetzt im Himmel. Deshalb hat er auch Flügel. Und die Oma, also die Mama vom Papa, die muss dann auch so aussehen wie eine Oma. Also so wie du. Habe ich doch toll gemalt, oder?«

Stefanie wandte sich jetzt ihrem Vater zu: »Wo ist denn eigentlich meine andere Oma, Papa? Du hast immer gesagt, sie ist nicht da. Aber wo ist sie denn dann?«

Als Horndeich seine Mutter das letzte Mal gesehen hatte, da hatten sie in Hamburg gelebt. Knapp siebzehn war er da gewesen. Mit ihr hatte er sich nie verstanden. Nein, eigentlich war es eher andersrum: Sie hatte sich nie mit ihm verstanden. Nichts als Gleichgültigkeit ihm gegenüber. Dann sah er wieder das Bild von sich selbst, das er so tief in den allerhintersten Regalen seiner Erinnerung abgelegt hatte, bedeckt vom Staub der Zeit, in jener hinteren Ecke, wo das trübe Deckenlicht der Erinnerungskammer nicht in der Lage war, auch nur den Hauch eines Lichtstrahls hinzusenden. Er sah sich wieder selbst, fast siebzehn, den billigen Schlauch, der seinen Oberarm abklemmte, sodass er sich unter dem Ellenbogen einen Schuss setzen konnte. Mit niemandem hatte er je darüber geredet. Außer einmal, vor über zehn Jahren, mit seiner Kollegin Margot. Das erste und das letzte Mal. Noch nicht einmal Sandra hatte er davon erzählt, von jenem dunkelsten Kapitel seiner Lebensgeschichte.

»Papa, wo ist denn meine zweite Oma?«, insistierte Stefanie erneut. Horndeich fühlte sich nicht fähig zu sprechen. Sein Handy rettete ihn, indem es laut klingelte. Leah. Er nahm das Gespräch an – wohl wissend, dass es eine Rettung war und keine Störung. »Leah?«

»Hinrich ist fertig. Er hat den Leichnam gründlich untersucht. Gibt wohl einige Überraschungen. Kannst du noch nach Frankfurt kommen?«

Horndeich sah nicht einmal auf seine Uhr. Er sagte nur: »Klar. Ich komme ins Präsidium, dann können wir zusammen nach Frankfurt fahren.« Und insgeheim dankte er Martin Hinrich, dass er genau diesen Zeitpunkt gewählt hatte, um Leah und ihn an seinen Untersuchungsergebnissen teilhaben zu lassen.

Alles war besser, als hier und jetzt mit seiner Tochter reden zu müssen.

Die Stätte von Hinrichs Wirken lag im Süden Frankfurts, knapp dreißig Kilometer von Darmstadt entfernt. Hier ging er der Tätigkeit nach, Leichen die letzten Geheimnisse über Ableben und Vorleben zu entlocken. Leah steuerte den Wagen in Richtung des Rechtsmedizinischen Instituts. Dies war in einer Jugendstilvilla untergebracht – als ob das ästhetische Äußere das zuweilen makabre Treiben im Inneren des Gebäudes dämpfen könnte. Leah stellte den Dienst-VW auf dem Schotterparkplatz ab. Nur wenige der Parkplätze waren belegt.

»Alles in Ordnung bei dir?«, unterbrach Leah Horndeichs Gedankenfluss, als sie den Wagen auf die Parkfläche der Jugendstilvilla lenkte. Für gewöhnlich war es eher Leah, die sparsam mit ihren Worten umging. Dass Horndeich den Schweigsamen gab, kam nur hin und wieder vor.

»Ja, alles okay«, wiegelte er ab. Er wollte seine privaten Sorgen nicht mit Leah teilen. Wobei es genau genommen ja keine echten Sorgen waren. Nur hatte seine Tochter vorhin in ein Wespennest gestochen. Nun summte und pikste es. Laut und schmerzhaft.

Wenig später standen sie in Sektionsraum eins des rechtsmedizinischen Instituts. Auf dem Tisch lagen die sterblichen Überreste von Lucrezia von Selberg-Broode. Hinrich hatte ein Leintuch über die Leiche gezogen, sodass nur der Kopf der alten Dame zu sehen war. Nicht immer bewies Hinrich ein solches Gefühl für Pietät. Doch nach all dem, was Horndeich über die Harfenistin erfahren hatte, hätte diese eine unverhüllte Zurschaustellung ihres Körpers definitiv nicht gutgeheißen.

»Das Wichtigste zuerst«, begann Hinrich seine Erläuterungen. »Die alte Dame ist nicht erstickt.«

Oh, dachte Horndeich. Nach dem Fussel in der Nase und den Staublutungen im Auge hätte er eine höher dotierte Wette genau darauf platziert. Wie gewohnt zierte Hinrich seine erste Bemerkung durch eine dezent eingelegte Kunstpause. Leah kapitulierte zuerst: »Woran ist sie dann gestorben?«

»Hirnblutung«, antwortete Hinrich erstaunlich präzise.

»Also ein natürlicher Tod?«, wollte Horndeich wissen.

»Davon gehe ich nicht aus.«

Wieder die Kunstpause.

Horndeich ertrug sie.

Leah ertrug sie.

Und somit herrschte für Sekunden gespenstische Stille im Raum. Horndeich musste sich ein Lachen verkneifen, weil ihm ein bizarrer Gedanke durch den Kopf schoss. Sein Blick fiel auf die alte Dame, und er musste daran denken, wie ihr Arm plötzlich unter dem Leichentuch hervorschnellte, sie den Kopf drehte und den Rechtsmediziner anblökte: »Mein Gott, werter Herr Doktor, man kann den rhetorischen Moment einer Kunstpause auch zu Tode reiten!«

Dann schweifte Horndeichs Blick durch den Raum. An einer der Wände hing ein Bild, das ihm bislang nicht aufgefallen war: die Fotografie einer Herde von weißen Pferden, die durch die Gischt eines Sandstrands galoppierte. Leah schaute ebenfalls in diese Richtung. Für einen Moment runzelte sie irritiert die Stirn, dann fragte sie: »Dieses Bild hängt noch nicht lange hier. Nehmen Sie teil am Wettbewerb ›Unser Sektionsraum soll schöner werden‹?«

Hinrich blickte kurz zu der Fotografie. »Gefällt es Ihnen nicht?«

»Ich bin mir nicht sicher, ob hier der richtige Platz ist, ein solches Foto aufzuhängen.«

»Ach, Frau Gabriely, ästhetisches Verständnis braucht seine Zeit.«

Horndeich konnte sich ein Grinsen nicht verkneifen. Er kannte das Zitat. Harold & Maude, jener Kultklassiker, in dem Ruth Gordon als alte, lebenskluge Dame der Welt Ratschläge erteilt und ihre Weisheiten unterbreitet. Unter anderem ebendiesen.

Dann ließ Hinrich Leah keine Zeit für eine Erwiderung – wahrscheinlich aus reinem Selbstschutz – und fuhr unmittelbar fort: »Kommen wir zur Todesursache.«

An einer der Wände war ein Flachbildschirm angebracht. Während Hinrich weitersprach, huschten seine Finger über die Tastatur eines Laptops, der auf einer der Ablageflächen aus Cromargan abgestellt war. »Lucrezia von Selberg-Broode ist innerlich verblutet. Im Kopf. Präzise ausgedrückt: Es handelt sich um eine epidurale Blutung, und zwar an der Stelle, an der der Schädel der Verstorbenen auf den Boden geknallt ist.« Der Bildschirm zeigte den Ausschnitt eines Gehirns. »Am Rande bemerkt: War eine ganz schöne Sauerei, als ich den Schädel geöffnet habe.«

Sollte Leah auf den richtigen Moment für eine Erwiderung gewartet haben, spülte das Bild im Kopf jene potenzielle Replik nachhaltig davon.

»Das gerissene Blutgefäß war ein arterielles – sprich, das Blut wurde mit hohem Druck herausgepumpt, drückte damit auf das Gehirn, bis sie verblutet war, das ging ganz schnell. Und es gab nur eine einzige Stelle am Kopf, die Spuren eines Schlages aufgewiesen hat, und zwar jene Stelle, auf der ihr Hinterkopf lag.«

»Jemand hat ihr also an dem Teil ihres Kopfes eine übergezogen, auf dem sie danach gelegen hat?«, zeigte sich Horndeich irritiert.

»Nein, werter Herr Horndeich, es war der Boden, der Frau Lucrezia von Selberg-Broode geschlagen hat. Oder, präziser: Frau Selberg-Broode ist mit dem Hinterkopf auf dem Boden aufgeschlagen.«

Horndeich seufzte. Er war sich sicher, dass Hinrich diesen Zynismus verlieren würde, wenn er einmal die richtige Frau träfe. Damit würde sein Hang zur Selbstdarstellung gewiss gedämpft werden. Im vergangenen Jahr, als sie den Fall um den historischen Schädel gelöst hatten, da war jene Rechtsmedizinerin aus Leipzig ein paarmal an seiner Seite aufgetaucht. Emilia Schubert, erinnerte Horndeich wieder ihren Namen. Er hatte seinerzeit mitbekommen, dass der Rechtsmediziner bis über beide Ohren in die Kollegin verschossen gewesen war. Er kannte keine Details, aber offensichtlich hatten sie nicht zueinandergefunden. Bedauerlich – nicht nur für den Rechtsmediziner. Denn an ihrer Seite war Hinrich zumindest für eine kurze Zeit zu einem sozialkompatiblen Wesen mutiert. Doch genauso schnell, wie Emilia Schubert aufgetaucht war, war sie auch wieder verschwunden. Leider.

»Und wenn sie gestürzt ist, wie kommen Sie dann darauf, dass es sich um keinen natürlichen Todesfall handelt?«, fragte Leah, Hinrichs flachen Scherz ebenfalls ignorierend.

Hinrich wandte sich der rechten Seite des Sektionstisches zu und zog den Arm der Toten unter dem Tuch hervor. Dann deutete er auf zwei Stellen: »Hier sind ganz frische Hämatome. Druckstellen. Fast identische sind auch am anderen Arm zu finden. Die alte Dame ist mit Kraft festgehalten worden.« Er bedeckte den Arm wieder mit dem Stoff. »Hinzu kommt der Fussel in der Nase.« Wieder fingerte er auf der Tastatur, dann zeigte der Flachbildschirm an der Wand Fotografien von der Nase – mit tiefem Blick ins Naseninnere. Horndeich fühlte sich an das Buch *Gullivers Reisen* erinnert, das er seiner Tochter vor Kurzem vorgelesen hatte. So müssen sich die Liliputaner gefühlt haben, als sie das erste Mal auf Gullivers Brust gestanden und in Richtung seines Kopfes geschaut hatten.

Auf der Fotografie war deutlich der rote Fussel zu sehen. »Sie können ihn leider nicht mehr in natura bewundern, ich habe ihn per Boten heute Mittag zu Ihrem Erkennungsdienst geschickt. Das Ergebnis: Er stammt eindeutig von dem roten Kissen, das Sie neben dem Sofa in Frau von Selberg-Broodes Wohnung auf dem Boden gefunden haben. Über die zeitliche Abfolge lässt sich nur Folgendes mit Sicherheit sagen: Sowohl die Druckspuren an den Armen als auch der Fussel in der Nase müssen prämortal zugefügt worden sein.«

Horndeich und Leah schwiegen für einen Moment. *Prämortal* – vor dem Eintritt des Todes. Hinrich liebte sein Latein.

Leah hatte sich zuerst gesammelt. »Frau Selberg-Broode

ist also auf den Boden gedrückt und dann mit dem Kissen erstickt worden?«

»Nein, wie ich schon sagte, sie ist nicht erstickt. Sie starb an einer EDH. Also ebendieser Blutung im Kopf. Und diese Blutung war deutlich stärker als bei einem völlig gesunden Menschen. Frau von Selberg-Broode hat ja blutverdünnende Mittel genommen wegen ihres schwachen Herzens. Um präzise zu sein: Sie litt unter Arteriosklerose, also der krankhaften Einlagerung von Cholesterinester und anderen Fetten in der inneren Wandschicht ihrer Herzkranzgefäße. Das führt zu …«

»Ist gut«, unterbrach Leah den Rechtsmediziner.

»Ist nicht gut«, konterte Hinrich, und sein Ton gewann geringfügig an Schärfe. »Mit der starken Blutung und dem damit verbundenen Druck aufs Gehirn kann eine Atemlähmung einhergehen. Wenn jemand Frau Selberg-Broode das Kissen auf den Kopf gedrückt hat, hat sie erwartungsgemäß tatsächlich aufgehört zu atmen. Das lag aber nicht an zu wenig Sauerstoff, sondern an der Lähmung. Außerdem waren ihre Gefäße in keinem guten Zustand.«

»Und das bedeutet?«, fragte Leah.

»Das kann ich Ihnen noch nicht genau sagen. Ich muss noch ein paar Tests fahren. Aber was immer dabei auch rauskommt: An der Todesursache ändert das nichts.«

»Wir ermitteln jetzt also in einem Mordfall?«, wollte Horndeich das Fazit zusammenfassen.

»Wie gesagt, Hämatome an den Armen, Fussel und Todesursache sind Fakten. Sie zu interpretieren ist nicht meine Sache. Aber dennoch bin ich mir so sicher, dass ich wage zu behaupten: Ja, Sie ermitteln in einem Mordfall.«

Als Horndeich und Leah das Gebäude in Richtung Parkplatz verließen, fiel Horndeich der Wagen auf, der in diesem Moment neben dem ihren geparkt wurde. Das Motorgeräusch erstarb.

Es handelte sich um einen Mazda MX 5 – ein knallrotes

Sportcabrio mit Hardtop und einem Leipziger Kennzeichen. Horndeich kannte nur einen Menschen, der solch ein Modell fuhr: ebenjene Kollegin von Hinrich aus Leipzig.

»Ist das nicht der Wagen von Emilia Schubert?«, konnte auch Leah das Gefährt korrekt der Besitzerin zuordnen.

»Ich glaube schon«, sagte Horndeich

Sekunden später öffnete sich die Fahrertür und beantwortete die Frage der beiden Beamten. Wäre das Cabrio ein schwarzer Mercedes 190 SL gewesen, Horndeich hätte geglaubt, Rosemarie Nitribitt wäre dem Wagen entstiegen. Emilia Schubert trug eine Sonnenbrille im Stile der Fünfzigerjahre – und auch das Kostüm hätte jener Zeit entstammen können. Die Rechtsmedizinerin kräuselte die Stirn, schien kurz zu überlegen, dann erkannte sie Horndeich und Leah: »Die Ermittler aus Darmstadt! Leah Gabriely und ...«, sie überlegte den Bruchteil einer Sekunde, dann sagte sie, »... und Steffen Horndeich. Hat Martin Ihnen gerade die Geheimnisse seiner Erkenntnisse über die adlige Dame mitgeteilt?«

Horndeich und Leah reichten ihr die Hand. »Ja. Und Dr. Hinrich schafft es immer wieder, uns zu verblüffen«, sagte Horndeich.

»Ja, darin ist er gut.« Emilia Schubert schmunzelte.

Und was machen Sie hier? Nein, Horndeich stellte die Frage nicht. Dazu war er zu gut erzogen. Dennoch irritierte es ihn, dass Hinrichs Leipziger Kollegin in Frankfurt auftauchte. Und Dr. Hinrich für sie nach wie vor *Martin* war.

Leah teilte Horndeichs Skrupel nicht: »Und was machen Sie hier?«

Emilia Schubert schien Leah die Frage nicht übel zu nehmen. »Nun, nennen wir es – Amtshilfe. Es gibt ein paar offene Punkte in Bezug auf diese alte Dame. Und diese betreffen mein Spezialgebiet. Welch angenehme – Koinzidenz!«

Okay. Diese Frau passte definitiv zu dem Frankfurter Rechtsmediziner. Deckel trifft Topf.

»Nun muss ich aber rein, Martin erwartet mich bereits«, sagte sie und stolzierte in Richtung Eingang.

Horndeich hatte sich gerade in den Wagen gesetzt, da stutzte er erneut: Auf den Parkplatz rollte ein weiteres Fahrzeug mit Darmstädter Kennzeichen. Horndeich erkannte das Auto: Es war ein Zivilfahrzeug ihres Präsidiums. Der rote Insignia hielt zwei Parkplätze neben dem ihren. Heraus stieg: Richard Feller.

Horndeich erhob sich aufs Neue aus dem Fahrersitz, Leah hatte sich noch gar nicht wieder in den Wagen gesetzt. »Was machst du denn hier?«

In der Hand hielt Feller einen Tablet-Computer. »Ich habe das iPad von Lucrezia von Selberg-Broode dabei. Hat mir der Erkennungsdienst vor einer Stunde in die Hand gedrückt. Die haben natürlich erst mal nach Fingerabdrücken geschaut. Jetzt hab ich's.«

»Und wieso fährst du es spazieren?«, wollte Leah wissen. Feller klappte den Deckel des Tablets nach hinten. Dann drückte er auf den Home-Button am unteren Ende des Kleincomputers. Auf dem Bildschirm erschien eine Zehnertastatur, darüber stand: »Touch-ID oder Code eingeben.«

Horndeich verstand nicht, inwieweit das Leahs Frage beantwortete. Leah hingegen schien zu begreifen, denn sie grinste breit. »Na dann viel Spaß mit unserem Quacksalber. Er ist heute wieder in Hochform.« Sie stieg in den Wagen.

Feller klappte den Deckel über das Glas und stapfte in Richtung Eingang.

Horndeich setzte sich ins Auto und fragte Leah: »Könnte mich bitte jemand einweihen?«

Leah nickte. Und fing an zu lachen. »Er will …«, setzte sie an, dann musste sie von Neuem lachen. Sie kam nicht dazu, weitere Erklärungen abzugeben, denn ein Stakkato von Lachsalven, flankiert von Tränenströmen, machte weiteres Sprechen unmöglich.

»Soll ich fahren?«, grunzte Horndeich gereizt.

Feller klingelte. Die Tür öffnete sich, und er ging an der Eingangspforte vorbei, wobei er seinen Dienstausweis in die Höhe hielt: »Ich müsste kurz zu Dr. Hinrich«, sagte er der Dame am Empfang.

»Er ist unten, Sektionssaal eins.«

Feller nickte, dann stieg er die Treppen zum Souterrain hinab. Er war schon ein paarmal hier gewesen – auch wenn ihm dieser Ort nicht sonderlich behagte. Doch heute hatte er keine Wahl. Denn bei seinen Computerrecherchen rechnete er Effizienz zu den höchsten Gütern. Und wollte er die Daten auf diesem iPad von Lucrezia von Selberg-Broode möglichst rasch auslesen, musste er wohl in den sauren Apfel beißen. Er klopfte an die Tür. Immer noch in Gedanken, wartete er nicht auf das »Herein«, das jedem Klinkendrücken vorauseilen sollte. Er schwang die Tür auf. Hielt inne.

Martin Hinrich löste sich von der Dame, die ihm deutlich näher stand, als es sich für eine Arbeitskollegin oder auch nur eine Bekannte geziemt hätte. Ihr entfuhr ein kleiner, spitzer Schrei.

Hinrichs Krawatte war gelockert, die obersten vier Knöpfe seines Hemdes geöffnet. Damit war es der Bluse ihm gegenüber einen Knopf voraus. Neben Hinrichs Mund leuchtete knallroter Lippenstift, der nun an seiner vorigen Heimstatt fehlte.

»Herr Feller, was machen Sie denn hier?«

Auf Sektionstisch eins lag Lucrezia von Selberg-Broode. Sie starrte an die Decke, und es wirkte, als wolle sie Anstand wahren und die Knutscherei rechts von ihr ignorieren.

Feller entsann sich der Dame neben Hinrich. Es handelte sich um Dr. Emilia Schubert, die Leipziger Berufskollegin. Im vergangenen Jahr war sie für ein paar Tage hier gewesen.

»Kommissar Richard Feller?«, erinnerte sich Emilia Schubert. Sie sah den Darmstädter Beamten an, ging auf ihn zu, während sie auf dem Weg zu ihm die Knöpfe ihrer Bluse schloss. Ihre linke Hand ließ den letzten Knopf in sein Loch gleiten, zwei Schritte bevor Emilia vor Feller zum Stehen kam und ihm die rechte Hand darbot.

»Frau Dr. Emilia Schubert«, revanchierte sich Feller, nahm das iPad in die linke Hand und reichte ebenfalls die rechte.

Hinrich tat sich schwerer damit, so viel Contenance zu bewahren, wie es der Leipziger Kollegin offenbar mühelos gelang. »Was wollen Sie denn hier«, fragte er barsch. »Ihre Kollegen waren doch gerade schon da. Soll ich Ihnen all das, was ich den beiden erzählt habe, nochmals herunterbeten?«

»Martin«, rief Emilia Schubert ihren Berufsgenossen in leisem Ton zur Räson.

Hinrich atmete tief durch und fuhr daraufhin tatsächlich deutlich entspannter fort: »Also, Herr Feller, worum geht es?«

Feller nahm das Tablet in die Hand, klappte die Schutzhülle nach hinten, tippte auf den Home-Button, zeigte Hinrich und Emilia Schubert den Sperrbildschirm, der den Nutzer dazu aufforderte, entweder den richtigen Code ins Zahlenfeld zu tippen oder die Fingerkuppe auf den Fingerabdrucksensor zu legen.

»Dann geben Sie den blöden Code doch ein – oder, wenn es Ihr Tablet ist, halten Sie halt den Finger drauf.« Hinrichs Ton war abermals schärfer geworden. Feller verstand nicht, weshalb. Er wäre in einer Viertelstunde wieder weg, und dann konnten die beiden tun, was immer sie nicht lassen konnten. Wenn Feller auch zugeben musste, dass ihm derlei Aktivitäten in dieser Umgebung, nun, sehr befremdlich vorkamen. Aber so von Rechtsmediziner zu Rechtsmedizinerin – vielleicht sah man da die Dinge etwas anders.

»Herr Dr. Hinrich, ich bin ganz gewiss nicht den Weg von Darmstadt hierher gefahren, damit ich Ihnen mein neues Tablet präsentieren kann. Es handelt sich hierbei um das iPad von ihr«, sagte er und deutete mit dem Kinn auf die sterblichen Überreste von Lucrezia von Selberg-Broode. »Und ich *kenne* den Code nicht, mit dem ich das iPad entsperren könnte. Ich kann also nur hoffen, dass das mit ihrem Fingerabdruck funktioniert.«

»Dann ist höchstwahrscheinlich ihr rechter Zeigefinger der Schlüssel zum Glück«, lächelte Emilia Schubert und trat an den Sektionstisch. Sie griff unter das Tuch, zog den Arm hervor und sagte: »Bitte schön.«

Feller stellte sich neben sie, hielt das iPad in die richtige Höhe, und Frau Schubert führte den Zeigefinger auf den Button. Der Bildschirm veränderte sich nicht. Nur die oberste Zeile zitterte nach rechts und links und zeigte eine neue Aufforderung. Nun stand dort: »Wiederholen«.

»Ups, das war wohl nichts«, sagte Emilia Schubert und griff bereits zum zweiten Finger. Auch Hinrich war neben sie getreten. Feller sah auf. Die Knöpfe waren geschlossen, die Krawatte wieder am rechten Fleck.

Emilia Schubert hielt nun den Mittelfinger an den Sensor, doch die Reaktion des Geräts war die gleiche wie zuvor. Natürlich konnte es auch sein, dass Lucrezia von Selberg-Broode die Fingerabdruckerkennung überhaupt nicht aktiviert hatte. Vielleicht hatte sie nur mit einem Zahlencode gearbeitet. Um den Daumen an den Sensor zu halten, musste die Leipziger Rechtsmedizinerin schon etwas mehr Kraft aufwenden, wie die Falten über der Nasenwurzel bekundeten. Doch Feller zog das Tablet weg. »Wir haben genau drei Versuche. Wenn der nächste kein Treffer ist, komme ich an die Daten nicht ran. Zumindest nicht mit vernünftigem Aufwand.«

Feller legte das iPad auf einer der Anrichten ab, ebenso die Tasche mit dem Laptop. »Einen Moment bitte«, bat er. Dann griff er zu seinem Handy und rief Natalie Ankenbrand an.

»Guten Abend, Herr Feller – ich meine natürlich: Hallo Richard.«

»Hallo, Nathalie. Ich bräuchte deine Hilfe. Jetzt. Hast du die Nummer des Hausarztes von Lucrezia von Selberg-Broode?«

»Ja, die kann ich dir besorgen. Worum geht es denn? Vielleicht kann ich dir auch helfen?«

»Ich weiß es nicht. Hat nicht jemand erwähnt, dass Frau von Selberg-Broode unter Arthrose litt?«

»Ja. Das stimmt.«

»Weißt du denn, welche Finger am meisten betroffen waren? Oder, andersherum gefragt, welcher Finger hat ihr am wenigsten Schmerzen verursacht?«

»Das kann ich dir genau sagen. Ihr linker Daumen, über den hat sie immer gesagt, das wäre ihr letzter verbliebener Freund an ihren Händen. Ist dir damit geholfen?«

Nathalie konnte keine Ahnung davon haben, wie viele Punkte sie gerade auf Fellers Sympathie-Konto angehäuft hatte. Sie hatte einfach seine Fragen beantwortet, ohne auch nur eine überflüssige Gegenfrage. Denn Feller wollte nur eins: hier unten möglichst schnell wieder raus. Jetzt irgendwelche Erklärungen abzugeben, wieso er die Antwort auf diese Frage so dringend brauchte – dazu hätte er ungefähr so viel Lust gehabt, wie noch einmal die beiden Turteltäubchen hier im Raum der Toten beim Poussieren zu überraschen. »Ja, sehr! Danke! Du hast was gut bei mir«, sagte er und beendete das Gespräch.

Er wandte sich Emilia zu: »Der linke Daumen.« Sie nickte, wechselte die Seite und zog die Hand unter dem Tuch hervor. Feller griff sich wieder das iPad, öffnete die Abdeckung und bugsierte den unteren Rand des Tablets in Richtung Hand. Emilia Schubert drückte den Daumen auf den Home-Button. Und tatsächlich erschien der Startbildschirm des iPads. »Herzlichen Dank«, sagte Feller zu Emilia. Die lächelte nur und nickte.

»Wunderbar, Mission erfüllt. Herr Feller, darf ich Sie nach draußen geleiten?«, mischte sich Hinrich wieder ins Geschehen ein.

Feller antwortete nicht. Er ging zur Anrichte, zog den Laptop aus der Tasche, klappte den Bildschirm auf, drückte seinen rechten Zeigefinger auf den Fingerabdruckscanner rechts über der Tastatur – und der Laptop erwachte zum Leben. »Äh, was tun Sie denn da?«, wollte Hinrich wissen.

Feller sagte gar nichts, sondern verband das iPad über ein Kabel mit dem Laptop. Er griff abermals in die Ledertasche, entnahm ihr eine drahtlose Maus, schaltete sie ein und klickte ein paarmal auf dem Bildschirm hin und her.

»Hallo?« Hinrich.

Doch Feller ignorierte ihn weiter.

»Martin, Herr Feller muss die Daten des iPads sofort auslesen.«

»Aber warum denn?« Hinrich Stimme wurde lauter und höher.

Feller hatte überhaupt keine Lust, irgendetwas zu erklären. Er konzentrierte sich ganz darauf, die Daten, die er aus dem iPad gewinnen konnte, auf den Rechner zu übertragen.

»Wenn er die Daten jetzt nicht ausliest, geht das iPad wieder in den Stand-by-Modus. Dann hätte er dasselbe Problem wieder.«

Hinrich schien nicht sofort zu verstehen. »Kann er das denn nicht auch in seiner Höhle in Darmstadt machen?«

»Nein, das kann er nicht …«

Der Laptop arbeitete nun selbstständig. Feller drehte sich um, sodass er das seltsame Pärchen vor ihm wieder ansah. »Doch. Kann ich natürlich. Aber dann müssen Sie mir schon den linken Daumen der alten Dame mitgeben. Oder die ganze Dame, wie es Ihnen lieber ist.« Feller konnte auch zynisch.

»Und wie lang wird das Ganze hier dauern?«

»Seien Sie versichert, Herr Dr. Hinrich, keine Sekunde länger als unbedingt nötig.«

»Nun sei doch nicht so«, beschwichtigte Emilia Schubert den Frankfurter Kollegen. Der brummte noch etwas Undeutliches in den nicht vorhandenen Bart. Dann wandte er sich ab und schob auf einer anderen Anrichte irgendwelche Instrumente hin und her. Emilia lächelte Feller an, zuckte nur die Schultern. Dann verbarg sie den Arm von Lucrezia von Selberg-Broode wieder unter dem Tuch und zog es auch über ihren Kopf.

Danke, dachte Richard Feller. Das Schweigen im Raum wurde nur durch Hinrichs Geklapper untermalt. Feller lehnte sich an die Anrichte, behielt die Software im Blick. Und eine Sekunde bevor der Rechner das Ende der Arbeit mit einem dreifachen Piepton signalisierte, hatte Feller schon gesagt: »Na endlich.«

Er klappte den Laptop zusammen, verstaute ihn, die Maus sowie das iPad in der Tasche.

Dann hielt er schnurstracks auf die Tür des Raumes zu: »Ihnen beiden noch einen … schönen Abend«, sagte er und verschwand.

Stefanie lag eingekuschelt unter ihrer Decke im Bett. Horndeich hatte ihr gerade noch zehn Seiten aus dem Märchenbuch vorgelesen. Derzeit liebte sie ganz besonders *Die Prinzessin auf der Erbse.*

»Nur noch eine Geschichte«, bettelte Stefanie.

»Nein, meine Kleine, morgen ist Schule. Du musst jetzt schlafen. Und außerdem bist du ja auch schon ganz müde.«

»Nein, bin ich gar nicht.«

»Doch, das bist du. Ich hab sogar die Traumfee hier schon rumfliegen sehen. Sie wartet nur darauf, dass du einschläfst.«

Die letzten drei Sätze waren festes Ritual. Es würde wohl erst den Bach runtergehen, wenn Stefanie ihren ersten richtigen Albtraum hatte.

Er gab seiner Tochter einen Kuss, zog ihr die Decke unters Kinn und wollte gerade die Nachttischlampe ausknipsen, als Stefanie sagte: »Papa, da bin ich ganz traurig, dass dein Papa nicht mehr lebt.«

»Ach, mein Schatz, er ist schon so lange tot.«

»Warst du da noch ein Kind, als er gestorben ist?«

Dünnes Eis. Horndeich erkannte sofort, in welche Richtung sich der Dialog entwickeln würde. Deshalb schwindelte er ein wenig: »Nein, ich war schon ein Mann.«

»Warum ist er denn so früh gestorben? Eltern können doch nicht früh sterben?«

»Mein Papa war sehr krank.«

»Kannst du auch früh sterben? Ich will nicht, dass du früh stirbst. Ich will nicht, dass du überhaupt stirbst! Ich will auch nicht, dass Oma und Opa sterben!«

Wie verhindere ich, dass meine kleine, clevere Tochter jetzt vor der dunklen Nacht die erste Panikattacke ihres Lebens bekommt?, fragte sich Horndeich. »Mein Papa hatte eine sehr seltene Krankheit. Die bekommen nur ganz, ganz wenige Menschen.«

»Kannst du die auch bekommen? Kann Mama die bekommen, können Oma und Opa die bekommen?«

Horndeich sah seine Tochter an, dann kam ihm der rettende Gedanke. »Das ist ganz arg selten. Und wenn man etwas ganz Seltenes erlebt, dann erlebt man so was nicht zweimal.«

»Was meinst du damit?«, fragte Stefanie, und Denkfalten überzogen ihre Stirn.

»Na, dir ist doch auch schon etwas ganz Seltenes passiert. Im letzten Jahr. Da waren wir auf dem Spielplatz. Und da hast du einen Zwanzigeuroschein im Sandkasten gefunden. Passiert so was oft?«

»Nein, Papa, Quatsch. Das ist ganz selten.«

»Richtig. Und etwas, was ganz selten ist, passiert dann auch nicht zweimal oder dreimal. Und die Krankheit von meinem Papa, die ist so selten, dass die dann bei den Leuten in seiner Familie auch nicht zweimal oder dreimal vorkommt.«

»Die Krankheit von deinem Papa ist also wie ein Zwanzigeuroschein?«

»Die Krankheit von meinem Papa ist noch viel seltener, als

dass man einen Zwanzigeuroschein im Sandkasten findet. Die Krankheit von meinem Papa ist so selten, da müsstest du sogar einen ganzen Koffer mit Geld finden.«

»Das ist gut. Ich will auch gar keinen Koffer voll mit Geld. Ich will, dass Mama und du und Oma und Opa und auch meine andere Oma ganz, ganz, ganz lange leben.«

Meine andere Oma. Davon hatte Stefanie bislang noch nie von sich aus angefangen. Und Horndeich spürte, dass es nur der Auftakt war. Er kannte seine Tochter.

»Papa, kann ich meine andere Oma auch mal kennenlernen?«

»Schatz, ich habe keine Ahnung, wo sie wohnt.«

Stefanie zog eine Augenbraue hoch, eine Geste, die in ihrem jungen Alter komisch wirkte. Und die immer ankündigte, dass seine kleine Stefanie gleich eine ziemlich altkluge Bemerkung machen würde. Er sollte recht behalten. »Papa, echt jetzt! Du kannst all die bösen Menschen finden, die ins Gefängnis gehören, aber du kannst deine Mama nicht finden?«

»Schlaf erst einmal, mein Schatz. Heute Nacht finde ich überhaupt niemanden mehr.« Er gab seiner Tochter noch einen Kuss, dann erhob er sich und ging auf die Tür des Kinderzimmers zu.

»Papa?«

»Gute Nacht, mein Schatz. Alles Weitere morgen früh.« Das war der Moment, in dem Stefanie verstand, dass die Diskussion zu Ende war.

Horndeich ließ die Tür einen Spalt geöffnet, schaltete das Flurlicht an. Ganz zu durfte sie nicht sein. Aber ein schmaler Spalt genügte Stefanie, damit sie sich sicher fühlte.

Seine Mutter. Nie hätte er gedacht, dass ausgerechnet seine eigene Tochter ihn auf seine Vergangenheit stoßen würde. Als er damals gegangen war, hatte er gewusst, dass es keinen Weg zurück gab. Und dass er das auch nicht wollte. Doch es war nur natürlich, dass Stefanie nach ihrer Oma fragte. Und

Horndeich wunderte sich selbst, warum ihn das gerade so aufwühlte.

Leah saß auf ihrem Balkon. Sie liebte diesen Ausblick nach Süden. Ihr Kollege Feller kam in denselben Genuss. Sein Haus lag nur wenige Grundstücke weiter nach rechts versetzt. Sie war ihm dankbar dafür, dass er ihr geholfen hatte, diese Wohnung zu finden. Sie war in Darmstadt angekommen. Sie fühlte sich wohl hier. Und sie wollte nicht mehr weg.

Sie hatte sich ein Glas Wein eingeschenkt, schaute in den Himmel. Eine Wolkenwand hatte sich gerade dazu entschlossen, eine Runde Gewitter zu üben. Der Wasserdampf drängte nach oben, es bildete sich die typische Ambossform.

Ihr war die Leitung der Ermittlungen im Fall Lucrezia von Selberg-Broode übertragen worden – und sie war zufrieden mit den Ergebnissen des ersten Tages. Hinrich, wie bescheuert er sich auch manchmal verhielt, hatte die Todesursache bestimmt. Feller hatte herausgefunden, dass der Mörder wohl aus dem Altenheim selbst stammen musste. Sie hatten bereits mit allen Heimbewohnern gesprochen, mit dem Personal – morgen würden dann die Tochter und der Enkel im Präsidium erscheinen. Lief doch alles ziemlich gut.

Leah schlief ein. Tief.

Bis irgendwann im Traumkino – hochmodern in Dolby Surround – der Vorhang zur Seite schwang.

Im Traum stieg Leah in einen Wagen, Brunos Wagen. Ein Jeep Gladiator aus den Sechzigern, weiß lackiert, mit schwarzen Safaristreifen. Der Wagen wirkte wie aus der Zeit gefallen, wenn er in der Gegenwart über die Straßen rollte. Und hier in Deutschland war er besonders auffällig, obwohl er in den vergangenen zwei Jahrzehnten durch den Trend zum großen Geländewagen viel an Boden gutgemacht hatte.

Als sie Platz genommen hatte, fragte Bruno sie: »Hältst du das für eine gute Idee?«

Sie strich ihm mit ihrer Hand über die raue Wange, sagte

aber nichts. Dann beugte sie sich zu ihm hinüber und versuchte ihm einen Kuss zu geben. Bruno stieß ihre Hand grob zur Seite und wandte sich ab. Dann trat er aufs Gaspedal. Leah wurde in den Sitz gepresst. Mit Höchstgeschwindigkeit raste er durch die Landschaft.

Das war der Moment, in dem sie aufwachte, schweißgebadet.

Sie atmete schwer, beruhigte sich langsam.

Weder ihre Geste noch die Absicht hätte im richtigen Leben auch nur entfernt ihrem Charakter entsprochen. Es hatte etwa die Qualität an Realität wie eine Szene, in der Marlon Brando als der Pate sich bei einem Seelendoktor auf die Couch gelegt und bitterlich über seine Kindheit geweint hätte.

Das letzte Mal, dass sie mit Bruno gemeinsam in seinem Boliden gefahren war, lag bereits Jahre zurück. Ihr Timing hatte sich als grottenschlecht erwiesen. Zu dem Zeitpunkt, als er mit ihr eine Beziehung hatte eingehen wollen, war sie überhaupt nicht bereit gewesen, sich auf einen Mann einzulassen. Als sie dann begriffen hatte, dass, wenn es einen Mann gab, es dann Bruno gewesen wäre – da hatte er sich bereits anders orientiert. Seine neue Partnerin wohnte ausgerechnet nur einen Steinwurf entfernt von Leahs Wohnung in der Heinrich-Fuhr-Straße. Leah hatte sie ein paarmal gesehen. Und kaum hatten die ersten Schneeglöckchen aus der Erde geblinzelt, hatte es diese Dame an der Zeit gefunden, ihr Lieblingskleid anzuziehen: weiß, mit großen schwarzen Punkten. In Gedanken hatte sie ihr den Spitznamen »die Kuh« verpasst. Leah war Polizistin, also hatte sie recherchiert. Der Name der Kuh lautete: Nadja Wittenborg.

Natürlich war ihr der Ursprung dieses Traumes völlig klar. Die Parkplatzsuche. Jedes Mal ein neues Abenteuer in ihrem Viertel. Heute hatte sie besonders lange gesucht, da selbst die Anwohnerparkplätze in ihrer Straße alle belegt gewesen waren.

Sie war bis in die Wiener Straße gefahren. Hatte dort endlich einen gefunden. Direkt auf der anderen Straßenseite hatte Brunos Jeep gestanden. Also war er gerade zu Besuch bei seiner Kuh …

Verdammt.

Richard Feller liebte seine Wohnung, ganz besonders ihre Lage. Mit dem Balkon in Richtung Süden hatte er das große Los gezogen. Gern saß er dort abends, schaute in den Himmel. Derzeit bildeten sich wieder Gewitterwolken. Der Wasserdampf stieg nach oben, formte einen mächtigen Amboss – eindrucksvoll. Er fragte sich kurz, ob jemand anderes dieses Schauspiel auch so bewusst wahrnahm.

Er hatte den Laptop mit nach draußen genommen. Er ergründete, welche Daten Lucrezia von Selberg-Broode auf ihrem iPad gespeichert hatte. Er hatte die Daten hier mit einem speziell für diese Aufgabe entwickelten Programm auf seinen Laptop übertragen.

Im Kalender fand sich kein einziger Eintrag. Auch das elektronische Adressbuch war leer. Eine handverlesene Musiksammlung befand sich indes auf dem kleinen Computer, zumeist klassische Musik, natürlich eine ganze Sammlung von Kompositionen, in denen eine Harfe als Soloinstrument in den Vordergrund trat. Tatsächlich beherbergte das Tablet auch Musik mit christlichem Hintergrund auf dem Gerät: allen voran die Matthäuspassion von Bach, den Messias von Händel oder die sieben letzten Worte von Jesu am Kreuz von Schütz. Schließlich noch ein paar Alben, die Feller irritierten. Etwa das Album von Heino *Mit freundlichen Grüßen,* in dem der Volksmusiker und Schlagersänger Coverversionen bekannter Pop-, Hip-Hop- und sogar Rocklieder veröffentlicht hatte. Dann eine Best-of-Sammlung von Jimi Hendrix. Zuletzt noch ein paar Alben von Interpreten, deren Namen Feller überhaupt nichts sagten. Sie hatte immer wieder Musik gekauft. Was davon zeugte, dass sie mit dem iPad gut umgehen konnte. Die Apps der öffentlich-rechtlichen Fernsehsender waren ebenfalls Bestandteil ihres Unterhaltungsprogramms gewesen. Und sie hatte sowohl die *Süddeutsche* als auch die *Zeit,* als auch den *Spiegel* abonniert gehabt. Rein elektronisch.

Im Browser war der Verlauf der vergangenen Wochen abrufbar. Lucrezia von Selberg-Broode hatte hier meist die Internetpräsenzen großer Tages- und Wochenzeitungen aufgerufen. Und zahlreiche Internetseiten über die Welt der klassischen Musik. Und es zeigte sich, dass Lucrezia von Selberg-Broode sich offenbar auch für den Tierschutz interessierte. Eine der Seiten, die sie immer wieder besucht hatte, war die des Tierheims in Darmstadt. Sie hatte sich darüber informiert, welche Hunde ein neues Herrchen oder Frauchen suchten. Weitere Seiten beschäftigten sich mit dem Elend von Straßenhunden, vor allem in Rumänien.

An privaten Dateien fanden sich ansonsten ausschließlich Fotos.

Horndeich betrachtete die Bilder. Sie waren nicht beschriftet. Der Bestand an Aufnahmen war ohnehin sehr übersichtlich. Ein Hochzeitsbild, dann abfotografierte Bilder eines Gutshofs. Feller vermutete, dass es sich um das Landgut handelte, auf dem Lucrezia von Selberg-Broode geboren worden war. Das nächste Bild zeigte eine junge Frau, die ein Baby im Arm hielt – wohl Lucrezia und ihre Tochter. Und schließlich eine Fotografie der schon in die Jahre gekommenen Dame, daneben eine jüngere Frau, daneben ein Junge von vielleicht zehn Jahren. Mutter, Tochter und Enkel.

Danach folgten fünf Bilder, die einen Hund zeigten. Das musste wohl Amadeus sein. Wie hatte Nathalie ihn beschrieben? Ein Chihuahua auf Stelzen.

Noch zwei weitere Fotografien waren auf dem iPad abgespeichert. Eines zeigte die Harfenistin an ihrem Instrument sitzend. Links neben der Harfe stand ein junger Mann mit dunkler Mähne, einem Vollbart und einer Nickelbrille. Feller dachte sofort an John Lennon. Er hatte eine Hand an das Instrument gelegt. Lucrezia von Selberg-Broode strahlte in die Kamera. Das Bild war in ihrer Wohnung im Goldenstern aufgenommen worden.

Die letzte Aufnahme war wieder eine von Amadeus, aber nicht von ihm allein. Er lief an der Leine einer jungen Frau, die ebenfalls in die Kamera lachte. Feller hatte keine Ahnung, wer das sein konnte. Leah hatte zwar mitgeteilt, dass Lucrezia von Selberg-Broode eine Enkelin hatte, doch diese lebte in Amerika. Vielleicht hatte sie ihre Oma jedoch einmal besucht.

Er klappte den Laptop zu. Der Wolkenamboss am Himmel hatte sich inzwischen völlig zerfasert. Daraus würde wohl kein bedrohliches Gewitter mehr entstehen.

Fellers Handy klingelte. Das tat es abends selten, es sei denn, die Mordkommission musste wegen eines Tötungsdelikts ausrücken.

Nathalie Ankenbrand zeigte das Display.

»Ja, Frau Ankenbrand?«

»Störe ich dich?«

»Nein, keineswegs. Was gibt es denn?«

»Nun, du wirktest vorhin am Telefon so … angespannt.«

An das Du würde er sich noch gewöhnen müssen. »Entschuldige, ich war da gerade in der Gerichtsmedizin in Frankfurt. Da konnte ich nicht frei sprechen. Du hast mir aber sehr geholfen. Mit deiner Hilfe konnte ich das iPad von Lucrezia von Selberg-Broode auslesen.«

»Oh, das freut mich. Richard, ich weiß, es könnte etwas vermessen wirken, dennoch werde ich dich jetzt fragen: Hast du Lust, mit mir noch ein Glas Wein zu trinken? Es ist so ein schöner Abend.«

Feller konnte sich nicht erinnern, wann ihn das eine Frau zuletzt gefragt hatte. Doch, natürlich, mit Leah hatte er bis vor einem Jahr immer wieder zusammengesessen, damals, als er ihr auch geholfen hatte, den Verdacht abzuwenden, sie hätte grundlos einen jungen Mann zusammengeschlagen. Leah hatte es seiner Recherche zuzuschreiben gehabt, dass der mit dieser erlogenen Version nicht durchgekommen war. Letztendlich war er dafür verantwortlich, dass sie ihren Job noch hatte. Und kurz danach? Funkstille. Sie hatten nur noch dienstlich miteinander zu tun gehabt. Was Feller nie verstanden hatte. Er schob den Gedanken beiseite. Gerade fragte ihn eine bezaubernde Dame, ob er mit ihr ein Glas Wein trinken wolle. Nun, warum eigentlich nicht?

Verdammt noch mal, weil du mit anderen Menschen nicht zurechtkommst. Du dich selbst schützt und auch diese anderen, wenn du solche Einladungen nicht annimmst. Das innere Stimmchen.

»Gern. Wo wollen wir uns treffen?«

»Wenn ich auf die Vermessenheit noch eins draufsetzen darf: Ich habe einen hübschen Garten. Ich weiß nicht, wo du wohnst und ob es nicht zu weit für dich ist. Mein Haus liegt im Martinsviertel, in der Heinheimer Straße.«

Mit dem E-Bike brauchte Feller keine fünf Minuten. Wie kurz doch mit diesem Gefährt die Wege in Darmstadt plötzlich geworden waren.

»Beim Portugiesen links rein, im Hinterhof«, so präzise war Nathalie Ankenbrands Wegbeschreibung gewesen.

Der Garten lag hinter einer Mauer, in die eine Tür eingelassen worden war. Darauf eine Funkklingel, beschriftet mit *Ankenbrand*. Feller drückte den Knopf und hörte im Inneren des Hauses einen elektronischen Gong.

Als ob Nathalie Ankenbrand bereits hinter der Tür gelauert hätte, öffnete sich diese nach wenigen Sekunden. »Das ist ja nett!«, sagte sie und küsste Feller auf die Wange. Instinktiv wich der einen halben Schritt zurück.

»Entschuldige. Ich wollte dir nicht zu nahe treten. Ich freue mich einfach.« Dann lachte sie ihn an. »Komm rein!«

Feller hatte überlegt, ob er etwas mitbringen sollte. Blumen. Einen Wein. Sein eigenes Tablet. Am Ende hatte er sich für Letzteres entschieden. Wenn er schon mit Nathalie Ankenbrand an einem Tisch saß – dann konnte er sie auch zu den Fotos von Frau von Selberg-Broode befragen. Bevor er zu ihr geradelt war, hatte er sie schnell noch auf sein eigenes Tablet übertragen. Der Garten war nicht groß, aber sehr gepflegt. Blumenbeete waren an den Rändern angelegt, ebenso ein Beet mit Gemüse. Feller entdeckte Tomaten, Kartoffeln, Radieschen und sogar ein Zitronenbäumchen. Er selbst hatte im vergangenen Jahr eine kleine Parzelle am Oberfeld gepachtet – dann aber festgestellt, dass ihm das Hegen und Pflegen ganz allein zu viel Zeit in Anspruch nahm.

Ein Drittel der Gartenfläche war von wohlgepflegtem Rasen bedeckt, genutzt von einem Gartentisch und darum drei Stühlen. Auf dem Tisch standen eine Karaffe voll Rotwein und zwei Gläser, umgeben von weißen Porzellanschälchen mit Oliven, Käsespießen, Kapern, getrockneten Tomaten und weiteren Antipasti. Hier hatte sich jemand Mühe gegeben.

Nathalie war fit in der Kunst des Small Talks. Sie schöpfte aus einer schier unendlichen Fülle an Themen, mit denen es ihr spielend leicht gelang, Heikles wie Politik oder zu Persönliches außen vor zu lassen.

Sie prosteten einander zu, und bereits nach wenigen Minuten bemerkte Feller, dass er sich tatsächlich entspannte. Alsdann trottete Nathalies Hund in den Garten, beschnupperte Fellers Bein und setzte sich neben seinen Stuhl. Feller erkannte sich selbst kaum wieder, als seine Hand wie von selbst in Richtung des pelzigen Burschen glitt und ihn hinter den Ohren kraulte. Dann legte sich der Hund zu seinen Füßen.

Es war dunkler geworden, der Abend ging langsam in die Nacht über. Fellers Erinnerung an die Gesprächsthemen der vergangenen halben Stunde verflüchtigte sich bereits. Aber er fühlte sich wohl. Und er wunderte sich darüber, dass er sich wohlfühlte.

»Du hast ein iPad mitgebracht. Du willst mich also noch irgendetwas zu dem Fall fragen, nicht wahr?«

Nathalies Frage beendete die Phase der Entspannung. »Ja. Ich konnte nicht anders. Ich habe mir heute Abend den Inhalt des Tablets von Lucrezia von Selberg-Broode angeschaut. Interessant sind ein paar Fotos, die ich nicht einordnen kann.«

Nathalie Ankenbrand grinste breit. »Ich glaube, ich wäre enttäuscht gewesen, wenn du mir heute Abend keine Fragen zu Frau von Selberg-Broode gestellt hättest.«

Feller fühlte sich ertappt. Er klappte die Schutzhülle nach hinten, die gleichzeitig als Stütze für das iPad diente. Dann zeigte er Nathalie die Aufnahmen. Er wischte mit dem Finger über das Glas, dann sah man das Bild, auf dem die drei Generationen nebeneinanderstanden. »Wer ist das? Ist das die Tochter von Frau von Selberg-Broode? Und der Enkel aus Deutschland?« Nathalie nickte. »Ja. Sie hat mir das Bild einmal gezeigt. Es war das einzige Mal, dass die Mutter mit ihrem Sohn Frau von Selberg-Broode hier besucht hat. Ich weiß nichts Genaues, aber der Sohn ist wenig später wohl zum leiblichen Vater gezogen. Er tauchte erst nach ein paar Jahren wieder hier auf, seit er in Wiesbaden wohnt. Darf ich?«, fragte sie und wischte mit dem Finger über das Glas nach links.

Das nächste Foto zeigte Lucrezia von Selberg-Broode an der Harfe, John Lennon danebenstehend. »Nein, das Foto habe ich ja fast vergessen!«, kicherte Nathalie Ankenbrand. »Das habe ich selbst gemacht! Vor zwei Jahren. Frau von Selberg-Broode konnte da schon nicht mehr Harfe spielen, aber sie hat das Foto arrangiert wie eine Regisseurin. Das ist Matthias Wegener, ihr Enkel. Jetzt als junger Mann.«

So weit hatten sich die Vermutungen von Feller also bestätigt.

Nathalie fragte nicht mehr, sie wischte einfach weiter nach links. Es folgten die Hundebilder, danach das Bild des Hundes an der Leine einer jungen Frau. »Hast du eine Ahnung, wer das ist?«

»Ja. Das ist Iris – ich weiß den Nachnamen nicht mehr. Iris. Sie hat so ein kleines Hundeunternehmen. Trainiert Hunde, trainiert die Herrchen und Frauchen, kann irgendwie auch Feng-Shui für Hunde und hat einen Gassi-Service. Frau von Selberg-Broodes Hund war ja schon alt, aber sein Frauchen war nicht mehr so gut zu Fuß. Deswegen hat sie in den letzten zwei Lebensjahren von Amadeus den Service von dieser Iris in Anspruch genommen. Iris Wirtz – jetzt erinnere ich mich auch wieder an den Nachnamen. Eine sehr sympathische junge Frau.«

Ein schöner Abend.

Nathalie gab Feller zum Abschied die Hand. Damit fühlte er sich bedeutend wohler. Ein klein wenig spürte er die Wirkung des Weins im Kopf – aber es war ihm nicht unangenehm. Nachdem sie die Fotos angeschaut hatten, hatte Nathalie weiter die Führung der Konversation übernommen.

Das Letzte, worüber sie gesprochen hatten, war das Kongresszentrum, das Darmstadtium, jenes spitzwinklige Wahrzeichen der Stadt, das Darmstadt ein wenig das Provinzielle nehmen sollte. Feller hatte ihr von ihrem letzten Fall berichtet, als ein Schädel in diesem Kongresszentrum gefunden worden war. Nathalie hatte ihm interessiert gelauscht.

Beim Abschied stupste ihn auch der Hund schwanzwedelnd an. Und Feller war am meisten darüber überrascht, dass ihn das nicht störte, sondern ihm sogar ein wenig schmeichelte.

Er radelte nach Hause. Pfiff »We can work it out« von den Beatles, keine Ahnung, wie ihm ausgerechnet dieses Lied in den Kopf kam.

Dienstag, 5. Juni

Leah hatte beschissen geschlafen. Gerädert schleppte sie sich ins Bad.

Der Traum und der neuerliche Gedanke an Bruno – das war keine gute Grundlage für erholsamen Schlaf.

Sie hatte früher mit Feller die Tradition gepflegt, regelmäßig beim Italiener gemeinsam essen zu gehen. Sie hatte diese Abende mit ihrem Kollegen genossen, diese ausgewogene Balance zwischen leichter Konversation und Gedankenaustausch. Sie hatte gespürt, wie sehr Fellers Pendel in Richtung Gedankenaustausch und mehr ausgeschlagen war. Und auch sie war für Momente dafür bereit gewesen, hatte seine Hand genommen, damals, beim Italiener.

Und dann war Bruno hereinspaziert, im Arm seine Kuh. Und Leah hatte verstanden, dass sie ihren Kollegen zur Notlösung degradieren würde, zum Ausweichfreund, weil sie Bruno nicht haben konnte. Das war der Moment, in dem sie jeglichen persönlichen Kontakt abgebrochen hatte. So schwer es ihr gefallen war. Und nun schien er sich mit dieser Ankenbrand anzufreunden. Die offenbar genau das richtige Feingefühl besaß, ihn langsam, aber stetig aus seinem Schneckenhaus herauszulocken.

Nach dem bescheuerten Traum war sie nicht mehr ins Bett gegangen.

Frühstück bei aufgehender Sonne auf dem Balkon. Zwei aufgebackene Brötchen, Butter, Marmelade – ein starker Kaffee –, und schon sah die Welt wieder freundlicher aus.

Sie lud sich die aktuelle Ausgabe des *Spiegels* auf ihr Tablet und las tatsächlich das ganze Heft quer. Als sie wieder auf die Uhr sah, war es halb acht.

Nachdem Feller ja gestern schon herausgefunden hatte, dass Ria Brandes ihnen ein paar der Notrufe von Frau von Selberg-Broode verschwiegen hatte, hatte sie die Pflegerin nachmittags noch einmal angerufen. Der ursprüngliche

Gedanke war gewesen, sie am heutigen Morgen aufs Präsidium zu zitieren. Doch Leah hatte sich dagegen entschieden und beschlossen, Ria Brandes zu Hause aufzusuchen. Sie hatten sich für halb neun verabredet.

Leah ging ins Bad, machte sich fertig, um sich dann in den Wagen zu setzen und zu Ria Brandes zu fahren.

Die Altenpflegerin wohnte in einem der neueren Flachbauten in der Caroline-Herschel-Straße, westlich des Hauptbahnhofs. Leah stellte ihren Wagen, einen metallicblauen VW EOS, vor dem Haus ab. Ihr alter Golf hatte sich vor wenigen Wochen von einem Moment auf den anderen final aus diesem Leben und damit auch aus dem ihren verabschiedet. Der EOS hatte auf dem Hof eines Gebrauchtwagenhändlers gestanden und ihr zugeblinzelt. Warum kein Cabrio fahren? Noch dazu, wenn man es auf Knopfdruck in ein Coupé mit Blechdach verwandeln konnte. Das kostete zwar Platz, aber ihre Einkäufe waren überschaubar, Kindersitze waren nicht notwendig, und nach der ersten Probefahrt hatte sie durchaus auch die mehr als drei Liter Hubraum des Sechszylinders zu schätzen gewusst, ebenso wie das Automatikgetriebe.

Ria Brandes wohnte in der obersten Etage. Da Frau Brandes nicht in einem der Hochhäuser in Kranichstein lebte, zog Leah dem Aufzug das Treppenhaus vor.

Frau Brandes bat Leah herein. Da Leah sie im privaten Umfeld traf, hätte sie erwartet, dass die Pflegerin etwas legerere Kleidung getragen hätte wie Jogginghose oder T-Shirt – aber auch jetzt war die Frau ähnlich gekleidet wie Leah: Bluse, weiter Faltenrock, Strümpfe – und sogar Hausschuhe, die erst auf den zweiten Blick als solche zu erkennen waren. »Darf ich Ihnen einen Kaffee anbieten?«, fragte Ria Brandes, doch Leah winkte dankend ab. Ria Brandes führte Leah in ein kleines Wohnzimmer. Ein klobiger Wohnzimmerschrank, zwei übereck gestellte Sofas und ein Fernseher mussten sich die rund sechzehn Quadratmeter noch mit einem Esstisch und vier Stühlen teilen. Dabei hatte das Zimmer nur ein Fenster – und obwohl sich das Tageslicht alle Mühe gab, den Raum zu erhellen, wehrten sich die dunklen Möbel ziemlich erfolgreich gegen dieses Vorhaben.

Als ob Frau Brandes Leahs Gedanken erraten hätte, sagte sie: »Es ist der kleinste Raum in der Wohnung. Aber wir sind zu dritt, und jeder braucht ein Zimmer für sich.«

»Wie alt sind sie?«

»Sechzehn und achtzehn Jahre. Melanie und Christine. Sie sind beide in der Schule.« Ria Brandes strahlte übers ganze Gesicht. »Sie sind mein ganzer Stolz. Und Christine, sie wird vielleicht tatsächlich einmal das werden, was ich mir erträumt hatte: Ärztin.« Das Lachen durchzog jede Faser ihrer Züge.

Leah nickte nur. Sie selbst hatte keine Kinder. Und hatte auch nie Ärztin werden wollen. Sie fragte: »Frau Brandes, bei unseren Recherchen zum Verlauf der Nacht, in der Lucrezia von Selberg-Broode ums Leben gekommen ist – da gibt es ein paar Ungereimtheiten. Können Sie mir bitte noch einmal schildern, wie diese Nachtschicht genau verlaufen ist?«

Das Lächeln verschwand aus Ria Brandes' Gesicht binnen einer Sekunde, wie es Leah ja schon am Vortag bei ihr erlebt hatte. »Das habe ich Ihnen doch schon beschrieben.«

»Könnten Sie es dennoch bitte noch einmal tun?«

»Meine Schicht begann um zwanzig Uhr, zuerst machte ich mit Andreas Liebermann die Übergabe – aber da gab es nicht viel zu berichten.«

Leah nickte, sah Ria Brandes wieder an, sagte nichts. Dann fuhr Ria Brandes von sich aus fort: »Die Nacht war ruhig, und wie ich gesagt habe, habe ich dreimal bei Frau Bednartz hereingeschaut, jener Dame, die panische Angst davor hat, nachts zu stürzen und nicht entdeckt zu werden. Um halb fünf Uhr weckte mich der Alarm von Frau von Selberg-Broode. Dann bin ich zu ihr gegangen – aber das habe ich

Ihnen doch alles schon erzählt!«, ereiferte sich Frau Brandes. Dabei riss sie die Hände in die Höhe, die bis zu diesem Zeitpunkt in ihrem Schoß gelegen hatten.

»Frau Brandes, das kann so nicht stimmen.« Mehr sagte Leah nicht. Ließ die Worte wirken.

Rias Brandes' Hände, wieder kraftlos in den Schoß gefallen, fanden zueinander, und sie knetete mit der rechten ihren linken Zeigefinger. Sie sah nach unten, hob dann den Blick, sah Leah direkt an und sagte tonlos: »Natürlich. Nathalie hat ja die Aufzeichnungen auf ihrem Rechner. Also: ja. Frau von Selberg-Broode hat mich in der Nacht insgesamt dreimal gerufen.«

»Warum?«, fragte Leah.

»Sie hat sich verändert in den vergangenen Wochen. Sie hat angefangen, nachts den Notruf zu drücken. Auch während meiner Nachtschichten. Sie trägt den Notrufknopf an einem Armband am linken Handgelenk. Auch das ist noch nicht so lang her, vielleicht ein Jahr. Als ich zum ersten Mal nachts in ihr Zimmer kam, stand sie im Wohnzimmer und war verwirrt. Für einen Moment hielt sie mich für ihre Mutter, aber nachdem ich ihr gut zugeredet hatte, erkannte sie mich. Ich dachte, sie hätte einen intensiven Albtraum gehabt. Aber die nächtlichen Notrufe wiederholten sich. Und die Verwirrungszustände dauerten länger. Das alles war nichts Dramatisches, und sie selbst konnte sich am nächsten Morgen an nichts mehr erinnern.

In der vorletzten Nacht klingelte sie gegen Mitternacht. Abermals stand sie in der Mitte des Wohnzimmers, brabbelte wirres Zeug. Auch da konnte ich sie beruhigen, und nur Minuten später war sie in ihrem Bett wieder eingeschlafen. Das Ganze wiederholte sich um vier Uhr. Wie gehabt, ein wenig Tätscheln der Wange, ein bisschen Wird-ja-alles-wieder-gut, zum Bett begleiten, die Decke unter das Kinn ziehen – und Sekunden später schlief sie wieder.

Und dann, um halb fünf, da lag sie bereits auf dem Boden,

als ich die Wohnung betrat. Ich habe den Puls gefühlt und, wie ich gestern schon sagte, dann habe ich sofort den Hausarzt gerufen.«

»Warum haben Sie uns das nicht gleich gesagt?«

Ria Brandes' rechte Hand bearbeitete nun nicht mehr ihre Finger, sondern zupfte an den Falten ihres Rocks. »Dr. Perlau fragte mich, ob es in der Nacht irgendwelche Auffälligkeiten gegeben hätte, und ich antwortete spontan: nein. Schon Sekunden später dachte ich, dass das eine völlig blödsinnige Antwort gewesen war. Ich setzte dazu an, mich zu korrigieren, da sah mich Dr. Perlau auf so eine komische Art an. Ich wusste, irgendwas stimmt nicht. Er kniete immer noch neben der Toten, aber seine Stirn runzelte sich. Ich kann Ihnen nicht genau sagen wieso, aber da blinkte in meinem Kopf ein rotes Warnlämpchen. Und dann sagte Dr. Perlau, dass er nicht guten Gewissens unter der Rubrik Todesursache *natürlich* auf dem Totenschein ankreuzen könne. Ich habe ihn gefragt, wie er denn darauf käme, aber darauf gab er mir keine Antwort. Und damit hatte ich den Moment verpasst, ihm von den vorigen Notrufen zu erzählen.«

»Nun, inzwischen wissen wir, dass Frau von Selberg-Broode tatsächlich keines natürlichen Todes gestorben ist. Warum haben Sie uns belogen?«

»Mein Gott«, wieder flogen ihre Hände in die Höhe wie ein aufgeschreckter Mini-Taubenschwarm. »Keines natürlichen Todes – das heißt also, dass jemand nachgeholfen hat? Dass sie ermordet worden ist?«

Die Hände fielen zurück in den Schoß, als ob jemand die Energieversorgung der Arme unterbrochen hätte. Derselbe Kurzschluss schien auch die Stimme von Ria Brandes in ein Flüstern zu verwandeln: »Nachdem Ihr Rechtsmediziner da gewesen ist und Frau von Selberg-Broode mit nach Frankfurt genommen hat – da war der Moment, von den anderen Notrufen zu erzählen, definitiv bereits vorbei. Ich bin davon ausgegangen, dass Dr. Perlaus Kollege feststellen würde, dass

Lucrezias Herz einfach aufgehört hatte zu schlagen. Dass dem nicht so ist, das bringt mich natürlich jetzt in eine ziemlich blöde Situation.« Kurz sah sie Leah an, und dieser Blick schien den Energieschalter wieder umgelegt zu haben. Mit fester Stimme sagte sie: »Ich habe sie auf jeden Fall nicht umgebracht.«

Leah setzte gerade zur nächsten Frage an, nämlich jener, ob Ria Brandes jemand einfiele, der ein Interesse an Lucrezia von Selberg-Broodes Ableben gehabt haben könnte, als ihr Handy klingelte.

Kollege Horndeich. Sie nahm das Gespräch an. »Ja«, sagte sie nur knapp.

»Leah, ich schicke dir gleich die Koordinaten einer Adresse aus Darmstadt aufs Handy – Andreas Liebermann, einer der Pfleger aus dem Goldenstern, ist in seiner Wohnung ermordet aufgefunden worden.«

Das Haus in der Erbacher Straße 2 hatte den Grundriss eines etwas windschief geratenen U. Der linke Flügel ragte drei Geschosse in die Höhe, der rechte nur zwei Geschosse oberhalb der Garagen, deren Tore sich in Richtung Innenhof öffnen ließen. Liebermanns Wohnung lag im rechten Flügel, doch der Zugang zur Wohnung glich der Versuchsanordnung eines Labyrinths für Ratten: Zunächst musste man durch die Toreinfahrt, die quasi im unteren Bogen des U lag, in den Hof gehen, sich dort nach links wenden, dann durch die Haustür, eine Treppe nach oben, wieder nach links, dann durch einen Laubengang – und endlich stand man vor zwei Türen, von denen die linke in die Wohnung von Liebermann führte. Als Horndeich diesen Weg gegangen war, hatte er sich gewundert, welcher Bauherr einem Architekten solch eine widersinnige Konstruktion hatte durchgehen lassen.

»Gut, dass du endlich da bist«, sagte er zu Leah, als er ihr den Zugang zur Wohnung versperrte. Im Gegensatz zu ihr hatte er bereits einen der weißen Schutzanzüge übergezogen, die vermeiden sollten, dass er falsche Spuren am Tatort hinterließ.

»Was ist hier passiert?«, wollte Leah wissen.

»Andreas Liebermann liegt tot in der Küche.«

Horndeich zeigte zuerst auf die Glastür, die von Liebermanns Wohnung aus auf den länglichen Balkon führte. Dieser wiederum überzog die Frontdächer der darunterliegenden Garagen: Er war an den schmalsten Stellen keinen Meter tief, aber fast zehn Meter lang. »Eine Nachbarin hat ihn durch die Balkontür entdeckt.« Dann deutete Horndeich auf ein Fenster im zweiten Stock auf der gegenüberliegenden Seite des Balkons. »Dort oben wohnt die Nachbarin. Hat Andreas Liebermann auf dem Küchenboden liegen sehen und den Notruf gewählt.«

»Hast du mit ihr bereits gesprochen?«

»Ja. Meistens hat Andreas Liebermann an der Innenseite dieser Balkontür die Jalousie immer herabgelassen. Diese Wohnung lädt ja quasi dazu ein, von jedem Apartment auf der anderen Seite aus ein bisschen *Fenster zum Hof* zu spielen. Zum Glück war sie heute früh hochgezogen gewesen – sonst hätte es sicher länger gedauert, bis sein Tod aufgefallen wäre.«

»Kannte sie Liebermann persönlich?«

»Nicht wirklich. Man grüßte sich im Treppenhaus, aber das war's schon. Zwei Kollegen machen grad die Reise durchs Haus, um die anderen Nachbarn zu befragen.«

»Können wir rein?«, wollte Leah wissen.

»Im Moment noch nicht. Silvia Rauch dirigiert noch ihre Truppe.«

»Und die haben keinen Pfad für uns?«, grantelte Leah.

»Du hast die Wohnung nicht gesehen. Wenn du durch die Eingangstür gehst, stehst du bereits im ersten Zimmer. Von dort aus gibt es einen schmalen Flur nach hinten. Ist richtig eng, kommen zwei Leute kaum aneinander vorbei. Von diesem Flur geht es ins Bad und in die Küche. Und am Ende des Flures ist dann das zweite Zimmer.«

In diesem Moment trat Silvia Rauch aus der Unterkunft heraus. »So, Kollegen, wir sind fürs Erste durch. Ihr könnt also rein. Wir haben die Leiche noch nicht abtransportieren lassen. Kollege Hinrich sitzt ebenfalls noch in der Küche. Er lässt euch gleich an seinen ersten Erkenntnissen teilhaben.«

Horndeich und Leah traten durch die Tür. Sie durchquerten das Wohnzimmer, traten in den Flur. Horndeichs Blick fiel nach links in das kleine Bad: eine Badewanne, ein Waschbecken, ein Klo – und sogar für eine Waschmaschine hatte der Mieter noch ein Plätzchen gefunden. Wenige Meter weiter führte eine Tür nach links in die Küche. Auf dem Boden lag Andreas Liebermann, mit dem Horndeich gestern noch gesprochen hatte.

Hinrich stand an den Herd gelehnt und sagte: »Moin!«

Horndeich hatte keinerlei Lust auf Small Talk. Wieder war er aus dem Bett gerissen worden, wieder hatte er kurzfristig eine Lösung finden müssen, um seine Tochter Stefanie versorgt zu wissen. An dem heutigen Morgen hatte es nur eine Möglichkeit gegeben: Sebastian Rossberg hatte sich um die Kleine gekümmert. Und er hatte versprochen, sie per Taxi rechtzeitig zur Schule zu bringen. Horndeich war dankbar, dass Sebastian Rossberg in seinem Haus wohnte.

Horndeich ersparte sich eine Begrüßungsfloskel und fragte direkt: »Was haben wir hier?«

»Na, na, na, das ist ja dann doch wohl ein bisschen pietätlos, oder?«, wies ihn der Rechtsmediziner zurecht.

Nein, Horndeich hatte nicht das Gefühl, sich von Martin Hinrich, *Dr.* Martin Hinrich, einen Lehrgang in gutem Benehmen verpassen lassen zu müssen. Wie oft war dieser Mann ihm gegenüber vermeintlich witzig, sarkastisch oder oft sogar zynisch in seinen Bemerkungen gewesen? Deshalb wiederholte Horndeich nur: »Also, was?«

Hinrich seufzte. »Andreas Liebermann. Sie kennen ihn ja vermutlich schon. Altenpfleger im Seniorenstift Goldenstern. Die Strangulationsmale an seinem Hals zeigen eindeutig, dass er erdrosselt wurde. Auch die Staubblutungen in den Augen unterstreichen das. Wenn ich ihn in Frankfurt auf dem Tisch habe, werde ich wahrscheinlich auch feststellen, dass das Zungenbein gebrochen ist, etc., etc., etc. Unterm Strich: Jemand hat Andreas Liebermann irgendetwas um den Hals gewickelt, festgezogen und ihn damit seines Lebens beraubt. War etwas, das deutlich mehr Auflagefläche hatte als ein Seil. Ich tippe also auf einen Schal, ein Halstuch oder Ähnliches.«

In diesem Moment trat Silvia Rauch wieder durch die Tür in die Küche. Horndeich nutzte die Gelegenheit: »Silvia, hast du schon irgendetwas, das du uns geben kannst?«

Er wunderte sich, dass Leah sich überhaupt nicht in die Diskussion einschaltete. Wobei, so verwunderlich war es auch nicht. Oft starrte seine Kollegin zunächst auf einen Tatort wie das berühmte Kaninchen vor der Schlange. Bis sie damit herausrückte, was ihre Aufmerksamkeit gefesselt hatte, verging dann eine gewisse Zeit.

»Was wir mit Gewissheit sagen können«, erklärte Silvia Rauch, »in diese Wohnung ist niemand mit Gewalt eingedrungen. Das Schloss an der Wohnungstür ist unversehrt. Niemand hat die Tür eingetreten. Auch die Balkontür weist keine Schäden auf, und alle Fenster waren geschlossen. Wir haben natürlich eine ganze Menge von Fingerabdrücken abgenommen, aber die zu identifizieren, das wird ein wenig dauern. Der äußere Knauf an der Wohnungstür ist abgewischt worden. Da haben wir keinen einzigen entdecken können.«

»Habt ihr irgendwas an Rechnern eingesammelt?«, wollte Horndeich wissen. Er erinnerte sich ein wenig wehmütig an seine Zeit, als er bei der Polizei angefangen hatte. Weit mehr als fünfundzwanzig Jahre lag das zurück, und das Internet war damals ein kleines Netzwerk, über das sich US-amerikanische Universitäten austauschten. Computer waren bessere Schreibmaschinen oder Taschenrechner und noch weit davon entfernt, bei der täglichen Ermittlungsarbeit ernsthaft mitzumischen. Derzeit ließ sich kaum ein Fall mehr lösen, ohne dass sein Kollege Richard Feller, der Crack am Computer, der Herrscher über Bits und Bytes, irgendetwas Wichtiges zur Lösung beitrug. Ja, Horndeich war ein Teamplayer. Aber er gestand sich ein: Ab und an fühlte er sich von der Macht der Computer einfach nur genervt.

»Wir haben zwei Laptops von Andreas Liebermann mitgenommen. Richard wird sich um die Auswertung kümmern. Ansonsten: In der Wohnung haben wir nichts Irritierendes entdeckt. Keine Kinderporno-Sammlung auf DVD, keine schrägen Bücher, keinen Container mit Sexspielzeug, weder im Bad noch im Kleiderschrank irgendwelche geheimnisvollen Verstecke. Andreas Liebermann war eher der spartanische Typ. Wenig Bücher, wenig DVDs, wenig CDs. Auch der Kleiderschrank war nicht besonders gut bestückt, Andreas Liebermann hat wohl auf bescheidenem Fuß gelebt.«

Horndeich hörte Silvia Rauch zu und war wieder einmal erstaunt, welch präzises Profil man erstellen konnte, indem man sich nur eine Wohnung genauer ansah. Das gesamte Leben, mit allen Vorlieben und Abneigungen, spiegelte sich in ihr. Für einen kurzen Moment dachte Horndeich darüber nach, welche charakterlichen Züge man ihm zuschreiben würde, untersuchte man das Haus, in dem seine Frau und er mit ihren Kindern wohnten. Pedantisch? Er weigerte sich, jetzt weiter darüber nachzudenken.

»Gibt es irgendwelche Hinweise auf einen potenziellen Täter?«, wollte Leah wissen.

»Nein. Das wird dann wohl euer Job sein«, sagte sie und ging an Horndeich und Leah vorbei.

Horndeichs Kollegin murmelte: »Lucrezia von Selberg-

Broode und Andreas Liebermann. Beide haben mit dem Goldenstern zu tun. Welche Verbindung könnte es da geben?«

Horndeich zuckte mit den Schultern. »Ich habe keine Ahnung. Welche Beziehung sollte es geben zwischen einem Altenpfleger und einer meist unfreundlichen alten Dame?«

Leah antwortete unverzüglich: »Oh, da fällt mir sofort etwas ein: Wir sollten sehr genau darauf schauen, was die alte Dame wem vererbt hat.«

Der Gedanke war Horndeich auch schon gekommen. »Vielleicht ist Andreas Liebermann ja im Testament von Lucrezia von Selberg-Broode bedacht worden. Aber selbst das würde nicht den Mord an Andreas Liebermann erklären ...«

Feller klopfte an die Tür, hinter der sich Nathalie Ankenbrands Reich befand. »Oh, Richard, ich hatte gar nicht damit gerechnet, dich so schnell wiederzusehen.« Der Tonfall machte ihm deutlich, dass sie darüber keineswegs enttäuscht war. »Was kann ich für dich tun?«

Silvia Rauch hatte Feller aus der Wohnung von Andreas Liebermann dessen Laptop und das Handy mitgebracht. Es handelte sich um ein Apple iPhone X – nagelneu und schweineteuer. Und derzeit das einzige Handy auf dem Markt, das mit einer Gesichtserkennung abgesichert werden konnte. Der Laptop stammte ebenfalls vom Hersteller mit dem angebissenen Apfel als Logo, ein aktuelles MacBook Pro mit 15 Zoll Bildschirm. Abgesichert über einen Fingerabdrucksensor.

Feller hatte Silvia Rauch gefragt, ob sie denn irgendetwas Persönliches gefunden hätte wie einen Kalender oder ein Adressbuch. Silvia Rauch hatte treffend bemerkt: »Wer tausend Euro für so ein Handy ausgibt, wird eher keinen Papierkalender mehr besitzen und die Adressen auch kaum in ein Ringbuch eintragen.« Damit hatte sie vorbehaltlos recht. Das

Problem war nur: Bisher wussten sie lediglich, dass Andreas Liebermann im Goldenstern arbeitete. Sonst nichts.

»Frau Ankenbrand, ich …«, entfuhr es ihm.

»Nathalie«, unterbrach sie ihn.

»Nathalie, selbstverständlich, Nathalie.« Es waren solche zwischenmenschlichen Dinge, die ihn aus dem Konzept bringen konnten. Was hatte er sie jetzt fragen wollen? Sein Gehirn funktionierte, so dachte Feller, oftmals ähnlich wie ein Computer. Mental drückte er dreimal auf die Backspace-Taste, dann war die Frage wieder da. »Nathalie, kannst du mir irgendwelche Informationen über Andreas Liebermann geben?«

»Andreas? Was ist mit Andreas?«

Sie hatten sich aufgeteilt. Horndeich und Leah wollten sich mit der Tochter und dem Enkel von Lucrezia von Selberg-Broode unterhalten, er sollte zunächst die Basisinformationen über Andreas Liebermann in Erfahrung bringen. Leah hatte zugesagt, Diebold vom Tod seines Mitarbeiters zu unterrichten. Entweder hatte sie das noch nicht getan, oder aber Diebold hatte es noch nicht an seine Belegschaft weitergeleitet. Wie dem auch sei – nun war er schon wieder an jener Stelle, die Nachricht vom Tod eines Menschen zu überbringen. Gestern hatte er Natalie Ankenbrand am Telefon den Tod einer Bewohnerin mitgeteilt. Das war schon unangenehm gewesen. Doch jetzt ging es um einen Mitarbeiter, und er stand direkt vor Nathalie. Auf einer Skala von eins bis zehn für widerwärtige Aufgaben vergab er hierfür eine glatte Zwölf.

Er zog sich einen Stuhl heran, setzte sich neben Nathalie Ankenbrand, sah ihr in die Augen. Napoleon trottete aus seinem Körbchen zu Feller, leckte ihm einmal über die Hand und zog sich wieder zurück.

»Ist ihm … irgendetwas passiert? Hatte er einen Unfall? Liegt er im Krankenhaus?«

Feller schüttelte den Kopf. Dann brachte er es hinter sich: »Nathalie, Andreas Liebermann ist tot. Er ist heute Nacht ermordet worden.«

Nathalie Ankenbrands Gesichtsfärbung wandelte sich in Blässe. Feller musste sich unwillkürlich fragen, wo das Blut eigentlich hinwanderte, wenn es aus der Oberfläche der Haut verschwand. Und warum passierte das? War solch eine blöde Frage im Kopf eine Art Selbstschutz vor der Reaktion seines Gegenübers.

»Das ist ja schrecklich«, flüsterte Nathalie Ankenbrand. »Ermordet? Wie denn?«

Wieder schüttelte Feller den Kopf, schien dabei neben sich zu stehen und auf sich selbst zu schauen. *Sieht bescheuert aus, das Gewackel, Richard!,* schalt ihn der Beobachter. Nein, persönliche Botschaften jeglicher Art gehörten ganz gewiss nicht zu seiner Kernkompetenz. Wieder antwortete er ihr: »Darüber darf ich nichts sagen. Wir fangen ja auch gerade erst an mit den Ermittlungen.« *Deine Stimme klingt genauso blechern wie die von R2D2s Gefährten C-3PO,* konstatierte Fellers Über-Ich trocken.

»Gut, ich verstehe.«

»Hast du denn ein Dossier über deinen Kollegen?«

»Na ja, Dossier ist übertrieben. Ich habe seine Personalakte. Die kann ich dir geben.«

»Das wäre hilfreich, denn ich habe im Moment überhaupt keine Informationen über Andreas Liebermann.« Das stimmte so nicht, Feller hatte natürlich den Namen durch den Polizeicomputer gejagt. Er hatte festgestellt, dass Liebermann vor Kurzem eine Anzeige gegen eine Exfreundin gestellt hatte, nachdem diese ihn mehrfach gestalkt hatte: Übernachten im Schlafsack vor der Haustür, Übernachten auf seinem Balkon, und dann hatte sie sich einmal mit Handschellen an ein Wasserrohr in seinem Bad gekettet. Eine einstweilige Verfügung gegen die Dame, Tanja Berger ihr Name, war die Quittung. Dem würde er natürlich nachgehen. Aber zunächst einmal musste er etwas mehr über das Opfer herausfinden.

»Ich habe die Akte elektronisch – soll ich sie dir schicken?«

»Ja, das wäre perfekt.«

Feller bedankte sich und verabschiedete sich.

Zurück im Büro war Fellers erster Gang der zur Kaffeemaschine. Für dieses Gerät war er Leah wirklich dankbar. Eine WMF 1000 Pro, die Leah gekauft hatte, ihrem Kommissariat zur Verfügung stellte und sie hegte und pflegte und wartete – was bei der Diva einen gewissen Zeitaufwand erforderte. Doch sie produzierte einen Kaffee, der einen nicht sofort an den Ausguss im Spülbecken denken ließ.

Mit dampfendem Kaffeepott in der Hand zog er sich zurück in sein Refugium, in dem die säuselnden Lüfter akustische Vertrautheit erzeugten.

Nathalie hatte ihm die Personalakte geschickt, eine einfache PDF-Datei. Feller öffnete sie.

Zunächst fand sich dort der Arbeitsvertrag, den Feller kaum überflog. Liebermann war seit 2013 bei Horst Diebolds Chrysteri GmbH & Co. KG als Krankenpfleger angestellt. Das Unternehmen war der Träger der Seniorenresidenz Goldenstern. Liebermann verdiente dreitausendachthundert Euro brutto. War das viel? War das wenig? Eine Anfrage an Mama Google verschaffte schnell Klarheit. Feller stieß auf eine Studie, die ihm genau darauf eine Antwort gab. Er überflog sie und war etwas irritiert. Eigentlich, so dachte Feller, war die Aufgabe, einen dementen Menschen zu pflegen, in Baden-Württemberg dieselbe wie in Sachsen-Anhalt. Doch die Gehälter unterschieden sich drastisch. Und auch innerhalb der Bundesländer gab es größere Schwankungen. Und eines war klar: Mit dreitausendachthundert Euro lag Andreas Liebermann deutlich über dem, was gemeinhin bezahlt wurde.

Dem Arbeitsvertrag folgte ein Lebenslauf. Andreas Liebermann war am 20. März 1980 im fränkischen Hof geboren worden. Sein Vater war bei seiner Geburt dreißig, seine Mutter fünfundzwanzig. Liebermann hatte sogar die Berufe der Eltern angegeben: der Beruf des Vaters lautete *Geophysikalischer Messingenieur*, bei der Mutter hatte er *Hausfrau* angegeben. Sein Familienstand war ledig.

Als Andreas Liebermann sechzehn Jahre alt gewesen war, hatte er die Realschule mit einem Durchschnitt von 3,2 abgeschlossen. Im Anschluss daran hatte er sofort mit einer Berufsausbildung zum Altenpfleger in einem Altenzentrum in Hof begonnen. Mit neunzehn hatte er die Ausbildung erfolgreich beendet. Feller blätterte zum Zeugnis: schriftlich und mündlich war es ziemlich knapp geworden, aber in der praktischen Prüfung hatte Andreas Liebermann geglänzt.

Mit sechsundzwanzig, also vor zwölf Jahren, war er dann nach Berlin umgezogen und hatte dort ebenfalls in einer großen Einrichtung namens Sonnenhalde als Altenpfleger gearbeitet. Sowohl das Abschlusszeugnis der Pflegeeinrichtung in Hof als auch jenes fünf Jahre später aus Berlin waren ausgezeichnet.

Von Berlin aus wechselte er nach Taunusstein bei Wiesbaden, und 2013 kam er schließlich zur Chrysteri, abermals ausgestattet mit einem blendenden Zeugnis. Nachdem Andreas Liebermann anfänglich in der Ausbildung noch Schwierigkeiten gehabt zu haben schien, hatte er sich danach offensichtlich erstklassig bewährt.

Die letzte Seite der Personalakte bestand aus einem Fragebogen, den Andreas Liebermann ausgefüllt hatte. Adresse, Telefonnummer, Handynummer und Ähnliches waren darin eingetragen. Interessant fand Feller besonders die letzte Eintragung, unter *Kontakt für Notfälle*. Allein, dass solch eine Rubrik bestand, untermauerte Diebolds Anspruch, den jeder Unternehmenschef gern für den seinigen ausgab: »Wir sind alle eine große Familie.«

Die Kontaktperson lautete Rupert Liebermann. Feller blätterte kurz zurück auf den Lebenslauf: Das war der Name seines Vaters.

Angegeben war nur eine Telefonnummer mit der Vorwahl: 0 27 82. Wenn Feller auch die Vorwahl für Graz im Kopf gehabt hatte, sagte ihm diese zunächst nichts. Feller gab die Nummer in den Computer ein, erhielt aber die Meldung, bei dieser Vorwahl handle es sich um eine nicht gültige. Sein Blick fiel abermals auf die Zahlen, dann erkannte er den Fehler, den er gemacht hatte: Die Nummer trug zwei führende Nullen und lautete korrekt 00 27 82. Der Anschluss lag im Ausland. Sekunden später war Feller auf dem aktuellen Stand: Er gehörte zu Vodacom, der südafrikanischen Variante von Vodafone. Rupert Liebermann lebte offensichtlich im südlichsten Staat des afrikanischen Kontinents.

Wenige Klicks später wusste Feller auch, dass es gegenüber Südafrika keine Zeitverschiebung gab. Also wählte er die Nummer, um nach dem ersten Piepton sofort wieder aufzulegen. Würde er mit dem Vater sprechen, wäre er schon wieder in der Position, jemandem eine Todesnachricht überbringen zu müssen. Und wohl die Nachricht, die am schwersten zu bestellen war: den Tod des eigenen Kindes. Er könnte natürlich Leah oder Horndeich den Job zuschustern. In diesem Moment sah er Nathalies Gesicht vor sich. Konnte sich nicht erklären, weshalb. Und das Antlitz blinzelte ihm zu und sagte: *Du schaffst das schon.*

Nun gab es zwei Möglichkeiten: Entweder würde Feller darüber nachdenken müssen, weshalb er jetzt ausgerechnet an Nathalie gedacht hatte, oder er würde die Nummer des südafrikanischen Mobiltelefons von Andreas Liebermanns Vater anrufen. Er entschied sich für das, was ihm leichter fiel: Er wählte die Nummer.

Bereits nach dem vierten Piepton wurde das Gespräch angenommen: »Rupert Liebermann. Who am I talking to?«

Englisch. Klar. Amtssprache in Südafrika. Zumindest eine

der Amtssprachen. Er versuchte es auf Deutsch: »Guten Tag Herr Liebermann, hier spricht Richard Feller von der Kriminalpolizei in Darmstadt.« Er zögerte kurz, dann fügte er noch hinzu: »Deutschland.«

»Äh. Ja. Sind Sie sicher, dass Sie mit mir sprechen wollen?«

»Ihr Name ist Rupert Liebermann. Sie sind der Vater von Andreas Liebermann, stimmt das?«

Auf der anderen Seite ein kurzes Zögern. »Ja. Das stimmt. Was wollen Sie von mir?«

Hatte er nicht gerade Rupert Liebermanns Sohn Andreas genannt? Warum fragte dieser Mann nicht, ob irgendetwas mit dem Sohn nicht stimme. Feller seufzte, leise, innerlich, unhörbar. »Herr Liebermann …« Er hielt inne. Wie überbrachte man diese Nachricht? *Setzen Sie sich bitte.* Nicht, dass der arme Herr umkippte … *Ich habe Ihnen eine traurige Mitteilung zu machen.* Irgendwie klang das alles wie aus einer Phrasendreschmaschine.

»Herr Liebermann, Ihr Sohn ist in der vergangenen Nacht verstorben.« Kurz und schmerzvoll. Wie Pflaster abziehen. Oder so ähnlich.

»Andreas?«

Gab es noch mehr Söhne? »Ja, Andreas.«

»Das ist traurig. Was kann ich für Sie tun?«

Feller hielt den Hörer vor das Gesicht und sah ihn befremdlich an. Was hatte der Mann ihn gerade gefragt? Was *er*, Rupert Liebermann, für *ihn*, Richard Feller, tun könne? Kein Moment der Bestürzung, keine Frage, woran der Sohn gestorben sei, nicht der geringste Laut der Verzweiflung?

»Hallo, Herr Feller, sind Sie noch da?«

Feller führte den Hörer wieder in eine sinnvolle Position. »Herr Liebermann, Ihr Sohn ist ermordet worden.«

»Das ist ja schrecklich«, sagte Rupert Liebermann, sein Tonfall klang jedoch eher nach *Sei's drum* als nach tiefer Verzweiflung.

Liebermann wiederholte seine Frage: »Was kann ich für Sie tun?«

Deinen Arsch ins Flugzeug bewegen und hierher fliegen, um deinen Sohn zu beerdigen? Das sagte Feller nicht, aber er dachte es.

Liebermann wurde kurz abgelenkt, sagte zu irgendjemand anderem: »Dean, I'll be right with you. Give me two minutes.«

Feller versucht es andersherum: »Herr Liebermann, wann werden Sie in Deutschland eintreffen?«

»Eintreffen?«

»Wann werden Sie hier sein? Um Ihren Sohn zu beerdigen?«

»Äh. Nein, Herr Feller, ich bin hier mitten in einem Projekt. Ich kann jetzt nicht weg. Das ist völlig unmöglich.«

Feller sah sich in seinem Büro um. War das ein Test? War das *Versteckte Kamera?* Kurz war er versucht, mit Herrn Rupert Liebermann eine Debatte vom Zaun zu brechen, darüber, dass sein Sohn sich hier nicht selbst beerdigen würde und er eine gewisse Verpflichtung habe. Auch wenn es ihm offenbar völlig am Arsch vorbeizugehen schien, dass er gestorben war.

Er tat es nicht. »Ich muss Ihnen ein paar Fragen stellen«, sagte er stattdessen.

»Schießen Sie los, fünf Minuten habe ich.«

»Wann haben Sie Ihren Sohn zuletzt gesehen?«

»Das war im Jahr 1998. Es war das letzte Mal, dass ich in Deutschland war. Als mein Vater gestorben ist.«

Na, wenigstens wenn der Papa stirbt, kriegt er seinen Hintern hoch, dachte Feller. »Hat Ihr Sohn noch weitere Verwandte? Wo lebt seine Mutter? Gibt es noch Großeltern? Hat er Geschwister?«

»Nein, Andreas hat keine Geschwister. Also, natürlich hat er noch Halbgeschwister, eben die fünf Kinder, die ich hier mit meiner zweiten Frau habe. Drei süße Mädchen und zwei prächtige Jungs.« In die Kategorie *prächtige Jungs* schien Andreas also offensichtlich nicht zu fallen. »Wie lange wohnen Sie denn schon in Südafrika?«

»Hier in Johannesburg erst seit fünfzehn Jahren. 1990 habe ich den Job in Gaborone in Botswana angenommen. Gutachten für Diamantenminen. Ich bin dann ziemlich viel in Afrika rumgekommen. Hier habe ich auch meine Frau Blair kennengelernt.«

»Und nach 1990 waren Sie bis 1998 nicht mehr in Deutschland?«

»Doch, natürlich. In den ersten Jahren war ich mindestens jedes Vierteljahr für ein paar Tage zu Hause.«

»Und Andreas hat damals bei seiner Mutter gelebt?«

Das war der erste Moment, in dem durch die Telefonleitung so etwas wie ein Hauch von Emotion drang. »Seine Mutter? Andreas war seiner Mutter scheißegal. Als Andreas fünf war, hat sie uns verlassen. Und ich musste durch meinen Job ständig in der Weltgeschichte herumreisen. Ich bin geophysikalischer Messingenieur. Hab damals noch viel auf Bohrinseln gearbeitet.«

»Und wo hat Andreas dann gelebt?«

»Bei meinem Vater. Meine Mutter hat gelebt, bis Andreas sieben war. Nach ihrem Tod hat sich mein Vater allein um den Jungen gekümmert. War aber sein Nachteil nicht – ich habe die beiden großzügig finanziell unterstützt.«

Offensichtlich verdiente man als geophysikalischer Messingenieur anständig. Feller hatte genug.

»Würden Sie mir bitte noch Ihre Adresse mitteilen?«

»Selbstverständlich.« Rupert Liebermann nannte eine Adresse in Johannesburg, die Feller mitschrieb.

»Das Nachlassgericht wird sich dann mit Ihnen in Verbindung setzen wegen der Bestattungskosten«, sagte Feller.

Dann legte er einfach auf.

Er wollte mit diesem Mann kein weiteres Wort mehr wechseln.

»Umgebracht? Wer bringt denn eine dreiundneunzigjährige Frau um?«

Das war eine berechtigte Frage. Dennoch war Leah irritiert darüber. Ariane Wegener war keine Heulsuse. Wahrlich nicht. Leah wusste von sich selbst, dass die emotionalen Ausbrüche in ihrem eigenen Leben an den Fingern einer Hand abzuzählen waren. Aber der Tod der eigenen Mutter? Ariane Wegener wirkte doch sehr abgebrüht auf Leah. »Das wissen wir nicht. Wir ermitteln in alle Richtungen.« Jene Phrasen, aus dem kleinen Phrasenkatalog, den jeder Polizist spätestens im zweiten Lehrjahr auswendig herunterzubeten wusste.

»Haben Sie schon irgendetwas herausgefunden? Haben Sie Verdächtige? Haben Sie ein Motiv?«

»Frau Wegener, wir stehen noch ganz am Anfang der Ermittlungen. Uns wäre sehr geholfen, wenn Sie uns ein wenig mehr über den familiären Hintergrund Ihrer Mutter erzählen könnten.«

»Was soll ich Ihnen sagen? Ich habe meine Mutter das letzte Mal vor drei Jahren getroffen. Unser Verhältnis war nicht besonders gut. Ich lebe seit fünf Jahren in Graz. Habe dort meine eigene Werbeagentur aufgemacht. Und sie läuft gut. Ich bin zufrieden. Und ja: Ganz ab und zu hat mich das schlechte Gewissen geplagt, ob ich meine Mutter nicht öfter hätte besuchen sollen. Aber all diese Überlegungen sind jetzt natürlich obsolet.«

»Haben Ihre Kinder mehr Kontakt zu ihrer Mutter gehabt?«

Ariane lachte bitter auf. »Wissen Sie, irgendwie scheint es sich durch diese Familie zu ziehen: Die Kinder sind von ihren Eltern entfremdet. Die meinen von mir, ich von meiner Mutter. Aber, um Ihre Frage zu beantworten: Ricarda, meine Älteste, sie ist jetzt sechsunddreißig, wohnt in Fort Worth, in Texas. Sie ist verheiratet, hat drei Kinder – ich bin also schon Oma. Ihr Mann ist in der Ölindustrie tätig. Er verdient ein Schweinegeld, und meine Tochter hat dort, finanziell gesehen, ein sehr gutes Leben. Der zweite, Gerold, ist erst siebenundzwanzig, er hat ein Abitur mit 0,9 gemacht, daraufhin ein Stipendium gekriegt, seinen Master in acht Semestern hingelegt – er ist das absolute Wirtschaftsgenie und arbeitet als Unternehmensberater bei Boston Consulting. Nein, nicht in Frankfurt, sondern in der Wiege der Firma, direkt in Boston. Noch zwanzig Jahre, und ihm gehört ganz bestimmt ein Teil dieser Firma. Tja, und dann ist da noch Matthias. Der Nachzügler. Er ist jetzt zweiundzwanzig und der Einzige, der noch hier in Deutschland wohnt. In Wiesbaden. Aber das wissen Sie ja bereits. Er hat gesagt, dass er heute Vormittag zu Ihnen kommen wird.«

Ariane Wegener unterbrach ihren Redefluss. Für einen Moment schien sie gänzlich in Gedanken versunken.

Leah versuchte das Gespräch fortzusetzen, deshalb sagte sie: »Matthias?«

Ariane Wegener schaute Leah direkt in die Augen: »Haben Sie Kinder?«

Warum fragten sie immer alle Leute, ob sie Kinder hatte? Nein, das stand nicht in der Stellenbeschreibung für Kriminalkommissarinnen. Manchmal hatte sie den Eindruck, dass ein Kind zu haben den Charakter zu adeln schien. *Na ja, dann wissen wir ja beide, worüber wir reden.* Sie hasste es. »Nein«, sagte sie kurz angebunden.

»Nun, Matthias war kein Wunschkind. Matthias war das Unglück. Das Ergebnis einer Urlaubsbekanntschaft in der Uckermark.«

Leah antwortete nicht darauf. Sie hob nur leicht eine Augenbraue. Eine Geste, die ihre Gegenüber, besonders wenn sie weiblichen Geschlechts waren, oft zum Weiterreden veranlassten.

»Ich hatte meinen Burn-out, als der Begriff noch keine Modeerscheinung war. Mein Psychotherapeut riet mir dringend, jegliches Business für mindestens ein Vierteljahr hinter mir zu lassen. Ich war damals seit fünf Jahren in einer

Werbeagentur angestellt, hatte über Boni unglaublich viel Geld gescheffelt, aber ich war psychisch am Ende. Meine beiden Kinder lebten bei ihren Vätern.

Henning, also Matthias' Vater, er hatte nach der Wende als einer der wenigen sofort die Zeichen der Zeit erkannt: Er besaß einen einfachen Bauernhof, nur zehn Kilometer von der polnischen Grenze entfernt. Als die Mauer fiel, hat er überlegt, wie er am westlichen Reichtum teilhaben könnte. Er definierte seinen Bauernhof als Ort, an dem gestresste Menschen wieder die innere Mitte fanden. Und er fand einen Geldgeber, der das gekonnt in der Welt der Reichen und Schönen publik machte. Die gestressten Yuppies waren nun im Kontakt mit sich selbst und der Natur – sprich: mit Kühen, Schweinen und Schafen. Also Kuhscheiße, Schweinemist und Schafwolle. Er lernte höllisch schnell, all die Tätigkeiten, die ein Bauer auf seinem Hof durchführen muss, mit wundervollen Wortblasen zu verkleiden. Er nannte es: *Den Kuhstall ausmisten*. Für seine Klientel hieß es: *Finde das Kind in dir, geh ganz zurück in deine Babyphase, als solch ein Geruch der tägliche in deinem Kinderwagen war. Und nun schaffe ihn fort. Ganz aktiv.*« Kurz hielt Ariane Wegener inne. »Mein Gott, interessiert Sie das überhaupt?«

Leah zuckte nur mit den Schultern. »Wir haben Zeit«, antwortete sie diplomatisch, meist der richtige Weg, das Gegenüber am Reden zu halten.

»Henning hat auch versucht, mich mit spiritueller Sprache zu locken, aber bereits nach einer Woche habe ich ihm auf den Kopf zugesagt, dass seine Geschäftsidee genial sei, aber all dieser verbale Bullshit bei mir nichts bringen würde. Ab diesem Moment sah er mich auf eine völlige andere Art und Weise an, jene, in die ich mich verlieben konnte. Und ich wurde schwanger. Nur dreizehn von tausend aller sterilisierten Frauen werden schwanger – und ich gehörte zu diesem exklusiven Club. Toll, nicht wahr?«

Dreizehn Promille? Leah hatte sich nie mit derartigen Fragen auseinandergesetzt. Während ihrer kurzen Ehe war sie nicht schwanger geworden – zum Glück. Danach hatte es nicht mehr so viele Gelegenheiten gegeben, schwanger zu werden. Und sie hatte dabei immer darauf bestanden, dass der Mann …

»Ich habe Henning nichts davon erzählt. Irgendwann hat Matthias mich gefragt, wer denn sein Vater sei, da war er schon zehn. Und da hat er sich auch nicht mehr mit irgendwelchen nichtssagenden Antworten von mir abspeisen lassen. Beide haben sich getroffen, gesehen, und von dem Moment an waren sie ein Kopf und ein Arsch, wie man so schön sagt. Zwei Jahre später lebte dann auch mein drittes Kind bei seinem Vater.«

»Haben Sie denn eine Ahnung, wer Ihrer Mutter irgendetwas Böses gewollt haben könnte?«

»Ich weiß es wirklich nicht. Wie gesagt, ich habe sie vor drei Jahren das letzte Mal gesehen. Und davor auch ein paar Jahre lang nicht. Unser Verhältnis war wahrlich nicht das, was man als innig bezeichnen könnte.«

»Und Ihre Kinder? Hatten die Kontakt zu Ihrer Mutter?«

»Außer Matthias? Nein. Ricarda lebt seit fünfzehn Jahren in den Staaten und war seitdem nicht mehr in Deutschland. Und auch Gerold war seit über drei Jahren nicht mehr hier. Beide wollen nicht einmal zur Beerdigung kommen. Wenn meine Mutter also hinter meinem Rücken nicht das Chatten oder die Videotelefonie für sich entdeckt hat, dann gehe ich nicht davon aus, dass sie zu den Enkeln Kontakt hatte. Wie gesagt, außer zu Matthias. Von ihm weiß ich, dass er sie ab und zu hier im Heim besucht hat. Aber ich glaube, da überwog das finanzielle Interesse bei Weitem das menschliche.«

Matthias Wegener hatte die Polizei angerufen und dem Beamten am Telefon mitgeteilt, dass er gegen halb zwölf im Polizeipräsidium Südhessen eintreffen würde.

Es war eine Minute nach halb zwölf, als die Kollegin von der Pforte Horndeich mitteilte, Matthias Wegener wäre jetzt da. Fünf Minuten später saß er in Horndeichs und Leahs Büro.

Matthias Wegener wirkte wie ein wandelndes Relikt aus den Siebzigern: Er trug einen Vollbart, dessen kürzestes Haar mindestens fünfzehn Zentimeter maß. Und die krause Mähne auf dem Kopf war zu einem Pferdeschwanz zusammengebunden. Durch die Nickelbrille auf seiner Nase erinnerte er Horndeich ein wenig an John Lennon in seiner Yoko-Ono-Zeit.

»Scheiße, das mit meiner Oma«, sagte er mehrmals, als Horndeich ihn die Treppe hinaufgeführt hatte.

»Herr Wegener, wie Sie wissen, untersuchen wir das Tötungsdelikt zum Nachteil von Lucrezia von Selberg-Broode.« Manchmal versteckte auch Horndeich sich hinter den Floskeln des Polizei-Sprech. Aber er wusste nicht, wie er das Gespräch anders einleiten sollte.

»Ist schon klar, ich hab Sie verstanden. Meine Oma ist ermordet worden, und Sie wollen und sollen herausfinden, wer das getan hat.«

Genau. Das war die umgangssprachliche Übersetzung. »Wann haben Sie denn Ihre Oma zum letzten Mal gesehen?«

Matthias Wegener fasste sich in den Bart, zwirbelte eine Strähne, dann sagte er: »Ich glaub, das muss so Ostern gewesen sein. Stimmt, Ostersonntag, da habe ich sie besucht. Wir sind sogar zusammen spazieren gegangen. Übers Oberfeld, eine kleine Runde.« Matthias Wegener hielt kurz inne, dann fragte er: »Ist meine Mutter auch hier?«

»Ja. Sie spricht gerade mit einer Kollegin von mir.«

»Aha. Hab sie schon lang nicht mehr gesehen. Aber muss auch nicht sein. Egal. Stellen Sie Ihre Fragen. Wenn jemand meine Oma umgebracht hat, dann möchte ich auf jeden Fall, dass Sie denjenigen finden. Ich meine, sie war schon dreiundneunzig, aber sie hat gern gelebt. Und wer weiß, vielleicht hätte sie ja auch noch ein paar Jahre vor sich gehabt. Also finden Sie das ...« Er verkniff sich den Kraftausdruck.

»Haben Sie Ihre Oma oft besucht?«, arbeitete sich Horndeich durch die Standardfragen.

»Ja. Nein. Also ich weiß ja nicht, was oft ist. Ich war vier bis fünf Mal im Jahr bei ihr. Wissen Sie, ich hab jetzt bald meine Ausbildung zum Altenpfleger fertig. Da gibt es Menschen, die besucht keine Socke mehr. Und das seit zehn Jahren. Nicht, weil es keine Verwandten mehr gibt, sondern weil die sich keinen Pups um sie scheren. Ich hab meine Oma alle drei Monate besucht – und gäbe es noch ein paar mehr aus unserer Familie, die das täten, dann hätte sie sich nicht beklagen können. Aber sie war geistig ja noch völlig fit. Sie hatte ihre eigenen Interessen – es war schon toll, mit ihr zu reden. Ich hab sie gern besucht. Und ich glaube, sie hat mich gemocht.«

»Worüber haben Sie miteinander gesprochen? Ich meine, Ihr Leben hat sicher kaum Berührungspunkte mit dem einer dreiundneunzigjährigen Frau.«

»Klar. Aber was uns verbunden hat, das war die Liebe zur Musik. Seit ich zwölf bin, habe ich angefangen Musik zu machen. Mein Dad, der hat eine ganze Menge Musikinstrumente. Alles, was Saiten hat. Gitarren, Ukulelen, Bass und Kontrabass – da konnte ich mich austoben. Und er hat das unterstützt. Er hat mir Gitarrenunterricht finanziert, dreimal die Woche. Und ich bin gut. Inzwischen bin ich richtig gut. Und das habe ich meinem Dad zu verdanken. Und Oma, sie hat die Harfe gespielt – nein, sie war ja einer der Stars der Harfe. Da haben wir uns oft über Musik unterhalten. War wirklich cool. Sie hat mir von klassischen Stücken erzählt, die sie gern gespielt hat. Und auch ich konnte ihr Musik vorspielen, die mir gut gefällt – und die sie zumindest nicht ganz abgeschreckt hat. Da war sie wirklich tolerant. Alles, was auch nur im Ansatz eine Harmonie hatte, das hat sie sich reingezogen. Völlig vorurteilsfrei. Hab ihr ein bisschen Musik auf ihr iPad kopiert. Von Heino bis Hendrix, sozusagen. Ja, ich mochte diese Nachmittage mit ihr. Und ich glaube, sie mochte sie auch.«

»Hat sie Sie finanziell unterstützt?«

»Nun, es ist kein Geheimnis, dass man in der Ausbildung als Krankenpfleger nicht so wirklich viel verdient. Ich jobbe nebenher noch in Kneipen, um die Kohle etwas aufzubessern, also, wenn es der Dienstplan zulässt. Und ja, wenn ich bei ihr war, dann hat sie mir immer mal Geld zugesteckt.«

Horndeich hörte die Worte des Enkels von Lucrezia von Selberg-Broode, und etwas dabei erregte seine Aufmerksamkeit. War es der Tonfall gewesen? In seinem Kopf blinkte ein gelbes Warnlämpchen. Nein, seine Stimme hatte sich nicht stark verändert. Doch im letzten Satz hatte er zwischen dem Wort *mal* und dem Wort *Geld* eine kleine Pause eingelegt. »Wie viel hat sie Ihnen gegeben?«, wollte Horndeich wissen.

Matthias Wegener sah Horndeich direkt in die Augen. »Jedes Mal tausend Euro. Eine Menge Schotter, bar auf die Kralle. Weshalb ich auch keinen Grund hätte, sie umzubringen. Letztlich hat sie mir die Ausbildung in Wiesbaden finanziert. Als ich hierher gezogen bin, habe ich sofort Kontakt zu ihr aufgenommen. Sie war nicht glücklich, dass ich ausgerechnet diesen Beruf gewählt habe. Sie sah in mir den Musiker, der ich einmal werden würde und den sie unterstützte. Außer der Musik gab es wenig in ihrem Leben. Und ich glaube, sie hätte mich nicht gemocht, wenn ich keine Musik gemacht hätte. Aber egal – wir beide hatten einen Draht zueinander.«

Immer noch sah der Enkel Horndeich an, auch als sich aus dem rechten Auge eine Träne stahl, die, treu der Schwerkraft folgend, einfach an der Wange hinab nach unten lief. Matthias Wegener wischte sie nicht weg, und er richtete auch den Blick nicht in eine andere Richtung. »Ich habe sie wirklich gemocht, meine Oma. Ich glaube, ich habe sie mehr gemocht, als ich meine Mutter mag. Ein harter Satz aus dem Mund eines Sohnes, ich weiß, aber zu meiner Oma hatte ich eine Verbindung. Zu meiner Mutter habe ich sie nicht.«

Oma und Opa – das waren Kategorien, die Horndeich nicht kannte. Kurz sah er seine Tochter vor sich, wie sie gemeinsam mit dem Schwiegervater Nägel in eine Holzleiste hämmerte, wie sie mit seiner Schwiegermutter backte und dabei mit der ganzen Hand, nicht mit dem Zeigefinger, die Teigreste aus der Schüssel schaffte und voller Wollust im Mund verschwinden ließ. Horndeichs Vater war alt gewesen, dessen Eltern waren bereits verstorben, bevor Horndeich das Licht der Welt erblickt hatte. Und seine Mutter? Die hatte keine Großeltern. Das war ein großes Tabuthema in der Familie. Horndeich hatte keine Ahnung, ob es diese Großeltern gab, gegeben hatte, und wenn ja, wo. Wenn Horndeich dieses Thema angesprochen hatte, war ihm seine Mutter immer ausgewichen. Aber all das gehörte jetzt nicht hierher. Jetzt war er in einer Vernehmung. Jetzt musste er professionell agieren. Also schnell die nächste Frage: »Und das Geld, das hat sie Ihnen immer bar gegeben?«

»Ja. Immer in bar. Wissen Sie, was Geld angeht, da war sie schon etwas seltsam. Ich weiß nicht, ob das durch den Krieg getriggert war oder ob es einfach in ihrer Persönlichkeit steckte – aber sie war ein großer Fan von Bargeld. Und damit sie den Überblick nicht verlor, hatte sie ein Heft, in dem sie alle Scheine verzeichnete, inklusive der individuellen Geldscheinnummer. Und wenn sie Geld ausgab, dann strich sie die Nummer in diesem Heftchen durch. Es war wirklich skurril. Ein kleines DIN-A6-Heftchen, voller kryptischer Nummern. Ich habe davon ja keine Ahnung, aber sie hat mir das genau erklärt: Die aktuellen Euro-Banknoten beginnen mit zwei Buchstaben. Danach kommen zehn Ziffern. Die letzten sechs Ziffern sind um neunzig Grad gedreht ebenfalls aufgedruckt. Irgendwie ist da auch die Druckerei codiert, meine Oma hat mir das erklärt – aber den Teil habe ich vergessen. Und sie hat mir von den Baustilen der Gebäude erzählt, die auf den Euronoten abgebildet sind. Aber auch das konnte ich mir nicht merken. Wären Musikinstrumente drauf, wüsste ich es bestimmt noch.«

»Und wenn sie Ihnen Geld gegeben hat – ich meine, so viel Geld, hat sie das aus ihrem Portemonnaie genommen?«

Ein breites Lächeln überzog Matthias Wegeners Gesicht. »Nein. Das hatte sie in ihrem Geheimversteck. In ihrer Harfe. In den Harfenboden hat sie ein Fach einbauen lassen. Das hat sie mir mal erzählt: Als sie sich diese Harfe gekauft hat, bei einem berühmten Harfenbauer, hat sie danach einen anderen Harfenbauer beauftragt, in den Boden ihrer Harfe ein verstecktes Fach einzubauen. Das hat er dann auch gemacht, in den unteren Teil des Resonanzkörpers, so, dass es den Klang nicht verfälschte, ihr aber die Möglichkeit gab, an diesem Ort Bargeld aufzubewahren. Einmal hat meine Oma das ganze Geld aus dem Fach herausgezogen, weil sie mir fünf Hunderteuroscheine geben wollte und keinen Fünfhunderteuroschein. Ich hab sie ganz entsetzt angeschaut und gefragt, wie viel Geld das denn wäre. Sie hat mich angelächelt und gesagt: ›Genug. Ich habe immer mindestens zehntausend Euro hier drin.‹ Das hat mich schon ein bisschen schockiert – auf der anderen Seite gibt es wohl kaum ein besseres Versteck für Bargeld als in einer Harfe.«

Die Spurensicherung hatte sicherlich auch das Instrument im Fokus gehabt. Aber von einem Geheimfach wusste bislang natürlich niemand. Und zehntausend Euro in bar – das konnte man durchaus als Mordmotiv durchgehen lassen. »Können Sie mir das Geheimfach zeigen? Und auch das Heft, in dem die Nummern aufgeschrieben worden sind?«

»Klar.«

Keine Viertelstunde später schnitt Horndeich mit einem Schlüssel durch das Polizeisiegel. Sonja Gonnermann, die FSJlerin, hatte sie in der Seniorenresidenz Goldenstern zu der Apartmenttür von Lucrezia von Selberg-Broode geleitet. Horndeich hatte vorsichtshalber Silvia Rauch mitgenommen, die Leiterin der Spurensicherung, damit sie keine Spuren verwischten.

Matthias Wegener sah die Kreidestriche auf dem Boden, die die letzte Position der Verstorbenen Lucrezia von Selberg-Broode umrahmten. »Da hat sie gelegen?«, wollte er wissen, aber seine Stimme war kaum hörbar.

Horndeich fasste ihn an der Schulter, eine Bewegung, die er sonst vermied. Körperkontakt zu Zeugen oder gar Verdächtigen untersagte er sich grundsätzlich. Doch in diesen vier Worten lag so viel Trauer, dass Horndeich sich seiner Geste nicht schämte.

Matthias Wegeners Blick fiel auf die Harfe. »Sie hat mir viel über diese Harfe erzählt. Wie sie mit dem Geschäftsführer der Harfen-Manufaktur gesprochen hat, wie sie ihre Sonderwünsche formuliert hat. Diese Harfe war – ein Teil von ihr. Mozarts Konzert in C-Dur, es war das Erste, was sie auf diesem Instrument gespielt hat. Ich habe das Konzert dann mal auf einer CD gehört, hat mir gefallen. Besonders der zweite, langsame Satz.«

»Wo hat sie das Geld versteckt?«, lenkte Horndeich sofort das Gespräch auf den für sie wichtigen Teil.

»Hier sollte es sein.« Seine Hand zeigte auf die unterste Schallöffnung im Resonanzboden. »Hier hat sie es herausgeholt.« Matthias Wegener kniete sich auf den Boden und wollte gerade in die Öffnung über den Pedalen hineingreifen, als Silvia Rauch ihn davon abhielt: »Stopp, das mache besser ich mit Handschuhen.«

Sie zog einen blauen Latexhandschuh über und kniete sich ebenfalls neben das Instrument. Matthias Wegener nahm die Harfe am Kopf der Säule und zog sie ein wenig in seine Richtung. »So können Sie leichter hineingreifen«, erklärte er. »Auf der linken Seite ist das Fach. Sie müssen den Knopf drehen. Dann können Sie die Klappe öffnen.«

Silvia Rauch griff nun mit der behandschuhten Hand in das Innere des Resonanzkörpers. An ihrer Mimik konnte man ablesen, welche Bewegungen die Hände gerade machten. Die Suche der Finger nach dem Knopf. Das Finden des Knopfes. Das Drehen des Knopfes. Dann, ganz entspannt, ihre Hand in dem Fach. Sekundenbruchteile später sagte ihre Mimik ebenfalls: Da ist nichts drin.

»Das kann nicht sein. Sie hat immer Geld aus der Harfe geholt, wenn sie es mir gegeben hat. Das gesamte Bargeld, das sie nicht in ihrer Geldbörse trug, das hat sie hier verstaut. Einmal hat sie zu mir gesagt: ›Alle Scheine, die größer sind als ein Zwanziger, die gehören hier rein. Alle die, die kleiner sind als Fünfziger, die gehören ins Portemonnaie.‹ Meine Oma hat mir bei jedem Besuch mindestens zweimal erklärt, wie wichtig es sei, Bargeld stets greifbar zu haben. Wenn das Geld nicht in dieser Harfe ist, dann muss es jemand gestohlen haben. Und zwar in der Nacht, in der sie ermordet worden ist.«

»Wie kommen Sie darauf?«

»Ganz einfach. Sie hat mir gesagt, dass sie jeden Abend kontrolliere, ob das Geld vollständig vorhanden wäre. Da war sie misstrauisch.«

Dann musste es jemanden gegeben haben, der außer dem jungen Mann noch davon gewusst hatte. Oder Matthias Wegener lieferte gerade eine hervorragende schauspielerische Leistung ab.

»Herr Wegener, können Sie uns das Heft zeigen, in dem Ihre Großmutter die Nummern der Geldscheine notiert hat?«

Matthias Wegener schritt auf den Büfettschrank zu, in dem hinter einer der Türen einige Bücher standen. Seine Finger zielten nach links. Er zog ein unscheinbares DIN-A6-Heftchen hervor. Horndeich hatte ein solches Heft in seinem Schulleben benutzt. Jene ungeliebte Kladde, in der er die Hausaufgaben aufgeschrieben hatte. Matthias Wegener schlug das Heft auf. »Das ist es. Das ist das Büchlein, in das sie alle Nummern der Scheine eingetragen hat.«

Silvia Rauch entnahm ihm das Heft mit behandschuhter Hand. Sie blätterte zur letzten Seite, auf der Lucrezia von Selberg-Broode Eintragungen gemacht hatte. Auf jeder Seite befanden sich zwei Spalten. Die linke, die etwa ein Viertel der Seitenbreite ausmachte, zeigte den Wert des Scheines. Die rechte Spalte die Nummer der Banknote. Kurz blätterte Silvia Rauch durch das Heftchen. Die meisten Zeilen waren durchgestrichen. Nur die letzten zeigten, wie viel Geld sich offensichtlich in der Harfe befunden hatte.

Silvia Rauch addierte die Summe, dann sagte sie: »Genau zwölftausendfünfhundert Euro. Wahnsinn.«

Das fehlende Geld in der Harfe war auf jeden Fall eines: ein Mordmotiv.

»Jetzt müssen wir zwei Mordfälle parallel bearbeiten«, sagte Leah Gabriely im kleinen Besprechungsraum des Polizeipräsidiums Südhessen. Es war sechs Uhr abends, und sie wollten zum Abschluss des Tages ihre bisherigen Ergebnisse zusammenführen.

Feller schwitzte. Der Juni machte in diesem Jahr einen auf dicke Hose und wollte dem Juli und August wohl mal zeigen, wie ein richtiger Sommer so aussah. Seit zwei Wochen erreichten die Temperaturen immer fast dreißig Grad. Mehrmals war Feller versucht gewesen, sich nach Dienstschluss im Woog ein wenig abzukühlen. Der Badesee lag quasi vor seiner Haustür – doch bislang hatte er sich nicht überwinden können.

»Fangen wir an mit dem Mord an Lucrezia von Selberg-Broode. Richard, was haben deine Recherchen ergeben?«, fragte Leah.

»Ich habe mich nochmals mit Frau Ankenbrand kurzgeschlossen – der Pflegedienstleiterin und Herrscherin über die EDV im Goldenstern. Etwas ist ganz klar: Während der

Nachtschicht von Ria Brandes hat niemand das Heim betreten oder verlassen, zumindest nicht durch eine der regulären Eingangstüren. Wer Frau von Selberg-Broode getötet hat, muss seit acht Uhr abends im Heim gewesen sein. Ich habe mir auch die Videodateien angeschaut, die während des gesamten Sonntags an den Eingängen aufgezeichnet worden sind. Es handelt sich bis auf zwei Personen um Mitarbeiter des Hauses und Bewohner. Nathalie hat mir Fotos von allen geschickt, sodass ich sie eindeutig zuordnen konnte. Bei den beiden Personen, die nicht zum Heim gehörten – das war Besuch für Frau Liedtke, eine der Bewohnerinnen.«

»Nathalie?«, wollte Leah wissen.

»Nathalie Ankenbrand. Die Pflegedienstleiterin. Die EDV-Dame.«

»Ach so.« Leah sah Feller an. Jene halbe Sekunde länger, als dass es bedeutungslos gewesen wäre. Sie zählte offenbar eins und eins zusammen.

»Das bedeutet, dass deine Theorie von gestern stimmt, dass entweder ein Bewohner oder Ria Brandes Frau von Selberg-Broode umgebracht hat?«

»Natürlich kann sich auch jemand im Gebäude versteckt haben, über zwei Tage«, sagte Feller. »Aber wahrscheinlich ist das nicht.«

»Gibt es denn Bewohner, die rein körperlich dazu in der Lage gewesen wären, Frau von Selberg-Broode zu attackieren, ihr ein Kissen aufs Gesicht zu drücken, sie zu Boden zu werfen?«, wollte Horndeich wissen.

»Ja, da sind zwei Männer, die noch ziemlich rüstig sind. Bei allen anderen – da hätte ich meine Zweifel«, erklärte Leah.

»Ich denke, es ist eine belastbare Arbeitshypothese, dass der, der Lucrezia von Selberg-Broode das Kissen aufs Gesicht gedrückt hat, auch derjenige ist, der die zwölfeinhalbtausend Euro aus der Harfe geklaut hat«, gab Horndeich zu bedenken.

Feller nickte. »Ja, diesen Gedanken hatte ich auch schon. Und daraufhin habe ich mir überlegt, wer von denen, die in der Nacht im Haus waren, am wenigsten Geld auf dem Konto hatte. Und das ist definitiv keiner der Bewohner.«

»Was willst du damit sagen?«, wollte Leah wissen.

»Ich habe ein bisschen recherchiert, in welchen Verhältnissen Ria Brandes lebt. Beziehungsweise Rhiannon Brandes, wie sie eigentlich heißt.«

»Und?«

»Ria Brandes' Ehemann ist vor drei Jahren gestorben. Er hatte eine eigene Firma. EDV mit dem Schwerpunkt der Betreuung von Netzwerken. Inklusive Fernwartung.«

»Na, dann hat sie doch alles geerbt, oder? Dann muss es ihr doch finanziell ganz gut gehen«, dachte Horndeich laut nach.

»Nein. Das Gegenteil ist der Fall: Als Ria Brandes' Mann starb, war die Firma zahlungsunfähig. Und ihr Name war im Firmenregister ebenfalls vermerkt. Da die Firma eine GbR war und keine GmbH, blieben alle Schulden an ihr kleben. Die Familie hatte bis dahin in einem eigenen Häuschen gewohnt, bei dir um die Ecke, Horndeich, im Komponistenviertel. In diesem schmalen Sträßchen, in dem kaum zwei Autos aneinander vorbeikommen: dem Rodingweg. Das Haus wurde verkauft – und ich habe heute mit dem Insolvenzverwalter gesprochen. Unterm Strich ist Ria Brandes mit einem blauen Auge davongekommen. Mit dem Verkauf des Hauses konnten die fälligen Rechnungen beglichen werden – jetzt lebt sie mit ihren zwei Töchtern allein vom Gehalt einer Altenpflegerin. Üppig geht anders. Ich will ja nichts unterstellen – aber von allen Menschen in diesem Seniorenstift könnte sie die zwölfeinhalbtausend Euro am besten gebrauchen.«

»Aber wir wissen ja noch nicht einmal, ob das Geld in dieser Nacht gestohlen wurde«, gab Leah zu bedenken.

Horndeich grinste. »Matthias Wegener hat gesagt, dass

seine Großmutter jeden Abend im Geheimversteck nachgeguckt hat, ob noch alle Euroscheine vorhanden waren. Einen Diebstahl des Geldes hätte Lucrezia von Selberg-Broode schnell bemerkt. Und dann bestimmt nicht darüber geschwiegen.«

»Glaubst du, was Wegener da von sich gegeben hat?«

Horndeich zuckte mit den Schultern. »Es scheint mir plausibel. Ich kann mir nicht vorstellen, dass er das Geld bei seinem letzten Besuch vor drei Monaten geklaut hat und Frau von Selberg-Broode das so lange nicht mitbekommen hätte.«

»Sollen wir Ria Brandes morgen noch mal auf den Zahn fühlen? Wir haben aber kein konkretes Verdachtsmoment. Und eine Hausdurchsuchung, ob das Geld in ihrer Wohnung ist – dazu haben wir einfach zu wenig.«

»Ich glaube, ich habe eine Idee, wie wir mehr darüber erfahren, ob sich das Geld aus der Harfe in ihrem Besitz befindet«, sagte Horndeich.

»Und wie willst du das anstellen?«, wandte sich Leah direkt an ihn.

Er grinste: »Lass dich überraschen.«

Leah setzte sich aufrecht. Sie war der einzige Mensch, den Feller außer sich selbst kannte, der, wenn er an einem Tisch saß, alle paar Minuten überprüfte, ob er auch gerade saß.

»Gut, dann kommen wir zum Mordfall Andreas Liebermann«, fuhr Leah fort. »Horndeich, du hast vorhin mit Hinrich wegen der Todesursache telefoniert, nicht wahr?«

»Nicht telefoniert. Hinrich hat mich genötigt, ein Videotelefonat zu führen. Denn er konnte es nicht lassen, mir mit der Kamera seines Handys noch mal die Strangulationsmale von Andreas Liebermann aus nächster Nähe zu präsentieren. Liebermann ist definitiv aufgrund dieser Strangulation gestorben. Den Todeszeitpunkt konnte er eingrenzen: zwischen zweiundzwanzig Uhr und Mitternacht. Er hat mir dann noch etwas gezeigt: Der Rücken von Andreas Liebermann war mit Narben übersät, als ob er ausgepeitscht worden wäre. Aber diese Narben sind sehr alt, auf jeden Fall deutlich über zehn Jahre, wahrscheinlich noch älter. Hat mit unseren Ermittlungen also höchstwahrscheinlich nichts zu tun.«

»Hat er sonst noch irgendwas Relevantes ans Tageslicht fördern können?«, wollte Feller wissen.

Horndeich grinste, sein Blick wanderte zu Leah. »Nun, er war nicht allein mit der Leiche. Diese Emilia Schubert, die war mit dabei. Das ist der Nachteil von Videotelefonaten. Da sieht man Dinge, die man vielleicht gar nicht sehen soll.«

Diese Bemerkung veranlasste sogar Leah zu einem Lächeln.

»Horndeich und ich haben heute mit dem Pflegepersonal gesprochen, um uns ein Bild von Andreas Liebermann zu machen.« Leah nickte Horndeich zu, und der berichtete: »Andreas Liebermann war ein geschätzter Kollege. Ich habe mit der FSJlerin, dem Pflegepersonal und mit Diebold gesprochen. Kollege Süllmeier und die Kollegen haben die Heimbewohner befragt. Das Fazit: Liebermann wurde von allen gemocht, er machte seinen Job professionell, ohne einen Grund zur Klage zu geben. Darin waren sich alle einig, Heimbewohner wie auch das Personal. Niemand konnte irgendwelche Feinde von Andreas Liebermann benennen oder auch nur Leute, mit denen er Streit hatte. Über sein Privatleben wusste hingegen keiner etwas zu sagen. Da war er wohl sehr zurückhaltend. Also einen Grund für seine Ermordung gab es innerhalb des Heimes wohl eher nicht. Zumindest nicht auf den ersten Blick.«

Leah hakte ein: »Ich habe mit der Hauswirtschaftsleiterin gesprochen – aber auch da das gleiche Bild: Andreas Liebermann war ein angenehmer Kollege, der seinen Job einwandfrei erledigte – aber mehr konnte sie über ihn auch nicht sagen. Im Goldenstern selbst war offensichtlich niemand mit ihm näher bekannt oder gar befreundet.«

Horndeich sah Feller nun direkt an: »Kannst du uns irgendetwas Erhellendes über sein Leben sagen – oder vielleicht tatsächlich einen Verdächtigen aus dem Hut zaubern?«

»Ich habe von Nathalie seine Personalakte bekommen und wollte mir seine Rechner anschauen. Die sind allerdings ziemlich gut geschützt, es wird dauern, bis ich dazu irgendwas sagen kann. Dennoch habe ich was über seine Vergangenheit rausgefunden.«

»Schieß los«, forderte Horndeich ihn auf.

Feller fasste kurz den Lebenslauf von Andreas Liebermann zusammen. Dann berichtete er auch von dem skurrilen Telefonat mit Liebermanns Vater. »Er denkt nicht mal daran, seinen Sohn hier anständig zu bestatten«, schloss Feller seine Ausführungen. Dann fuhr er fort: »Was das Privatleben angeht, da gibt die Personalakte natürlich nichts her. Nathalie hat gesagt, dass sie von seinem Privatleben überhaupt nichts wusste. Also, da war keine Freundin, die er mal angerufen hat oder die ihn vom Dienst abgeholt hat – sie hätte schwören können, dass er Single ist.«

»So, wie du das sagst, war er das nicht?« Leah sah Feller aufmerksam an.

»Nein, er war nicht immer Single.«

»Und woher weißt du das?«

»Das weiß ich, weil ich auch in den Polizeiakten mal nach seinem Namen geforscht habe. Und siehe da: Es gibt eine Frau, die nicht von ihm lassen wollte. Eine Stalkerin. Der Name: Tanja Berger. Sie ist Altenpflegehelferin und war offensichtlich eine Zeit lang Andreas Liebermanns Freundin, im Sommer des vergangenen Jahres. Doch irgendwann hat er mit ihr Schluss gemacht – und das wollte sie nicht akzeptieren. In unserem Archiv haben wir dann drei Akten. Die erste: Tanja Berger hat im März diesen Jahres unmittelbar vor der Wohnungstür von Andreas Liebermann übernachtet. War scheißkalt, und sie weigerte sich, ihren Platz vor der Wohnung zu räumen. Als Liebermann über sie drübersteigen wollte, hat sie ihn am Fuß festgehalten. Dann ist er zurück in die Wohnung und hat die Kollegen gerufen. Er hat ihnen gesagt, natürlich hätte er Tanja Berger auch selbst von der Wohnungstür vertreiben können – aber dann hätte er eine Anzeige wegen Körperverletzung riskiert, also habe er lieber sie angerufen. Die Kollegen haben Tanja Berger dann aus dem Haus geleitet. Sechs Wochen später hat sie einen Altpapiercontainer vor die Garage gerollt. Ihr habt das ja gesehen: Sein Balkon ist ein Teil des Dachs der Garage. Über den Container ist sie auf den Balkon geklettert, hat dort ebenfalls übernachtet und sich geweigert, den Balkon wieder zu verlassen. Wieder kamen die Kollegen. Das dritte und letzte Mal war es dann nicht mehr witzig: Tanja Berger hatte sich mit Handschellen an einer der Wasserleitungen in seinem Bad angekettet und den Schlüssel ins Klo geworfen, die Spülung gezogen – und da stand sie nun.« Feller, der persönliche Gefühlsäußerungen in nur sehr kleinen Dosierungen von sich gab, musste grinsen, während er auf seine Notizen schaute und referierte: »Die Kollegen haben Andreas Liebermann dann gefragt, ob er denn Tanja Berger in die Wohnung gelassen habe. Das hat er verneint. Tanja Berger hat abermals einen der Altpapiercontainer vor den Balkon gerollt. Andreas Liebermann hatte die Küchentür zum Balkon offen gehabt. Ehe er nur im Ansatz kapiert hatte, was da gerade passiert, war sie an ihm vorbeigehuscht, zielstrebig in Richtung Bad. Dort hat sie sich dann an das Rohr der Wasserleitung gekettet. Mit einem Bolzenschneider wurde sie befreit. Und dann hat auch der Richter reagiert: Tanja Berger durfte sich künftig Andreas Liebermann nicht mehr als einhundert Meter nähern.«

»Mit dieser Tanja Berger müssen wir dann auf jeden Fall sprechen«, sagte Leah.

Und Horndeich seufzte: »Vielleicht haben wir ja Glück: Ria Brandes, Tanja Berger und morgen zwei Geständnisse.«

Das glaubte Feller allerdings nicht. Da war dieses leise

Stimmchen, das ihm mitteilte: Es wird alles noch viel komplizierter. Und leider hatte er sich in seinem Leben auf diese innere Stimme immer verlassen können.

INGEBORG II

Habe ich meinen Mann betrogen?

Ja.

Habe ich dadurch meinen Sohn verloren?

Ja.

War es das wert?

Und schon sind wir wieder am Ende der einfachen Antworten auf einfache Fragen.

Ich gräme mich, dass mich meine Gesundheit derart im Stich lässt. Mein Gott, ich wollte immer alt werden. Jetzt bin ich es. Und jetzt will ich es nicht mehr sein. Bis vor wenigen Wochen konnte ich noch so leben, wie ich das wollte. Da störten nur ab und an ein paar Zipperlein. Nun besteht das Leben nur noch aus Warten. Gespickt mit der großen Bewegungslosigkeit. Und der Appetitlosigkeit. Und der Kälte.

In den vergangenen Wochen habe ich mich jeden Tag ununterbrochen gefragt, wie es ihm gehen mag, meinem Sohn Valentin. Hat er Familie? Bin ich Oma, ohne es zu wissen? Bin ich vielleicht sogar schon Uroma?

Jetzt, mit diesem komischen Internet, da könnte es mir vielleicht gelingen, ihn zu finden. Und Sabrina, diese eine Pflegerin, die scheint ja ganz fit zu sein mit Computern. Ich werde sie fragen. Sie wird sich die Zeit nehmen. Das ist einer der großen Vorteile, wenn man keine finanziellen Sorgen hat: Man kann Menschen dafür bezahlen, Dinge für einen zu erledigen.

Vinzenz war nicht reich. Mein Mann war Arzt, er hat gut verdient, aber er verstand es genauso gut, alles zu verprassen. Spielsucht nannte man das damals noch nicht. Man benannte es überhaupt nicht. Er verjubelte einfach unsere Barschaft. Es gab Wochen, da lebten wir tatsächlich von der Hand in den Mund. Doch nach außen musste der Schein gewahrt werden.

Und dann wurde er selbst krank, mein Mann, mein Arzt, mein Vinzenz. Und wir hatten – nichts. Und auch mein Sohn, er hatte nichts. Der Arztsohn, dessen Mutter zum Lehrer gehen musste, weil kein Geld für die Klassenfahrt da war. Ich habe Vinzenz gehasst in diesen Momenten.

Unserem Sohn gegenüber verhielt sich Vinzenz stets korrekt. Nein, er war nicht der Vater, der mit ihm Hausaufgaben machte. Und er war auch nicht der, der ihm die Welt zeigen wollte. Aber er hat sich immer einwandfrei verhalten.

Und dann musste ich Vinzenz schließlich sogar bei der Körperpflege helfen. Und wir beantragten Sozialhilfe.

An einem Abend – es war Mittwoch, komisch, dass ich mich daran erinnern kann –, da habe ich Mann und Sohn allein gelassen. Und bin in diese Spelunke um die Ecke gegangen. Und habe Schnaps getrunken. Zwei Kurze. Und dann hat sich Xaver zu mir an die Theke gesetzt. Hat mich gefragt, ob ich seine Bekanntschaft wäre. Ich habe überhaupt nicht verstanden, was er meinte.

Xaver errötete. Er habe eine Kontaktanzeige aufgegeben, sie hätten sich hier verabredet – und ich wäre wirklich nicht Mimi? Nein, ich war nicht Mimi, aber als die echte Mimi zehn Minuten später den Raum betrat, tat Xaver so, als ob wir zusammengehörten. Mimi saß eine halbe Stunde allein an einem kleinen Tisch, bevor sie die Kneipe niedergeschlagen verließ.

Xaver arbeitete im Vertrieb einer Firma am Hafen – und ohne seine Hilfe hätte ich uns nicht durchgebracht. Natürlich habe ich das meinem Sohn niemals gesagt. Auch nicht, nachdem er uns im Bett erwischt hatte. Vinzenz lag wieder im Krankenhaus – Valentin hätte eigentlich in der Schule sein müssen. War er aber nicht. Ertappte uns in flagranti. Mein Gott, dieses hassverzerrte Gesicht. Ich glaube, es hat länger als vier Wochen gedauert, bevor er wieder ein Wort mit mir gewechselt hat.

Es war der Moment, in dem ich ihn verloren habe. Immer wieder habe ich versucht, mich zu erklären. Wie oft hat er türknallend den Raum verlassen oder mich niedergebrüllt? Wenn man fünfzehn ist, dann weiß man noch ganz genau, was richtig ist, was falsch ist. Und dazwischen gibt es nichts. Ein großes Vakuum. Xaver hat versucht, mit ihm zu reden – und ein blaues Auge davongetragen.

Der Tag, an dem Vinzenz starb, war der Tag, an dem ich erleichtert war.

Das klingt grausam?

Es ist grausam.

Es war grausam für mich. Es gab keinen Tag in meinem Leben, an dem ich mich schlechter gefühlt hatte. Weil ich keinen Funken Trauer spürte, sondern nur Befreiung.

Und wenn ich mich jetzt erinnere, dann sehe ich, es gab noch einen zweiten solch schlimmen Tag. Jenen, an dem mein Sohn mich verlassen hat. Schon lange hatte ich den Draht zu ihm verloren, wie man heute so schön sagt. Er ging in die Schule, leidlich, meistens zumindest. Dann brannte er das erste Mal durch. Ich suchte ihn, ich befragte all seine Schulkameraden, die ich kannte. Viele waren es nicht.

Xaver hielt zu mir, besonders nachdem ich bei der Polizei Vermisstenanzeige gestellt hatte. Ich bin fast wahnsinnig geworden vor Angst. Sieben Tage später kam er plötzlich wieder in die Wohnung hereinspaziert. Zerlumpt, dreckig, aber lebendig.

Er hat nicht mit mir gesprochen. Und als er Xaver im Wohnzimmer gesehen hat, war er auch schon wieder verschwunden. Ich habe Xaver gebeten, nicht mehr in unsere Wohnung zu kommen. Er hat es akzeptiert. Mein Gott, damals habe ich überhaupt nicht erfasst, dass Xaver mich von einem auf den anderen Moment hätte verlassen können. Er hat es nicht getan.

Dann habe ich das Spritzenbesteck in Valentins Zimmer gefunden. Mein Sohn hing an der Nadel. Ich sprach mit seinen Lehrern. Die sagten, abgesehen von seinem Verschwinden für eine Woche besuche er die Schule regelmäßig, auch wenn seine Noten viel besser sein könnten. Nein, er wirke auf sie nicht wie ein Junkie.

Ich tröstete mich damit. Redete mir ein, er habe es vielleicht ja nur einmal probiert.

Bis der Anruf aus dem Krankenhaus kam. Valentin hatte sich einen Schuss gesetzt, bei dem das Heroin zu rein gewesen war. Überdosis. War knapp. Aber als ich ihn im Krankenhaus besucht habe, hat er mich nur weggeschickt.

Vom Krankenhaus kam er nicht mehr nach Hause. Da war dieser Polizist, Kommissar Bergmann. Er kam zu mir, sagte mir, er würde sich um Valentin kümmern. Und in ein paar Monaten, vielleicht auch erst in ein, zwei Jahren, da würde Valentin bestimmt wieder auf mich zukommen. Doch im Moment könne er es nicht.

Ob ich damit einverstanden wäre, dass er sich Valentins annähme.

Natürlich war ich einverstanden. Alles, was meinen Sohn wieder auf die Spur bringen würde, war mir recht.

Kommissar Bergmann sagte mir, wohin Valentin gegangen war. Ein Heim, in dem er seinen Schulabschluss machen könne. Und machen würde. Mit meiner Unterschrift habe ich dem sogar zugestimmt. Aber den achtzehnten Geburtstag meines Sohnes habe ich nicht mit ihm erlebt. Aber offenbar hatte Valentin tatsächlich das Abitur geschafft.

Und dann starb Bergmann. Ich habe Himmel und Hölle in Bewegung gesetzt, herauszufinden, wo Valentin von dem Heim aus hingegangen war. Einem Kollegen von Bergmann ist es gelungen, Kontakt zu Valentin aufzunehmen. Doch der habe ihm gesagt, er wolle nicht, dass ich wüsste, wo er lebte. Und da er volljährig war, konnte ich nichts dagegen tun.

So verschwand er, mein Sohn. Aus meinem Leben.

Ja. Da war nicht viel Liebe in seiner Kindheit.

Da war der ständige Kampf ums Geld, der ständige Kampf gegen Vinzenz, alles andere als ein auch nur halbwegs entspanntes Familienleben.

Wie gern würde ich Valentin noch einmal sagen, wie sehr ich ihn liebe.

Geliebt habe.

Immer geliebt habe.

Mir ist kalt. Es ist ein Juniabend, und ich hülle mich in zwei Decken.

Mittwoch, 6. Juni

Stefanie liebte das Sandmännchen. Horndeich bemühte sich redlich, auch in Abwesenheit seiner Frau, dass Stefanie allabendlich um kurz vor sieben das Ritual vor dem Zubettgehen begehen konnte. Am Sonntag vor zwei Wochen, da hatte Horndeich ihr gezeigt, wie sein Sandmännchen ausgesehen hatte. Als er Kind gewesen war, gab es im Westfernsehen und im Ostfernsehen zwei unterschiedliche Sandmännchen. Das heutige Sandmännchen – und damit das von Stefanie – glich dem damaligen DDR-Traumkobold. Es gab tatsächlich auch Kulturgut aus dem Westen, das nach der Wiedervereinigung in die Tonne der Geschichte getreten worden war, dachte Horndeich in jener Sekunde. Aber für ab und an sentimentale Kriminalhauptkommissare gab es ja YouTube. Im Gegensatz zur Generation vor ihm konnte er seine Kindheit in solchen Momenten wieder lebendig werden lassen. Internet sei Dank. »Was guckst du da?«, hatte Stefanie ihn gefragt, als sie ihn ertappt hatte, wie er auf dem Videokanal nach alten Sandmännchen-Geschichten gestöbert hatte. Es war wohl schon gegen zehn Uhr abends gewesen. Stefanie war noch einmal aufgewacht und in Richtung Papa in dessen Arbeitszimmer gestapft.

Horndeich hatte seine Tochter auf den Schoß genommen und ihr sein Sandmännchen gezeigt. »Das sieht aber komisch aus«, hatte sie gesagt. »Das sieht ja eher aus wie ein Mainzelmännchen!«

Nun, dass das West-Sandmännchen ein uneheliches Kind der Mainzelmännchen war, darauf wäre Horndeich wohl von allein nicht gekommen. Das ZDF sicher auch nicht. In diesem Moment war das Sandmännchen auf dem Bildschirm verschwunden, und die Gutenachtgeschichte begann. Das war das, was Horndeich eigentlich hatte sehen wollen: die Wawuschels. Jene kleinen Gesellen mit giftgrünem Haar aus Wolle. Stefanie hatte die Geschichte königlich amüsiert.

Dass Horndeich sich ausgerechnet jetzt – in einem der Verhörräume im Polizeipräsidium – an diese Episode erinnerte, lag daran, dass ihm gegenüber offensichtlich eine Reinkarnation jener Wawuschels Platz genommen hatte: Tanja Berger. Sie hatte struppig abstehende und knallgrün gefärbte Haare. Allerdings auch rot geweinte Augen.

»Frau Berger, Sie wissen, weshalb wir Sie sprechen wollen?«

»Ja, na klar. Der Andi ist tot.«

»Genau. Andreas Liebermann ist ermordet worden. Sie haben ihn offensichtlich sehr gerngehabt. Unser aufrichtiges Beileid.«

Das Einzige, was sich in Tanja Bergers Körper bewegte, waren die Augen. Sie saß stocksteif hinter dem Vernehmungstisch.

»Stimmt doch, dass Sie Andreas Liebermann sehr gern mochten, oder sind wir da falsch informiert?«

Auch wenn sich der Rest ihrer Gestalt nicht rührte, machten die Augen ihren Job ziemlich gut: Jetzt zum Beispiel schienen sie Blitze in Richtung Horndeich abzuschießen: »Nein, wir haben uns nicht gerngehabt. Wir haben uns geliebt. Wir waren – Schicksal! Füreinander bestimmt!«, fauchte sie. Dann flüsterte sie fast: »So Bonnie und Clyde eben.«

Der Vergleich hinkte. Clyde war nicht erdrosselt worden, sondern von Kugeln durchsiebt – und seine geliebte Bonnie gleich mit. Die hatte auch niemals auf einem Zeugenstuhl gesessen. Doch Horndeich behielt diesen Gedanken für sich. »Frau Berger, wir müssen jetzt den Mörder von Herrn Liebermann finden. Und dazu brauchen wir jede Hilfe, die wir bekommen können.«

Tanja Bergers Augen wanderten nach links. Fixierten Leah. Sie saß im Vernehmungsraum an der hinteren Wand. Horndeich und Leah hatten sich zuvor abgesprochen. Ihr Gefühl sagte ihnen beiden, dass es besser wäre, Horndeich die Vernehmung zunächst allein durchführen zu lassen, mit Leah nur im Hintergrund. Wenn man Tanja Bergers Besessenheit in Betracht zog, stand sie im Moment auf der Kandidatenliste der Täter ziemlich weit oben. Also genau genommen: ganz weit oben.

»Frau Berger, wir brauchen auch Ihre Hilfe. Gab es jemanden, der etwas gegen Andreas Liebermann gehabt haben könnte?«

»Tussen. Tussen halt«, sagte Tanja Berger. »Also, die Tussen, die an ihn ranwollten, ihn aber nicht gekriegt haben.«

»Gab es da viele?«

»Ganze Menge, ja«, sagte Tanja Berger.

»Und wen meinen Sie da im Besonderen? Also wer war ganz besonders wütend, weil sie Andreas Liebermann nicht bekommen hat?«

»Na alle. Die waren alle eifersüchtig, weil er mit mir zusammen war. Konnten die nicht ab.«

Horndeich hatte die magere Akte über die drei Vorfälle zwischen Andreas Liebermann und Tanja Berger durchgelesen. Andreas Liebermann hatte ausdrücklich zu Protokoll gegeben, dass er Tanja Berger mehrfach gesagt habe, dass er mit ihr Schluss gemacht hätte. Zum ersten Mal vor fünf Monaten und das letzte Mal, als sie sich bei ihm im Bad angekettet hatte.

»Wo haben Sie sich denn kennengelernt?«

Als ob Horndeich mit der Frage einen Schalter umgelegt hätte, der den Rest von Tanja Bergers Körper mit Energie versorgte, ging ein kaum wahrzunehmender Ruck durch ihre Figur. Tanja Berger rollte die Schultern einmal nach hinten und wieder nach vorn, streckte sich und sagte: »War im Sommer. Auf dem Schlossgrabenfest. Am Donnerstag. Ich kann mir Daten ja nicht so gut merken, aber es war der 25. Mai. Um halb acht abends hat auf der Echo-Bühne Finka gespielt. Scheiße, die waren richtig gut. Also die Sängerin, die Nina, die hat die Leute gerockt.«

»Und da haben Sie sich kennengelernt?«

Es war der erste Moment, in dem Tanja Berger lächelte. »Ja! Volle Kanne! Also Andi, der ist ja nicht so der Typ, der aus sich rauskommt. Aber ich, ich kann das ganz gut. Und ich hab ihn angeguckt, also, als wir da getanzt haben. Und er hat dann zurückgeschaut. Aber so richtig getraut, auf mich zuzugehen, das hat er sich nicht. War aber auch egal. Ich hab sofort gewusst, das ist er. Das ist der, nach dem ich die ganze Zeit gesucht habe. Und da war er, da stand er vor mir.«

Tanja Berger unterbrach ihren Redefluss. Kurz schloss sie die Augen. Hinter ihren Lidern schien sie das, was sie eben berichtet hatte, noch einmal zu durchleben. Horndeich sah, wie der kleine Finger ihrer linken Hand den Takt des Liedes klopfte, das sie bei ihrer ersten Begegnung gehört hatte.

»Und wusste Andreas Liebermann ebenfalls, dass Sie es für ihn waren?«

»Hm-mm!«, murmelte Tanja Berger und nickte dabei. »Also, ich glaub schon. Er war dann aber plötzlich weg. Aber ich habe ihn wiedergesehen.«

»Und wann war das?«

»Zwei Tage später. Schicksal eben. Da waren wir auf dem Marktplatz. Da ist ja die kleine Bühne vom Schlossgrabenfest. Und da hat Hanne Kah gespielt. Kennen Sie die?«

»Nein.« Horndeich hatte keine der Gruppen auf dem

Schlossgrabenfest gesehen. Nicht während der vergangenen sechs Jahre. Schlossgrabenfest und Kleinkinderohren schlossen sich nach seinem Dafürhalten aus. Und ohne seine Familie wäre er kaum aufs Fest gegangen.

»Na, auf jeden Fall, diese Hanne Kah, die war da eher nur aus Versehen. Weil die Gruppe, die da eigentlich spielen sollte, die war nicht da. Hanne und ihre Band, die sind eingesprungen. Und, wow, was waren die gut! Und der Andi, der war auch da. Der hat auf einer der Bierbänke gesessen. Und da waren die zwei Tussen, die ihn die ganze Zeit angestarrt haben. Und dann hat Hanne dieses Lied gespielt. Als ob sie's nur für mich gespielt hätte: ›Jolene‹. Is' von Dolly Parton.«

Horndeich hatte keine Ahnung. Weder von Dolly Parton noch von Hanne Kah. Dann hörte er … Gesang. Er wandte sich um. Leah. Das wandelnde Lexikon. Sie kannte den Song offenbar.

»Jolene, Jolene, Jolene, Jolene, I'm beggin of you, please don't take my man«, sang sie ganz leise.

»Genau! 'n Freund hat mir erzählt, was das heißt: ›Jolene, lass die Flossen von meinem Mann!‹ Und die Hanne, die hat das gesungen. Das war der Moment, wo der Andi mich angeschaut hat. Und ich ihn. Und die beiden Tussen, die gab's gar nicht mehr. Ich hab echt all meinen Mut genommen. Bin dann zu ihm. Hab mich neben ihn auf die Bank gesetzt. War ja frei. Und da hab ich ihn angeschaut. Und er hat mich angeschaut. Und dann haben wir uns geküsst. Das war echt wie im Fernsehen. Mann, war ich glücklich!«

Tanja Bergers Augen waren nun auf Leah gerichtet. »Er hat das verstanden. Er hat gleich verstanden, dass er jetzt zu mir gehört.«

Horndeich überlegte, wie vorsichtig er vorgehen wollte. Er war sich mit Leah einig, dass Tanja Berger allein aufgrund der wenigen Informationen, die sie über das seltsame Pärchen hatten, als Täterin durchaus infrage kam. Aber wenn sie jetzt zu forsch vorgingen, würde sie irgendwann das Zauberwort »Anwalt« aussprechen. Bislang war sie nur Zeugin. Doch diese Frau hatte mit dem Tod von Andreas Liebermann zu tun. Wie und auf welche Weise, das würden sie herausfinden. Und wenn er jetzt keinen Fehler machte, dann möglicherweise schon in der kommenden halben Stunde.

Es war Leah, die von hinten übernahm. Horndeich konnte das nur recht sein. Es ging jetzt um Frauenthemen. Darin war Leah bei Weitem besser.

»Sie sind dann nach dem Konzert zu sich nach Hause gegangen, nicht wahr?«

Tanja Berger nickte und errötete.

»Sie haben ihm am nächsten Morgen Frühstück gemacht?«

Dieselbe Bewegung, das Rot noch ein bisschen hochgefahren.

»Und dann – dann hatten Sie eine gute Zeit.«

»Ja. War echt schön mit ihm. Und – er war voll großzügig. Der hatte richtig Kohle. Und ich hab nie was zahlen müssen, weil er war immer ganz der, der …«

»… Gentleman«, sprang Horndeich helfend ein. Kurz hatte ihm der Name Clyde auf der Zunge gelegen …

»Ja, genau, so 'n Gentleman«

Horndeich stellte die nächste Frage: »Sie arbeiten ja auch beide … Entschuldigung, Sie arbeiteten beide im selben Bereich: Altenpflege. Hat Sie das auch verbunden?«

»Klar. War cool. Wir haben uns ohne Worte verstanden, weil wir ja beide wussten, was wir jeden Tag taten. Da war das dann echt okay, wenn wir abends nicht so viel gesprochen haben. Wir haben dann zusammen Filme angeguckt. Na ja, und auch im Bett, das war … cool.« Tanja Berger schwieg. Sie stand ganz offensichtlich am Wendepunkt der Geschichte mit Andreas Liebermann, jenem Punkt, der sie schmerzte, wenn sie daran dachte.

»Und dann hat er sich immer mehr zurückgezogen.

Stimmt's?« Leah hatte den Stuhl von der Wand gegriffen und neben Horndeich abgestellt. Sie saß jetzt Tanja Berger ebenfalls gegenüber.

»Ja. Weihnachten hat er gesagt, er muss zu seiner Familie. Silvester auch. Habe ich ihm noch geglaubt. Auch wenn das mit der Familie abgedreht war – er hat nie über sie geredet, und ich wusste nichts über sie. Nicht mal, wo die wohnen. Aber dann wurde er komisch. Ich hab noch versucht zu glauben, dass das alles normal ist. Habe ich ja schon erlebt. Dass Männer dann so 'n bisschen Abstand brauchen. Na, und Mitte Februar, da hat er dann gesagt, ich soll mich verpissen. Da war irgend so 'ne Tusse, die ihm da Flausen in den Kopf gesetzt hat. Ich wusste ja, dass die Tussen auf ihn stehen. Aber ich wusste auch, dass der mich liebt. Dass ich dem das nur zeigen musste. Dass wir zusammengehören. So wie Bonnie und Clyde eben.«

Horndeich musste sich beherrschen, nicht laut die Luft einzuziehen. Dieses Bild von Bonnie und Clyde – diese Glorifizierung irgendwelcher Banditen, die im Kugelhagel starben, nein, damit konnte er nicht viel anfangen. Doch Leah wusste wieder genau, wie sie auf Tanja Berger zugehen musste.

»Da war der Abend, im März, da haben unsere Kollegen Sie vor Andreas Liebermanns Wohnung weggeholt.«

Tanja Berger nickte, aber sie richtete den Blick auf den Tisch, nicht mehr auf Leah und auch nicht auf Horndeich. »Ja. War 'n totales Missverständnis. Ich wollt ihm das halt noch mal erklären, dass wir zusammengehören.«

Jetzt sag bloß nicht, wie Bonnie und Clyde, dachte Horndeich.

»Er hat es nicht verstanden in dem Moment, nicht wahr?« Horndeich war erstaunt und auch ein wenig beeindruckt davon, wie behutsam Leah das Gespräch genau in die richtigen Bahnen lenkte.

»Nee, sonst hätten mich die Bullen ja nicht – oh, Entschuldigung, ich meine natürlich die Polizei, die hätten mich dann nicht weggezerrt.«

»Hat Andreas es danach verstanden?«

Tanja Berger antwortete nicht.

»Ich meine«, fuhr Leah fort, »haben Sie mit ihm danach noch einmal gesprochen?«

»Ja. Nein. Ja. Also ich habe ihm zuerst WhatsApps geschrieben. Dann muss da irgendwas schiefgelaufen sein. Handy kaputt oder so. Also, meine WhatsApps kamen nicht mehr an.«

Er hat dich blockiert, Mädel!, dachte Horndeich. War Tanja Berger so naiv? Oder wollte sie es einfach nicht wahrhaben?

»Dann habe ich ihm halt ein paar Briefe in den Briefkasten geworfen.«

»Hat er geantwortet?«

Tanja Berger schüttelte nur den Kopf. Ganz leicht. In den vergangenen Minuten war sie wieder in sich zusammengesunken.

»Nein. Hat er nicht.«

Leah schwieg. Horndeich auch. Tanja Berger ebenfalls. Horndeich wusste, dass es nun an ihm war, zu übernehmen. Er, der Cop fürs Grobe. Kurz dachte er darüber nach, Tanja darauf anzusprechen, dass sie sich ja in Andreas Liebermanns Bad eingeschlossen hatte, vor nur wenigen Wochen. Er wusste das. Leah wusste das. Und Tanja Berger wusste, dass die beiden das wussten. Vielleicht war es besser, diese große Peinlichkeit jetzt nicht anzusprechen. »Tanja, wo waren Sie in der Nacht von Montag auf Dienstag? Also in jener Nacht, in der Andreas gestorben ist?«

»War daheim«, nuschelte sie.

Horndeich hatte es schon öfters erlebt. Wenn die Stimme leise wurde, kam der Teil, an dem nicht mehr nur die Wahrheit gesagt wurde. »Sie waren den ganzen Abend zu Hause?«

Tanja Berger antwortete nicht.

»Frau Berger, kommen Sie. Wir sind gut in unserem Job.

Wir kriegen heraus, wo Sie waren, wenn Sie nicht zu Hause gewesen sind. Sie können sich und uns das Leben leichter machen und uns einfach die Wahrheit erzählen.«

Tanja Berger sah Horndeich an. »Na ja, ich war nicht den ganzen Abend zu Hause. Ich bin noch mal raus. Mir ist die Decke auf den Kopf gefallen.«

»Und wo sind Sie hingegangen?«

»War im Green Sheep. Mit meiner Schwester. Den ganzen Abend. Haben ein bisschen getrunken.«

Horndeich erinnerte sich der Verordnung: Tanja Berger durfte sich Andreas Liebermann auf nicht mehr als einhundert Meter nähern. Und auch mit ganz schwachen Kenntnissen der Geometrie war völlig klar, dass die Kneipe Green Sheep innerhalb des Hundertmeterradius von Andreas Liebermanns Wohnung lag.

»Sie waren öfter da?« Wieder nickte Tanja Berger, sagte aber nichts.

»Sie wussten nicht, dass Andreas zu Hause war?«

Wäre Andreas Liebermann an einem anderen Ort gewesen, hätte man Tanja Berger nicht verbieten können, zu diesem Zeitpunkt das Green Sheep zu besuchen.

»Ich wusst' nicht, wo er war. Hatte keine Ahnung.«

»Das heißt, als Andreas Liebermann ermordet wurde, haben Sie einfach im Green Sheep gesessen und Guinness getrunken?«

»Kilkenny«, sagte Tanja Berger. »Guinness schmeckt scheiße.«

Wieder Schweigen am Tisch.

»Und Sie waren da den ganzen Abend? Bis wann?«, übernahm Leah.

»Wir haben schon krass gefeiert. Also, ich hatte am Dienstag Spätschicht. Ich musste nicht so früh aufstehen. Und meine Schwester, die ist ohnehin auf Hartz IV. Die muss gar nicht aufstehen. Also zumindest im Augenblick nicht.«

»Wann haben Sie das Green Sheep verlassen?«

»War Quiz-Abend im ersten Stock. Hat an dem Abend ein bisschen länger gedauert. Die hatten irgendwie Probleme mit der Musikanlage. Also, die sind alle erst so um halb eins gegangen. Und dann haben wir halt noch unten gesessen. Ich weiß nicht genau, wann Achim uns rausgeschmissen hat. Aber ich glaube, das war schon halb zwei.«

Leah setzte an zum Schlenker: »Frau Berger, Sie haben sich ja vor ein paar Wochen an der Wasserleitung im Bad von Andreas Liebermann angekettet. Da sind Sie von außen über einen Container auf den Balkon, dann in seine Wohnung, ins Bad, und dann, klick-klack, konnte er Sie nicht mehr so einfach abwimmeln.«

Tanja Berger sagte nichts.

»Er hat es nicht begriffen, nicht wahr? Er hat es nicht begreifen wollen, dass Sie zusammengehören.«

Frau Berger hob ihren Blick. Ganz kurz sah sie Horndeich an, dann Leah. »Ja. Er hat es nicht begreifen wollen.«

Leah nickte langsam und bedächtig. »Warum sind Sie über diesen blöden Container rein?«

»Hallo? Wie sollte ich denn sonst reinkommen?«

Leah hob eine Augenbraue, sah Tanja direkt an. »Frau Berger, wir wissen doch beide, dass Sie einen Schlüssel zu dieser Wohnung haben. Wieso dann der Container?«

Einen Schlüssel? Ein Schlüssel war nirgendwo erwähnt worden. Wie kam Leah darauf?

»Frau Berger, wieso der Container?«

»Das war einfach schneller. Durch die Küchentür rein, da musste ich nur ums Eck, nochmals ums Eck, und zack, war ich im Bad. Bei der Tür, da wär der Weg länger gewesen. Da hätte er sich mir in den Weg stellen können, wenn er im Wohnzimmer gesessen hätte. Also lieber die Tour.«

Leah nickte. Verständnisvoll. Die Rechnung war ja auch aufgegangen.

»Aber Montagnacht, da sind Sie noch mal mit dem Schlüssel in seine Wohnung, nicht wahr?«

Tanja Berger blickte Leah Gabriely entsetzt an. »Montagnacht?«

»Frau Berger. Sie haben nun wirklich alles getan. Wie oft haben Sie ihm gezeigt, dass Sie zusammengehören. Wie Bonnie und Clyde, wie Sie gesagt haben. Und er hat es nicht kapiert. Und da sind Sie in seine Wohnung gegangen. Sie hatten ja den Nachschlüssel, den Sie sich schon gemacht haben, bevor sie ihm seinen zurückgegeben haben. Und am Montag haben Sie es ihm noch mal gesagt, und wieder hat er es nicht einsehen wollen. Und er hat Sie beschimpft. Und das war der Moment, wo die Wut mit Ihnen durchgegangen ist. Irgendwie mussten Sie es ihm doch beibringen. Und sei es mit einem Seil um seinen Hals. Denn wenn Sie ihn nicht kriegen, dann soll auch keine der anderen Tussen ihn bekommen.«

Tanja Berger schüttelte den Kopf. Sie sagte nichts mehr.

Eine Träne rann aus ihrem linken Auge. Nur diese eine. Doch für Horndeich der Beleg, dass Leah auf der richtigen Fährte war.

»Frau Berger, Sie sagten, Sie wären mit Ihrer Schwester im Green Sheep gewesen. Wenn ich jetzt Ihre Schwester frage, ob Sie die ganze Zeit da gewesen sind, was würde sie mir sagen? Dass Sie mal auf dem Klo gewesen sind? Vielleicht sogar eine Viertelstunde lang? Frau Berger, ich glaube, es ist an der Zeit, dass Sie uns sagen, was in dieser Nacht geschehen ist.«

Tanja Bergers Träne war kein Einzelkind, die ganze Sippe folgte.

»Ja. Ich war in seiner Wohnung. Das ist richtig.«

»Wann sind Sie in seine Wohnung gegangen?«, wollte Leah wissen.

»Das war so kurz nach dem Quiz. Irgendwann um zwölf, glaub ich. Ich bin vom Green Sheep aus in seine Bude. Ich hab sie aufgeschlossen. Und ja, den Schlüssel habe ich machen lassen, und das darf man nicht. Was weiß ich, dafür gehe ich vielleicht in den Knast.«

Horndeich staunte einmal mehr, wie es Leah Gabriely gelungen war, Tanja dazu zu bringen, zuzugeben, in Andreas Liebermanns Wohnung geschlichen zu sein.

Sogleich fuhr Tanja Berger fort: »Aber ich hab Andreas nicht umgebracht. Ich hätte Andreas nix tun können. Ich wollt nur noch einmal mit ihm reden. Nur noch ein letztes Mal. Und wenn ich ihn da getroffen hätte, mit drei von den Tussen in seinem Bett, dann wäre ich gegangen. Echt, da hätte ich nichts gemacht. Ich wollte nur mit ihm reden. Weil er und ich, wir sind doch …«

Bonnie und Clyde, beendete Horndeich in Gedanken den Satz.

»Und? War da jemand?«

Tanja Berger hob den Blick in Richtung Leah, ihr Kreuz streckte sich, ihre Schultern wurden breiter, der Kopf hob sich. Wie bei Rocky Balboa, bevor er in die entscheidende letzte, siegreiche Runde ging.

»Nein, Frau Gabriely. Da war niemand. Da war nur Andreas. Und er hat tot in der Küche gelegen.«

Leah sagte nichts. Horndeich sagte nichts. Und nach etwa zwanzig Sekunden Schweigen fuhr Tanja Berger fort: »Ich wusst ja, was da jetzt auf mich zukommt. Dass die Bullen – sorry, dass Ihre Kollegen mich da dreimal rausgeholt haben aus der Wohnung. Und jetzt war ich ja wieder drin, in der Wohnung, stand im Türrahmen von seiner Küche. Und der Andi, der lag da und war tot. Hab nur auf den Hals schauen müssen, da hat man gesehen, dass er erwürgt worden ist. Und ich hab mich ganz schnell vom Acker gemacht. Bin wieder rüber ins Green Sheep. Zu meiner Schwester. Und Sie können alle fragen: Ich hab dann erst mal eine halbe Flasche Whisky gekippt, obwohl ich mir das in der Kneipe nie hätte leisten können. Aber es war mir scheißegal. Andi war tot. Und wenn jemand rauskriegen würde, dass ich da gewesen bin, dann wäre ich auch tot. Also, dann wäre ich zumindest im Knast. Und das bin ich ja jetzt wohl.«

»Sie haben Andreas Liebermann nicht umgebracht?«

»Nein.«

»Sie haben ihn nicht umgebracht, obwohl er Sie immer wieder abgewiesen hat? Ihnen immer wieder gesagt hat, dass Sie ihm nicht genug sind? Und auch an dem Abend hat er Ihnen das gesagt, immer und immer und immer und immer wieder? Bis Sie ihn geschubst haben, bis er am Boden lag? Bis Sie ihm ein Seil um den Hals gelegt und zugezogen haben?« Leahs Stimme war leise. Ruhig, aber eindringlich. »Ich kann das verstehen. Ich kann das sogar sehr gut verstehen.«

Tanja Bergers Blick war wieder nach unten auf den Tisch gerichtet. »Nein, Frau Gabriely. Ich hab Andi nicht umgebracht. Er war schon tot, als ich in die Wohnung gegangen bin.«

Horndeich rekapitulierte. Tanja Brandes hatte ein Motiv, den Mord zu begehen, sie hatte die Gelegenheit dazu gehabt, und sie war auch in der Lage dazu. Alle drei klassischen Bedingungen waren erfüllt. Aus Horndeichs Perspektive konnte er sich derzeit kaum eine andere Täterin vorstellen. Warum auch? Alles passte zusammen. Tatsächlich hatten sie diesen Mord keine achtundvierzig Stunden danach aufgeklärt.

Nach der Befragung nahm Silvia Rauch der Exfreundin von Andreas Liebermann noch die Fingerabdrücke ab. Denn die waren bislang nicht im System. Als man Tanja Berger dreimal aus Andreas Liebermanns Wohnung geschmissen und ihr die Auflage gemacht hatte, sich Liebermann nicht zu nähern, war eine erkennungsdienstliche Behandlung nicht notwendig gewesen. Und da Tanja Berger zunächst als Zeugin im Vernehmungsraum saß, hatte es zuvor ebenfalls keinen Anlass gegeben.

Silvia Rauch machte ihren Job wie immer schnell und gründlich: Eine Viertelstunde später hatten sie den Beleg, dass Tanja Berger in Andreas Liebermanns Wohnung gewesen war. Am Türrahmen der Küche sowie auf der Klinke der

Innenseite der Wohnungstür. Sie hatte den äußeren Knauf abgewischt, als sie die Tür zugezogen hatte – aber nicht daran gedacht, die Abdrücke auf der Innenseite zu eliminieren. Die wichtigsten Fingerspuren von Tanja Berger befanden sich jedoch auf der Arbeitsplatte und auf dem Küchenboden unweit der Stelle, wo Liebermanns Leiche gelegen hatte. Tanja hatte also keineswegs nur im Türrahmen gestanden, wie sie behauptet hatte …

Alles passte perfekt zusammen. Es war Zeit, sich selbst ein wenig auf die Schulter zu klopfen. Die anderen taten das viel zu selten.

Sie hatten Tanja Berger zunächst in die Zelle bringen lassen. Der Haftrichter würde heute entscheiden, ob sie in Untersuchungshaft käme oder ob sie – mit Kaution oder ohne – zunächst auf freien Fuß gesetzt würde.

Horndeich war erleichtert, dass es ihnen gelungen war, sie so weit aus der Reserve zu locken, dass sie von sich aus gestanden hatte, in die Wohnung von Andreas Liebermann eingedrungen zu sein. Übrigens ziemlich genau zu dem Zeitpunkt, an dem er ermordet worden war. Manchmal war es frustrierend. Sie setzten die Täter fest, an deren Schuld es keinen vernünftigen Zweifel gab. Und dann kamen Richter, Staatsanwälte, Anwälte, und die zerhackten das Offensichtliche mit Zick-Zick Zyliss, wie es damals in einem der alten, zeitlich zum damaligen Sandmännchen passenden Werbespot geheißen hatte. Er sollte nicht so viel Sandmann auf YouTube gucken, dachte Horndeich. Er seufzte.

Ria Brandes saß nun im Vernehmungsraum. Wieder gingen Horndeich und Leah als Team hinein. Auch hier schien die Sache ziemlich eindeutig. Die einzige Frage war, wie Ria Brandes an das Geld aus der Harfe gelangt war. Hatte Lucrezia von Selberg-Broode ihr davon erzählt? Hatte sie ihr den Geheimmechanismus in der Harfe erklärt? Hatte sie es durch Zufall herausbekommen? Und ja, natürlich, es gab auch die

Möglichkeit, dass sie weder mit dem Diebstahl noch mit dem Tod von Lucrezia von Selberg-Broode etwas zu tun hatte.

Genau das würden sie jetzt klären.

Abermals saß Leah mit dem Rücken zu einer der Wände des Raumes. Horndeich, einen Meter vor ihr, hatte direkt gegenüber von Ria Brandes am Tisch Platz genommen.

Er begann die Befragung. »Frau Brandes, Sie wissen, warum Sie hier sind?«

Rhiannon Brandes sah Horndeich direkt in die Augen. Der Blick starr, als wäre er arretiert worden.

»Ist das der Moment, in dem ich besser den Beistand durch einen Anwalt einfordere? Beschuldigen Sie mich irgendeiner Straftat?«

»Nein, Frau Brandes, was wir von Ihnen gerne wissen möchten, ist, ob Sie davon Kenntnis hatten, dass in der Harfe von Frau Lucrezia von Selberg-Broode Geld versteckt war.«

»Geld? In der Harfe? Wo in der Harfe?«

»Nun, Frau von Selberg-Broode hatte ihre eigene, ganz spezielle Art, Bargeld aufzubewahren. Eben in ihrer Harfe. Davon wussten Sie nichts?«

Leah hielt sich zurück. Sie glich auf ihrem Stuhl in ihrer Bewegungslosigkeit eher einer Schaufensterpuppe als einem Menschen.

»Geld in der Harfe? Mein Gott, wie sollte ich davon wissen?« Ria Brandes schien ehrlich überrascht.

»Frau Brandes, wir wissen, dass es finanziell nach dem Tod Ihres Mannes für Sie ziemlich eng geworden ist.«

Ria nickte. »Ja. Das ist richtig. Ich dachte, die Firma meines Mannes liefe richtig gut. Ein Irrtum. Ein fataler Irrtum, weil ich für die Solvenz des Unternehmens mit meinem Namen durch Unterschriften gebürgt habe. Diesen Fehler werde ich in meinem Leben nicht noch einmal machen. Aber das ändert nichts daran, dass ich ihn begangen habe.«

»Und Sie wussten nichts von dem Bargeldvorrat von Lucrezia von Selberg-Broode in ihrer Harfe?«

»Nein, ich habe keine Ahnung, wovon Sie reden.«

»Frau Brandes, würden Sie mir bitte Ihr Portemonnaie zeigen?« Natürlich musste Ria Brandes diese Anweisung nicht befolgen. Dessen war sich Horndeich bewusst. Er hoffte, das Überraschungsmoment auf seiner Seite zu haben.

»Mein Portemonnaie? Weshalb? Wollen Sie meine Bankkarten zählen? Oder wollen Sie nachsehen, wie viel Kleingeld ich dabeihabe? Glauben Sie allen Ernstes, dass ich ein paar Tausend Euro mit mir herumtrage, die mir nicht gehören?«

Nein, Horndeichs Plan war ein anderer. Er wiederholte stupide: »Dürfte ich Ihr Portemonnaie sehen?«

Ria Brandes griff in ihre Handtasche. Dann zog sie die Geldbörse hervor und warf sie Horndeich entgegen. Die Geste glich in ihrer Ablehnung der von Thomas Müller, wenn er bei der kommenden Weltmeisterschaft Ronaldo den Ball zukommen lassen musste, damit dieser einen Einwurf tätigen konnte. Horndeich nahm die Brieftasche auf, öffnete sie, betrachtete das Fach, in dem die Geldscheine untergebracht waren. Dort befanden sich zwei Zwanzigeuroscheine und ein Fünfziger. Diesen zog Horndeich heraus.

»Und was wollen Sie jetzt mit meinem Bargeld?«, fragte Ria Brandes.

Horndeich antwortete nicht. Vielmehr nickte er Leah zu, die ihm von hinten das Heftchen von Lucrezia von Selberg-Broode überreichte, das Heftchen, in dem sie all die Nummern der Banknoten notiert hatte, die sie in ihrer Harfe versteckt hatte.

Horndeich legte die Kladde auf den Tisch, den Fünfziger daneben. Dann begann die Fisselarbeit. In Zeile sechs gelang ihm ein Treffer.

»Hm, Frau Brandes, jetzt haben wir hier ein kleines Problem. Der Fünfzigeuroschein, der sich in Ihrem Portemonnaie befindet, er stammt zweifelsohne aus dem Vermögen von Frau Lucrezia von Selberg-Broode. Sie hat alles Bargeld, das sie in der Harfe versteckt hatte, akribisch aufgelistet, und zwar in dieser Kladde.« Er deutete auf das DIN-A6-Heftchen vor ihm auf dem Tisch. »Können Sie mir erklären, wie dieser Schein in Ihr Portemonnaie gelangt ist?«

Es schien, als ob ein Puppenspieler über Ria Brandes säße, der ihren Körper an unsichtbaren Nylonfäden dirigierte. Der Kopf glitt nach oben, dadurch wurde der Rücken durchgestreckt, die Schultern nach hinten geschoben, die Brust nach vorne geworfen. Das Bild eines selbstbewussten Menschen. »Herr Horndeich, Frau von Selberg-Broode hat mir diesen Fünfzigeuroschein geschenkt. So wie sie mir zahlreiche Fünfziger geschenkt hat. Ein Trinkgeld, ein großzügiges Trinkgeld, das sie mir gegeben hat, weil ich eine der wenigen war, die ihr zugehört haben. Auch mal länger als fünf Minuten. Ich habe mir dieses Trinkgeld redlich verdient. Und ich wüsste nicht, was Sie das angeht, dass ich dieses Geld in meinem Portemonnaie habe.«

»Frau Brandes, nach dem derzeitigen Stand der Ermittlungen müssen wir davon ausgehen, dass dieser Fünfzigeuroschein kein Single ist, sondern nur ein Teil der zwölfeinhalbtausend Euro, die Frau von Lucrezia von Selberg-Broode entwendet worden sind.«

»Ich möchte einen Anwalt sprechen«, sagte Ria Brandes in diesem Moment. Und ab nun war jegliche weitere Konversation mit ihr aufgeschoben.

Es dauerte zwei Stunden, bis der Anwalt eintraf. Und kurz zuvor hatte der Richter bereits den Durchsuchungsbeschluss für die Wohnung von Ria Brandes unterzeichnet.

Sofort machten sie sich auf den Weg. Leah kannte die Wohnung schon, da sie am Vortag dort mit Frau Brandes gesprochen hatte. Ria Brandes und ihr Anwalt setzten sich aufs Sofa im Wohnzimmer, während eine kleine Horde von Beamten begann, die Zimmer zu durchsuchen. Sie wussten genau, wonach sie fahndeten: nach jeglicher Art von Bargeld.

Horndeich streifte ebenfalls kurz durch die Wohnung. In

einem der Jugendzimmer stutzte er. In der Ecke des Raumes stand eine Harfe. Er ging zurück ins Wohnzimmer. »Gehört diese Harfe Ihnen?«, wollte er wissen.

»Nein, sie gehört meiner jüngeren Tochter, Melanie.«

In diesem Moment rief einer der Polizisten: »Ich glaub, ich hab was.«

Ria Brandes' Versteck war nicht sonderlich originell: die untere rechte Schublade ihres Kleiderschranks. Zwischen Strumpfhosen und Strümpfen fand sich ein kleines Kästchen aus edlem Holz, mit Verzierungen und einem kleinen Schloss. Horndeich fragte Ria Brandes, ob sie den passenden Schlüssel habe. Ihr Anwalt schüttelte nur den Kopf. Doch Ria Brandes erhob sich, ging in den Flur, kehrte mit einem zierlichen Schlüssel zurück und reichte ihn Horndeich.

Er öffnete das Kästchen behutsam. Im Innern fanden sie ein Bündel Euroscheine, mit einem Clip zusammengeheftet. Silvia Rauch von der Spurensicherung, die den Einsatz begleitete, nahm das Bündel an sich. Im Gegensatz zu Horndeich trug sie Latexhandschuhe, mit denen sie nun das Geld zählte. Zwölftausenddreihundert Euro. Plus der Fünfziger in Ria Brandes' Portemonnaie. Und drei Fünfziger, die fehlten. Entweder waren sie gewechselt worden oder, was wahrscheinlicher war, Ria Brandes hatte am Vortag einen Großeinkauf gemacht.

Wie auch immer. Ria Brandes war im Besitz des Geldes, das Lucrezia von Selberg-Broode in ihrer Harfe versteckt hatte. Es hatte Silvia Rauch weniger Zeit gekostet, die Nummern der Scheine mit den Nummern aus Lucrezia von Selberg-Broodes Aufzeichnungen abzugleichen, als Helene Fischer brauchte, um »Atemlos« zu trällern.

Sie saßen wieder im Verhörraum.

Der Richter hatte bereits einen Haftbefehl ausgestellt. Der Vorwurf an Rhiannon Brandes lautete: Mord. Das Motiv: das Bargeld der alten Dame.

Rhiannon Brandes hatte sich mit ihrem Anwalt abgesprochen. Der saß neben ihr. Auf der anderen Seite des Tisches hatten sich Horndeich und Leah niedergelassen. In der Mitte lag das Aufzeichnungsgerät.

»Frau Brandes, Ihnen wird vorgeworfen, dass Sie Lucrezia von Selberg-Broode getötet haben. Ihr Motiv waren die zwölfeinhalbtausend Euro, die die alte Dame in ihrer Harfe versteckt hatte.«

»Ich habe mich mit meinem Anwalt besprochen. Es ist richtig, dass ich die zwölfeinhalbtausend Euro aus der Harfe gestohlen habe. Aber ich habe Lucrezia von Selberg-Broode nichts getan, geschweige denn, sie ermordet. Mein Anwalt hat mir geraten, an dieser Stelle nicht mehr mit Ihnen zu reden, aber ich will reinen Tisch machen. Außer dem Diebstahl habe ich mir nichts zuschulden kommen lassen.«

»Dann erzählen Sie«, sagte Leah.

»Ich bin seit zehn Jahren im Goldenstern angestellt. Ich habe hier immer gern gearbeitet, zumal die Arbeitsbedingungen deutlich besser sind als in vielen anderen Heimen. Als meine Kinder noch kleiner waren, habe ich halbtags gearbeitet, seit vier Jahren bin ich in Vollzeit beschäftigt.

Frau von Selberg-Broode und ich, wir haben uns gut verstanden. Sie war kein einfacher Mensch, neigte manchmal zu Überheblichkeit, aber alles in allem sind wir gut miteinander ausgekommen. Als ihr Hund noch gelebt hat, da haben wir uns immer wieder darüber unterhalten. Sie hat sich bitter darüber beklagt, wie Menschen Tiere behandeln. Auch ihr Amadeus kam ja aus dem Tierheim. Jemand hatte ihn mit gerade einmal einem halben Jahr an eine Mülltonne auf einem Rastplatz angebunden.

Als mein Mann starb, da hat sie mich sogar ein- oder zweimal in den Arm genommen und getröstet. Und ich habe ihr davon erzählt, als ich festgestellt hatte, dass das, was ich von meinem Gatten erben würde, kein Vermögen war, sondern Schulden. Ich habe nicht gejammert. Und schon gar nicht wegen mir. Aber was mich so unglaublich wütend gemacht hat, war, dass ich meinen Kindern nicht das Leben finanzieren konnte, das ich ihnen gerne geboten hätte.

Meine Töchter sind beide sehr klug. Das klingt jetzt wie die Angeberei einer Helikopter-Mutter, aber es ist wirklich so. Wenn andere Kinder sich über die Schule beklagten, so hatten meine beiden eines gemeinsam: einen kaum stillbaren Wissensdurst. Während die Ältere, Christine, seit sie in die Schule gekommen war, wusste, dass sie Ärztin werden möchte, und in allem, was auch nur entfernt mit Biologie oder Chemie zu tun hat, selten etwas Schlechteres als eine Eins geschrieben hat, hatte meine Jüngere, Melanie, zwei Steckenpferde: Informatik und Musik. Mein Mann hat ihr schon vor vier Jahren, da war sie gerade zwölf, einen Computer hingestellt, und es ist mir heute absolut unheimlich, welche Dinge sie mit diesem Gerät anstellen kann. Auch ihre Lehrer bescheinigten ihr ein außerordentliches Talent für EDV. Melanie selbst war und ist überhaupt nicht klar, über was für eine Gabe sie da verfügt. Sie versteht es vielmehr nicht, wenn andere einfach nicht nachvollziehen können, worüber sie redet. Der Computer, den ihr ihr Vater damals geschenkt hat, der stößt natürlich heute an seine Grenzen. Oder besser gesagt: an ihre.«

Horndeich verspürte den Impuls, die Lebensgeschichte von Ria Brandes zu unterbrechen. Leah sah in diesem Moment zu ihm hinüber. *Lass sie reden,* sagte ihr Blick. Na gut. Der Geschichte war auf jeden Fall besser zu lauschen als jener von Bonnie und Clyde …

»Ihr zweites Hobby ist die Musik. Und auch hier ist Hobby eigentlich eine Untertreibung. Sie spielt Keyboard, dass es mir die Sprache verschlägt. Es ist mir unbegreiflich, wie ein Mensch seine Finger so schnell bewegen kann. Zwei Jahre lang hat sie in einer Schülerband gespielt. Aber sie war zu gut. Es hat sie gelangweilt. Sie hätte ganz bestimmt auch eine Karriere als Klavierspielerin hingelegt – aber ein Klavier, das konnten wir uns damals schon nicht leisten. Also hat sie das Keyboard bekommen und die Klaviatur mit ihrem Computer verbunden. Keith Emerson wäre neidisch gewesen … Dann aber hat sie sich mit den Mitschülern gestritten, die sie nicht mehr in ihrer Band haben wollten. Und daraufhin hat sie mit dem Spielen aufgehört.

Vor einem Jahr dann hat sie ein Schülerpraktikum machen müssen. Und sie wollte unbedingt im Goldenstern arbeiten. Altenpflege kennenlernen, Hauswirtschaft – und natürlich auch den Job von Nathalie. Denn da ging es ja wieder um Computer. Also habe ich sie mitgenommen, von Zimmer zu Zimmer. An diesem ersten Tag des Praktikums musste ich bei Frau von Selberg-Broode einen Verband wechseln. Sie hatte am rechten Arm einen Mückenstich. Keine Ahnung, wo dieses blöde Vieh gesessen hat, bevor es die alte Dame in den Arm gestochen hat – auf jeden Fall hatte Frau von Selberg-Broode eine fette Infektion rund um den Stich. Melanie hat mich begleitet, betrat den Raum, sah die Harfe – und ihr Blick wandte sich nicht mehr von dem Instrument ab.

Als ich den Verband gewechselt hatte, sah meine Tochter Frau von Selberg-Broode an und fragte sie: ›Ist das richtig, dass die roten Saiten immer ein C sind und die blauen ein F?‹

Frau von Selberg-Broode hat darauf gesagt: ›Da hast du in der Schule gut aufgepasst. Das stimmt.‹

Aber meine schlaue Tochter erklärte: ›Die Harfe haben wir nie durchgenommen. Ich hab mir das nur genau angeschaut. Ist ja ganz ähnlich wie beim Klavier. Und mit jedem Pedal können Sie jeweils alle Saiten eines Tons um einen Halbton erhöhen oder um einen Halbton absenken – stimmt das? Damit können Sie auch die schwarzen Tasten spielen, sozusagen?‹

Frau von Selberg-Broode hat mir einen Blick zugeworfen und gelächelt. Etwas, was sehr selten geschah. Dann wandte sie sich wieder meiner Tochter zu und antwortete: ›Ja. Alles korrekt.‹

Meine Tochter kannte Frau von Selberg-Broode nicht. Sonst hätte sie niemals folgende Frage gestellt: ›Darf ich sie mal spielen?‹ Melanie sah Frau von Selberg-Broode an, mit ihrem so offenen und einnehmenden Blick. Ich dachte, Frau von Selberg-Broode würde uns in diesem Moment augenblicklich aus ihrer Wohnung werfen. Melanie hatte ein Sakrileg begangen. Doch Frau von Selberg-Broode entgegnete: ›Du kannst Noten lesen, junges Fräulein?‹

Melanie nickte nur.

Daraufhin gab ihr die alte Dame ein Notenheft, nachdem sie ein Stück herausgesucht hatte, und forderte sie auf, zu spielen.

Meine Tochter setzte sich auf den Schemel hinter der Harfe, zog die Harfe intuitiv zu sich, bettete sie an ihre Schulter, legte die Hände an die Saiten, mit einer Intuition, als ob sie das in den vergangenen Jahren jeden Tag getan hätte. Und dann spielte sie das Stück. ›Rêverie‹ von den *Trois petites Pièces* von Marcel Grandjany. Opus sieben. Der Name des Stückes hat sich in mein Gehirn eingebrannt. Ich selbst hatte mich inzwischen auf das Sofa gesetzt, Lucrezia von Selberg-Broode ebenfalls. Und wir lauschten ihr. Das Einzige, woran man erkennen konnte, dass Melanie noch keine Routine hatte, war, dass ihr Blick immer von den Noten zu den Saiten und wieder zu den Noten sprang. Sie verspielte sich. Nach zwanzig Sekunden. Einmal. Sie fing von vorn an und spielte danach das ganze Stück fehlerlos.

Als der letzte Ton verklang, sagte sie, noch bevor wir dazu kamen zu applaudieren: ›Was für ein Instrument!‹

Ich hatte die ganze Zeit nur meine Tochter angesehen, jetzt wandte ich den Blick zu meiner Heimbewohnerin. Die Spuren der Tränen auf ihren Wangen waren nicht zu übersehen.

›Mama! Ich möchte das lernen! Ich möchte das spielen!‹ Dann sprang sie auf, kam auf das Sofa zu, nahm die Hand von Lucrezia von Selberg-Broode und sagte: ›Danke! Danke, dass Sie mich haben spielen lassen. Ich glaube, ich habe entdeckt, wozu ich geboren worden bin.‹

Sie war erst fünfzehn, deswegen vielleicht etwas zu pathetisch. Aber ich hatte ihre Augen gesehen. Meine Tochter hatte etwas entdeckt. Und ich wusste, ich würde niemals Geld für einen neuen Computer auftreiben müssen. Sondern für eine Harfe.«

Leah rutschte neben Horndeich auf dem Stuhl. Nun, andere Leute wären gerutscht. Leah verlagerte ihr Gewicht so, dass sich ihre Sitzposition um einen Zentimeter nach links verschob. Doch Horndeich interpretierte die Bewegung richtig: Auch Leah fand die Ausführungen etwas zu ausführlich.

Ria Brandes hatte die Bewegung wahrgenommen. »Verzeihen Sie meine Langatmigkeit. Sie wollen wissen, was am vergangenen Abend passiert ist. Aber ich muss es Ihnen so genau schildern, damit Sie erkennen: Ich habe Lucrezia von Selberg-Broode nicht umgebracht.

Während ihres Praktikums bekam meine Tochter natürlich einen Einblick in die Altenpflege – wobei unser Heim so exklusiv ist, dass der Eindruck nicht repräsentativ ist. Aber vor allem bekam sie jeden Tag zwei Stunden intensiven Unterricht von Lucrezia von Selberg-Broode. Sie konnte ja selbst nicht mehr Harfe spielen, aber die beiden kamen wirklich gut miteinander aus. Ich war völlig erstaunt. Und vierzehn Tage später gab meine Tochter mir auf der Harfe von Lucrezia von Selberg-Broode ein kleines Konzert. Das war der Moment, in dem *ich* angefangen habe zu weinen. Meine Tochter war ein verdammtes Wunderkind. Und ich hatte nicht genug Kohle, das zu fördern.

Als ich am Tag nach dem Ende des Praktikums in die Wohnung von Frau von Selberg-Broode ging, nahm mich die alte Dame zur Seite. ›Ihre Tochter muss dieses Instrument lernen! Ich sage es nur ungern, aber ihr Talent übertrifft das meine.‹

Wir reden hier von der Königin der Harfe, die diesen Satz ausgesprochen hat. Sie hat mir empfohlen, mit wem ich in Verbindung treten soll, hatte bereits mit ihrem Verband Kontakt aufgenommen. Und einmal in der Woche ist Melanie dann nach Dexheim zu einer Harfenlehrerin gefahren. Lucrezia von Selberg-Broode hat das finanziert. Es hätte auch in Darmstadt einen Lehrer gegeben, aber Frau von Selberg-Broode wusste, dass jene Lehrerin in Dexheim die beste war. Sie bezahlte die Stunden, sie bezahlte die Fahrt mit dem Taxi nach Dexheim und wieder zurück. Dexheim liegt auf der anderen Seite des Rheins. Mit Bus und Bahn kommt man da kaum hin, mit dem Taxi sind es dreißig Minuten, wenn man die Fähre benutzt.

Das waren dreihundert Euro in der Woche. Und sie finanzierte eine Harfe für Melanie. Es war keine Konzertharfe mit Pedalen, sondern eine einfache irische Harfe. Sie sagte damals: ›Im ersten Jahr geht es nur darum, die Fingerfertigkeit zu erlangen. Wenn sie das erlernt hat und die Finger automatisch über die Saiten gleiten, dann braucht sie eine richtige Konzertharfe mit Pedalen. Aber das wird sogar bei ihr ein Weilchen dauern.‹

Das war die Harfe, die Sie in ihrem Zimmer gesehen haben. Sie hat fünfzehnhundert Euro gekostet. Dies und das Geld für die Stunden hat mir Lucrezia von Selberg-Broode bar in die Hand gedrückt. Die einzige Bedingung: dass dieser Deal unter uns bleibt. Sie wollte nicht, dass ich mit irgendjemandem darüber rede, und ich musste auch Melanie einimpfen, dass sie niemandem auch nur ein Wort darüber verriet, von wem diese Unterstützung kam. Lucrezia von Selberg-Broode hat es knallhart formuliert: In dem Moment, in dem irgendetwas darüber bekannt würde, wäre der Deal geplatzt. Und ich zweifle keine Sekunde daran, dass sie das todernst meinte.

›Ihre Tochter spielt besser als ich‹, sagte sie zu mir. ›Das tut mir weh. Und gleichzeitig freut es mich, dass es eine neue

Generation gibt, die meine geliebte Harfe weiter in Ehren hält. Sollte sich Ihre Tochter jemals dazu entscheiden – und ich hoffe, dass sie es tut –, den Beruf der Harfenistin zu wählen, dann werde ich ihr mein Instrument vererben. Ich glaube, sie hat das Talent dazu.‹ Und so hat meine Tochter im vergangenen Jahr unglaubliche Fortschritte gemacht, und vor acht Wochen hat sie mich zum ersten Mal gefragt, ob sie nach der Schule Musik studieren dürfe. Sie wolle Harfe spielen.

Das alles müssen Sie wissen, wenn Sie mein Handeln in der Nacht verstehen wollen. Meine Familie war nicht reich, auch mein Mann war nicht wohlhabend. Vielleicht hätte er es einmal sein können, doch er hat unser Geld in seiner Firma versenkt.

Und dann begann unsere Mäzenin vor ungefähr drei Monaten gesundheitlich abzubauen. Das war ein schleichender Prozess. Zweimal hat sie vergessen, sie, die die Zuverlässigkeit in Person war, mir das Geld für Melanie zu geben. Ich habe sie beide Male darauf angesprochen. Einmal hat sie sich entschuldigt, das Geld aus der Harfe genommen, während ich in ihrem Zimmer war – ja, ich kannte ihr seltsames Versteck. Beim zweiten Mal wusste sie nicht, wovon ich rede. Ich habe diese dreihundert Euro aus eigener Tasche bezahlt. Wohl wissend, dass ich hier offensichtlich dem Ende dieser nie irgendwie fixierten Vereinbarung entgegensah.

Und dann kam diese Nacht von Sonntag auf Montag. Es war schon öfter vorgekommen, dass Lucrezia von Selberg-Broode ein wenig verwirrt war, wenn man sie in ihrer Wohnung aufsuchte. Es war nicht so, dass sie nicht mehr wusste, wer die Menschen um sie herum waren oder wo sie wohnte. Aber all jene, die sie gut kannten – ja, und dazu zähle ich mich –, merkten, dass sich irgendetwas veränderte.

In dieser Nacht rief sie mich dreimal zu sich. Beim ersten Mal traf ich sie völlig verwirrt in ihrer Wohnung an. Sie schlich umher wie eine Schlafwandlerin. Ich redete besänftigend auf sie ein. Sie sah mich an, aber sie erkannte mich erst Sekunden später. Ich habe sie wieder ins Bett gebracht.

Als sie mich das zweite Mal rief, um vier Uhr, da saß sie auf ihrem Sofa und starrte mich an. Dann fing sie an zu kreischen. Von jetzt auf gleich. Ich bin so erschrocken! Das kannte ich gar nicht von ihr. Es war mitten in der Nacht, und ich wollte nicht, dass all die Bewohner aus den Nachbarwohnungen aufschrecken. Es war ein Impuls, nach dem roten Kissen zu greifen, das direkt neben mir lag, und es auf ihren Mund zu drücken. Nicht fest, nur, damit das Schreien nicht so laut war. Ich habe das Kissen sofort zurückgezogen, ich wollte ihr ja nichts tun. Und tatsächlich, danach war sie ruhig, für einen kurzen Moment, dann fing sie an, auf mich einzuschlagen, auf meine Brust, auch ein paar Treffer im Gesicht. Ich packte sie an den Oberarmen, drückte die Arme nach hinten, damit sie mich nicht mehr erreichte. Und dann war der Anfall vorbei. Sie sah mich an. Fragte mich: ›Was ist denn da gerade in mich gefahren?‹ Ich sagte zu ihr, ich wisse es nicht. Aber alles wäre gut. Sie solle jetzt wieder in ihr Bett gehen. Ich habe sie dorthin begleitet, habe ihr auch noch, wie bei einem Kind, die Decke unter das Kinn gezogen. Und das letzte Wort, das Lucrezia von Selberg-Broode zu mir gesagt hat, war ›Danke‹.

Als sie mich das dritte Mal rief, brauchte ich knapp eine Minute, um bei ihr zu sein. Als ich die Tür zur Wohnung geöffnet hatte, lag sie auf dem Boden, auf dem Rücken, genau so, wie der Arzt sie danach auch gesehen hat. Ich fühlte ihren Puls, der nicht mehr vorhanden war. Lucrezia von Selberg-Broode war tot. Und ich wusste genau, dass sie keinerlei lebenserhaltende Maßnahmen gewünscht hatte. Nein, sie hatte sie sich regelrecht verbeten. In diesem Moment wurde mir eins klar: Ab nun hatte meine Tochter niemanden mehr, der ihr musikalisches Talent förderte. Und ja, wie ich bereits sagte, ich wusste, wo das Geheimfach in der Harfe war. Und ich wusste, wenn ich da jetzt hingehe, das Geld rausnehme, dann wäre der Unterricht zumindest noch für eine Weile gesichert, für eine Zeit lang, in der man sich nach anderen Optionen umschauen konnte. Und vielleicht würde ich für fünftausend Euro eine einfache, gebrauchte Konzertharfe kaufen können. Ich habe nicht lange nachgedacht, ich habe das Geld aus der Harfe genommen. Ja, ich habe gestohlen. Und nein, ich habe Lucrezia von Selberg-Broode kein Haar gekrümmt.«

Schweigen im Raum. Horndeich musste sich eingestehen: Die Geschichte hatte ihn berührt. Aber war es nur das? Eine Geschichte? Das Kissen gegen den Kopf, nur für zwei Sekunden, genug, einen Fussel einzuatmen, aber viel zu kurz, um nicht mehr atmen zu können? Die blauen Flecke am Oberarm, dadurch hervorgerufen, dass Ria Brandes sich hatte zur Wehr setzen müssen? Der tödliche Schlag auf den Kopf – war Lucrezia von Selberg-Broode tatsächlich einfach gestürzt? Oder in sich zusammengesackt? Natürlich war das möglich. Aber war es wahrscheinlich? Horndeich glaubte es nicht.

Aber auch hier würde das ein Richter entscheiden müssen. Sie hatten ihre Arbeit zumindest sauber abgeschlossen.

Horndeich sah auf seine Uhr – eine Omega Speedmaster, die seine Frau ihm geschenkt hatte. Jenes Vorzeigeobjekt der Feinmechanik sagte: Es war achtzehn Uhr. Zeit, zu gehen.

Donnerstag, 7. Juni

Sie saßen wieder im kleinen Besprechungsraum. Leah hatte das Surface Hub hochgefahren. Auf dem Flachbildschirm konnte man ein Labor erkennen. Es befand sich im rechtsmedizinischen Institut in Frankfurt.

Martin Hinrich hatte die Videokonferenz anberaumt. Denn es gab einige neue Erkenntnisse, die er mitzuteilen hatte. Im Raum saßen neben Leah noch Horndeich und Feller.

Auch für Dr. Hinrich schien das Medium der Videokonferenz noch nichts Selbstverständliches zu sein. Er winkte in die Kamera wie ein Teletubby.

Leah eröffnete das Gespräch. »Guten Morgen, Dr. Hinrich.«

Der Rechtsmediziner sah in die Kamera, versuchte sein Lächeln zu justieren, antwortete dann: »Guten Morgen! Ist ja wundervoll, dass ich Sie alle zu solch früher Morgenstunde versammelt weiß.«

Es war acht Uhr. Hinrich hatte sich spätabends bei Leah gemeldet und um diese Besprechung gebeten. Und Leah wiederum war es noch in der Nacht gelungen, Horndeich und Feller zu diesem Treffen zu verdonnern.

»Ich hoffe, Sie entschädigen uns dafür, dass ich heute Nacht noch meine Truppe habe zusammentrommeln müssen.«

»Oh, ich werde Sie ganz bestimmt dafür entschädigen. Sie werden mir dankbar dafür sein, dass Sie die wichtigen Informationen, die ich Ihnen gleich mitteilen werde, schon am frühen Morgen dieses wundervollen Tages erfahren haben und nicht erst gegen Mittag.«

Leah wunderte sich immer wieder, wie Menschen um diese Uhrzeit solch eine erschreckend gute Laune verbreiten konnten. Ganz besonders Dr. Hinrich, den sie bislang eher als Griesgram erlebt hatte. Als zynischen Griesgram.

Ein Schatten huschte hinter Martin Hinrich durchs Bild. Offensichtlich war der Mann nicht allein.

»Wir haben den gestrigen Tag dazu genutzt, weitreichende Erkenntnisse über die Todesursache von Lucrezia von Selberg-Broode zu gewinnen«, sagte Hinrich.

Der Schatten hinter ihm gewann an Konturen. Eine Frau winkte in Richtung Kamera. Leah erkannte sie sofort. Dr. Emilia Schubert, die Leipziger Kollegin von Dr. Martin Hinrich.

»War ja ganz schön knifflig mit Ihrer Leiche!«, ergänzte

Hinrich. Als ob er in einem TV-Feature agierte, hatte er vor sich ein paar Reagenzgläser in einem Halter drapiert.

»Herr Hinrich, was wollen Sie uns sagen.« Sie kannte es. Und sie hasste es. Ohne die Informationen des Rechtsmediziners waren sie in ihren Ermittlungen meist aufgeschmissen. Aber Leah konnte es auf den Tod nicht ausstehen, wie dieser aufgeplusterte Gockel anderen die Zeit stahl, indem er sich wie ein YouTube-Star inszenierte.

»Frau Gabriely, Sie wissen doch aus eigener Erfahrung, dass wir nur so gut sind wie unser Team. Und auch ich habe es mir erlaubt, externe Verstärkung anzufordern, damit Sie, Frau Gabriely, und Ihr Team möglichst schnell und möglichst präzise alle nötigen Informationen bekommen.«

Als Hinrich die Worte *externe Verstärkung* aussprach, winkte Emilia Schubert abermals in die Kamera.

Leah seufzte. Alle Ergebnisse, die Hinrich in den vergangenen zwei Tagen erzielt hatte, ließen sich wahrscheinlich in fünf Minuten darlegen. Wahrscheinlich sogar in vier Minuten und fünfzehn Sekunden. Und sie war sich sicher, dass es mindestens dreimal so lang dauern würde, bis Hinrich die Präsentation dieser Ergebnisse zelebriert haben würde.

Leah änderte ihre Taktik. »Frau Dr. Schubert, was können Sie uns denn berichten?«

Weder Hinrich noch Emilia Schubert hatten offensichtlich damit gerechnet, dass Leah die Kollegin direkt ansprechen würde, deswegen dauerte es zehn Sekunden, bis Emilia Schubert die Kamera auf sich ausgerichtet hatte.

Sofort verdeckte Hinrichs Hand die Hälfte des Bildes. Er justierte die Linse wieder in seine Richtung. »Dr. Emilia Schubert ist eine ausgewiesene Expertin im Bereich der chemischen Analyse. Und sie hat mich unterstützt, meine Theorie zu untermauern.«

Die Hand von Emilia Schubert fuhr in Richtung Kamera, drehte das Objektiv erneut in ihre Richtung: »Die Todesursache, die mein geschätzter Kollege Dr. Martin Hinrich für den Tod von Lucrezia von Selberg-Broode gestellt hat, ist nach wie vor korrekt. Durch den Schlag auf den Kopf, den sie höchstwahrscheinlich durch den Fall auf den Boden erhalten hat, erlitt sie eine epidurale Blutung.«

Wieder fuhr Hinrichs Hand in Richtung Kamera. Sein Gesicht, von dem einen Moment lang nur die rechte Gesichtshälfte zu sehen gewesen war, rückte wieder in den Fokus. Nun zeigte das Bild neben ihm nur noch die linke Gesichtshälfte von Emilia Schubert. »Das mit der Blutung, das wissen Sie ja schon. Aber ich habe Ihnen ja bereits gesagt, dass ich noch einige Tests machen musste. Das lag daran, dass der pH-Wert des Blutes von Lucrezia von Selberg-Broode extrem niedrig war. Er lag bei 7,21.«

Leah sah zu Horndeich, dann zu Feller. Keine Chance. Keiner der beiden wusste mit der Aussage mehr anzufangen als sie selbst: nämlich gar nichts.

»Frau Lucrezia von Selberg-Broode litt unter einer Acidose. Das bedeutet, dass das Blut übersäuert war, und zwar nicht nur ein bisschen, sondern so was von. Diese Übersäuerung greift die inneren Organe an, besonders die Nieren und die Gefäße. Ich habe mir die Akte ihres Hausarztes zukommen lassen. Da gab es keine Auffälligkeiten, außer eben, dass sie unter einer Herzschwäche litt und daher blutverdünnende Mittel nehmen musste. Aber Nieren, Leber, Lunge – das alles schien intakt. Zumindest bei der letzten großen Untersuchung vor sechs Monaten.«

Leah hörte dem Rechtsmediziner zu, hatte aber immer noch keinen leisen Schimmer, worauf der hinauswollte.

»Martin, nun lass mich mal«, sagt Emilia Schubert und drehte die Kamera wieder in ihre Richtung. »Nachdem wir diesen pH-Wert gemessen hatten, stellten wir uns die Frage, wodurch er verursacht war. Denn die Nieren von Lucrezia von Selberg-Broode waren bereits sehr stark angegriffen, überhaupt waren ihre Gefäße in keinem guten Zustand.«

Martin Hinrich wählte diesmal nicht die Variante, mit der Hand die Kamera wieder umzustellen. Vielmehr drückte er seine Kollegin regelrecht aus dem Bild. »Die Kaliumwerte im Blut sind ebenfalls nach oben geschossen. Und dann haben wir Ablagerungen in der Niere gefunden. Sogenannte Oxalate. Und Glykolsäure. Suspekt. Suspekt.«

Fantastisch. Leah lauschte den Ausführungen der beiden Experten und hatte keinen blassen Schimmer, worüber sie sprachen.

»Kann jemand mal Deutsch mit uns reden?«, bat Horndeich.

Emilia Schuberts Hand schoss wieder durch das Bild, eine halbe Sekunde später war das Objektiv wieder auf sie gerichtet. Martin Hinrich fuhr von der anderen Seite dazwischen, doch Dr. Emilia Schubert verpasste seiner Hand einen Klaps. Der Blick in Richtung ihres Frankfurter Kollegen sprach Bände. *Jetzt bin ich dran,* sagte er.

Hinrich verschwand von der Bildfläche, buchstäblich.

»Ich will Sie nicht mit Fachdetails langweilen«, sagte Emilia Schubert. »Aber eins ist ganz klar: Lucrezia von Selberg-Broode ist vergiftet worden. Über einen längeren Zeitraum hinweg. Mehrere Wochen, würde ich schätzen. Und zwar mit Ethylenglykol. Auf Deutsch: mit Frostschutzmittel. Wenn das in kleinen Dosen über eine längere Zeit verabreicht wird, treten genau die Symptome auf, die wir bei Frau von Selberg-Broode festgestellt haben: Die Kaliumwerte schießen in die Höhe, das Blut wird sauer, und die Organe und Gefäße gehen kaputt. Im Falle von Lucrezia von Selberg-Broode würde ich so weit gehen zu behaupten: Wäre sie nicht am vergangenen Montag gestorben, weil ihr Kopf auf dem Boden aufschlug und die bereits geschädigte Arterie zum Platzen brachte, so wäre sie beim Zustand ihrer Gefäße und besonders ihrer Nieren zweiundsiebzig Stunden, spätestens sechsundneunzig, ebenfalls verstorben. Wahrscheinlich an plötzlichem Herzversagen.«

Wieder fuhr eine Hand kurz ins Bild, wieder wurde sie von Dr. Emilia Schubert zur Seite geschubst. »Ich kenne Ihren Ermittlungsstand nicht. Aber Sie sollten auf jeden Fall nach einem Täter Ausschau halten, der den Tod von Lucrezia von Selberg-Broode geplant hat. Und die Möglichkeit und die Mittel dazu hatte, die alte Dame mit Frostschutzmittel zu vergiften. Das Zeug ist schrecklich süß, das muss jemand schon gut in Speisen oder Getränken versteckt haben. Aber eben über einen langen Zeitraum. Wer immer dafür verantwortlich ist, der hat das nicht aus einem Impuls heraus getan. Der hat das von langer Hand geplant.«

Wieder fuhr eine Hand vors Objektiv, schwenkte es, bis Martin Hinrich wieder von der Kamera erfasst wurde. »Genau das haben wir beide herausgefunden«, sagte er, dann wurde der Bildschirm schwarz.

Leah konnte sich ein Grinsen nicht verkneifen. Zu gern hätte sie Mäuschen gespielt beim Wortgefecht, das in der Frankfurter Rechtsmedizin diesem Wettkampf um Kameraminuten folgte.

»Vergiftet«, stammelte Horndeich. »Das haut unsere Theorie natürlich in die Tonne. Vergiftet Ria Brandes Lucrezia von Selberg-Broode? Und wenige Tage bevor die alte Dame aufgrund der Vergiftung stirbt, attackiert sie sie mit einem Kissen und versucht sie zu ersticken? Das macht wenig Sinn.«

»Na ja«, sagte Leah, »vielleicht wollte sie einfach noch an das Geld aus der Harfe. Zwölfeinhalbtausend Euro. Haben oder nicht haben.«

»Aber warum sollte Ria Brandes Lucrezia von Selberg-Broode vergiften? Das würde doch nur Sinn machen, wenn sie etwa auf eine Erbschaft hoffen konnte. Aber selbst, wenn sie in der Erbschaft bedacht würde – dann macht es umso weniger Sinn, dass sie sie zu ersticken versucht.«

Schweigen breitete sich aus am Tisch im kleinen Besprechungsraum.

»Wir müssen wissen, wem Lucrezia von Selberg-Broode etwas vererben wollte«, sagte Feller. Es war sein erster und einziger Kommentar in dieser Runde. Aber es war genau jener, der die Dinge auf den Punkt brachte.

Das Nachlassgericht hatte seinen Sitz im Amtsgericht am Mathildenplatz. Sie hatten alle nötigen Papiere beisammen, um sich dort das Testament von Lucrezia von Selberg-Broode zeigen zu lassen.

Nathalie Ankenbrand hatte ihnen den Notar genannt, bei dem Lucrezia von Selberg-Broode ihr Testament verfasst hatte. Und der wiederum hatte ihnen mitgeteilt, dass es bereits beim Nachlassgericht hinterlegt wäre. Für sie, die Polizei, der schnellste Weg, Einsicht zu erhalten.

»Kommen Sie doch mit mir«, sagte Angelika von Liwke, ihres Zeichens Rechtspflegerin am Nachlassgericht. »Ich habe mit Ariane Wegener bereits Kontakt aufgenommen, der Tochter der Verstorbenen.«

Wenig später saßen sie in einem Besprechungsraum. Vor der Beamtin lag das Testament auf dem Tisch.

Es war Leah, die das Gespräch eröffnete und auch gleich mit nur zwei Worten in die richtigen Bahnen leitete: »Wer erbt?«, fragte sie.

Angelika von Liwke überflog das Testament, dann berichtete sie. »Sie wissen, dass es einen Pflichtanteil gibt. Fünfzig Prozent des Erbes von Lucrezia von Selberg-Broode muss sie ihren direkten Nachkommen hinterlassen. Das ist in diesem Fall nur ihre Tochter Ariane Wegener. Sie bekommt die Villa im Komponistenviertel in Darmstadt. Nach einem Gutachten, das keine zwei Jahre alt ist, ist die Villa rund 3,3 Millionen Euro wert.«

Es war Feller, der einen leisen Pfiff ausstieß. »Wow.«

Keiner der Umsitzenden kommentierte die Bemerkung. »Das Barvermögen von Lucrezia von Selberg-Broode beläuft sich auf rund 2,8 Millionen Euro. Das ist zumindest der letzte

Stand, den ihr Notar hier vermerkt hatte. Und dieser Stand ist knapp ein Vierteljahr alt.«

»Wie hat sie diese Barmittel verteilt?«, wollte Horndeich wissen. Damit stellte er genau die Frage, die auch Leah im Kopf bereits formuliert hatte.

»Den größten Anteil von 1,2 Millionen, den hatte sie einem Tierschutzverein zugedacht, dem Verein Hunderetter RU e.V. Eine Million soll an die Akademie für Tonkunst in Darmstadt gehen, mit dem Zweck, die Harfenklassen zu fördern.«

Tierschutz und die Förderung der Harfenmusik – das fand Leah erst mal nicht auffällig.

»Auch dem Tierheim in Darmstadt lässt Lucrezia von Selberg-Broode eine Viertelmillion Euro zukommen. Hier hat sie auch einen persönlichen Satz hinzugefügt: *Dem Heim, das meinen Amadeus gerettet hat, möchte ich mich erkenntlich zeigen. Sie machen eine wundervolle Arbeit, die es nur zu unterstützen gilt.*«

Immer noch keine große Überraschung, stellte Leah in ihren Gedanken fest.

»Jetzt folgt wieder eine Passage, in der Frau von Selberg-Broode etwas persönlich formuliert: *Matthias, du warst unter allen Enkeln der einzige, der den Kontakt zu mir gesucht hat. Dich habe ich wirklich gerngehabt. Und du wirst deinen Weg machen. Ich glaube, sogar als Musiker. Als kleine Unterstützung, damit du deinen Traum leben kannst, vermache ich dir zweihunderttausend Euro.*«

Das sind mal zweihundert Mordmotive, dachte Leah ganz sarkastisch. Hatte Matthias Wegener davon gewusst? Wenn ja, hatte er die Möglichkeit gehabt, seine Oma über einen längeren Zeitraum Ethylenglykol ins Essen zu mischen?

Während sie hier beim Notar saßen, pflügten die Kollegen den gesamten Goldenstern um. Irgendwo musste das Frostschutzmittel ja gelagert worden sein, wenn jemand aus dem Heim Lucrezia von Selberg-Broode über eine längere Zeit vergiftet hatte. Leah war gespannt, was die Kollegen entdecken würden.

»Da sind noch ein paar weitere Posten«, sagte Angelika von Liwke.

Leah war wieder ganz Ohr.

Frau von Liwke las weiter vor: »*Ich habe meine Harfe vor fünfzig Jahren bei der renommierten Manufaktur Horngacher erworben. Es ist ein Meisterstück – jede andere Bezeichnung wäre untertrieben. Ich habe dieses Instrument geliebt. Als ich zum ersten Mal eine solche Harfe gespielt habe, hatte ich den Eindruck, die Saiten luden mich ein, meine Musik zu entfalten. Etwas Ähnliches durfte ich nur ein weiteres Mal erleben. Und zwar, als Melanie Brandes meine Harfe gespielt hat. Melanie, du hast ein außergewöhnliches Talent. Das haben dir vielleicht schon manche gesagt, aber wenn ich das sage, Melanie, ist das wie ein Ritterschlag. Lerne, der Harfe die Töne zu entlocken, zu der sie fähig ist. Du bist eine der wenigen, der es gelingen kann. Und ich wünsche mir, dass du dieses unglaubliche Talent entwickelst, gegen alle Rückschläge verteidigst und schließlich vielleicht einmal jene werden wirst, die ich vor vielen Jahren war. Melanie, ich möchte, dass du meine Harfe erbst. Dass du sie in Ehren hältst. Ihre Würde bewahrst. Spiele diese Harfe, um andere Menschen glücklich zu machen. Damit du dieses Ziel erreichen kannst, vermache ich dir außerdem einhunderttausend Euro. Nutze mindestens die Hälfte dazu, dein Harfenspiel durch Unterricht von den Besten zu verbessern. Nutze die andere Hälfte dazu, dass du den Rücken frei hast, ebendies zu erreichen. Nur eines verlange ich: Wenn du feststellst, dass dir die Harfe doch nicht liegt, dann gib sie weiter. An jemanden, der ihrer würdig ist. Und bereichere dich bitte nicht daran. Aber ich glaube, diese letzten Worte sind völlig überflüssig.*«

Leah schluckte. Welch ein Vertrauen hatte diese alte Dame in die Tochter von Ria Brandes gesetzt. Leah hatte keine Ahnung, welchen Wert diese Harfe in Euro hatte. Auf jeden

Fall irgendetwas im fünfstelligen Bereich. Und dann noch einhunderttausend Euro für den Unterricht. Leah hatte Ria Brandes am Vortag gehört, wie sie über ihre Tochter gesprochen hatte. Leah zweifelte nicht daran, dass Melanie dieses Ausnahmetalent war. Und umso mehr fragte sie sich, ob Ria Brandes für zwölfeinhalbtausend Euro aus der Harfe Lucrezia von Selberg-Broode umbringen würde, die ihrer Tochter doch so viel mehr versprochen hatte. Dass sie das Bargeld genommen hatte, sprach dafür, dass sie vom Testament der alten Dame keinen Schimmer gehabt hatte.

»Ist das der letzte Posten des Testaments?«, fragte Horndeich.

»Ja.«

Es war Fleißarbeit. Und darin war Feller gut. Sie mussten die Frage klären, ob irgendjemand von außen täglich das Seniorenstift Goldenstern besucht hatte oder zumindest so regelmäßig, um Gelegenheit zu haben, Lucrezia von Selberg-Broode zu vergiften. Hinrich hatte sich klar ausgedrückt. Jeden Tag eine kleine Dosis Gift. Das war die einzige Möglichkeit, die alte Dame ohne viel Aufsehen aus dem Leben zu befördern. Allerdings hatten sie bei der Hausdurchsuchung kein Frostschutzmittel finden können.

Fellers Job bestand nun darin, festzustellen, wer in den vergangenen Tagen und Wochen den Goldenstern betreten und verlassen hatte.

Nathalie Ankenbrand hatte ihm den Rechner in die Hand gedrückt, der speziell für die Videoaufzeichnung an den Eingängen zuständig war. Feller hatte die Festplatte ausgebaut, kopiert, sodass er nicht weiter mit dem Original arbeiten musste. Diese legte er zu den Asservaten. Er hatte eine neue Platte eingebaut und den Rechner zum Goldenstern und Nathalie zurückgefahren, wieder angeschlossen und das Kameraprogramm erneut gestartet. Der Goldenstern war nun wieder voll überwachungsfähig.

Nathalie hatte sich bei Feller bedankt. Formlos. Ohne Händedruck, ohne Umarmung, aber mit einem Lächeln, das Feller gefiel.

Danach war er wieder zum Präsidium gefahren und hatte sich dem gewidmet, worin er am besten war: der akribischen Recherche von Details.

Über den Bildschirm flimmerten die Bilder der Überwachungskamera. Zum Glück war sie immer nur angesprungen, wenn eine Bewegung sie auslöste. Damit ersparte sich Feller das endlose Spulen über weite Strecken, auf denen die Kamera nur einen leeren Platz vor einer Eingangstür aufzeichnete. Die Auflösung der Kamera war nicht besonders hoch – was aber Speicherplatz auf der Platte sparte. Obwohl Feller der Meinung war, dass dies bei den heutigen Plattenkapazitäten eigentlich keine Rolle mehr spielen sollte.

Die Kamera des Haupteingangs hatte am meisten aufgezeichnet. Immer wieder kamen und gingen Menschen. Nachdem Feller sich das eine Stunde lang angesehen hatte, meinte er das Pflegepersonal des Hauses bereits persönlich zu kennen.

Aber natürlich erschienen auch immer wieder andere Personen. Dann stoppte Feller die Aufzeichnung jeweils an dieser Stelle und fertigte einen Screenshot an, auf dem das Gesicht gut zu erkennen war. Innerhalb weniger Minuten hatte er ein Programm geschrieben, das die Dateinamen der Bilder nach Aufnahmedatum und -zeit sortierte, ebenso nach der Nummer der Kamera.

»Und? Hast du schon irgendwas gefunden?« Leah streckte ihren Kopf zur Tür herein. »Nein, bislang noch nichts«, erwiderte er knapp. Er blickte nicht einmal auf. Seine Augen wanderten über die Fenster auf den einzelnen Monitoren. Er konzentrierte sich auf die Filme. Hin und wieder hielt er an, macht einen Screenshot, ließ den Film dann weiterlaufen.

»Dass jemand von der Akademie für Tonkunst oder einem Hundeschützerverein über Wochen eine alte Dame vergiftete, um an das Geld zu kommen, scheint etwas weit hergeholt.«

Ja, das sah Feller ganz genauso. Aber weshalb stand Leah eigentlich gerade hinter ihm und wiederholte das? Sie sollte ihn einfach seine Arbeit machen lassen.

»Und auch Ria Brandes scheidet als mögliche Giftmischerin aus. Weshalb hätte sie das Bargeld klauen sollen, wenn sie ohnehin auf den Tod der alten Dame spekulierte, der dank Frostschutzmittel ja nur noch wenige Tage entfernt lag.«

Feller drehte sich um: »Leah, was willst du?«

Die zuckte nur die Schultern. »Nichts. Nur sehen, ob du gut vorankommst.« Damit drehte sie sich um und verließ Fellers Refugium.

Feller hatte gleich zu Beginn seiner Aufgabe überprüft, wie weit die Aufzeichnungen zurückreichten. Die Antwort lautete: vier Wochen. Der älteste Teil wurde immer gelöscht zugunsten der neuesten Aufnahme. Und die Speicherkapazität verfügte über rund vier Wochen der Dokumentation. Das hing natürlich auch immer davon ab, wie viele Menschen den Goldenstern betraten oder verließen. Je mehr Personen sich vor der Tür bewegten, desto kürzer die Aufzeichnungsspanne. So einfach war die Welt.

Feller hatte sich ein paar Bananen mitgebracht, und alle zwei Stunden ging er zur Kaffeemaschine.

Er schaute auf die Uhr: bereits kurz vor acht. Die Kollegen waren inzwischen alle gegangen, nur er saß noch hier. Feller seufzte. Als Computer-Maulwurf übersahen ihn die Kollegen ab und an.

Es war definitiv Zeit, etwas anderes zu trinken als Kaffee. Und ein wenig Nahrung jenseits der Paradiesfeige würde dem Wohlbefinden ebenfalls zuträglich sein.

Feller kopierte die Standfotos der Überwachungsaufnahmen auf sein Tablet, dann fuhr er die Rechner herunter, verließ das Büro, schloss es ab und stieg die Treppen ins Erdgeschoss hinunter.

Er verabschiedete sich von der Dame, die an diesem Abend das Vergnügen hatte, im Glaskasten des Empfangs zu sitzen.

Dann trat er vor die Tür.

Es regnete. Da es ohnehin außerordentlich schwül war, fiel die Flüssigkeit des Regens nicht besonders ins Gewicht.

Feller verharrte unter dem Vordach des Präsidiums. Was würde er jetzt machen? Sein kriminalistischer Instinkt drängte in die Richtung, möglichst schnell herauszufinden, wer die Personen waren, die den Goldenstern betreten hatten und nicht zum Pflegepersonal gehörten. Gleichzeitig sehnte er sich nach etwas Leckerem zu essen – und ja, vielleicht auch nach einem guten Glas Wein.

Fellers E-Bike stand unter dem Dach des Fahrradunterstands. Würde er jetzt nach Hause radeln? Würde er aus seinem Weinregal einen Rotwein greifen und hinübergehen zu seiner entfernten Nachbarin und Arbeitskollegin Leah Gabriely? Würden sie auf ihrem Balkon sitzen, sich zuprosten?

Nein. Ganz gewiss nicht.

Aber es gab jemanden, mit dem zusammen er klären konnte, wer die Menschen vor der Eingangstür des Goldenstern waren.

Nathalie.

Feller zog das Handy aus der Innentasche seines Jacketts, dann wählte er ihre Nummer.

Zwei Minuten später trat er in die Pedale seines E-Bikes. Und er merkte nicht mal, dass er vor sich hin pfiff. Wieder einen Beatles-Klassiker: »I've just seen a face«.

Die Umgebung kam ihm fast schon vertraut vor: der Garten von Nathalie Ankenbrand. Wieder hatte er das Tablet dabei, fast schon eine Art Entschuldigung für sein Erscheinen, oder ein Schutzschild.

»Hast du Hunger?«, wollte Nathalie wissen.

Feller nickte. Sagte nichts. Sechs Stunden allein mit seinen Monitoren im abgedunkelten Raum – ja, das kostete Kraft.

Der Regen hatte aufgehört, sich aber heimlich in die Luft geschlichen und die Luftfeuchtigkeit noch weiter erhöht. Noch ein paar Prozentpunkte mehr, und man würde beim Atmen ertrinken. Auch das kostete Kraft.

Ja, er merkte, dass er keine fünfundzwanzig mehr war. Und auch keine fünfundvierzig. Als er sich das E-Bike gegönnt hatte, da hatte er sich einen Luschi gescholten, der nicht mehr in der Lage war, ein Fahrrad ohne Hilfsmotor zu fahren. Heute sah er das ganz anders. Schließlich hatte er ein E-Bike gekauft und war nicht auf einen Elektroroller ausgewichen. Es gab immer eine zweite Perspektive.

Das Klappern von Geschirr weckte ihn. Er war tatsächlich eingeschlafen. Nathalie stellte Schüsselchen mit Antipasti auf den Tisch, einen Korb mit Brot, zwei Teller, Geschirr – und auch zwei Weingläser sowie eine Flasche Cabernet Sauvignon.

»Du bist eingenickt«, stellte Nathalie Ankenbrand sachlich fest. »Komm, lass uns etwas essen. Dann bist du wieder bei Kräften, und danach können wir über deine Arbeit reden.«

Feller sah Nathalie an, wollte sie korrigieren. *Ich will doch gar nicht über meine Arbeit reden.* Aber das hätte nicht der Wahrheit entsprochen – und sie wusste das ganz genau.

Eingelegte Tomaten, schwarze Oliven in Knoblauch, grüne Oliven mit Mandelkern, Artischocken, Schafskäse, Mozzarella mit Tomaten. Für einen Moment war Feller einfach nur zufrieden. Zufrieden mit sich und der Welt, zufrieden mit den Leckereien, von denen er schon einen Tick zu viel gegessen hatte, zufrieden mit dem hervorragenden Wein, von dem er schon einen Tick zu viel getrunken hatte.

Die Wolken hatten sich völlig verzogen, und die Abenddämmerung tauchte den Garten – und auch Nathalies Gesicht – in schmeichelnde Pastellfarben.

Sie lachte ihn an, dann sagte sie: »Wie schön wäre es, wenn dieser zufriedene Gesichtsausdruck nur mir gelten würde und nicht meinem Wissen in deinem Fall.«

Feller sagte nichts. Dass eine Frau ebenso offen ihre Zuneigung offenbart hatte, nein, Feller konnte sich nicht daran erinnern, wann er das zum letzten Mal erlebt hatte. Und doch öffneten diese Worte nicht die Tore zu seinem Herzen, sondern ließen vielmehr ein dickes Rolltor herunterfahren.

Und obwohl er es selbst war, der diesem Rolltor die Schwerkraft zur Verfügung stellte, wünschte er sich gleichzeitig, jener zu sein, der es mit einem Handstreich wieder nach oben schieben könnte.

Nathalie beendete seine Gedanken. »Komm, zeig mir, was du da hast.« Dabei fiel ihr Blick auf das Tablet, das auf dem Gartenstuhl neben ihnen lag.

Feller griff danach, erweckte es zum Leben und öffnete den Ordner mit den Standbildern. »Ich habe eure Aufzeichnungen ausgewertet. Alle. Was du hier siehst, sind die Fotos der Menschen, die den Goldenstern betreten haben. Ich habe sie noch nicht sortiert. Das heißt, die Fotos sind rein chronologisch angeordnet und auch noch nicht nach den einzelnen Menschen gruppiert.«

»Verstehe ich schon«, sagte Nathalie.

»Und ich möchte jetzt wissen, wer von denen gehört alles zu eurem Hauspersonal? Und wer sind Besucher? Einige kenne ich ja schon. Also Ria Brandes, Andreas Liebermann, dich, eure FSJlerin. Ich würde sie alle gerne mit dir durchgehen.«

Nathalie nickte und rückte ihren Stuhl näher neben jenen von Feller. »Leg los«, sagte sie.

Und das tat Feller.

Bereits nach wenigen Minuten entwickelte sich eine gewisse Routine. Das Stammpersonal des Goldenstern konnte Feller inzwischen sicher identifizieren. Und diese Bilder machten fast neunzig Prozent der Menschen aus, die auf den Fotos abgebildet waren.

»Das ist der Sohn von Frau Witzel. Er und seine Frau

schauen sicher alle zwei Tage bei ihr rein«, erklärte Nathalie Ankenbrand das erste Foto eines Fremden.

Feller beschriftete es mit dem Namen, so, wie er zuvor auch alle Angestellten im Goldenstern mit einem solchen Etikett versehen hatte. Bei neuen Namen legte er einen neuen Ordner an und zog die entsprechenden Bilder dann dort hinein.

Immer wieder tauchten Angehörige auf und ebenso Menschen von Firmen, die mit dem Goldenstern Geschäfte machten: die Wäscherei, ein Lebensmittelhändler, Drogisten, die Stapel von Klopapier und Küchenrollen brachten.

Immer wieder tauchte auch eine junge Frau mit blonden Haaren auf, apart, mit einem fein geschnittenen Gesicht.

»Das ist Anna. Anna Strawinsky. Sie ist auch eine Pflegekraft. Sie unterstützt uns manchmal, wenn es hier etwas eng wird.«

»Was heißt das, sie unterstützt euch? Wo ist sie denn sonst? Ich meine, habt ihr Pflegekräfte, die ihr einfach mal für ein paar Tage bestellen könnt?«

»Nein. Der Goldenstern gehört ja zu einer ganzen Gruppe von Seniorenresidenzen. Eine davon ist der Silberberg in Auerbach. Dort arbeitet Anna. Wir alle gehören zur Chrysteri GmbH & Co. KG. Deshalb ist es auch sehr einfach, untereinander immer wieder Personal auszutauschen, wenn es notwendig ist. Das ist der große Vorteil, wenn Altenheimketten wie die unsere über einen gemeinsamen Personalstamm verfügen. Da können wir auch einzelne Leute immer mal wieder als Springer in ein anderes Heim schicken. Und all unsere Heime liegen im Umkreis von vierzig Kilometern. Das ist machbar.«

»Chrysteri. Klingt ein bisschen seltsam.«

»Ist es nicht. *Chrysos* ist griechisch und heißt auf Deutsch Gold, *Asterí* ist auch griechisch und heißt Stern.«

»Du sprichst Griechisch?«

Nathalie lachte. »Nein. Aber ich habe gemeinsam mit

der Agentur unsere Website gestaltet. Du kannst nachschauen unter dem Reiter *Über uns* oder auch unter *Unser Leitbild.*«

»Hast du auch schon in einem anderen Haus gearbeitet?«

»Ich bin zu spezialisiert. Ich muss ja den gesamten Laden hier in Darmstadt am Laufen halten. Aber ja, ich war auch schon mal eine Woche im Silberberg.«

Nach einer Stunde hatten sie alle Fotos betrachtet und die Flasche Wein geleert. Feller hatte sich nicht alle Namen gemerkt, die er zu den entsprechenden Fotos eingetragen hatte. Doch eines war völlig klar: Niemand, der nicht zum Hauspersonal gehörte, war in den vergangenen vier Wochen regelmäßig Tag für Tag oder zumindest jeden zweiten Tag erschienen. Was die Möglichkeit, dass irgendjemand von außen Lucrezia von Selberg-Broode vergiftet hatte, extrem unwahrscheinlich machte.

»Was denkst du?«, wollte Nathalie von ihm wissen – und legte ihre Hand auf seinen Arm. Nur kurz.

Feller richtete sich in seinem Gartensessel auf, gleich einer Marionette, die am Faden des Kopfes nach oben gezogen wurde. »Ich denke, dass ich dich erstens an meinen Ermittlungsarbeiten gar nicht teilhaben lassen sollte. Und zweitens, dass keiner von außen Lucrezia von Selberg-Broode vergiftet haben kann. Denn da war niemand, der jeden Tag ins Haus gekommen ist.«

»Du hast gesagt, sie wäre mit Frostschutzmittel vergiftet worden?« Womit sie ihn wieder daran erinnerte, dass er bereits viel zu offen gewesen war. »Mein Gott, wie schmeckt denn das? Ich würde so was nie freiwillig trinken!«, ereiferte sich Nathalie.

»Das Zeug ist süß. Und das ist es dann auch. Wenn ich es dir also verabreichen wollte, würde ich es in einen Energydrink mischen. Oder in einen süßen Fruchtsaft.«

»Das heißt also, dass jemand Frau von Selberg-Broode regelmäßig solch einen Drink verabreicht haben muss?«

Feller antwortete darauf nicht. Aber Nathalie hatte den Nagel auf den Kopf getroffen. Wer auch immer Lucrezia von Selberg-Broode ermordet hatte, er musste dafür gesorgt haben, dass sie jeden Tag das getarnte Frostschutzmittel trank. Energydrink. Fruchtsaft. Viel mehr Möglichkeiten sah er nicht.

Nathalie schwieg wieder. Dann sagte sie, nein, sie hauchte es vielmehr: »Heißt das, dass wir einen Todesengel in unseren Reihen haben? Jemand, der unsere Bewohner umbringt? Jemand, der nicht mehr alle Tassen im Schrank hat?«

Genau so einen Menschen suchen wir, dachte Feller resigniert.

Freitag, 8. Juni

Es war ihr in Fleisch und Blut übergegangen. Für die Morgenbesprechung bereitete Leah den Kaffee zu. Sie hatte die Maschine günstig bei eBay erstanden, das war jetzt auch schon mehr als ein Jahr her. Ja, ihre Kollegen hatten das Geschenk sehr zu schätzen gewusst. Horndeich hatte vor Kurzem eine Anekdote zum Besten gegeben, wie sie vor vielen Jahren die schlechteste Kaffeemaschine der Welt zum ersten Mal ausgetauscht hatten.

Feller hatte über seinen gestrigen Rechercheerfolg berichtet. Zusammen mit Nathalie Ankenbrand hatte er sämtliche Gesichter der Überwachungskameras zugeordnet und fasste nun die Ergebnisse für seine Kollegen zusammen.

»Wir haben es definitiv mit jemandem aus dem Haus zu tun. Es gibt keinen Besucher, der so oft im Goldenstern war, dass er Lucrezia von Selberg-Broode über einen längeren Zeitraum hinweg hätte vergiften können.«

»Aber dort arbeiten ja nicht so viele Leute. Da sollten wir das schnell herausbekommen«, versuchte Leah den Personenkreis einzuschränken.

»Ja und nein«, sagte Feller. »Die Anzahl im Goldenstern ist natürlich überschaubar. Aber das Haus gehört gemeinsam mit drei anderen Häusern zu einem einzigen Unternehmen, der Chrysteri GmbH & Co. KG. Und das gesamte Personal ist bei dieser Holding angestellt und nicht bei den jeweiligen einzelnen Altenheimen. Selbstverständlich sollten wir den Fokus zunächst auf das Stammpersonal im Goldenstern legen, aber auch andere könnten, wenn sie es drauf anlegen, in das Heim gelangen. Die Kameras hängen ja nur an den drei offiziellen Eingängen. Die Tür im Souterrain zum Keller – da gibt es keine Überwachungskamera. Und ich habe bereits heute früh um sieben mit den anderen drei Häusern telefoniert: In jeder der Einrichtungen gibt es auch einen Schlüsselbund mit einem Generalschlüssel. Der schließt auch jene Kellertür auf.«

Da hatte Feller wieder ganze Arbeit geleistet, dachte Leah. Er hatte freimütig erzählt, gestern mit Nathalie Ankenbrand die Fotos zugeordnet zu haben. War er mit ihr vielleicht im Delfino gewesen? Jener Pizzeria, in der sie bis vor einem Jahr fast jede Woche regelmäßig gemeinsam gespeist hatten? Sie schob den Gedanken beiseite. Jetzt ging es nur um Ermittlungsarbeit.

»Wie gehen wir dann weiter vor?«, sprach Horndeich das aus, was sie alle dachten.

»Wir müssen das Personal im Goldenstern genauer unter die Lupe nehmen – Richard, vielleicht kannst du ja einen Background-Check über all die Leute machen. Und wir beide«, sie sah Horndeich an, »werden mit Herrn Diebold sprechen müssen. Wenn es im Goldenstern tatsächlich einen Todesengel gibt, dann war Lucrezia von Selberg-Broode möglicherweise nicht sein erstes Opfer.«

»Was sagen Sie? Ein Todesengel?« Horst Diebold blickte die beiden Beamten entgeistert an. Er hatte sie in sein Büro im Goldenstern gebeten. »Das ist ja schrecklich! Da liest man immer nur drüber. Über diese Pfleger, die Menschen umbringen, die man ihnen anvertraut hat. Gerade neulich habe ich wieder eine Studie zu diesem Thema auf dem Tisch gehabt. Aber ich hätte nie erwartet, dass ich damit persönlich einmal zu tun haben würde.«

Leahs Finger wanderten in Richtung der Keksdose, die Stella Bankowski, die Hauswirtschaftsleiterin, auf den Glastisch gestellt hatte. Die Kekse waren lecker, knusprig, mit einem Klecks Marmelade in der Mitte, ein dunkelrotes, süßes Auge, das einem zuzublinzeln schien, als wolle es sagen: *Iss mich!*

»Herr Diebold, bei zwei Dingen könnten Sie uns behilflich sein. Zunächst bräuchten wir die Personalakten Ihrer Mitarbeiter«, sagte Horndeich, während Leah sich noch von den Keksen hypnotisieren ließ.

»Selbstverständlich. Frau Ankenbrand wird Ihnen alles zur Verfügung stellen.«

»Ihre Mitarbeiter arbeiten nicht immer nur in einem Haus, stimmt das?«

Diebold nickte. »Ja, diese Struktur habe ich ganz bewusst für mein Unternehmen gewählt.«

»Vielleicht können Sie uns das ein wenig erläutern?«

Diebold, der die ganze Zeit im Ledersessel den Beamten gegenübergesessen hatte, erhob sich. »Ich habe die Chrysteri-Gesellschaft 1998 gegründet. So heißt die Dachgesellschaft, unter der die vier Heime hier im Umkreis arbeiten. Damals hat sich bereits abgezeichnet, dass die Pflege alter Menschen sich in einen lukrativen Markt wandeln wird. Immer mehr Senioren müssen versorgt werden, jene, die aus den geburtenstarken Jahrgängen stammen, werden jetzt alt, gleichzeitig steigt die Lebenserwartung durch die verbesserte medizinische Versorgung.

Ich habe damals schon gesehen, was passieren wird. Der Stand heute: Auf hundert freie Stellen kommen nur siebenundzwanzig arbeitslose Altenpfleger. Ich habe damals bereits ein Konzept im Kopf gehabt, das mehrere Heime unter einem Dach vereint: sowohl Seniorenresidenzen für eine sehr solvente Klientel und gleichzeitig auch normale Altenheime für Menschen ohne Kohle. Mein Konzept ist aufgegangen: Ich bezahle über Tarif, und ich kann es mir durch die Querfinanzierung leisten, mehr Pflegepersonal einzustellen, sodass auch in den einfacheren Heimen kein Mangel herrscht. Und gleichzeitig bin ich nicht gierig. Mein Unternehmen muss funktionieren, ich muss davon leben können, aber unter diesen Voraussetzungen habe ich natürlich das Glück, von jenen siebenundzwanzig arbeitslosen Altenpflegern mir die heraussuchen zu können, die ich gerne anstellen würde. Gleichzeitig hat es den Vorteil, dass ich meine Mitarbeiter auch zwischen den einzelnen Häusern austauschen kann, wenn Bedarf besteht.«

Horndeich schoss ein Gedanke in den Kopf: Lebte seine Mutter vielleicht auch bereits in einem Heim? Lebte sie dort gut? Mein Gott, was hatte seine Tochter durch dieses blöde Bild in seinem Innern losgetreten? Er wischte den Gedanken beiseite. Kam wieder auf das Berufliche, denn jetzt folgte der heikle Part. »Herr Diebold, wir brauchen noch zusätzliche Informationen von Ihnen. Wir müssen Ihnen nicht sagen, dass ein sogenannter Todesengel nicht nur ein Opfer hat. Sondern mehrere.«

»Ja, selbstverständlich«, stammelte Diebold tonlos, »natürlich. Wie kann ich Ihnen dabei behilflich sein?«

»Herr Diebold, wir möchten gern alle Todesfälle in Ihren Heimen in den vergangenen zwei Jahren unter die Lupe nehmen.«

»Von allen Heimen? Wieso denn das?«

»Weil«, ergänzte Leah, »Sie gerade selbst sagten, dass Ihr Personal grundsätzlich in all Ihren Heimen arbeiten könnte.«

»Das verstehe ich natürlich. Mein Gott, ich kann es immer noch nicht fassen. Ein Todesengel bei uns? Ich werde

Frau Ankenbrand veranlassen, Ihnen alles zukommen zu lassen.«

»Noch eine Frage hätte ich«, sagte Horndeich. »In zahlreichen Fällen in den vergangenen Jahren hatte gegen einen Mitarbeiter ja schon länger ein Verdacht bestanden, bevor er als Mörder im Pflegekittel aufgeflogen ist. Ich frage Sie nun ganz direkt: Gab es auch in Ihren Heimen in den vergangenen Jahren irgendwelche Vorkommnisse, die Sie stutzig haben werden lassen? Vielleicht auch eben erst jetzt im Rückblick?«

»Ich weiß, was Sie meinen«, sagte Diebold. »Die meisten fliegen ja auf, weil sie nicht nur töten, sondern sich selbst in Szene setzen. Wie etwa dieser Krankenpfleger, der in Delmenhorst auf der Intensivstation den Patienten verschiedenste Medikamente gespritzt hat. Und immer war er bei der Wiederbelebung dabei, um sich als heldenhafter Ritter zu beweisen. Es ist ekelhaft.« Diebold räusperte sich, als wolle er ein neues Kapitel aufschlagen: »Aber nein, in den vergangenen Jahren ist in meinen Heimen absolut nichts dergleichen vorgekommen. Alte Menschen sterben. In unseren Häusern wird immer gestorben. Wir sind nun einmal die letzte Station auf dem Lebensweg eines Menschen. Aber das passiert bei uns nicht übermäßig häufig. Sie können gerne auch mit meinen anderen Mitarbeitern und Mitarbeiterinnen sprechen – vielleicht haben diese ja etwas beobachtet, was mir entgangen ist. Aber sollte es Gerüchte gegeben haben – bis zu mir sind sie nicht vorgedrungen. Und ich wage zu behaupten, dass das Klima in unseren Häusern so offen ist, dass entsprechende Gerüchte mich erreicht hätten.«

Samstag, 9. Juni

Vor etwas mehr als einem Jahr hatte Leah die Kampfsportart Wing Tsun für sich entdeckt. Seitdem ging sie mindestens einmal in der Woche in ein kleines Kampfsportstudio. Auch zu Hause trainierte sie häufig, hatte dafür extra ein Zimmer hergerichtet.

An diesem Samstagmorgen war sie bereits eine Stunde durch den Wald gejoggt. Anderthalb Stunden war das Pensum, das sie sich vorgenommen hatte – aber Darmstadt hatte sich schon um neun Uhr morgens zur subtropischen Zone entwickelt. Für gewöhnlich fühlte sie sich besser, wenn sie sich ausgepowert hatte. Doch an diesem Morgen nicht. Sie hatte sich auf den Balkon gesetzt, versucht, ein wenig zu lesen – aber nichts konnte ihre innere Unruhe vertreiben. Früher war es ihr immer wieder so gegangen, dass sie an einem Wochenende die Büroräume eines Polizeipräsidiums als Refugium betrachtet hatte. Arbeit statt Unrast. Sie schaltete den Fernseher ein. Zappte ein bisschen hin und her. Schwenkte dann das weiße Fähnchen der Kapitulation.

Sie tauschte das Sommerkleid gegen eine leichte Hose und eine Bluse, ging kurz ins Bad, drapierte das Haar zu einem Dutt, verließ ihre Wohnung und dann das Haus.

Die Klimaanlage ihres Wagens machte die Fahrt zum Polizeipräsidium erträglich.

»Na, Frau Gabriely, müssen Sie heut auch ran?« Die Kollegin im Glaskasten am Empfang. Leah nickte grüßend, versuchte sich im Lächeln – alles besser als Small Talk. Dann trat sie durch die Glastür in die heiligen Hallen und stieg die Treppe in den zweiten Stock hinauf.

Nathalie Ankenbrand hatte ihnen gestern die Daten der während der vergangenen zwei Jahre verstorbenen Bewohner in Horst Diebolds Heimen zukommen lassen. Leah war es zwar gelungen, sich zu bedanken, aber auch auf Nathalie Ankenbrand musste sie gestern gewirkt haben, als habe sie ein Schweigegelübde abgelegt. Nicht, dass sie eifersüchtig gewesen wäre. Worauf auch. Hier galt es einzig und allein, sich dem höheren Ziel in den Dienst zu stellen: zu klären, ob der Mord an Lucrezia von Selberg-Broode eine Einzeltat war oder Teil einer Serie.

Am Abend, kurz bevor sie Feierabend gemacht hatten, hatte Richard den USB-Stick bereits an einen seiner Rechner angeschlossen und die Daten auf dem Polizeiserver gespeichert. Sie brauchte jetzt nur noch in ihr Büro zu gehen und ihren Rechner hochzufahren, dann konnte sie auf die Daten zugreifen.

Sie trat in den Gang, in dem ihre Büros lagen. Fellers Büro befand sich ganz am Ende, und Leah stutzte: Die Tür war nicht verschlossen. Das konnte nur eines bedeuten: Richard Feller saß auf der anderen Seite der angelehnten Tür. Denn er achtete immer peinlichst darauf, dass die Bürotür nicht nur zugesperrt, sondern auch mehrfach verriegelt war.

Leah hielt auf Fellers Büro zu. Sie hörte das Klappern einer Tastatur, sonst nichts.

Sie trat in den Türrahmen und klopfte leise gegen denselben. Sie wollte ihren Kollegen nicht erschrecken, der mit dem Rücken zu ihr saß. Er ließ den Blick zwischen den Anzeigen auf mehreren Monitoren wandern.

Als er das Klopfen vernahm, drehte er sich um. »Leah? Was machst du denn hier?«

Dasselbe könnte ich dich fragen, dachte Leah, sagte es aber nicht. War er der Meinung, er hätte ein Monopol darauf, sich die Wochenenden im Präsidium um die Ohren zu schlagen? »Mir lässt der Fall keine Ruhe«, sagte sie. Das war zumindest keine Lüge. »Ich wollte mir die Akten der Todesfälle anschauen.«

Leah war sich unsicher. Was würde er sagen? *Brauchst du nicht, mach ich schon. Geh heim und genieß dein Wochenende.* Oder eher: *Prima, vier Augen sehen mehr als zwei, nimm dir den Stuhl dort.*

Feller sagte gar nichts. Die Kopfbewegung, die er machte, bedeutete zumindest, dass sie sich setzen sollte.

Sie zog sich den Rollstuhl heran, rutschte neben Feller. Keiner der beiden wechselte noch ein Wort über die eventuellen Beweggründe des jeweils anderen, weshalb jener freiwillig auf Freizeit am Wochenende verzichtete. Das Wetter war fantastisch, nur ein paar Wolken, na gut, ein wenig schwül, aber für ein Treffen mit Freunden im Biergarten oder am Badesee war es genau das Richtige. Scheiterte wohl für beide an der Zutat »Freunde«.

»In den vergangenen Jahren sind in allen sechs Heimen zusammen einundvierzig Menschen gestorben«, schwenkte Feller auf den sachlichen Teil ihres Zusammentreffens ein. »Einunddreißig Frauen und zehn Männer. Die jüngste war zweiundfünfzig, der älteste neunundneunzig.«

»Zweiundfünfzig? Wie kommt man mit zweiundfünfzig in ein Altenheim?«

»Pflegeheim. Das Rotenwald in Gernsheim. Die Dame litt unter Multipler Sklerose, war nicht mehr in der Lage, sich zu bewegen.« Feller sprach ihn nicht aus, aber Leah spürte den Satz, der ihm durch den Kopf ging: *Und das war eine Erlösung.*

»Wie bist du bisher vorgegangen?«

Feller deutete auf den linken Monitor. »Klassische Excelliste. Nachname, Vorname, Name des Heims, Geschlecht, Geburtstag, Todestag, Bemerkungen über Krankheiten, Name des Hausarztes, Name des nächsten Angehörigen, danach weitere Bemerkungen, so es noch welche gibt.«

»Und du hast alle einundvierzig bereits durch?« Überflüssige Frage. Ein Blick auf die Excelliste gab die Antwort: Offensichtlich waren alle Namen eingetragen, aber nur für die ersten fünf Kandidaten die weiteren Informationen. Leahs Blick traf auf den von Feller, der ihr die Antwort, die sie sich selbst bereits gegeben hatte, schuldig blieb. Stattdessen sagte er: »Ich bin auch erst seit einer halben Stunde hier. Wollen wir uns den Batzen teilen?«

Leah nickte.

»Willst du hier arbeiten, dann fahr ich dir den anderen Rechner hoch?«

Ein Schmunzeln konnte Leah nicht unterdrücken. Das war Fellers freundlichste Variante von: Ich würde mich freuen, wenn ich hier nicht allein rumsitzen muss.

»Fahr du den Rechner hoch, ich hole uns Kaffee«, sagte Leah.

Als sie mit den beiden dampfenden Bechern zurückkehrte, hatte Feller die Tabelle bereits geteilt, sodass sie auf ihrem Monitor nur noch die untere Hälfte sah. Die Namen waren alphabetisch nach dem Nachnamen sortiert.

Einige der Akten waren umfangreicher, andere füllten kaum zwei DIN-A4-Seiten. Gerade bei den Bewohnern des Hauses Goldenstern waren mehr oder weniger ausführliche Lebensläufe beigefügt. Leah zwang sich dazu, diese zu überspringen und zunächst nur die statistischen Daten in die Tabelle einzutragen.

Es dauerte zwei Stunden, bis sie beide, fast auf die Minute zur gleichen Zeit, alle Daten durchgearbeitet hatten. Feller zauberte noch ein bisschen mit Klicks und Tastaturklappern, dann hatte er alles zu einer Liste zusammengeführt. Leah sah auf die Uhr. Der Grund für das Knurren ihres Magens war offensichtlich: Es war dreizehn Uhr, und sie hatte Hunger.

»Darf ich Sie zu meinem Lieblingsitaliener einladen?«

Zunächst verstand Leah nicht, wieso Feller sie plötzlich siezte. Dann lächelte sie schmunzelnd. Vor zwei Jahren hatten sie sich kennengelernt, da hatte sie noch bei der Mordkommission in Wiesbaden gearbeitet. Dann hatte sich herausgestellt, dass ein Mord in Wiesbaden und einer in Darmstadt in Zusammenhang standen. War eine hässliche Geschichte gewesen damals, es war um Kindesmissbrauch gegangen. Sie hatten seinerzeit den Laptop eines Todesopfers sichergestellt, und niemand in Wiesbaden, weder von der Mordkommission, vom Landeskriminalamt noch vom Bundeskriminalamt hatte Zeit gefunden, sich den Rechner kurzfristig vorzunehmen. Sie hatte damals Horndeich anrufen wollen, den sie von einem früheren Fall kannte. Und sie hatte Feller an der Strippe gehabt. Der damals vorgeschlagen hatte, den Rechner sofort auseinanderzunehmen und den Inhalt der Festplatte zu sichern und zu untersuchen.

Sie hatte sich ins Auto gesetzt, war hierher gefahren, und obwohl es schon früher Abend gewesen war, hatte Feller sich sofort darangemacht, die Geheimnisse des Rechners zu entschlüsseln. Sie hatte an dem Tag kaum etwas gegessen – und so hatte Feller genau denselben Satz zu ihr gesagt wie gerade eben.

»Sehr gern.«

Als sie vor dem Haupteingang des Präsidiums standen, nickte Feller in Richtung des Fahrradunterstands. »Da steht mein E-Bike.«

Leah nickte in Richtung des Parkplatzes: »Und da steht mein Cabrio.«

Feller sagte nichts, nahm aber Kurs auf die Parkfläche.

Er setzte sich auf dem Beifahrersitz, und Leah ließ das Dach via Knopfdruck verschwinden. Das Delfino lag am Ende der Straße, in der sie beide wohnten. Das Glück war auf ihrer Seite – tatsächlich war unmittelbar vor dem Restaurant ein Parkplatz frei. Die Inhaberin Tanina begrüßte sie: »Wie schön, Sie beide zusammen hier zu sehen!«, strahlte sie und geleitete sie zu einem der Tische am Rand, direkt neben einer der Hecken. Lauschig und nicht so ganz auf dem Präsentierteller.

Feller bestellte sich Schweinelendchen. Für Leah war das zu üppig, sie wählte einen Salat. Und so saßen sie wieder an einem Tisch bei ihrem Italiener, zu dem sie früher so oft gemeinsam gegangen waren. Drei Atemzüge lang sagte keiner von beiden ein Wort, und Leah bereute bereits, sich auf Fellers Angebot eingelassen zu haben. Das große Schweigen schien aus der geöffneten Wasserflasche zu steigen, wie Aladins Geist, und sich auszubreiten zu einer dicken, unüberwindbaren Wand zwischen ihnen.

Dieser Ort war vergiftet. Nicht die Speisen, nicht die Getränke, sondern die Aura. Hier war sie Bruno mit seiner Kuh über den Weg gelaufen. Wie viele Abende zuvor hatte sie hier mit Feller gesessen, lecker gespeist, guten Wein getrunken. Sie waren beide nicht so die Profis im Small Talk – und hatten dennoch jene Abende geteilt, weil sie wussten, dass sie auch miteinander schweigen konnten.

Was jetzt nicht funktionierte. Also, das Schweigen schon. Aber nicht das entspannte Schweigen.

»Leah, lass gut sein. Wir klammern Persönliches aus, wir reden über den Fall. Außerdem habe ich wirklich Hunger. Und wenn sich mein Magen zusammenkrampft, kriege ich nichts runter. Und das ist nicht gesund.«

Fellers Versuch von Humor. Glückte selten, aber man musste allein den Versuch hoch anrechnen. Leah antwortete nichts.

Feller ignorierte das und fragte: »Was schlägst du vor, wie wir weiter vorgehen?«

Diese Frage wirkte wie ein Ventil, durch das der Druck in Leahs Brustraum mit einem Mal entweichen konnte. Das war wieder vertrautes Terrain. »Was mir aufgefallen ist, dass von meinen knapp zwanzig Verstorbenen acht bei ein und demselben Hausarzt waren. Ich weiß nicht, wie das in der gesamten Tabelle aussieht.«

Feller lächelte selten. Und wenn, dann schon gar nicht so verschmitzt wie nun. Er griff in die Innentasche seines Jacketts und entnahm ihr sein Smartphone.

Er wischte ein paarmal darüber, dann drehte er den Bildschirm in Richtung Leah. »Einundvierzig Verstorbene, acht verschiedene Hausärzte. Kein schlechter Ansatz. Und hier, im Goldenstern in Darmstadt – da scheinen wirklich fast alle von Dr. Peter Perlau behandelt worden zu sein.«

»Du meinst, erst mal mit ihm Kontakt aufnehmen? Das

scheint mir auch der bessere Weg zu sein, als gleich die Angehörigen anzurufen.«

»Da gebe ich dir recht. Wir sollten auf jeden Fall auch die Lebensläufe des Pflegepersonals checken. Vielleicht findet sich ja dort etwas Auffälliges.«

»Wieso nur des Pflegepersonals?«

»Meinst du, wir sollten die Hauswirtschafterin auch überprüfen?«

»Ja, alle. Ohne Ausnahme.«

»Auch Diebold?«

»Auch Diebold. Und deine Nathalie Ankenbrand.« Es war ihr nur so herausgerutscht. Diese verdammten zwei Silben des persönlichen Fürworts *dei-ne*.

Doch Feller reagierte nonchalant. »Natürlich. Alle. Auch meine Nathalie Ankenbrand. Aber vielleicht solltest du sie dir vornehmen. Und das meine ich nicht ironisch.«

Da war er wieder. Der Druck in der Brust. Zum Glück brachte Tanina unmittelbar nach ihrem Fauxpas die Gerichte. Sie aßen schweigend. Und der Druck in der Brust, nun noch ein klein wenig ausgeweitet, baute sich nicht mehr ab. Er drückte auf die Lunge, er drückte auf den Magen, und er drückte aufs Herz.

Nach dem missglückten Mittagessen beschloss Leah, Nonne zu werden und sich für den Rest ihres Lebens in ein Kloster zurückzuziehen. Kein Bruno in der Nähe, kein Richard in der Nähe – niemand, den sie näher kannte. Und ganz wichtig: Jede Art von Tierhaltung war erlaubt, aber keine Kuh.

Feller hatte die gemeinsame Rechnung beglichen. Leah fühlte sich damit nicht wohl, aber eine Diskussion darum, wer was bezahlte, das wäre der Gipfel der Unannehmlichkeiten gewesen.

Leah wollte direkt zu ihrem Wagen gehen, doch Feller blieb stehen. »Ich mache einen kleinen Spaziergang. Tut mir gut. Brauchst mich nicht zu fahren.« Womit geklärt war, dass er sie heute ganz gewiss nicht mehr in seinem Büro sehen wollte. Und morgen auch nicht. Und am besten überhaupt nicht mehr. So fühlte es sich zumindest an.

Leah hätte schreien mögen. Sie mochte ihren Job. Sie mochte es, akribisch zu recherchieren, dann noch ein bisschen akribischer und dann dadurch den Täter zur Strecke zu bringen. Was sie überhaupt nicht mochte, war, dass irgendwelche persönlichen Malaisen diese Arbeit behinderten. Und ja, sie wusste es ja selber: Sie war nicht ganz unschuldig daran.

Sie hatte den Wagen stehen lassen und war zurück in ihre Wohnung gegangen.

Nun fand sie sich wieder an ihrem Platz von heute Morgen: auf dem Balkon. Sie hatte den Laptop aufgeklappt, den Token eingesteckt – also den USB-Stick, der es ihr erlaubte, durch Verschlüsselung des Datenverkehrs auch auf den Polizeiserver zuzugreifen.

Nathalie Ankenbrand. Dann fangen wir mal mit ihr an, dachte sie.

Sie gab den Namen in die Suchmaske ein und drückte die Entertaste. Sie erwartete nicht, dass der Name im Zusammenhang mit irgendwelchen kriminellen Aktivitäten auftauchen würde. Aber es war ihr Job, es zumindest überprüft zu haben.

Kein Treffer.

Fühlte sie sich jetzt besser?

Nein. Kein bisschen.

INGEBORG III

Eine heiße Suppe. Niemals hätte ich gedacht, dass eine heiße Suppe zum Lebensmittelpunkt werden kann. Ich sitze im Sessel, immer noch in zwei Decken gehüllt. Morgen, so sagt man mir, käme mein Hausarzt vorbei.

Ja. Soll er kommen. Ich spüre, dass die Kräfte schwinden, dass es nicht mehr lange dauern wird, bis ich Xaver nachfolge.

Xaver. Nach Valentin wohl das Beste, was mir in meinem Leben passiert ist. Er war ein Tüftler. Wenn er etwas nicht ertragen konnte, dann war es eine Frage, auf die es keine Antwort gab. Nein, nicht im religiösen Sinn. Sondern im mathematisch-naturwissenschaftlichen.

So ganz habe ich nie verstanden, was die Firma, bei der er damals angestellt war, genau hergestellt hat. Aber die Abendstunden, die hat er stets genutzt, um zu tüfteln und zu basteln. Wobei er zu mir immer gesagt hat, dass Basteln ein etwas despektierlicher Begriff für das wäre, womit er seine Abende verbringt. Ich habe es immer belächelt, was daran lag, dass ich keine Ahnung hatte, was er machte. Irgendwas mit Computern, so viel habe ich mitbekommen.

Nachdem mein Mann Vinzenz tot war und mein Sohn Valentin mich nicht mehr sehen wollte, habe ich Xavers Heiratsantrag angenommen, drei Jahre nachdem Vinzenz begraben worden war.

Xaver. Er wohnte in einem kleinen Häuschen in Poppenbüttel, das dann zu unserem Heim wurde. Und ein Jahr danach hatte er sein Tüfteln in Geld verwandelt. Ein Patent für die von ihm entwickelte Software, die ihm eine große

Firma abkaufen wollte. Darauf hat er sich nicht eingelassen. Sondern er kaufte sich mit diesem Patent in die Firma ein. Fünf Jahre später gehörte ihm das gesamte Unternehmen.

Ich habe am eigenen Leib erfahren, wie es ist, betteln gehen zu müssen. Umso mehr wusste ich es zu schätzen, dass finanzielle Sorgen seit Mitte der Neunzigerjahre in meinem Leben der Vergangenheit angehörten.

Wir hatten ein schönes Leben. Ein sehr schönes Leben. Kurz nach der Jahrtausendwende verkündete Xaver mir, dass er sich aus dem aktiven Geschäft zurückziehen werde. Kurz hatte ich Panik, dachte, das bedeute, dass wir wieder weniger Geld hätten. Doch Xaver lächelte mich an und sagte: »Das Geld fließt konstant weiter. Darüber musst du dir keine Gedanken mehr machen.«

Wir hatten fünf wundervolle Jahre. Was uns beide verband, war die Liebe zur Langsamkeit. Wir sind nicht von Ort zu Ort geflogen, sondern mit der Eisenbahn gefahren oder mit Schiffen. Xaver war es, der auch Asien erkunden wollte, ebenso wie Südamerika. Mir hätte das Studium Europas genügt, ihm nicht. Und so habe ich in meinem Leben Orte gesehen, von denen ich nie zu träumen gewagt hätte.

Xaver starb in Mumbai. In meinen Armen. »Du warst die beste aller Mimis, denen ich hätte in meinem Leben begegnen können«, das waren seine letzten Worte. Er war nicht krank gewesen, er spürte in dieser Nacht einfach nur, dass es zu Ende gehen würde.

Ich fuhr nach Hause und war allein in unserem großen Haus, das wir uns inzwischen in Reutlingen gekauft hatten. Aus dieser Region stammte seine Familie – und mir war es letztlich egal, wo ich wohnte.

Die Einsamkeit hat mich schließlich dazu gebracht, nach einem Heim zu suchen, in dem ich meinen Lebensabend verbringen konnte. Und so wohne ich jetzt hier, in Stuttgart, in dieser Region Deutschlands, wo die Menschen so komisch sprechen. Mit dem schwäbischen Dialekt werde ich wohl nie warm werden.

Warm.

Warm wäre gut.

Aber es ist Abend, und mir ist kalt.

Frostig.

Abendfrost.

Sonntag, 10. Juni

Feller trat in die Pedale seines E-Bikes. Das Wetter hatte sich gegenüber dem Vortag nicht wesentlich verändert. Nein, das war die falsche Formulierung. Das Wetter versuchte nach wie vor, Darmstadt endlich im subtropischen Club zumindest mit einer Gastmitgliedschaft zu etablieren. Dennoch musste Feller sich bewegen. Er war zum Präsidium spaziert, hatte sich dort wieder aufs Bike gesetzt, war bis nach Dieburg geradelt, hatte sich dort ein Eis gegönnt, war dann die knapp zwanzig Kilometer wieder zurückgefahren. Das E-Bike veränderte die Schmerzkultur auf einem Fahrrad. Die Waden meldeten sich seltener, der Hintern dafür umso schneller.

Er hatte viel nachgedacht über das missglückte Mittagessen mit seiner Kollegin. Der gestrige Vormittag, an dem sie tatsächlich mal wieder für zwei Stunden am Stück gemeinsam gearbeitet hatten, dieser Vormittag hatte ihn beflügelt, mit ihr die alten Zeiten noch einmal aufleben zu lassen. Es war eine bescheuerte Idee gewesen, sie ins Delfino einzuladen. Ihre gemeinsame, private Zeit war Geschichte. Seit einem Jahr, und er musste das endlich kapieren.

Natürlich hatte sie recht. Wenn sie die Angestellten überprüften, dann mussten sie alle überprüfen. Und natürlich auch den Chef. Und selbstverständlich auch Nathalie. Und es war nicht als Spitze gedacht gewesen, als er sagte, das solle besser Leah übernehmen. Er war da nicht unbefangen. Und sich das einzureden – ach, wenn er, Feller, in irgendetwas nicht gut war, dann darin, sich irgendetwas selbst vorzumachen.

Er hatte inzwischen das Oberfeld erreicht, radelte in Richtung spanischem Turm, dem Eingang zur Rosenhöhe. Sonntag. Schönes Wetter. Er musste vorsichtig fahren, denn Darmstadt hatte die Tore geöffnet und nahezu all seine Einwohner zum Sonntagsspaziergang auf die Rosenhöhe entlassen. Hier war mehr los als auf der A3 am Freitagnachmittag.

Er gab es auf. Schwang sich über den Sattel und schob sein Rad.

Auch wenn er Nathalie nicht überprüfen würde, so konnte sie dennoch eine wertvolle Hilfe sein, was die Einschätzung der Verstorbenen anging. Für Feller waren es nur Namen, verknüpft mit ein paar Daten. Nathalie hatte wohl die meisten der Menschen zumindest einmal persönlich gesehen. Sprach etwas dagegen, ihre Meinung einzuholen? Nicht als Ersatz für eigene Recherche, sondern einfach für eine fachkundige Stellungnahme von außen?

Er zog sein Smartphone aus der Seitentasche der kurzen Outdoor-Hose. Tippte via WhatsApp: *Darf ich kurz vorbeikommen? Habe noch ein paar Fragen. Ist aber auch okay, wenn du am Sonntag keine Lust auf Polizeifragen hast.*

Keine halbe Minute später folgte schon die Antwort: *Sind im Biergarten an der Dieburger Straße, in der Nähe des Grills, komm doch dazu.*

Sind. Das war Plural. Das bedeutete nicht nur Nathalie, sondern das bedeutete Nathalie und weitere Personen. Abgesehen davon, dass er sich im Biergarten immer fühlte, als wäre er der Torhüter der Nationalmannschaft, und der Rest der zweitausend Anwesenden würde ihn fixieren.

Dennoch, er würde jetzt dorthin fahren.

Nathalie saß an einem Vierertisch. Vor ihr stand ein Glas Bier, daneben ein Teller mit Schnitzel, Pommes und Salat.

Auch die junge Frau und der junge Mann ihr gegenüber hatten als Getränk ein Glas Bier gewählt. Der Mann aß einen Wurstsalat, sie eine Bratwurst mit Kartoffelsalat. Der schnelle Scan. Die beiden jungen Leute trugen keinen Ehering. Ihr Haar war blond, seines tiefschwarz. Ihre Statur glich der von Nathalie, und Feller meinte auf den ersten Blick auch eine Ähnlichkeit in den Bewegungen wahrzunehmen. Die Tochter? Vielleicht. Die Züge beider Gesichter waren einander zumindest nicht gänzlich unähnlich. Der junge Mann? Breite Gesichtszüge, eine flache Nase, der Teint etwas dunkler, gut rasiert. Die Bewegungen ebenfalls smart, aber nicht feminin. Der Freund der Frau? Der Sohn von Nathalie? Oder vielleicht einfach nur zwei Bekannte?

Der Blick der Frau fiel auf Feller. Nathalie drehte sich um, dann sagte sie: »Richard! Komm zu uns!«

Richard Feller tat, wie ihm geheißen. Nathalie stand auf, rückte einen Stuhl an ihren Tisch, wandte sich wieder Feller zu, hielt kurz inne. Hand geben oder nicht Hand geben, schien es durch ihren Kopf zu rattern, dann nahm sie Richard Feller kurz in den Arm. »Ich freue mich, dass du hier bist! Vielleicht können die Polizeifragen noch ein kleines Stündchen warten?«

Feller nickte nur.

»Darf ich dir vorstellen: Das ist Friederike, meine Tochter, und das ist Tim, mein Sohn. Sie sind beide heute nach Darmstadt gekommen, weil ...«

»Weil unsere Mama heute Geburtstag hat«, beendete Friederike den Satz, stand auf und reichte Feller die Hand.

Auch Tim erhob sich und begrüßte Feller mit Handschlag.

Richard Feller war völlig verdattert. »Ich wollte nicht stören«, sagte er, und der sonst kräftige Tonfall war deutlich leiser.

»Ach, ich glaube nicht, dass meine Mutter Sie als Störung empfindet. Eher als Geschenk«, sagte Friederike, blinzelte Feller zu – und handelte sich sofort einen missbilligenden

Blick der Mutter ein. Da Nathalie immer noch stand, trat Richard Feller auf sie zu und sagte: »Alles Gute zu deinem Geburtstag.« Dann tat er, was er seit Jahren nicht mehr getan hatte: Er küsste eine Frau auf die Wange und drückte sie kurz an sich.

Nathalie Ankenbrand errötete, nestelte kurz an der Lehne des Klappstuhls, setzte sich. Feller tat es ihr nach.

Friederike fragte ihn aus, was genau sein Job sei. Feller stellte in groben Zügen dar, womit er seinen Lebensunterhalt verdiente. Er war noch nie in seinem Leben der Typ gewesen, der auf der Bühne einen tollen Vortrag halten konnte. Und genauso fühlte er sich jetzt. Im Rampenlicht vor Tausenden von Zuschauern. Und während er vor sich hin stammelte, gab es jenen Teil in seinem Gehirn, der ihm einen Lösungsweg aus der Misere bot: »Tim, was machen Sie denn beruflich?«, wollte er von seinem männlichen Gegenüber wissen.

Tim war weitaus besser darin, sich und seinen Beruf darzustellen, und er tat es wortreich, eloquent, wenn auch ein wenig langatmig. Freiberuflicher Versicherungsvertreter, so fasste es Feller für sich zusammen.

»Möchten Sie auch ein Bier?«, beendete Tim seine Vorstellung. Feller nickte nur, und der junge Mann verschwand vom Tisch.

Friederike sah auf ihre Uhr. »Wir sitzen hier schon seit zwei Stunden. Ich muss wieder zurück nach Marburg. Da wohne ich. Aber natürlich wollte ich den Geburtstagsbrunch mit meiner Mutter nicht verpassen. Tradition!«

»Was machen Sie?«

Noch bevor Friederike antworten konnte, sagte Nathalie: »Sie ist der kluge Kopf in der Familie. Sie studiert Medizin. Noch zwei Semester im praktischen Jahr, dann ist sie Ärztin.«

»Ich hätte mir selbst nicht ganz so geschmeichelt, aber ja: Ich studiere tatsächlich Medizin.«

Friederike verabschiedete sich, als ihr Bruder mit einem

Glas Bier wieder an den Tisch trat. Er stellte es vor Feller ab. »Herr Feller, bitte schön«, sagte er, dann fiel auch sein Blick auf die Uhr. Er sah seine Mutter an, sagte: »Mama, dir noch einen schönen Tag – und Ihnen auch, Herr Feller.«

Feller hatte gar nicht so schnell gucken können, wie der Nachwuchs von Nathalie Ankenbrand verschwunden war. Er wandte sich ihr zu: »Das ist jetzt aber bitte nicht wegen mir?«

Nathalie lachte ihn an. »Nein, gewiss nicht. Ich freue mich, dass die beiden überhaupt gekommen sind. Aber Friederike lebt ihr eigenes Leben, Tim heiratet in drei Monaten – da spielt die Mama im Moment nur die zweite Geige. Und das ist auch gut so. Prost«, sagte sie und hob ihr halb leeres Bierglas. Feller stieß an. Und ja, er sah ihr sogar in die Augen.

Feller blickte sich um. Nun saß er allein mit dieser Frau an einem Tisch mitten im Biergarten. Das war definitiv jenseits seiner Komfortzone.

»Du hast ein paar Fragen«, stellte Nathalie fest. »Wollen wir zu mir in den Garten umziehen?«

Feller nickte, ein klein wenig erleichtert. Beide standen auf. Er hatte von seinem Bier nicht mal drei Schluck getrunken.

Er schob sein Rad, Nathalie lief neben ihm. Wenig später hatten sie Nathalies Haus erreicht.

»Setz dich in die Sonne«, sagte Nathalie zu Feller. »Ich mache uns einen Kaffee. Ich brauch jetzt auf jeden Fall einen.«

Feller nahm das Angebot an, ließ sich auf einem der bequemen Gartensessel nieder. Nathalies Hund Napoleon hatte den Gast schwanzwedelnd begrüßt und sich sogleich neben ihm im Gras niedergelassen.

Am liebsten hätte Feller die Füße auf dem gegenüberliegenden Sessel abgelegt, doch das traute er sich nicht. Die Sonne schien ihm ins Gesicht – und ja, verdammt noch mal, er musste sich eingestehen: Im Moment fühlte er sich unglaublich wohl.

»… mit Milch?« Er war schon wieder eingenickt. War das ein Zeichen von wohliger Entspannung, Altersmüdigkeit oder Sonnenstich?

»Mit Milch. Danke!« Wie drei Tage zuvor hatte Nathalie nicht nur Kaffee zubereitet, sondern auch ein Schälchen mit Keksen und geschnittenem Mohnkuchen sowie zwei Erdbeerkörbchen auf den Tisch gestellt.

»Deine Kinder«, versuchte er seine Frage einzuleiten, »gibt es dazu einen Vater?« Völlig bescheuert ausgedrückt. Hoffentlich fiel die Antwort nicht ebenso blöd aus.

Nathalie lachte auf, glockenhell. »Nein, es gibt keinen Vater, die beiden gab's damals im Sonderangebot bei Penny, und ich konnte einfach nicht widerstehen.«

Auf der Skala der dämlichsten Fragen dürfte jene von Feller soeben zumindest unter den ersten zehn gelandet sein. »Also ich meinte …–«

»Mein lieber Richard, ich habe so was von eine 08/15-Biografie: Abitur, Ausbildung, den Traummann kennengelernt, ziemlich jung. Also ich. Traummann-Entzauberung nach dem ersten Kind. Ehe-Rettungsversuch in Form des zweiten Kindes. Scheidung fünf Jahre später. Wir haben das mit der gemeinsamen Erziehung ganz gut hinbekommen, aber jetzt, wo die beiden aus dem Haus sind, haben wir nichts mehr miteinander zu tun. Aber was mich viel mehr interessiert: Welche Fragen hast du an mich?«

Feller richtete sich in seinem Sessel auf, griff zu dem Jackett, das er über die Lehne gehängt hatte, entnahm ihm das Tablet. »Ich habe von euch die Personenakten der Bewohner bekommen, die in den vergangenen zwei Jahren verstorben sind. Die Akten sind so weit ausgewertet. Aber ich kenne die Menschen nicht. Es wäre toll, wenn wir alle einmal durchgehen könnten, zumindest die Namen. Mich würde deine Einschätzung interessieren, was du zu den Todesfällen zu sagen hast. Immer vor dem Hintergrund: Könnte hier auch ein nicht natürlicher Tod vorliegen?«

Nathalie nickte. Ihre Stimme wurde ernst, wie die einer Tagesschausprecherin, wenn das rote Licht an der Kamera leuchtete. »Richard, ich bin nur die Pflegedienstleitung im Goldenstern. Natürlich kenne ich auch Bewohner aus den anderen Heimen. Aber ich kann dir nicht versprechen, dass ich zu jedem der Verstorbenen der vergangenen zwei Jahre noch irgendetwas weiß.«

»Darum geht es mir auch nicht. Ich werde zu all diesen Akten persönlich recherchieren. Aber ich möchte es mal so formulieren: Vielleicht gibt es ja den einen oder die andere, bei denen du sagst: Ja, jetzt, im Rückblick ist mir was aufgefallen.«

»Darfst du das? Ich meine, darfst du überhaupt hier sein?« Ihr Ton klang nun ganz ernst. Nicht mehr wie eine Nachrichtensprecherin, sondern eher wie eine der Regierung. »Bin ich jetzt nicht auch verdächtig? Ich meine, im Goldenstern habe auch ich jeden Tag acht Stunden die Möglichkeit, jemandem Gift zu verabreichen. Warum sollte es ein Pfleger sein? Warum eine Pflegerin?«

Darauf wusste Feller keine Antwort.

Doch. Natürlich wusste er eine Antwort. Es war ihm klar, dass er nicht hier sein durfte. Dass er dieses Gespräch nicht führen durfte. Es war das erste Mal in seiner Laufbahn als Polizist, nein, es war das erste Mal in seinem Leben, dass er sich privat mit jemandem traf, der einen seiner Fälle tangierte – möglicherweise sogar zum Kreis der Verdächtigen zu zählen war.

Doch diese Frau war charmant. Und er wollte nicht, dass sie irgendetwas mit den kriminellen Machenschaften im Goldenstern oder in diesem ganzen verdammten Heimkonglomerat zu tun hatte. Seine innere Stimme sagte ihm, dass das auch nicht der Fall war. Aber ihm war durchaus bewusst, dass diese innere Stimme ungefähr so objektiv war wie jene von Franz Beckenbauer bei einem Spiel der deutschen Fußball-Nationalmannschaft.

Eigentlich müsste ich jetzt aufstehen und gehen, dachte Feller. Und uneigentlich stand ihm nichts im Geiste ferner. Kurz überlegte er, wie er auf ihre Argumentation eingehen sollte. Dann dachte er: Ich bin hier der Polizist. Er hatte ein paar Folgen der erfolgreichen amerikanischen Fernsehserie *The Shield* gesehen. Michael Chiklis als Detective Vic Mackey, der immer wieder das Gesetz brach, aber letztlich auf der Seite der Guten war. So hatte es zumindest Mackey immer gesehen. Wovon Feller sich auf jeden Fall ein Scheibchen abschneiden konnte: Mackey trat mit breiter Brust auf, mit der er alle Fragen zur Seite drängte, wie ein Eisbrecher die Schollen. Vielleicht sollte Feller das auch einmal ausprobieren …

»Ich darf das«, sagte er, klappte die Hülle des Tablets beiseite und ließ den Startbildschirm erstrahlen.

»Na dann.« Nathalie Ankenbrand rückte ihren Gartenstuhl neben den seinen und fügte noch hinzu: »Ich wollte nur gefragt haben.«

Feller zeigte ihr die Liste, die er am Vortag gemeinsam mit Leah erstellt hatte.

»Sortier sie nach den Heimen, bitte«, bat Nathalie.

Drei Fingergesten später war die Liste neu sortiert.

»Ich kann dir eigentlich nur etwas zu den Bewohnern bei uns im Goldenstern und im Silberberg sagen. Von denen kannte ich die meisten persönlich.«

»Prima, dann nehmen wir uns die zuerst vor.«

»Gut, lass mich auf die Liste schauen.«

Feller reichte ihr das Tablet. Sah zu, wie sie mit ihrem schlanken Finger die Tabelle auf dem Bildschirm langsam hin und her bewegte.

Feller rührte sich nicht. Er griff nicht einmal zu seiner Kaffeetasse. Nathalie konzentrierte sich auf das Tablet und dessen Informationen. Es dauerte eine Weile, bevor sie den Blick zum ersten Mal vom Bildschirm abwandte. Sie klappte die Abdeckung darüber, dann sagte sie zu Feller: »Zwei. Da sind wirklich nur zwei, bei denen ich mir im Ansatz vorstellen könnte, dass sie nicht eines natürlichen Todes gestorben sein könnten. Bellensdorf. Norbert Bellensdorf. Und Kunigunde Wendsdorf.«

Feller sah auf die Tabelle. Bellensdorf war ziemlich genau vor einem Jahr verstorben, am 5. Mai 2017. Kunigunde Wendsdorf am ersten Weihnachtsfeiertag 2016.

Feller griff zu seiner Kaffeetasse, trank einen Schluck, dann fragte er: »Und wieso ausgerechnet die beiden?«

Nathalie sah Feller an, dann sagte sie: »Ich kannte Herrn Bellensdorf persönlich. Mit ihm habe ich hin und wieder ein paar Worte gewechselt, wenn ich in Auerbach war. Was uns verbunden hat: Wir hatten beide Hunde. Und wir waren beide absolut vernarrt in diese Tiere. Herr Bellensdorf war nicht mehr gut zu Fuß, er litt unter Arthritis. Aber das war sein einziges Handicap. Er war geistig klar, interessiert am Leben, interessiert an dem, was um ihn herum vorging. Also im positiven Sinne. Ganz gewiss niemand, der Klatsch und Tratsch verbreitete. Für seinen Hund hatte er extra einen Gassi-Service organisiert – denn er konnte außer ein paar Schritten im Park keine Wege mehr bewältigen.«

»Und was war an seinem Tod sonderbar?«

»Richard, sonderbar ist ein viel zu starkes Wort. Herr Bellensdorf war gesund. Er war zeit seines Lebens Sportler gewesen, Fußballer. Und vor zwei Jahren, mit achtundachtzig, da haben einfach die Kniegelenke nicht mehr mitgespielt. Die Menisken waren fertig, Kreuzbänder überflüssiger Luxus, ebenso wie die Knorpelschicht der Gelenke. Bis vor vier Jahren ist er noch eigenständig gelaufen, aber mit sechsundachtzig wollte er sich des Risikos einer Vollnarkose nicht mehr aussetzen. ›Lieber mit Stock als ohne Stock sabbern‹, so hatte er mir seine Devise verkündet. Ebenso stolz hat er mir immer seine Blutwerte vorgelesen. Er hat nicht geraucht, er war nicht übergewichtig, er hat nicht getrunken – klar, da war alles im grünen Bereich. Manchmal ein wenig im gelben, aber, mit Verlaub, da gibt es Fünfzigjährige, bei denen sieht es deutlich schlechter aus. Und ihm ging es wirklich von einem Tag auf den anderen schlechter. Und nach einer Woche noch schlechter. Er hat mir wieder den Zettel mit seinen Blutwerten entgegengehalten. Die Kaliumwerte waren in die Höhe geschossen, sein Arzt hat ihm Medikamente verschrieben, aber die haben nichts ausrichten können. Vier Wochen später war er tot.

All das ist nicht so ungewöhnlich für einen Mann in seinem Alter. Achtundachtzig – mein Gott, ich bin heute achtundvierzig geworden, das ist noch so weit weg. Und trotzdem hat es mich erstaunt, wie er quasi von einem Moment zum anderen von einem aktiven Senior zu einem kranken Mann, dann todkrank wurde und schließlich starb. Vier Wochen. Ich habe es nicht verstanden. Aber ich musste es akzeptieren. Und ja, ich habe ihn gerngehabt. Ich mochte seinen Humor, ich mochte es, wie er mit seinem Hund umging. Ja. Ich war traurig, als er gestorben ist, und es war eine der wenigen Beerdigungen einer unserer Bewohner, zu der ich gegangen bin. Lag vielleicht auch daran, dass er ziemlich einsam war. Er hatte wohl noch ein bisschen Familie, aber niemanden mehr, der ihn besuchte. Das hat mich traurig gemacht.«

Feller hatte aufmerksam zugehört.

»Und Kunigunde Wendsdorf?«

»Sie war vierundachtzig, als sie starb. Ich kannte sie nicht so gut wie Herrn Bellensdorf. Und schon gar nicht irgendwelche medizinischen Werte. Aber auch sie war kerngesund, sogar körperlich, eine Frau, die mit vierundachtzig Jahren noch nicht einmal eine einzige Plombe in ihren Zähnen hatte. Auch bei ihr ging es ganz schnell. Innerhalb von – ich erinnere mich nicht mehr genau – vielleicht fünf Wochen ging es ihr immer schlechter, bis sie starb.«

»Sonst niemand?«

»Nein, Richard. Ich arbeite in einem Altenheim. Oder

Seniorenstift – nenn es, wie du magst. Aber dort, wo ich arbeite, da sterben die Menschen.«

Sie saßen schweigend nebeneinander.

Ein anderes Schweigen als jenes, gestern, in diesem Restaurant, von dem er sich kaum vorstellen konnte, dass er es noch einmal betreten würde. Auch wenn das Saltimbocca einfach verflixt gut war.

Montag, 11. Juni

Die Morgenbesprechung war kurz gewesen. Was sicher auch daran gelegen hatte, dass Leah Gabriely Feller kaum in die Augen sehen konnte. Offensichtlich war ihr der Auftritt vom Samstag im Rückblick ein wenig peinlich. Sollte ihm recht sein. Sie würde ihm zu gegebener Zeit etwas dazu sagen – oder auch nicht.

Feller hatte mitgeteilt, dass er sich über das Wochenende in die Liste der Verstorbenen eingearbeitet habe, hatte jedoch Nathalies Rolle dabei verschwiegen. Er sagte, er wolle gern die beiden Ärzte befragen, die für einen Großteil der Bewohner im Silberberg zuständig waren. Leah hatte ihn ohne jeden Widerspruch gewähren lassen. Sie und Horndeich würden sich mit den Angehörigen der Verschiedenen auf dem Index in Verbindung setzen.

Feller hatte kurz mit den Hausärzten telefoniert, und beide hatten sich bereit erklärt, mit ihm persönlich zu sprechen. Es lag ihm nicht, Befragungen von Angesicht zu Angesicht durchzuführen, doch gleichzeitig überwog die Neugier, herauszufinden, ob Nathalie in ihrer Einschätzung recht gehabt hatte.

Hausarzt Nummer eins, Dr. Peter Perlau, war jener gewesen, der auch den Tod von Lucrezia von Selberg-Broode festgestellt hatte. Das Gespräch mit ihm war relativ kurz verlaufen: Feller hatte ihm die Namen von der Liste der Verstorbenen vorgelegt, bei denen zumindest die theoretische Möglichkeit bestand, dass sie eines nicht natürlichen Todes gestorben waren. Perlau hatte sie kaum eines Blickes gewürdigt. Er hatte es sich einfach gemacht: Er hatte gesagt, dass jeder Tod, den er als natürlichen Tod festgestellt habe, auch ein natürlicher Tod gewesen wäre. In dem Moment, in dem er den geringsten Zweifel daran gehabt hätte, hätte er die Polizei gerufen, so wie er es vor einer Woche getan habe.

Danach war Feller zu Hausarzt Nummer zwei gefahren, Dr. Ulrich Poznanski. Dessen Praxis lag in einer geschmackvollen Altbauvilla in Bensheim. Er hatte Feller in sein Arbeitszimmer gebeten, ein sicher dreißig Quadratmeter großes Büro. Betonte die Villa von außen durch einige Details, dass sie eindeutig dem Jugendstil zuzuordnen war, trat dieses Arbeitszimmer dem Eindruck hilfreich zur Seite. Schreibtisch, Regale, Sitzecke sowie alle weiteren Möbel waren im verspielten, formschönen Stil der Zeit der Wende vom 19. ins 20. Jahrhundert gefertigt worden. Dieser Raum war kein Arbeitszimmer, sondern ein Museum.

Poznanski folgte Fellers Blick. »Mein Urgroßvater hat dieses Haus erbaut. Und seitdem ist es in Familienbesitz. Wir waren alle Ärzte.«

Feller nickte nur.

»Es ist schön, einen Blick wie den Ihren in den Augen eines Besuchers zu sehen. Das erinnert einen daran, in welch erquicklichem Ambiente es mir vergönnt ist zu arbeiten.«

Besser hätte es Feller auch nicht ausdrücken können. Er hatte in einem der Sessel der Sitzecke Platz genommen, und auch Poznanski ließ sich dort nieder. »Wie kann ich Ihnen helfen, Herr Feller?«

Feller schilderte kurz sein Anliegen, die Einschätzung des Arztes zu der Liste der Verstorbenen des Silberbergs zu erfahren.

»Gibt es einen konkreten Anlass, weshalb Sie mich das fragen?«

Feller antwortete nicht gleich, und Poznanski gab sich die Antwort selbst: »Ich verstehe, Sie dürfen darüber nicht sprechen. Dann zeigen Sie mir doch bitte einfach die Liste der Namen.«

Feller zog das Tablet aus dem Jackett, öffnete die Datei und reichte Poznanski den Kleincomputer.

»Und was genau möchten Sie wissen?«

»Ich möchte wissen, ob Sie sich vorstellen können, dass eine dieser Personen keines natürlichen Todes gestorben ist, sondern durch einen Todesengel umgebracht wurde.«

Feller hatte diesen Begriff völlig selbstverständlich gebraucht. Doch als er sich selbst in diesem Moment das Wort *Todesengel* aussprechen hörte, wurde ihm bewusst, wie euphemistisch das Etikett war. *Engel* waren diese Mörder ganz gewiss nicht. Die Sache erinnerte ihn an die Debatte um den Begriff *Ehrenmord*. Er hatte sich stets geweigert, diesen Ausdruck zu verwenden. Niemals hatte Mord mit Ehre zu tun. Und niemals die Tötung eines Menschen mit der Vorstellung eines Engels. Obwohl, vielleicht musste man sich beim Thema Sterbehilfe die Frage, ob die Bezeichnung nicht doch angemessen wäre, noch einmal stellen. Aber darum ging es in diesem Fall nicht. Lucrezia von Selberg-Broode war eine kerngesunde Frau gewesen, die ganz sicher gerne noch ein Weilchen weitergelebt hätte. Und ihr Mörder war ein Mörder. Und kein Engel. Ganz gewiss nicht.

Dr. Poznanski besah die Tabelle schweigend. »Sie stellen mir hier eine sehr schwere Frage. All diese Menschen, die Sie hier aufgelistet haben, sind für mich nicht nur Namen, sondern Menschen aus Fleisch und Blut, die ich persönlich gekannt habe, zum Teil über viele, viele Jahre. Ich habe bei allen den Tod festgestellt. Und ich habe bei allen das Kreuz bei *natürliche Todesursache* gesetzt. Ich habe mir jedes Mal die Zeile zur Todesart bewusst durchgelesen. Die Möglichkeiten des Ankreuzens sind begrenzt: *natürlich* oder *nicht natürlich*. Bei nicht natürlich habe ich die Optionen *Unfall,*

Operation, *Tötung* oder *Suizid*. Bin ich mir nicht sicher, gibt's noch das Kästchen *ungeklärt*. Ich habe in all diesen Fällen nach bestem Wissen mein Kreuz bei *natürlich* gesetzt.«

Feller entgegnete nichts.

»Sie fragen mich also nun, ob ich es für möglich halte, dass ich mich geirrt habe. Letztendlich fragen Sie mich: Dr. Poznanski, haben Sie einen Mord übersehen?«

Ja. Genau darauf lief es hinaus. Deshalb saß Feller jetzt in diesem sündhaft teuren Jugendstil-Fauteuil.

Poznanskis Blick wanderte abermals über die Liste. Dann sah er auf. »Ja. Da ist ein Name, bei dem ich mir Gedanken mache, jetzt, wo Sie mich dazu veranlassen. Ein einziger Name. Alle anderen können Sie vergessen.«

»Und der wäre?« Feller hatte eine Vermutung. Er fühlte sich wie ein Zuschauer beim Elfmeterschießen. Würde Kroos den Ball reinhauen?

»Norbert Bellensdorf. Das ist der einzige Name, bei dem ich mir auch nur im Ansatz vorstellen könnte, dass es in irgendeiner Weise nicht mit rechten Dingen zugegangen ist.«

Treffer, versenkt. Auf diesen Namen hatte er getippt. »Wieso er?«

»Ich erlebe es häufig, dass alte Menschen, die noch ziemlich gesund sind, plötzlich von einem Moment auf den anderen extrem schnell abbauen. Geistig, körperlich, oft beides gleichzeitig. Das ist an sich nichts Ungewöhnliches. Allein in den vergangenen fünfzig Jahren ist die durchschnittliche Lebenserwartung der Deutschen von unter siebzig Jahren auf über achtzig Jahre gestiegen. Die *durchschnittliche* Lebenserwartung. Da ist jeder plötzliche Kindstod mit hineingerechnet und jeder Unfall eines Jugendlichen mit dem Roller. Wissen Sie, dass heutzutage so viele Menschen dement werden, das liegt nicht daran, dass die Demenz als Krankheit zugenommen hat, sondern dass heute so viele Menschen so alt werden. Der Körper trägt sie gewissermaßen in ein Alter, in dem das Gehirn sich verabschiedet.«

»Herr Bellensdorf?«, versuchte Feller wieder den Arzt von seinen philosophischen Gedanken hin zu seinem Mordfall zu leiten.

»Norbert Bellensdorf. Er war fit. Klar im Kopf, beweglich, gelenkig, fast unglaublich für einen Mann in seinem Alter. Dann haben sich innerhalb weniger Monate seine Knie verabschiedet. Er wollte sich nicht operieren lassen – und ich glaube, das war eine kluge Entscheidung. Natürlich denke ich als Arzt immer an all die Möglichkeiten, die die moderne Medizin parat hat. Aber sechsundachtzig Jahre und Vollnarkose – das kann sehr schnell sehr schiefgehen. Ich erinnere mich noch, wie er zu mir gesagt hat: ›Lieber mit Stock als ohne Stock sabbern.‹«

Das hatte Feller ja von Nathalie schon gehört.

»Er hat darauf bestanden, sich alle vier Monate durchchecken zu lassen. Und auch, nachdem er sich durch die Schmerzen in den Knien nicht mehr so viel bewegt hat und die Schmerzmittel, die dafür gesorgt hatten, dass er sich noch bewegen konnte, das Blutbild ein wenig verschlechtert hatten, war er für sein Alter immer noch enorm fit. Diese Blutwerte hätten einem Sechzigjährigen gut zu Gesicht gestanden. Und dann spielten seine Nieren nicht mehr mit, der Kaliumwert schoss nach oben, und nach wenigen Wochen war er tot. Ich habe ihm noch Medikamente gegeben, aber die haben nicht angeschlagen. Das war zumindest meine Sicht auf die Dinge, bevor Sie hier hereinspaziert sind.«

»Was wollen Sie damit genau sagen?«

»Ich will damit sagen, dass ich jetzt, wo Sie mich danach fragen, mir vorstellen könnte, dass jemand Herrn Bellensdorf über einen längeren Zeitraum Substanzen verabreicht hat, über mehrere Wochen, die seine Nieren unter Beschuss genommen haben und damit den Kaliumspiegel wie bei ›Hau den Lukas‹ in die Höhe haben schnellen lassen.«

»Und das ist Ihnen damals nicht aufgefallen?«

»Doch, natürlich ist es mir aufgefallen. So wie mir krankhafte Veränderungen im Blutbild immer auffallen. Aber ich bin nicht im Entferntesten auf den Gedanken gekommen, dass hier eine Vergiftung im Spiel sein könnte. Wer sollte Herrn Bellensdorf vergiften? Und warum? Dieser Gedanke ist für mich noch abwegiger als der, dass die Kaliumwerte einfach so in die Höhe geschossen sind. Dazu stehe ich auch jetzt noch. Und dennoch – Sie haben mich gefragt. Ich habe mir Gedanken gemacht. Das ist das Ergebnis.«

»Haben Sie herzlichen Dank für Ihre offenen Worte.« Feller wusste, dass es dem Arzt nicht leichtgefallen sein konnte, diese Zweifel, so klein sie auch gewesen sein mochten, auszusprechen. »Kunigunde Wendsdorf – wäre bei ihr auch eine nicht natürliche Todesursache denkbar?«

»Frau Wendsdorf? Wie kommen Sie denn ausgerechnet auf sie?«

Feller antwortete nicht. Was sollte er auch sagen. *Nathalie Ankenbrand hat mir den Tipp gegeben?* Feller war kein routinierter Vernehmer. Aber er wusste auch so, dass solch eine Phrase eher kontraproduktiv gewesen wäre.

»Soweit ich das beurteilen kann, hat bei Frau Wendsdorf einfach das Herz nachgelassen. Bei ihr habe ich nicht so oft die Blutwerte gemessen. Ja, jetzt, wo Sie es sagen, erinnere ich mich – auch sie hat sehr schnell sehr stark abgebaut. Und auch sie war davor sehr, sehr lange außergewöhnlich fit. Geistig und körperlich. Ich habe es als eine Gnade für sie empfunden. Sie war immer so eine quirlige Person. Da war es, aus meiner Sicht, sehr klug von ihm –«, der Blick des Arztes wandte sich kurz zur Zimmerdecke, »– sie zu sich zu holen, bevor sie dement oder gar bettlägerig geworden wäre. Nein. Bei Frau Wendsdorf habe ich nicht den geringsten Zweifel, dass Gott ihr Leben beendet hat.«

Einer plötzlichen Eingebung folgend, fragte Feller: »Herr Bellensdorf – hatte er noch Angehörige, mit denen Sie Kontakt hatten?«

»Ja. Einen Moment«, sagte der Arzt, erhob sich aus dem

Sessel, ließ sich hinter dem Schreibtisch nieder, bewegte die Maus. Seine Finger huschten über die Tastatur, dann sagte er: »Er hatte zwei Neffen. Sie haben beide sogar hier in der Region gewohnt. Einer in Heidelberg, der andere in Bad Soden. Es war wohl zum Bruch gekommen zwischen ihnen und dem alten Herrn. Bellensdorf konnte sehr eigensinnig sein und auch sehr stur. Ich habe nicht wirklich eine Ahnung davon, was zwischen ihnen vorgefallen ist, aber ich weiß, dass er keinen Kontakt mehr gewünscht hat. Und, ja, der Neffe in Bad Soden hat mit mir am Telefon gestritten, weil er es sich nicht hat vorstellen können, dass sein Onkel so plötzlich eines natürlichen Todes gestorben ist.«

»Können Sie mir den Namen und die Telefonnummer dieses Neffen geben?«

»Selbstverständlich«, sagte der Arzt. »Victor Rodewitz heißt der Mann.«

Victor Rodewitz bat Leah und Horndeich in eines der Behandlungszimmer der physiotherapeutischen Praxis. »Verzeihen Sie, dass ich Sie nicht in mein Büro bitten kann, aber das teile ich mit den beiden Damen unserer Buchhaltung. Hier sind wir ungestört.«

Richard Feller hatte Leah und Horndeich von seinem Besuch bei den Hausärzten berichtet. Ebenfalls darüber, dass Dr. Poznanski es zumindest nicht gänzlich ausgeschlossen hatte, dass Norbert Bellensdorf eventuell Opfer eines Mörders gewesen sein könnte. Leah bat Feller, den Neffen aufzusuchen, der jedoch hatte dankend abgewunken und war sogleich wieder in sein Reich entschwunden.

Leah, Horndeich und Victor Rodewitz saßen neben einer Behandlungsliege. Im Kopfbereich hatte sie die typische Aussparung, die Platz ließ auch noch für die größte Boxernase. »Herr Rodewitz«, begann Horndeich, »wir wollten Sie sprechen, da wir uns für den Tod Ihres Onkels interessieren.« Das war sicher nicht die feinfühligste Formulierung, aber

Horndeich wusste nicht, wie er es anders hätte ausdrücken sollen. Schließlich hatten sie den Fall nicht noch einmal aufgenommen, sondern tasteten sich vor, vielmehr stocherten sie eigentlich nur im Nebel.

»Ja. Was wollen Sie dazu von mir wissen? Mein Onkel ist gestorben, an Niereninsuffizienz, wie es der Hausarzt auf dem Totenschein vermerkt hat.«

»Der Hausarzt ihres Onkels, Dr. Poznanski, er hat uns mitgeteilt, dass Sie Zweifel hatten an dieser natürlichen Todesursache.«

»Zweifel. Ja. Das ist das richtige Wort. Natürlich war mein Onkel alt. Und mir und meinem Bruder war klar, dass unser Onkel irgendwann stirbt. Wir wären sicher nicht stutzig geworden, wenn er einfach abends eingeschlafen und am nächsten Morgen nicht mehr aufgewacht wäre. Aber dass seine Nierenfunktion so viel schlechter wurde, innerhalb von nur ein paar Tagen – ja, das hat uns schon verwirrt.«

»Sie haben aber keine Obduktion beantragt?«

Victor Rodewitz lachte kurz auf. »Zwei Tage nachdem mein Onkel gestorben war, bin ich mit meinem Bruder abends ein Bier trinken gegangen. Wir haben darüber gesprochen. Aber wir hätten einen Arzt finden müssen, der das anordnet. Wir hätten es selbst bezahlen müssen. Und wir hätten einen Rechtsmediziner finden müssen, der sie durchführt. Nein, wir haben uns dagegen entschieden. Ich habe es jedoch bereut.«

»Weshalb?«

»Weil mein Onkel sich verändert hatte in den letzten Monaten seines Lebens. Weder mein Bruder noch ich sind mit meinem Onkel besonders gut ausgekommen. Onkel Norberts politische Einstellung war stramm rechts außen. Und er tat seine Meinung, übrigens zu allen Dingen, stets lautstark kund, völlig unabhängig davon, ob es jemand hören wollte oder nicht. Er war der ältere Bruder unseres Vaters, und er war der Leithammel dieser Familie. Wir haben es als

Kinder schon gehasst, wenn wir zu den Familientreffen mitgenommen wurden. Klar, es war ganz nett, die gleichaltrigen Cousins und Cousinen zu sehen und mit ihnen zu spielen. Aber vor unserem Onkel, vor dem hatten wir Angst. Der scheute sich nie, mit der Faust auf den Tisch zu hauen, und wenn das bedeutete, dass man danach das Ersatzteegeschirr aufdecken konnte.

Im Rückblick waren diese Treffen schön, denn niemand aus der Familie meiner Großeltern väterlicherseits ist alt geworden. Die drei Geschwister unseres Onkels und ihre Ehepartner sind bereits alle verstorben, und auch die beiden Cousins und die drei Cousinen leben schon nicht mehr. Unfälle, Krebs, auch ein Suizid – manchmal denke ich, es liegt ein Fluch auf unserer Familie. Mein Bruder und ich sind die beiden letzten Mohikaner.

Nun, mein Onkel hatte nur eine weiche Seite, und die zeigte er nur einer bestimmten Art von Lebewesen: Hunden. Er hatte bis zu seinem Lebensende einen eigenen Hund, als er noch jünger war, rannten immer mindestens drei Hunde durch sein Haus. Vor denen hatten wir denn auch ganz schön Schiss bei diesen Familientreffen: Das waren keine Dackel, sondern das waren drei ausgewachsene Deutsche Doggen, kräftige Rüden. Nicht kastriert, sondern voller Kraft und Tatendrang. Gegen die wirkt ein deutscher Schäferhund wie ein Schmusekätzchen. Im Alter hielt mein Onkel dann nur noch Rauhaardackel. Allerdings alle mit deutschem Stammbaum. Es klingt wie ein Witz, aber es ist keiner: Seinen letzten Rüden hatte er Adolf genannt.«

Victor Rodewitz unterbrach sich selbst.

»Warum ich Ihnen das alles in dieser Ausführlichkeit erzähle? Das liegt am Testament meines Onkels. Als wir sein Apartment im Silberberg ausgeräumt haben, fanden wir unzählige persönliche Dinge: Er hatte einen Haufen Fotoalben aufbewahrt, er hatte Tagebuch geführt, hat sich an einer Chronik der Familie Bellensdorf versucht. Wir haben zunächst alle privaten Sachen in den Keller meines Hauses geschafft. Haben die Möbel verkauft und verschenkt – und nach zehn Tagen hatten wir den Onkel beerdigt und dem Silberberg Lebewohl gesagt. Nicht dass wir ihn dort oft besucht hätten – aber es war nun einmal der Ort, an dem das Familienoberhaupt und der letzte Rest unserer Familie gelebt hatte.

Ich hatte die Aufgabe übernommen, den Nachlass meines Onkels zu sichten. Mein Bruder hatte daran überhaupt kein Interesse. Und es hat sechs Wochen gedauert, bis ich das Testament gefunden hatte. Onkel Norbert hat zwar viel geschrieben und aufbewahrt, aber Ordnungsliebe war das Seine nicht. Seine privaten Aufzeichnungen hat mein Onkel stets in deutscher Kurrentschrift geführt, die er seinerzeit in der Grundschule gelernt hatte. Ich kann das lesen, aber es fällt mir nicht leicht. Deswegen musste ich auch dreimal hinschauen, bevor ich das einzelne Wort auf dem Briefumschlag tatsächlich als den Begriff *Testament* entziffert hatte.«

»Was hat er denn nun wem vererbt? Und was war daran so sonderbar?«

»So sonderbar war, dass er Göttingen nichts vererbt hat.«

»Göttingen?«

»Er stammte aus Göttingen. Die ganze Familie kam von dort. Jede Familienfeier fand in Göttingen statt. Und in Göttingen war er auch der König des Hundesports. Er war Vorsitzender eines Zuchtvereins, Vorsitzender eines Hundesportvereins, Vorsitzender des Tierheims. Tja, und dann öffnen wir das Testament und staunen nicht schlecht: Meinem Bruder und mir hat er die Hälfte seines gesamten Vermögens vererbt. Die Frau, die seinen Dackel immer Gassi geführt hat, durfte sich auch über zehntausend Euro freuen. Und dann hätte ich erwartet, dass er einen Großteil seines Vermögens seinen drei Vereinen zukommen lässt, ganz besonders dem Tierheim, das er schon oft mit Spenden, gerade für die Hundeanlage, unterstützt hatte. Aber: Fast die gesamte andere Hälfte seines Vermögens – und wir reden hier über mehr als drei Millionen Euro –, die vererbte er einem Verein, der sich um rumänische Straßenhunde kümmert.«

Rodewitz schwieg, als ob mit dem letzten Satz alles erklärt wäre.

»Und?«

»Na, das passt überhaupt nicht zusammen. Hätte er die Göttinger nicht bedacht, sondern sein Geld dem Institut zur Erforschung der Ahnenfolge der Deutschen Dogge hinterlassen – das hätte ich noch verstanden. Oder der Interessenvereinigung zur Förderung des Deutschen Schäferhunds. Aber rumänische Tölen? Promenadenmischungen aus der Walachei? Ich mag die Worte nicht wiederholen, die er auf unseren Familienfeiern bezüglich Zigeunern zum Besten gegeben hat. Sinti und Roma lauteten diese Begriffe jedenfalls nicht.«

»Heißt der Verein zufällig Hunderetter RU e.V.?«

»Sie sind ja bestens informiert. Ja. Das ist der Name dieses Vereins. Ich hab mir die Website mal angeschaut. Betreiben irgendein riesiges Hundetierheim in Rumänien.«

»Können Sie uns das Testament zeigen?«

»Klar. Natürlich habe ich das kopiert, bevor ich zum Nachlassgericht gefahren bin. Ist in deutscher Kurrentschrift verfasst. Aber ich habe es auch in den Computer getippt.«

»Können Sie uns das zukommen lassen?«

»Klar. Schicke ich Ihnen gerne zu.«

Leah reichte Victor Rodewitz ihr Kärtchen. »Sie haben uns sehr geholfen, danke schön!«

»Meinen Sie denn auch, dass mein Onkel ermordet worden ist?«

»Dazu können wir im Moment noch nichts sagen. Aber wenn wir irgendetwas Neues erfahren, sind Sie der Erste, der es hören wird.«

»Was hältst du von der Sache?«, fragte Leah ihren Kollegen, als sie wieder im Wagen saßen.

Horndeich hatte den Motor noch nicht angelassen. Er musste nicht lange nachdenken. »Ich fürchte, wir sind hier etwas Größerem auf der Spur. Wenn ich ihn richtig verstanden habe, dann kann die Vergiftung durch Ethylenglykol eben genau bewirken, dass der Kaliumwert in die Höhe schießt und die Nieren vor die Hunde gehen. Und dann spenden die beiden alten Menschen irrsinnige Summen an diesen Verein.«

Leah griff in ihre Tasche und entnahm ihr ein Tablet. »Schauen wir uns diese rumänischen Hunderetter doch mal genauer an.«

Horndeich schaltete die Zündung an, damit die Klimaanlage ihren Job erledigen konnte. Er sah auf den Bildschirm von Leahs Minicomputer. Die Suchmaschine lieferte zunächst zum Vereinsnamen keinen Treffer. Leah runzelte die Stirn, dann erweiterte sie die Suche um den Begriff Darmstadt.

Platz Nummer fünf in der Liste.

Leah klickte auf den Link, und es öffnete sich die Startseite des Vereins Hunderetter R.U. e.V.

Links oben befand sich der Name des Vereins. Direkt daneben ein Foto, von dem aus den Betrachter ein trauriges Hundewelpengesicht direkt in die Augen schaute. Darunter fett die Überschrift: *Jenen helfen, die sich nicht selbst helfen können.* Darauf folgte der Einleitungstext:

Wir haben es uns zur Aufgabe gemacht, Straßenhunden in Rumänien ein hundewürdiges Leben zu ermöglichen. Ein Leben, in dem sie nicht ständig von Tod und Krankheit bedroht sind. Die Arbeit unseres Vereins unterstützt Salvator Câine in Braşov, Rumänien, ein Tierheim, so groß wie drei Fußballfelder. Es ist ein Heim, in dem die Tiere würdevoll leben können. Darauf haben sie ein

Recht. Doch dieses Recht durchzusetzen – dazu braucht es Geld. Wie Sie uns helfen können, erfahren Sie hier.

Die tragen ganz schön dick auf, dachte Horndeich. Ein hundewürdiges Leben. Das Recht, das die Tiere darauf hätten – offensichtlich konnte sich der Verein einen versierten Texter leisten. In diesem Moment fiel Horndeich der eigene Hund ein, Che, der Chihuahua, der in ihrer Familie ein glückliches Hundeleben führte – soweit Horndeich das beurteilen konnte, schließlich hatte er keine Veterinärpsychologie studiert. Aber Tausende oder gar Millionen von Euro für rumänische Straßenhunde? Horndeich sah, wie seine Kollegin mit dem Finger auf das blau unterlegte *hier t*ippte.

Sofort baute sich eine neue Seite auf. Dieselbe Hintergrundfarbe, im linksseitigen Menü der Punkt *Ihre Hilfe* fett unterlegt. Natürlich auch wieder ein passendes Bild: diesmal drei Welpen nebeneinander, die mit großen, traurigen Augen aus einem Hundekörbchen blickten.

Die unmittelbar unter dem Bild platzierte Überschrift lautete: *Geben Sie diesen Welpen eine zweite Chance!*

Darunter wieder zwei Absätze Fließtext:

Um unseren Hunden zu helfen, brauchen wir Ihre Unterstützung. Jede Spende ist willkommen, auch Sach- oder Futterspenden. Wir sind ein gemeinnütziger Verein und stellen Ihnen selbstverständlich gern eine Spendenquittung aus.

Viele unserer Spender vermachen uns einen Teil ihrer Hinterlassenschaft und ermöglichen somit ganzen Generationen von notleidenden Hunden ein besseres Dasein. Vielleicht finden Sie an dieser Form der Spende auch Gefallen?

Wow, dachte Horndeich. *Das zielt direkt auf die großen Beträge.*

Horndeich war sich nicht sicher, ob er es für geschickt oder einfach nur für dreist halten sollte.

»Ganz schön dreist«, nahm Leah ihm die Entscheidung ab. Dann scrollte sie die Seite nach unten, auf den Link zum Impressum.

Der Verein hatte seinen Sitz in Darmstadt. Die Adresse war jene des Vorstandsvorsitzenden, Oliver Cosqualez. Die Postadresse lag im Richard-Wagner-Weg. Horndeich staunte nicht schlecht: Das Haus lag nur wenige Hundert Meter von seinem eigenen entfernt. Er war nicht wirklich bewandert mit der Architekturgeschichte seiner Stadt, aber dass dieser Bau »Haus Buxbaum« hieß, benannt nach dem Architekten, der unter anderem auch das Jugendstilbad entworfen hatte – so viel hatte Horndeich in seinem Gehirn gespeichert.

»Dem sollten wir unbedingt einen Besuch abstatten«, sagte Leah.

Horndeich stimmte zu.

»Fahr du zum Verein«, sagte Leah. »Setz mich beim Präsidium ab. Ich stimme mich dann mit Feller ab, ob er schon irgendetwas Neues herausgefunden hat. Vielleicht gibt es ja auch bei Lucrezia von Selberg-Broode irgendwelche Auffälligkeiten.«

Horndeich parkte den Wagen unmittelbar vor dem Grundstück. Das Komponistenviertel in Darmstadt war einer der wenigen Orte der Mini-Metropole, in denen es keinen Mangel an Parkplätzen neben dem Bürgersteig gab.

Horndeich drückte die Klingel neben dem Bronzeschildchen, auf dem der Name *Oliver Cosqualez* eingeprägt war, und darunter, etwas kleiner, *Hunderetter RU e.V.*

Aus der Gegensprechanlage ertönte die Stimme eines Mannes: »Ja bitte?«

»Hauptkommissar Horndeich von der Kripo Darmstadt. Dürfte ich Sie sprechen?«

Statt einer Antwort bezeugte ein Summen, dass er eintreten durfte.

Hinter der Haustür stand ein großgewachsener Mann, der das Rentenalter gerade erreicht haben musste. Er reichte Horndeich die Hand. »Was kann ich für Sie tun?«, wollte er wissen. Es war offensichtlich, dass Herr Cosqualez wesentlich mehr Selbstoptimierungsprogramme erfolgreich absolviert hatte als er, Horndeich. Cosqualez war braun gebrannt, drahtig, grau meliert, aber durchtrainiert. Horndeich mochte solche Typen nicht. Sie vermittelten ihm irgendwie immer ein schlechtes Gewissen, was seine eigene Fitness betraf.

Bevor Horndeich antworten konnte, geleitete der Hausherr ihn in das Innere der Erdgeschosswohnung. Diese war sehr großzügig geschnitten. Buxbaum, der Architekt, der das Haus vor einhundert Jahren hatte bauen lassen, schien auch das Mobiliar gesponsert zu haben. Denn von Stuhl bis Schrank schien alles in einem Guss aus jener Zeit zu stammen.

Mit einer Handbewegung bat Cosqualez ihn an einen Tisch, den man sowohl als Besprechungstisch als auch als Esstisch interpretieren konnte.

Horndeich ließ sich nieder, Cosqualez ebenfalls.

»Herr Cosqualez, wir ermitteln in einem Fall, in dem wir auf Ihren Verein gestoßen sind, Hunderetter RU. Sie sind ja sozusagen der Guru der Hunderettung!« Horndeich hatte sich entschlossen, Cosqualez offensiv und begeistert entgegenzutreten.

Cosqualez wusste offenbar nicht so recht, wie er auf die Schmeichelei eingehen sollte. »Ja. Wir haben ein großes Tierheim in Rumänien. Darauf sind wir schon ein bisschen stolz. Aber wieso interessiert sich die Kriminalpolizei dafür?«

»Stolz dürfen Sie sein«, sagte Horndeich. »Dreitausend Quadratmeter? Ich meine, das größte der Welt beträgt fünftausend Quadratmeter. Ist auch in Rumänien. Aber mit dreitausend Quadratmetern spielen Sie schon in der oberen Liga, oder?«

»Ja, wir haben damals das Gelände für das Tierheim Salvator Câine in Braşov gekauft. Unser Verein in Deutschland macht es möglich, das Tierheim zu betreiben. Und ja, wir sind ganz schön gewachsen seit der Vereinsgründung vor mehr als fünfzehn Jahren.

»Frau Lucrezia von Selberg-Broode, sie hat Ihrem Verein einen sehr großen Betrag hinterlassen. Können Sie mir sagen, wie es dazu kam? Ich meine, mehr als eine Million Euro – das gibt man ja nun nicht leichtfertig her. Wie kam Frau von Selberg-Broode auf Ihren Verein? Und auch Norbert Bellensdorf hat Ihnen eine noch beträchtlichere Erbschaft hinterlassen.«

»Frau von Selberg-Broode? Der Name sagt mir nichts.«

Stimmt, Cosqualez konnte davon noch gar nichts wissen. Aber der Name Bellensdorf sagte ihm ganz bestimmt etwas. »Konzentrieren wir uns auf Herrn Bellensdorf.«

»Ja. Er hat uns vor über einem Jahr einen stattlichen Betrag vermacht. Einen Betrag, der uns die Existenz für bestimmt drei Jahre gesichert hat.«

»Wie kam es dazu?«

»Vielleicht darf ich Ihnen zunächst zeigen, wofür sich unser Verein konkret einsetzt«, sagte Cosqualez.

Horndeich nickte.

Cosqualez klickte ein paarmal mit der Maus auf seinem Laptop, dann drückte er auf die Fernbedienung des Beamers, und wenige Sekunden später sah Horndeich die Website des Vereins auf einer Leinwand, die gerade eben von der Decke automatisch nach unten gefahren war.

»Wissen Sie, das Problem der Straßenhunde in Rumänien existiert seit ungefähr Anfang des Jahrtausendwechsels. Der Grund dafür: Nicolae Ceauşescu, der ehemalige Staatspräsident von Rumänien. Bis in die Neunzigerjahre hat er die sogenannte Systematisierung der Dörfer durchgezogen. Vereinfacht gesagt: Er hat alle Dörfer dem Erdboden gleichgemacht und die Dorfbewohner in Plattenbausiedlungen untergebracht. Die ehemaligen Bauern hatten keine Chance mehr, ihre Hunde mitzunehmen. Diese verwilderten und waren die Grundlage für die Rudel von Hunden, die dann in die Städte eingefallen sind, wo sie Nahrung gefunden haben. Tausende. Zehntausende. Und Hunderttausende ist wahrscheinlich nicht übertrieben. Unser Verein hat sich von Anfang an dafür starkgemacht, die Straßenhunde einzufangen, zu kastrieren und sie wieder auszusetzen.«

Für Horndeich machte das keinen Sinn. Cosqualez sah Horndeich an, dann sagte er: »Ich sehe es in Ihren Augen. Sie fragen sich, ob es nicht sinnvoller ist, die Straßenhunde einfach zu töten. Aber nein, das ist es nicht.«

Horndeich war sich bewusst, dass Cosqualez die Gegenfrage erwartete. Also tat er ihm den Gefallen: »Warum nicht?«

»Wissen Sie, für die Hunde gilt das Gleiche wie für die Menschen. Sie konkurrieren um eine begrenzte Anzahl von Ressourcen. Wasser, Raum und Nahrung. Töte ich die Hunde in Rumänien, gebe ich den anderen streunenden Hunden Platz für ihre Vermehrung und für die Nutzung der Ressourcen. Setze ich aber den kastrierten Hund wieder aus, nutzt er die Ressourcen, ohne sich zu vermehren.«

Klingt logisch, dachte Horndeich.

»Wir betreuen die streunenden Hunde. Sie werden bei uns medizinisch versorgt, kastriert und wieder ausgesetzt. Natürlich versuchen wir auch, sie zu vermitteln. An Menschen, die einen Haushund suchen, meistens in Deutschland. Denn wir haben gute Kontakte zu Tierheimen hier in der Region. Und die haben ein großes Interesse an Hunden, die kastriert sind, gegen Krankheiten geimpft, entwurmt und gechipt. Wenn diese Hunde jünger sind, ist es überhaupt kein Problem, sie in Deutschland zu vermitteln. Und damit werden wir allen Anforderungen gerecht: In Rumänien gibt es weniger Straßenhunde und in Deutschland mehr Hunde, die hier ein gutes Leben führen können.«

Doch Horndeich blieb pragmatisch. »Norbert Bellensdorf hat Ihnen einen siebenstelligen Betrag vererbt. Wie können Sie den sinnvoll nutzen?«

»Ich kann Herrn Bellensdorf nur danken – und auch Frau von Selberg-Broode. Ich wusste nicht, dass sie uns auch bedacht hat. Aber Sie glauben nicht, was uns das Tierheim in Rumänien kostet. Hier in Deutschland braucht man für einen Hund zwölf Euro fünfzig pro Tag. Aber auch in Rumänien kommen wir kaum unter fünf Euro. In den Spitzenzeiten beherbergen wir dreitausend Hunde. Das sind fünfzehntausend Euro pro Tag. Das ist fast eine halbe Million pro Monat. Solche Spitzen haben wir natürlich nicht immer, aber ohne unsere solventen Spender ginge gar nichts. Es braucht diese Menschen mit Gewissen und mit Geld, die uns die Arbeit ermöglichen.«

»Sie bitten auf Ihrer Website völlig ungeniert um das Erbe alter Menschen.«

Cosqualez lehnte sich zurück. »Ja. Das tun wir. Und warum tun wir das? Weil es effizient ist. Herr Horndeich, es ist nett, wenn uns ein Zehnjähriger das Taschengeld eines Vierteljahres spendet. Das rührt mich, ganz ehrlich. Wäre es mein Enkel, ich würde ihm auf die Schulter klopfen, ich würde ihn darin bestärken, dass er damit genau das Richtige tut. Aber Sie haben die Zahlen im Kopf, die ich Ihnen genannt habe. Ich muss Ihnen nicht vorrechnen, dass ein solventer Erblasser hunderttausend Taschengeldspender aufwiegt. Nennen Sie es zynisch, ich nenne es effizient. Und strafbar ist es wohl nicht.«

Nein. Strafbar war das nicht. Aber irgendwie sah Horndeich seine eigene monatliche Zehneurospende an Greenpeace plötzlich in einem ganz anderen Licht.

Zeit für die Offensive. »Und Ihr Verein, er arbeitet tadellos?«

»Selbstverständlich«, antwortete Cosqualez wie aus der Pistole geschossen. »Wir sind als gemeinnütziger Verein anerkannt. Und das Finanzamt hat bislang nichts zu beanstanden gehabt. Das könnte ich mir auch nicht vorstellen, denn unsere gesamten Finanzen und die Buchhaltung werden von der Spende bis zum Jahresabschluss von einem professionellen Steuerberatungsunternehmen geführt. Da wollen wir uns nicht die kleinste Blöße geben.«

»Passiert es oft, dass Ihnen alte Menschen in ihrem Testament hohe Summen vererben?«

»Hin und wieder«, sagte Cosqualez. »Aber ganz ehrlich: Ja, solche Hinterlassenschaften machen einen Großteil unseres Spendenaufkommens aus.«

Feller hatte Leah keine Neuigkeiten zu unterbreiten gehabt. So hatte sie kurz mit Jörg Schumann telefoniert, jenem Notar, der das Testament von Lucrezia von Selberg-Broode aufgenommen hatte. Schumann hatte, als er den Namen Lucrezia von Selberg-Broode in Kombination mit dem Begriff Kriminalpolizei gehört hatte, Leah darum gebeten, persönlich bei ihm vorbeizukommen.

Also setzte Leah sich in einen Wagen der Fahrbereitschaft. Es war wieder der rote Insignia, den sie inzwischen zu schätzen gelernt hatte.

Dr. Jörg Schumanns Kanzlei befand sich im Stadtteil Bessungen, im Hammerweg. Unmittelbar vor dem Haus entdeckte Leah einen Parkplatz. Kurz darauf saß sie im offenen, hellen Büro von Dr. Jörg Schumann. Glas und Chrom überwogen das Ambiente. Leah empfand es als angenehm.

»Sie sagten, es ginge um Lucrezia von Selberg-Broode?«, kam Dr. Schumann direkt zur Sache.

»Ja. Sie ist ermordet worden. Und wir untersuchen den Fall. Sie sind der Notar, bei dem sie das Testament hinterlegt hat?«

Schumann nickte. »Ja. Früher hat sie ihre Testamente bei

mir nur hinterlegt. Seit wenigen Jahren hat sie mir ihren letzten Willen dann diktiert. Sie konnte nicht mehr selbst schreiben, was sie sehr gegrämt hat.«

Leah war irritiert. »Das klingt für mich so, als ob sie mehrere Testamente hinterlassen hat?«

Schumann schmunzelte. »Frau von Selberg-Broode war eine der Damen, an denen ich, ohne mein Zutun, sehr viel Geld verdient habe. Denn sie hat ihr Testament alle paar Monate geändert.«

»Und wem hat sie ihr Vermögen zuvor vermacht? Hat sie immer alles über den Haufen geworfen oder nur Veränderungen im Detail vollzogen?«

»Frau von Selberg-Broode hat mir erlaubt, ihre Testamente auf meinem Rechner zu speichern. Denn wenn sie eine neue Änderung hatte, war sie immer froh, die vorige Version vorzufinden. Bis vor einem halben Jahr hatte es in ihren Testamenten immer nur Detailänderungen gegeben. Mal hat die Dame, die ihren Hund zuletzt Gassi geführt hatte, dreißigtausend Euro bekommen, dann mal wieder hunderttausend, dann wieder fünfzigtausend – Lucrezia von Selberg-Broode war da sehr unstet. Und es störte sie nicht im Mindesten, dass das Verfassen eines neuen Testaments sie jedes Mal wieder eine kleine Stange Geld kostete. Immer wieder verschob sie einzelne Posten, zum Beispiel zwischen der Akademie für Tonkunst und dem Darmstädter Tierheim hin und her, bedachte den einen etwas mehr, den anderen etwas weniger. Aber dann, vor vier Monaten, hat sie zwei größere Veränderungen vorgenommen. Zum einen hatte sie den Erben ihrer Harfe neu bestimmt. Bislang sollte sie die Akademie für Tonkunst bekommen, aber nun die Tochter einer Pflegerin in ihrem Heim. Die andere Korrektur war deutlich einschneidender. Sie wollte eine riesige Summe einem völlig neuen Verein hinterlassen, den sie vorher überhaupt nie erwähnt hatte.«

»Hunderetter RU«, sagte Leah.

»Genau. Plötzlich wollte sie denen mehr als eine Million Euro spenden.«

»Haben Sie sie darauf angesprochen?«

Schumann zuckte die Schultern. »Das ist nicht mein Job. Ich muss dafür sorgen, dass der Wille meiner Klientin eins zu eins in das Testament einfließt und dass alles wasserdicht ist.«

»Das beantwortet meine Frage nicht«, sagte Leah.

Jörg Schumanns Stimme wurde leiser. »Ja. Ich habe sie tatsächlich darauf angesprochen. Ich habe sie gefragt, was sie zu diesem Sinneswandel bewogen habe. Was an diesem Verein so toll wäre, dass sie ihm so eine riesige Summe hinterlassen würde.«

»Hat sie darauf geantwortet?«

»Ja. Darüber war ich erstaunt. Frau von Selberg-Broode hat mich angeschaut und gesagt: ›Herr Dr. Schumann, Sie wissen, dass Sie das überhaupt nichts angeht. Dennoch werde ich Ihre Frage beantworten. Die Art, wie wir mit den schwächsten aller Kreaturen umgehen, ist ein Spiegelbild unseres eigenen Wesens. Und diese Hunde sind die schwächsten aller Kreaturen.‹ So war sie. Direkt und immer ein wenig überheblich. Aber wie gesagt: Mein Job war es, das Testament aufzunehmen, dafür zu sorgen, dass es rechtlich einwandfrei ist, und es dann beim Nachlassgericht zu hinterlegen. Das habe ich getan.«

Dienstag, 12. Juni

Ihn hatte es getroffen. Horndeich musste der Exhumierung beiwohnen. Nein, er hatte sich um den Job nicht gerissen. Er hatte am Morgen seine Tochter zur Schule gebracht und war dann direkt weiter nach Bensheim gefahren, wo sie die Überreste von Norbert Bellensdorf aus dem Grab buddeln würden.

Noch am vorigen Nachmittag hatte der Staatsanwalt die

Exhumierung angeordnet, nachdem sie ihm alle Unterlagen vorgelegen hatten. Die Blutuntersuchungen von Lucrezia von Selberg-Broode, die der Hausarzt archiviert hatte. Das Ergebnis der Obduktion der alten Dame, die die Ethylenglykolvergiftung dokumentierten. Die Blutuntersuchungen von Norbert Bellensdorf, archiviert von seinem Hausarzt Dr. Poznanski. Und bei beiden die Zueignung beträchtlicher Vermögenswerte an einen Verein, der sich um rumänische Straßenhunde kümmerte. Und der Sinneswandel, diese Zuwendungen zu erteilen, nur wenige Monate vor ihrem Tod. Ja, ein Schelm, wer Böses dabei dachte. Staatsanwalt Spranger würde sich mit diesem Beschluss sicher nicht nur Freunde machen, insbesondere, wenn sich für den Verdacht, dass Norbert Bellensdorf ebenfalls vergiftet worden war, kein Beleg finden würde. Doch Horndeich war Spranger dankbar. Auch er vermutete, dass es hier einen Zusammenhang gab.

Neben das Grab rollte ein kleiner Bagger mit der Firmenaufschrift *Liebherr*. Wahrscheinlich war dies die einzige Firma, die an einem solch sakralen Ort aufgrund ihres Namens zugelassen war.

Zunächst zerstörte der Bagger den Blumenschmuck auf der Graboberfläche. Die beiden Brüder hatten sich die Pflege etwas kosten lassen, dachte Horndeich. Das Grab erstrahlte in voller Blütenpracht, bevor die Schaufel des Baggers hineinhieb.

Das Loch wurde immer tiefer, der Hügel mit brauner Erde höher und höher. Mister Liebherr hatte einen größeren Job zu erledigen. Der Diesel röhrte, die Schaufel grub sich in die Erde, Liebherr machte seinen Job schnell und effizient. Inzwischen war er auf die Oberfläche des Sargs gestoßen. »Ist ja noch ganz gut in Schuss«, sagte einer der Umstehenden, vielleicht ein Angehöriger des Friedhofspersonals.

Der Bagger begann jetzt neben dem Sarg Erde an die Oberfläche zu schaufeln. Nur dann könnte ein etwas größerer Kollege, Liebherr XXL, den Sarg am Stück herausheben.

Die Vorstellung, dass seine eigene Mutter in einem solchen Sarg liegen könnte, erwischte Horndeich kalt von hinten. Als ob ein Greifarm ihn im Nacken fasste. Gedankenfetzen aus seiner Kindheit schwärmten durch sein Gehirn wie Motten im hellen Raum. Er versuchte sie abzuschütteln. Es gelang ihm nicht.

Er hatte es für sich immer als die Revolution der richtigen Werte definiert. Weg vom Mief des Elternhauses, weg von der betrügenden Mutter, vom rechtschaffenen, aber unendlich spießigen Vater, der zu früh verstorben war, hin zur freien Liebe, hin zu den wirklichen Werten. Die hatten für ihn damals, mit sechzehn, bedeutet, sich mehr Joints in der Woche reinzuziehen als seine Kumpels Glimmstängel. Horndeich hatte lange nicht mehr über diese Zeit nachgedacht. Jacqueline. Sie war achtzehn, sie war so was von heiß gewesen, und sie hatte sich in ihn verliebt, Steffen Horndeich, sechzehn, Pickelgesicht mit der Statur eines Hänflings, mit der Mutter, die irgendwelche Kerle fickte. Nein, da war Jacqueline eindeutig die bessere Wahl.

Amsterdam. Schule war gestern, Jacqueline und die Grachten und das Hausboot, das war die Gegenwart gewesen für ihn. Jacqueline, die ihn in die hohe Kunst der Liebe eingeführt – und ihn dann genauso schnell in der Gracht entsorgt hatte. Sozusagen.

Er war zurückgegangen nach Hamburg. Aber nicht mehr in die elterliche Wohnung. Lieber mit Peter, dem besten Kumpel, an der freien Gesellschaft arbeiten. Besonders überzeugend vorgetragen, wenn er sich dann einen Schuss gesetzt hatte. Wie Peter, der ihn genau dazu gebracht hatte.

Der gelbe Bagger von Liebherr hatte offensichtlich keine Lust mehr auf den Job. Drei lautstarke Fehlzündungen holten Horndeich in die Realität zurück. Liebherr schien sich mit der rechten Seite des Sarges deutlich schwerer zu tun. Weitere Fehlzündungen knallten um Horndeichs Ohren, und die Drehzahlen des Baggers lagen im roten Bereich.

Den roten Bereich. Den hatte er auch kennengelernt. Er im Krankenhaus, Peter ebenfalls dort. Peter tot. Horndeichs Mutter eine wandelnde Vorwurfsmaschine. Der Polizist, der ihn gerettet hatte. Der Polizist, der zu ihm gesagt hatte: »Ich kann mir jetzt deine ganze Geschichte anhören und dich bemitleiden. Ich werde es nicht tun. Mein Problem war der Alkohol. Und es gibt nur einen einzigen Weg, so ein Problem loszuwerden. Du musst es wollen. Jede Hilfe ist umsonst, wenn du deinen kleinen Hintern nicht aus der Gosse hochheben willst, um mit trockenen Hosen durch die Welt zu laufen.«

Horndeich hatte nie in seinem Leben ein Gedicht auswendig gelernt und länger als drei Wochen in seinem Kopf behalten. Aber diese Worte des Polizisten in Hamburg, damals, als er sechzehn, fast schon siebzehn war, als sein Leben auf der Kippe stand, als es darum ging, noch einen Schuss zu setzen, und dann den letzten – da hatte jener Polizist diese Worte gesagt, und er hatte sich jedes einzelne eingeprägt. Seine Anleitung zum Leben. Dieser Mann hatte ihn gerettet.

»Okay, wir können ihn rausholen.«

Wieder die Stimme eines der Umstehenden, den er nicht identifizieren konnte.

Ein anderer Bagger fuhr in Richtung des Grabes, der große Bruder des kleinen Liebherrs. Der Motor war lauter, pupste jedoch keine Kanonenschläge. Mit einem speziellen Greifarm versehen, fuhr der Ausleger über das Grab, senkte sich nach unten, griff nach dem Sarg und beförderte ihn aus der Erde hinaus wieder ans Tageslicht. Er stellte ihn neben dem Grab ab.

Nein, seine Mutter hatte ihn nicht gerettet. Der Polizist hatte ihn gerettet. Aber am meisten von allen hatte er sich wohl selbst gerettet. Der Polizist – er war viel zu früh gestorben. Eine Kugel in den Oberschenkel, unterhalb der Schutzweste, genau durch die Arterie. Verblutet.

Aber er, Horndeich, er war seinen Weg gegangen, vielleicht auch ein wenig für jenen Polizisten, der sich seiner angenommen hatte. Und dann? Er war selbst Polizist geworden. Erfolgreich. Hatte eine Polizistin geheiratet. Hatte zwei Kinder, wie man sie sich besser nicht backen konnte. Er hatte sein Leben in den Griff bekommen. Nein, nicht nur das. Er, Steffen Horndeich, hatte ein verdammt gutes Leben geschenkt bekommen. Er konnte zufrieden sein. Mit sich. Mit der Welt.

Vielleicht war es wirklich an der Zeit, seinen Frieden zu machen mit der Mutter. Er musste sie finden, und sei es nur für seine Tochter Stefanie, die ein Recht darauf hatte, ihre Oma kennenzulernen.

»So, auf jetzt. Wir fahren den Sarg nach Frankfurt. Sie sind mit dabei, nicht wahr«, fragte irgendeiner der Exhumierungsdelegation.

»Ja. Klar. Ich fahr mit«, sagte Horndeich.

Feller hatte am Morgen fast eine halbe Stunde lang mit einer Dame vom Finanzamt telefoniert. Sie habe sich die gesamten zehn vergangenen Jahre des Vereins angeschaut. Ihr Fazit war ernüchternd: »Wenn jeder gemeinnützige Verein eine so saubere Buchhaltung führen würde, wie es der Verein Hunderetter RU tut, dann könnten wir hier anfangen, Stellen abzubauen. Im Ernst, Herr Kommissar Feller – es gab dort in den vergangenen zehn Jahren zwei Betriebsprüfungen, bei denen kein Stein auf dem anderen gelassen wurde. Da der Verein seine Buchführung ja über ein Steuerberatungsbüro abwickeln lässt, waren die Unterlagen stets absolut in Ordnung.«

So viel dazu, dachte Feller. Umso mehr mussten sie sich die Fragen stellen, wer die Personen waren, die auf diesem Karussell mitfuhren. Und letztlich mussten sie immer die wichtige Frage beantworten: *Cui bono?* Wer gewinnt? Denn wenn ein Mord nicht im Affekt geschah, sondern geplant war, stellte sich diese Frage immer.

Natürlich konnte der Gewinn des Mordes auch ein ideeller sein. In der gestrigen Nacht hatte er zu Hause noch über das Thema der Todesengel recherchiert. Jene Menschen, die andere in Pflegeheimen oder Krankenhäusern umbrachten. Oft lag das Motiv darin, Machtgefühle auszuleben, sich als Gebieter über Leben und Tod zu gerieren, wenn das eigene Selbstwertgefühl dieser Leute im Keller lag. Die Lektüre hatte ihn kaum einschlafen lassen. Nachts, im Bett, da schlichen sich die Angstgeister sehr gern mit unter die Decke. Feller hatte plötzlich Panik bekommen, ins Krankenhaus zu müssen. Und überall in seinem Körper begann es zu zwicken und zu zwacken, in der Blase, im Herz, im Darm. Bislang war er in seinem Leben von Panikattacken verschont geblieben – aber das, was er in der vergangenen Nacht erlebt hatte, kam einer solchen schon ziemlich nahe.

Feller hatte sich nach dem Telefonat mit dem Finanzamt den Stapel der Personalakten der Angestellten der Chrysteri-Organisation angesehen. Vielleicht gab es dort ja irgendwelche Hinweise darauf, dass einer dieser Menschen so etwas wie ein Todesengel sein konnte. Feller hatte bei den jeweiligen Ausbildungsbetrieben angerufen, bei vorigen Arbeitgebern und hatte sehr genau hingehört, ob man sich der früheren Mitarbeiter wohlmeinend erinnerte oder ob er den Eindruck hatte, dass hier jemand durch ein zu gutes Zeugnis abgeschoben werden sollte.

Er hatte keine Auffälligkeiten entdecken können. Die meisten Arbeitsverhältnisse hatten geendet, weil, so wie etwa bei Stella Bankowski, ein Ortswechsel angestanden hatte. Frau Bankowskis Mann hatte in Darmstadt eine neue Stelle angetreten – und die Familie war mitgezogen. Bei keinem der Angestellten war ein offensichtlich dunkler Fleck auf der Weste aufgetaucht.

Eine Akte lag noch vor ihm. Die von Andreas Liebermann. Nur weil er tot war, bedeutete das nicht, dass er nicht ein Mörder hätte sein können.

Zunächst notierte Feller sich das Altenheim in Taunusstein, in dem Andreas Liebermann von 2011 bis 2013 gearbeitet hatte. Als er mit der Personalabteilung verbunden war, ergaben sich einige bürokratische Hürden. Die Mitarbeiterin wollte bestätigt wissen, dass sie wirklich mit der Kriminalpolizei in Darmstadt telefonierte und nicht mit irgendeinem Headhunter oder anderem windigen Gesindel, wie sie es nannte.

Feller bot ihr an, das Polizeipräsidium Südhessen direkt anzurufen und sich zu ihm weiterleiten zu lassen. Drei Minuten später sprachen sie wieder miteinander.

»Herr Feller, Sie müssen das verstehen, ich musste auf Nummer sicher gehen. Der Datenschutz! Und da gibt es ja auch seit vierzehn Tagen dieses neue Gesetz, da kann ich es mir nicht leisten, irgendwelche Fehler zu machen.«

Feller besänftigte die Dame und erkundigte sich, ob Andreas Liebermann in ihrem Heim gearbeitet habe und ob das hervorragende Zeugnis gerechtfertigt war.

»Nun, Herr Feller, ich bin ja erst seit einem Jahr hier, aber lassen Sie mich mal nachsehen.«

Feller hörte das Klackern der Tastatur, wenig später wieder die Stimme der Dame aus der Personalabteilung. »Also, Herr Feller, das stimmt. Andreas Liebermann hat bei uns gearbeitet von 2011 bis zum Jahr 2013. Und hier habe ich auch das Zeugnis auf dem Bildschirm, das wir ihm ausgestellt haben.«

Es dauerte nur einen Augenblick, dann hatte er die Bestätigung, dass Andreas Liebermann in Taunusstein gearbeitet und dort wohl einen anständigen Job gemacht hatte.

Vor Taunusstein war er jahrelang im Pflegeheim Sonnenhalde in Berlin tätig gewesen. Wieder rief Feller dort an, ließ sich mit der Personalabteilung verbinden, und abermals wollte die Dame zurückrufen. Sie trug den einprägsamen Namen Schmidt.

»So, Herr Feller, was möchten Sie denn von mir wissen?«,

leitete Frau Schmidt das Gespräch nach den Begrüßungsfloskeln ein.

Feller fragte abermals nach dem ehemaligen Mitarbeiter Andreas Liebermann, der von 2006 bis 2011 in ihrem Hause gearbeitet hatte.

»Liebermann mit ie?«, wollte die Dame Sekunden später wissen.

»Ja. Liebermann mit ie und Andreas mit a«, bemühte sich Feller um ein wenig Humor.

Schweigen am anderen Ende der Leitung.

»Nein, da haben wir niemanden. Ein Andreas Liebermann hat niemals bei uns gearbeitet. Also zumindest nicht in den vergangenen fünfundzwanzig Jahren.«

»Frau Schmidt, ich habe hier ein Zeugnis, das im Jahre 2011 von Ihrem Hause ausgestellt worden ist.«

»Mir liegt ein solches Zeugnis nicht vor.«

»Darf ich es Ihnen zuschicken? Vielleicht jetzt gleich, per E-Mail?«

Frau Schmidt diktierte Feller ihre E-Mail-Adresse. Feller löste das Zeugnis aus der PDF-Datei von Liebermanns Personalakte mit wenigen Klicks heraus und schickte es an Frau Schmidt.

Sekunden später antwortete diese bereits: »Also, das kann ich mir nicht erklären. Der Briefkopf stammt auf jeden Fall aus unserem Haus. Aber in unserer Datenbank habe ich keinen Andreas Liebermann finden können. Und wir haben hier wirklich alle Angestellten aufgelistet, zumindest mit Namen und Anstellungszeitraum. Ein Andreas Liebermann hat bei uns nie gearbeitet. Ich geh mit dem Zeugnis sicherheitshalber noch zur Geschäftsleitung. Ich melde mich gleich wieder bei Ihnen.« Damit verabschiedete sich Frau Schmidt.

Feller wollte die Zeit, bis die Dame wieder zurückrufen würde, dazu nutzen, mit dem Pflegeheim in Hof Kontakt aufzunehmen, in dem Andreas Liebermann ja seine Ausbildung gemacht und danach noch bis 2006 dort gearbeitet hatte. Und ebenfalls mit einem blendenden Zeugnis entlassen worden war.

Das gleiche Spiel. Anruf beim Heim, Rückruf durch die Personalabteilung. Offensichtlich hatte sich das Vorgehen in der Branche herumgesprochen. Die Dame der dortigen Personalabteilung hieß ebenfalls Frau Schmidt. Feller war versucht, nach der Schreibweise zu fragen, unterließ es aber.

Wieder fragte er nach dem Zeitraum, über den hinweg Andreas Liebermann dort gearbeitet hatte. Oder gearbeitet haben sollte, wie er sich selbst in Gedanken verbesserte.

»Der Andreas?«

»Ja. Andreas Liebermann. Er hat doch bei Ihnen eine Ausbildung gemacht und dann bis 2006 bei Ihnen gearbeitet, oder nicht?«

»Also – da kann ich jetzt gar nicht so viel dazu sagen.«

»Aber ich bin doch richtig verbunden? Mit der Personalabteilung?«

»Ja, ja, ich bin die Personalabteilung, also, ja, Sie sind hier natürlich richtig mit mir verbunden«, stammelte Frau Schmidt.

»Also hat Andreas Liebermann bei Ihnen gearbeitet oder nicht?«

»Herr Feller, wenn Sie bitte einen kleinen Moment in der Leitung bleiben, ich werde Sie weiterverbinden«, sagte sie, und danach hörte Feller in der Warteschleife einen Song von den Beatles: »Nowhere man«. Irgendwie stieß er derzeit immer wieder auf die Pilzköpfe aus Liverpool. Entweder in seinen Gehirnwindungen oder jetzt in Form von Warteschleifenmusik.

Feller lehnte sich zurück. Dachte daran, dass er viel zu lange keine Beatles mehr gehört hatte. Zeit, sich mal wieder eine neue Playlist zusammenzustellen. Best of Pilzkopf. Denn er mochte dieses Lied.

He's a real nowhere man
Sitting in his nowhere land
Making all his nowhere plans for nobody

Er ist ein echter Nirgendwohin-Mann
Der in seinem Nirgendwo sitzt,
Und all seine Nirgendwohin-Pläne für niemanden macht

Auf dem Album *Rubber Soul*, erste Seite, viertes Lied. 1965. Manchmal vermisste Feller seine alten Vinylplatten. Heute existierte seine gesamte Musiksammlung nur noch auf Festplatte. Oder in der Cloud. Einer Wolke. Hatte eigentlich auch etwas Lyrisches …

Er hatte dieses Lied für sich wiederentdeckt, als er gemerkt hatte, dass er nach dem Tod seiner Tante, die bei einer Schießerei der Polizei mit RAF-Attentätern in Zürich ums Leben gekommen war, nicht mehr in der Lage war, ein sozialverträgliches Leben zu führen. Als Polizist auf der Straße hatte er nichts mehr getaugt. Er hatte sich damals selbst in den Innendienst versetzen lassen und seine lose Bekanntschaft zu Computern in eine festere Beziehung verwandelt, als es in mancher Ehe möglich war. Und so wurde er vom *Nowhere man* zum *Fool on the hill*, »a Guru in the cave«, wie Paul McCartney es ausgedrückt hatte. Der Guru in der Höhle. Das war ein Bild, mit dem Richard Feller gut leben konnte.

»Herr Feller?«, riss ihn eine andere weibliche Stimme aus seinen Überlegungen, nachdem das Lied abrupt verstummt war.

»Ja, Hauptkommissar Richard Feller – mit wem spreche ich bitte?«

»Sie sprechen mit Magdalena Trapp. Ich bin die Geschäftsführerin des Seniorendomizils Hubertus in Hof. Sie haben gefragt, ob Andreas Liebermann jemals in unserem Haus angestellt war.«

»Ja. Ich habe hier seine Unterlagen. Er hat bei Ihnen eine

Ausbildung gemacht, sie erfolgreich bestanden und ist dann in ein Arbeitsverhältnis übernommen worden. Laut meinen Unterlagen bis 2006.«

»Wieso fragen Sie nach ihm?«

Wieso können Sie nicht einfach meine Frage beantworten?, dachte Feller. »Ich frage nach ihm, weil er vor einer Woche ermordet worden ist.« Vielleicht funktionierte ja die Holzhammermethode.

»Ermordet? Von wem? Einem Angehörigen?«

»Er hat nicht mehr so viel Familie«, antwortete Feller, bevor er begriff, worauf sich Frau Trapp bezogen hatte: offensichtlich auf einen Angehörigen der Menschen, die Andreas Liebermann zu Pflege anvertraut worden waren.

»Was sagten Sie? Er hätte uns 2006 verlassen?«

»Ja. Und er hat ein exzellentes Zeugnis von Ihnen bekommen. Danach ist er nach Berlin gegangen.« Während Feller das aussprach, wurde ihm klar, dass Andreas Liebermann niemals in Berlin gewesen war. Deswegen hatte ihn Frau Schmidt auch nicht in irgendeiner Datenbank finden können. Offenbar waren hier einige Dokumente gefälscht.

»Herr Feller, Andreas Liebermann hat bis 2007 bei uns gearbeitet. Und das waren, wenn Sie mir die Bemerkung gestatten, elf Jahre zu viel. Niemand von uns hat etwas bemerkt. Anfangs nicht. Erst als es längst zu spät war.«

Schweigen am anderen Ende der Leitung. »Darf ich Sie fragen, wie Sie das meinen?« Aber eigentlich hatte Feller schon kapiert: Andreas Liebermann war ein Todesengel. Andreas Liebermann war *ihr* Todesengel.

»Wo wohnen Sie? Und wo hat Liebermann zuletzt gearbeitet?«

»Frau Trapp, ich bin von der Mordkommission in Darmstadt. Südhessen. Frankfurt am Main.«

»Ja, ich kenne Darmstadt. Liegt halt in Hessen, nicht in Bayern. Oder in Franken. Bei uns hat der Fall Liebermann hohe Wellen geschlagen.«

Der Fall Liebermann. Offensichtlich hatte Feller mit seinen Überlegungen ins Schwarze getroffen.

»Sie können das alles ohnehin in den Archiven der Zeitungen nachlesen, aber ich kann Ihnen gerne die Kurzfassung am Telefon schildern. Auch wenn mir das nicht leichtfällt, denn Liebermann hat unser Haus nachhaltig geschädigt.«

Magdalena Trapp berichtete: Andreas Liebermann hatte 1996 die Ausbildung im Seniorendomizil Hubertus begonnen und sie 1999 abgeschlossen. »Sie haben ja das Zeugnis vorliegen: Theorie war nicht so seine Stärke, aber er konnte gut mit Menschen umgehen. So wirkte es zumindest damals. Er war übernommen worden, und er hatte sich bestens ins Haus Hubertus eingefügt. Kein Murren, wenn es mal einen Nachtdienst mehr zu schieben galt, keine Diskussionen, wenn auch einmal zwei Wochenenddienste hintereinander absolviert werden mussten. Und immer war Andreas Liebermann zur Stelle, wenn es galt, Erste Hilfe zu leisten. Das war seine Passion: Leben retten. Er hatte mehrere Fortbildungen absolviert, mit besten Ergebnissen. Ich habe immer gedacht: Mensch, aus dem Jungen ist doch noch was geworden. Der kann lernen, wenn er will«, sagte Frau Trapp. »Andreas war einer unserer besten Mitarbeiter. Zuverlässig, pünktlich, einsatzbereit. Ich habe mich immer gewundert, dass er keine Freundin hatte. Er war gewiss kein Adonis, aber es gibt ja auch Angehörige meines Geschlechts, die einfach einen zuverlässigen Partner an ihrer Seite zu schätzen wissen. Allerdings war Andreas auch immer zurückhaltend und ein wenig zu schüchtern. In sich gekehrt, fast autistisch, so würde ich es heute beschreiben.

2006 kam ein Zivi auf mich zu. Der Name tut jetzt nichts zur Sache. Dieser Zivildienstleistende hatte bereits ein halbes Jahr in unserem Haus seinen Dienst getan. Er hatte all seinen Mut zusammengenommen. ›Frau Trapp‹, sagte er, ›da stimmt was nicht mit dem Andreas. Der scheint immer schon fünfzehn Minuten vorher zu wissen, wo es einen Notfall geben wird.‹ In dem halben Jahr, in dem dieser Zivi da war, hatte es fünf Wiederbelebungsversuche gegeben. Bei insgesamt nur drei Leuten. Für uns war es selbstverständlich, dass immer Liebermann mit dem Defibrillator die Leute versuchte ins Leben zurückzuholen – er hatte es schließlich in einigen Seminaren gelernt. Aber der Zivi berichtete, dass Liebermann mindestens bei den drei vergangenen Wiederbelebungen schon minutenlang vor dem Zimmer verharrt hatte, als ob er genau wüsste, was gleich passieren würde.

Ich fragte den jungen Mann, ob er darüber schon mit irgendjemand anderem gesprochen habe. Er verneinte. Er wäre direkt zu mir gekommen. Und sollte er unrecht haben, so hätte er zumindest mit mir geredet.

Ich habe dem Mann zunächst nicht geglaubt. Ich konnte es mir nicht vorstellen, dass Liebermann Menschen in Todesgefahr versetzen würde, nur um danach als der glorreiche Retter dazustehen. Sechs Wochen später starb einer unserer Bewohner. Wieder hatte Liebermann versucht, ihn mit dem Defibrillator zurück ins Leben zu holen, aber es war vergeblich.

Ich bin daraufhin zur Polizei gegangen. Und ich habe Andreas Liebermann aus dem Haus geworfen. Aus kriminaltaktischen Erwägungen heraus war das wohl ein Fehler. Aber so weit habe ich damals nicht gedacht. Es kam zum Prozess. Unser Zivi stand im Zeugenstand, ich ebenfalls. Ein Schuss nach hinten. Liebermanns Anwalt stellte Andreas als einen Mann dar, der in seinem Beruf höchste Befriedigung empfand, der sich weiterbildete, der das Wissen, das er sich angeeignet hatte, nutzte, um Menschen ins Leben zurückzuholen.

Liebermann wurde freigesprochen. Der Richter betonte in seiner Begründung, dass er mir und unserem Zivildienstleistenden Glauben schenke. Gleichzeitig habe die Rechtsmedizin kaum Indizien finden können, und schon gar keine

Beweise für diese Anschuldigung. Und eines der höchsten Rechtsgüter in diesem Land lautet nun mal: im Zweifel für den Angeklagten. Daher könne er Andreas Liebermann nur freisprechen. Nicht allein aufgrund der Unschuldsvermutung. Sondern weil man die Zweifel nicht gänzlich hatte ausräumen können.«

Die Mühlen der Justiz mahlten langsam, der Prozess hatte erst 2009 stattgefunden. Danach war Andreas Liebermann, fuhr Frau Trapp fort, von der Bildfläche verschwunden. Er gab seinen Wohnsitz in Hof auf, das hatte Frau Trapp nach ein paar Wochen herausgefunden. Sie wusste nicht, wohin der Mann gegangen war. Und sie war froh, dass er nicht mehr in ihrer Heimatstadt lebte.

Kaum hatte Feller das Gespräch beendet, klingelte sein Telefon erneut.

»Frau Schmidt hier, aus Berlin. Sie sind vielleicht schwer zu erreichen!«

Feller nickte, gar nicht registrierend, dass diese Bewegung über das Telefon kaum Zustimmung vermitteln konnte.

»Also, ein Andreas Liebermann hat bei uns nie gearbeitet«, sagte sie.

»Ja, ich weiß«, sagte Feller und verabschiedete sich.

Dann lehnte er sich in seinem Bürostuhl zurück und seufzte tief.

Andreas Liebermann war ganz offensichtlich ein Mann, der alte Menschen umgebracht hatte. Einfach so. Nur damit er als Held dastand.

Zumindest war es in Hof so gewesen.

Aber hier? Lucrezia von Selberg-Broode, sie war niemals wiederbelebt worden. Und auch der Mann aus dem Silberberg, Norbert Bellensdorf, war verschieden, ohne noch mal ins Leben zurückgeholt worden zu sein. In beiden Fällen war Andreas Liebermann nicht als potenzieller Retter auf der Bildfläche aufgetaucht.

Irgendwie passte das alles nicht zusammen.

Feller konnte zufrieden sein mit sich, er hatte über Andreas Liebermann etwas herausgefunden, das in diesem Fall bestimmt Bedeutung hatte.

Nun lag auf seinem Schreibtisch nur noch eine unerledigte Aufgabe. Der Neffe von Norbert Bellensdorf hatte ihm gestern das Transkript des handschriftlich verfassten Testaments zugeschickt. Bislang war Feller nicht dazu gekommen, sich das genauer anzuschauen. Jetzt öffnete er die Datei auf seinem Bildschirm.

Feller konnte keinen einzigen Buchstaben des Testaments lesen. Er erkannte die Schrift auf den ersten Blick: Deutsche Kurrentschrift. Auch bekannt unter dem Namen Sütterlin, auch wenn das im strengen Sinne nicht die korrekte Bezeichnung war.

Das Testament bestand aus vier Seiten. Feller blätterte weiter. Auf der dritten Seite ging es dann um den eigentlichen Inhalt des Testaments, gut lesbar in lateinischer Computerschrift. Die Abschrift des Neffen.

Feller las, dass eine Nikola Wüst zehntausend Euro erhalten hatte, weil sie bis zum Schluss Adolf, den Dackel von Norbert Bellensdorf, regelmäßig Gassi geführt hatte.

Danach las er die Passage über die Zueignung von mehreren Millionen Euro an den Verein Hunderettung RU. Dann stutzte Feller. Er las den Satz noch einmal. Und erkannte, dass er dem Fall eine ganz neue Dimension verlieh:

Ich möchte mich herzlich bedanken bei Horst Diebold, der mir die Arbeit des Vereins Hunderettung RU nahegebracht hat. Ohne ihn hätte ich den Wert dieser Arbeit und dieses Vereins niemals zu schätzen gewusst. Und ja: Jeder Cent, den ich diesem Verein zukommen lasse, ist ein Cent, der die Welt ein bisschen besser macht.

Diebold? Horst Diebold hat Werbung für diesen Verein gemacht?

Feller griff zum Hörer des Dienstapparats, wählte die Kurzwahl, dann sagte er: »Leah? Kommst du bitte mal kurz? Ich hab da was über Diebold. Und auch was über Andreas Liebermann.«

Eiszeit, dachte Horndeich. Er fühlte sich wie in einem Kühlraum eingeschlossen. Natürlich waren die Sektionsräume des rechtsmedizinischen Instituts in Frankfurt selten überheizt. Die eisige Stimmung rührte jedoch von den beiden Protagonisten im Sektionssaal: Martin Hinrich und Emilia Schubert wechselten kaum ein Wort miteinander.

Da sie beide Profis waren auf ihrem Gebiet, saß ohnehin jeder Handgriff.

Die Leiche von Norbert Bellensdorf lag auf einem der Sektionstische. Horndeich hatte erwartet, dass ein Körper, der sich bereits über ein Jahr in einem Grab befunden hatte, fast vollständig verwest wäre. Doch dieser hier war erstaunlich gut konserviert, sogar die Gesichtszüge konnte man noch erkennen.

»Warum ist der Leichnam so gut erhalten?«, wollte Horndeich wissen. Wenn er schon dazu verdonnert worden war, der Exhumierung beizuwohnen, so konnte er bei der Gelegenheit wenigstens seinen Bildungshorizont erweitern.

»Es handelt sich hierbei um den typischen Fall einer Wachsleiche«, begann Hinrich zu dozieren, und Horndeich konnte sich des Eindrucks nicht erwehren, dass der Rechtsmediziner froh war, einen Anstoß zu haben, ein paar Worte zu sagen.

Deshalb forderte Horndeich ihn gleich zu weiterer Erklärung auf: »Und das heißt?«

Während Emilia und Hinrich alle Schritte einer Obduktion lehrbuchmäßig abspulten, sprach Hinrich weiter: »Eine Wachsleiche entsteht, vereinfacht formuliert, wenn aus irgendeinem Grund die Sauerstoffzufuhr zu dem toten Körper unterbrochen ist. Dann bricht der Verwesungszustand ab, und die Körperfette wandeln sich zu einer wachsähnlichen Schutzschicht, den Adipociren.« Er deutete auf einen weißen Belag, der über der Haut des Verstorbenen lag. »Und diese Schicht verhindert die völlige Zersetzung durch Mikroorganismen. Tja, ich glaube, bei unserem Herrn hier war der Sarg einfach zu gut verschlossen. Luftdicht halt.«

»Aber auch Antibiotika können die Verwesung behindern oder zellschädigende Stoffe wie etwa jene bei einer Chemotherapie gegen Krebserkrankungen«, fügte Emilia Schubert ihr Fachwissen bei und brach damit ihr Schweigen.

Hinrich blitzte seine Kollegin an: »Nur hat der Hausarzt bescheinigt, dass Norbert Bellensdorf zu Lebzeiten absolut gesund war. Deine Theorie scheidet hier also aus.«

Horndeich erwartete, dass Emilia in diesem Duell nun mit einer Spitze reagieren würde, stattdessen lächelte sie und blinzelte Hinrich zu. Die Wirkung dessen war deutlich stärker, als es jede Spitze hätte sein können. Hinrich pfefferte sein Skalpell auf den Boden. »Oh, wie ungeschickt von mir«, versuchte er mit gepresster Stimme den der Wut geschuldeten Wurf als Ungeschicklichkeit zu tarnen.

Gegenüber Horndeich gelang ihm das nicht. Er konnte sich des Eindrucks nicht erwehren, dass die beiden sich gebärdeten wie ein altes Ehepaar, das auf eine über Monate oder Jahre hinweg erprobte Art und Weise einen Streit ausfocht. Nur fragte er sich, weshalb er dazu verurteilt war, diesem Streit beizuwohnen.

Hinrich entnahm die Organe, Emilia wog sie, sprach die Ergebnisse in ein Diktiergerät. Von einigen Organen schnitt sie Proben ab und konservierte dieselben.

»Hallo? Erde an Hinrich und Schubert? Können Sie mich vielleicht ein wenig auf dem Laufenden halten?«

Die beiden sahen einander nicht an. Keiner sagte etwas.

»Wissen Sie was, das ist mir zu blöd. Ich geh eine rauchen.« Horndeich verließ den Sektionsraum. Er rauchte nicht. Ein Laster, das sein ganzes Leben lang immer wieder einfach an ihm vorbeigerauscht war und nur einen Luftzug verursacht hatte, aber nie auch nur den Ansatz eines Bedürfnisses, den Daumen rauszuhalten und mitzufahren. Ok, beim Kippen-Laster. Den Haschich-Lieferwagen hatte er ja auf einer Tour begleitet …

Er gab ihnen zehn Minuten. Wenn dann keiner bei ihm auf dem Parkplatz auftauchte, um ihn mit Informationen zu versorgen, dann würde er zurück nach Darmstadt fahren.

In Minute fünf klingelte sein Handy. Leah.

Er lehnte sich an den Kotflügel des Wagens, nahm das Gespräch an. »Hallo, Kollegin. Was gibt's?«

»Hier einige Neuigkeiten. Hat Hinrich schon was zur Todesursache gesagt?«, fragte sie.

Horndeich verdrehte die Augen, was Leah natürlich nicht sehen konnte. »Nein. Man gibt sich bedeckt.«

»Gut, dann komm nach Darmstadt. Feller hat herausgefunden, dass Andreas Liebermann in einem anderen Altenheim schon einmal Menschen umgebracht hat. Höchstwahrscheinlich zumindest. Und unser Heimleiter, Horst Diebold – er hat Norbert Bellensdorf dazu gebracht, diesem Tierschutzverein so viel Kohle zu spenden.«

»Alles klar, ich fahre hier gleich los.«

Horndeich hatte schon den Türgriff des Insignia in der Hand, als Hinrich, noch mit Kittel beschürzt, auf den Parkplatz lief. »Horndeich, warten Sie doch bitte!«

Horndeich wandte sich dem Rechtsmediziner zu. Das Gefühl der Genugtuung machte sich breit, floss durch den Körper wie eine Welle von Wohlgefühl beim Geschmack von Kirscheis an einem heißen Sommertag.

»Ja? Sie wollen mir etwas mitteilen?«

»Ach, Herr Horndeich, seien Sie doch nicht gleich beleidigt. Es ist … ein wenig kompliziert. Emilia und ich …«

»Sie ist verheiratet. Aber nicht mit Ihnen.«

Hinrich sah Horndeich verdattert an: »Woher wissen Sie denn das?«

Eigentlich eine ziemlich bescheuerte Frage. Horndeich war Polizist. Er hatte sich bereits vor einem Jahr ein paar Minuten Zeit genommen, die Dame, die Hinrichs Herz seinerzeit offensichtlich im Sturm erobert hatte, zu googeln.

»Ich dachte, er wäre tot«, sagte Hinrich mit ungewohnt leisem, fast flüsterndem Tonfall. »Aber dann hat sie gesagt, es sei ihr Bruder gewesen, den sie hatte beerdigen müssen. Vor ein paar Monaten hat dann ihr Mann einen Schlaganfall erlitten und lebt jetzt in einem Pflegeheim. Sie besucht ihn jeden zweiten Tag.« Die letzten Worte hatte Horndeich kaum mehr vernehmen können.

Dann wandelte sich Hinrichs Tonfall von einem Moment auf den anderen wieder in den gewohnten, etwas überheblichen Tonfall: »Verdammt, was erzähle ich Ihnen hier eigentlich? Vergessen Sie es! Tut hier nichts zur Sache. Emilia ist jetzt auf jeden Fall im Labor.«

Es war Horndeich nur recht, dass Hinrich mit seiner Lebensbeichte nicht fortfuhr. Für so etwas war er definitiv der falsche Ansprechpartner. »Und das bedeutet?«

Hinrich lehnte sich neben Horndeich an den Kotflügel. »Bei Herrn Bellensdorf waren zumindest die Nieren angegriffen. Auch bei anderen Organen lohnt sich auf jeden Fall ein zweiter Blick. Der Leichnam ist natürlich nicht mehr ganz frisch, das erschwert die Untersuchung. Aber im Gegensatz zu Lucrezia von Selberg-Broode wissen wir ja hier jetzt ganz genau, wonach wir suchen müssen.«

Horndeich nickte nur.

»Haben Sie eine Zigarette für mich?«, fragte Hinrich.

»Zigarette?«

»Na, Sie haben doch gerade eine geraucht, oder nicht?«

»Ich rauche nicht, Dr. Hinrich. Ich hatte nur keine Lust mehr, mit Ihnen den Kühlraum zu teilen.«

»Kühlraum?«

»Vergessen Sie's. Wie lange braucht Ihre Kollegin, bis wir die ersten Ergebnisse haben?«

»Nun, die Proben müssen aufbereitet werden, und dann muss sie noch ein wenig mit dem Gaschromatografen hantieren. Dauert also noch ein Weilchen. Wenn alles glattgeht, haben wir die Ergebnisse in zwei Stunden, wenn es nicht glattgeht – wer kann das dann schon sagen …«

»Danke.« Horndeich öffnete die Tür des Insignia. Und erst als er den Motor angelassen hatte, stieß Hinrich sich vom Kotflügel ab.

»Das macht alles keinen gottverdammten Sinn«, fluchte Leah. Gemeinhin achtete sie mehr auf ihre Ausdrucksweise, doch die Puzzleteile, die sie bislang zusammengetragen hatten, wollten einfach nicht zu ein und demselben Bild passen. Vor wenigen Minuten hatte die Rechtsmedizin aus Frankfurt angerufen. Die Ergebnisse von Martin Hinrich und seiner Kollegin Emilia Schubert waren eindeutig: Auch Norbert Bellensdorf war mit Ethylenglykol vergiftet worden. »Die EDV-Dame im Goldenstern hat also festgestellt, dass Andreas Liebermann in den Wochen bevor Norbert Bellensdorf verstorben ist, im Silberberg, also in Diebolds Heim in Auerbach, gearbeitet hat. Das heißt, Andreas Liebermann könnte sowohl Lucrezia von Selberg-Broode als auch Norbert Bellensdorf mit Frostschutzmittel vergiftet haben.«

»Ja, das ist möglich«, sagte Feller.

Da hatten sie zwei Leichen, die kurz vor ihrem Tod ihr Testament zugunsten eines Tierschutzvereins änderten, und dann bekamen sie – gewissermaßen auf einem Silbertablett – einen Todesengel serviert, der beide hätte umbringen können. Aber was sollte Andreas Liebermann davon haben, dass er Menschen umbrachte, die an einen Tierschutzverein spendeten? Oder war er ein gedungener Mörder? Aber wer gab ihm Geld dafür, Menschen umzubringen, die an diesen Verein spendeten? Der Tierschutzverein selbst? Und woher sollte Andreas Liebermann überhaupt wissen, dass einer der Bewohner dem Verein Geld vermachte? Würden die alten

Herrschaften ihn über ihr jeweiliges Testament vorab informieren? Gerade Lucrezia von Selberg-Broode war gegenüber den Pflegern doch eher reserviert gewesen, wie es Ria Brandes geschildert hatte. Es passte einfach alles nicht zusammen.

»Gibt es irgendwelche Unregelmäßigkeiten auf seinem Konto?«, wollte Leah wissen. Sie hatte Feller vorhin gebeten, sich mit Liebermanns Bank in Verbindung zu setzen. Seine Kontonummer war bekannt, sie war ja in der Personalakte vermerkt gewesen.

»Das Konto ist absolut sauber. Das Gehalt geht ein, die Miete geht ab, dass Netflix-Abo, dass iTunes-Abo, Stromrechnung, Unterhalt für das Auto, einmal im Monat die Abrechnung der Kreditkarte, die er aber nicht exzessiv genutzt hat. Hausratversicherung, bei H&M ein paar Klamotten gekauft und ansonsten immer mal wieder Bargeld abgehoben. Andreas Liebermann war nicht der Typ, der auch die Erdnüsse bei Rewe mit der Scheckkarte bezahlt hat. Das Konto war die ganze Zeit über ausgeglichen. Keine immensen Kosten und außer dem Gehalt auch keine weiteren Einzahlungen.«

»Ich schicke das Team von Silvia Rauch noch mal in die Wohnung. Die sollen einfach alles umdrehen. Vielleicht hat er ja irgendwo ein Bargeldversteck. Und vielleicht finden wir bei ihm ja auch die Zwanzig-Liter-Vorratspackung für Frostschutzmittel.«

»Ich sehe da noch einen anderen Ansatz«, schaltete sich Horndeich in das Gespräch ein.

»Und der wäre?« Leah hörte sich selbst, spürte, dass ihre Stimme immer noch viel zu aggressiv klang.

»Ich stelle jetzt mal eine gewagte These auf: Wenn Horst Diebold Norbert Bellensdorf überreden konnte, einen Riesenanteil seines Vermögens diesem Hundeverein zu spenden, dann wäre es doch auch möglich, dass er Lucrezia von Selberg-Broode dazu überredet hat. Vielleicht ist er Mitglied des Vereins? Er macht also Werbung bei den solventen

Bewohnern – und wenn er sie so weit hat, dass sie seinem Verein Geld spenden, dann spielt er höchstpersönlich den Todesengel.«

»Oder es ist tatsächlich Zufall, dass genau die Menschen vergiftet wurden, die an diesen Verein gespendet haben«, gab Feller zu bedenken.

»Scheiße«, fluchte Leah.

Horndeich stand auf, dann sagte er: »Komm, werte Kollegin, wir statten Herrn Diebold jetzt noch mal einen Besuch ab. Mal sehen, was er dazu sagt, wenn er erfährt, dass nicht nur Frau von Selberg-Broode vergiftet worden ist, sondern noch ein weiteres Mitglied seiner ehrenwerten Bewohnerschaft. Und dann fragen wir ihn halt mal, wie das so ist mit ihm und dem Verein.«

Feller blieb sitzen. Er sagte: »Zwei sind Zufall. Drei sind eine Serie.«

Feller konnte auch kryptisch, so viel hatte Leah in der Zusammenarbeit mit ihm schon herausgefunden. »Was meinst du damit?«

»Was haben wir: Zwei alte Leute, die zwei Dinge gemeinsam haben: Beide sind mit Frostschutzmittel vergiftet worden. Und beide haben hohe Beträge an die rumänischen Hunderetter gespendet. Zwei kann Zufall sein. Wenn wir drei Bewohner haben, dann ist es eine Serie.«

»Und was willst du damit sagen?«

»Damit will ich sagen, dass ihr beide jetzt loszieht und ein ernstes Wörtchen mit Horst Diebold redet – und ich versuche, in Erfahrung zu bringen, ob es vielleicht noch mehr Leute gab, die diesem Verein hohe Summen gespendet haben. Sollte das der Fall sein, dann könnte es sich lohnen, auch diese Person nochmals aus der Erde zu holen.«

Der Ansatz war nicht schlecht, dachte Leah. Nur Martin Hinrich wäre nicht begeistert, sollte Richard Feller tatsächlich Erfolg haben. Dieser Gedanke wiederum entlockte ihr ein Lächeln. »Gut, dann machen wir das so.« Leah stand ebenfalls auf. »Na los, Kollege Horndeich, sprechen wir mit Diebold.«

Horndeich und Leah saßen erneut im schick eingerichteten Büro von Horst Diebold in der Seniorenresidenz Goldenstern. Diebold hatte Kaffee geordert, der dampfend vor ihnen auf dem Couchtisch stand.

»Sie wollten mich sprechen?«, fragte er und sah Horndeich und danach Leah an.

Leah strich sich eine Haarsträhne aus dem Gesicht, dann begann sie: »Herr Diebold, wir wollten Sie persönlich davon in Kenntnis setzen, dass wir bei unseren Ermittlungen einen großen Schritt weitergekommen sind.«

»Das freut mich! Hat die Exfreundin von Herrn Liebermann inzwischen ein Geständnis abgelegt? Oder haben Sie tatsächlich schon herausgefunden, wer Frau von Selberg-Broode vergiftet hat? War es jemand aus unserem Haus? Der Gedanke daran ist so schrecklich. Es wird nicht laut gesprochen, aber jeder schaut den anderen mit distanziertem Blick an.«

»Nein, unsere Erkenntnisse bewegen sich in eine ganz andere Richtung. Wir haben festgestellt, dass nicht nur Frau von Selberg-Broode vergiftet worden ist, sondern noch ein weiterer Ihrer Bewohner. Norbert Bellensdorf aus dem Silberberg in Auerbach.«

»Norbert? Norbert ist vergiftet worden?«

»Sie waren per Du?«

»Vergiftet?«, hakte Diebold nach, ohne Leahs Frage zu beantworten. Leah beantwortete die seine auch nicht.

»Äh, ja, Norbert und ich haben uns geduzt. Er hat es mir vor zwei Jahren angeboten. Er war ein kluger Mann, ein angenehmer Gesprächspartner. Und es gab auch Themen, über die wir uns austauschen konnten. Wir beide liebten Hunde. Zum Beispiel. Sein Dackel war ein Prachtexemplar.«

Ach, sieh mal einer an, dachte Leah. »Da geben Sie uns

gerade ein Stichwort. Wir haben herausgefunden, dass sowohl Lucrezia von Selberg-Broode als auch Norbert Bellensdorf dem Verein Hunderetter RU siebenstellige Beträge vererbt haben.«

Diebold nickte.

»Und in seinem Testament hat Herr Bellensdorf sich ausdrücklich dafür bedankt, dass Sie ihm den Verein nahegebracht hätten.«

»Ja. Das stimmt.«

»Und wussten Sie davon, dass Ihre Werbung von Erfolg gekrönt war?«

»Ja. Zumindest habe ich es angenommen. Norbert sprach davon, den Verein im Testament zu bedenken.«

»Fördern Sie denn den Verein auch? Sind Sie Mitglied?«

»Wissen Sie, ich tue mir immer etwas schwer, Mitglied in irgendwelchen Gemeinschaften zu werden. Ich habe kein Parteibuch, und ich gehöre auch keinem Verein an. Aber ja, ich unterstütze den Verein regelmäßig mit tausend Euro im Jahr. Denn ich habe ein Herz für Hunde. Und wie Sie selbst ja schon festgestellt haben, sind Hunde in meinen Heimen auch nicht tabu. Im Gegenteil. Auch Napoleon, der Hund von Frau Ankenbrand, verbringt wahrscheinlich mehr Zeit hier als in seinem Körbchen zu Hause.«

»Frau von Selberg-Broode hat ebenfalls einen sehr hohen Betrag an diesen Verein gespendet.«

»Das freut mich. Das freut mich sehr.«

»Und dort haben Sie auch Werbung für den Verein gemacht?«

Diebold erhob sich von seinem Stuhl, schritt hinter den Schreibtisch. Leah hörte, wie er eine Schublade öffnete. Er nahm einen Stapel Broschüren heraus. Davon griff er zwei ab, dann legte er den Stapel zurück und schloss die Lade.

Als er sich wieder setzte, reichte er sowohl Leah als auch Horndeich einen der Flyer. »Selbstverständlich mache ich dort Werbung. Bei all meinen Bewohnern, die auch nur einen Funken Interesse zeigen, wenn ich ihnen davon berichte.«

»Kommt es Ihnen nicht seltsam vor, dass zwei Ihrer Heimbewohner vergiftet worden sind, kurz nachdem sie diesen Verein in ihrem Testament mit Geld überschüttet haben?«

»Nein, das kommt mir absolut nicht seltsam vor. Es zeigt mir nur, dass diese Menschen tatsächlich noch ein bisschen Gefühl in sich hatten. Haben Sie eine Ahnung, was dort im Südosten Europas abgeht? Wie Hunde gefangen werden, getötet werden und die Menschen dafür noch Prämien kassieren?«

»Okay«, sagte Leah, und sie schien wieder in den Modus Kampfeslust geschaltet zu haben, wie Horndeich wahrnahm. »Überzeugen Sie mich. Ich bin Frau Lucrezia von Selberg-Broode. Wie schaffen Sie es, mich dazu zu bringen, einen Großteil meines Vermögens Ihrem Verein zu spenden?«

»Frau Gabriely, ich glaube nicht, dass ich Sie überzeugen könnte. Aber ich kann Ihnen authentische Videos und Fotos zeigen, die in Rumänien aufgenommen worden sind. Dann bekommen Sie einen Eindruck davon, wie Straßenhunde dort behandelt werden. Wir leben hier in einer satten Gesellschaft. Dieser Gesellschaft stünde es nicht schlecht zu Gesicht, auch den Ärmsten jenseits der eigenen Grenzen Gutes zukommen zu lassen.«

Aber er spricht jetzt nicht über Menschen, dachte Horndeich.

Diebold fuhr fort: »Ich habe von diesem Verein vor Jahren erfahren. Seitdem spende ich meine jährlichen tausend Euro. Ich habe mit dem damaligen Vorsitzenden Kontakt aufgenommen, habe ihn gebeten, mir Informationsmaterial zukommen zu lassen, damit auch ich die Ideen des Vereins in die Welt tragen kann – um es mal etwas poetisch auszudrücken. Und natürlich habe ich die Kontakte zu oftmals solventen Bürgern. Zu solventen Bürgern, die klug genug sind, sich sehr viele Gedanken darüber zu machen, was mit ihrem Vermögen nach ihrem Ableben geschehen soll. Und diesen Menschen erzähle ich, wofür ich mich engagiere. Ich frage sie, ob sie sich vorstellen könnten, auch einen Teil zum Erreichen des großen Ziels dieses Vereins beizutragen. Bei einigen stoße ich auf Unverständnis und Ablehnung, bei ungefähr dem gleichen Teil auf wohlmeinendes Interesse. Und dann gibt es jene Menschen, die tatsächlich sehr viel Geld spenden, damit dieser Verein seine noble Aufgabe durchführen kann. Und ja, ich habe auch Frau Lucrezia von Selberg-Broode davon erzählt, und sie hat mir zugehört. Wir haben viele und sehr intensive Gespräche darüber geführt. Dass sie tatsächlich einen Teil ihres Vermögens spenden würde, davon hatte ich keine Ahnung. Bei Norbert, wie gesagt, da wusste ich es. Er hat es mir gesagt. Er hat mir gesagt, wie sehr ihn meine Worte beeindruckt hätten. Und wie sehr er fühle, mit seiner Nachlassregelung genau das Richtige zu tun.«

Die nächste Frage stellte Horndeich. »Herr Diebold, wie haben Sie es geschafft, dass Herr Bellensdorf einem Verein Geld vermacht hat, der sich um rumänische Hunde kümmert. Er war doch wohl eher – formulieren wir es freundlich – national konservativ orientiert. Geld für Schäferhunde, Geld für Rauhaardackel oder eben Geld für das Tierheim in Göttingen, das hätte alles Sinn gemacht, das hätte alles zu seiner Weltanschauung gepasst. Aber nein, er führt mit Ihnen ein paar Gespräche, und dann spendet er die Hälfte seines Vermögens an einen Verein, der sich um rumänische Hunde kümmert. Rumänische!«

Diebold schüttelte den Kopf. Und seine Stimme wurde nun auch etwas lauter: »Ich sagte Ihnen schon, dass ich mit Norbert über viele Themen gesprochen habe. Eines der Themen war Europa. Rumänien ist ein Mitglied der Europäischen Union. Und ich bin zutiefst überzeugt davon, dass auch unser nationales Wohlergehen inzwischen untrennbar mit dem Wohlergehen von Europa verbunden ist. Auch wenn sich Nationalisten derzeit in einigen europäischen

Ländern im Oberwasser fühlen, ändert es doch nichts daran, spätestens seit sich die USA von Europa abgewandt haben, dass wir entweder zusammenhalten oder jeder für sich untergeht.«

Wow, dachte Horndeich. Der Mann würde einen guten Politiker abgeben. Wobei er die Aussage von Herrn Diebold durchaus unterschreiben würde. Was ihm nicht ganz in den Kopf ging, war, wie ausgerechnet rumänische Hunde die Rettung der Welt vorantreiben sollten. Er musste gar nicht fragen, Diebold sprach einfach weiter.

»Ich war selbst in Rumänien, habe das Tierheim dort besucht. Und ich habe die Rudel von Straßenhunden gesehen. Hunde, die in ihrem Elend kurz vor der Schwelle standen, Menschen anzufallen, um Nahrung zu bekommen. Und wenn wir in der Welt als starkes Europa auftreten wollen, dann müssen wir uns auch um die Schwachen kümmern. Hier in Deutschland gibt es kein Problem mit Straßenhunden. Aber in Rumänien eben. Und wenn wir dieses Problem dort an der Wurzel packen, an der Wurzel lösen, durch Kastration und durch Vermittlung der Hunde an Orte, an denen es ihnen besser geht – dann tun wir sehr viel für den europäischen Gedanken.«

Nein, Horndeich war nicht überzeugt. Aber das Vermögen, das er dem Verein hätte spenden können, war ja auch nur ein Krümel dessen, über was Norbert Bellensdorf hatte verfügen können. »Herr Diebold, können Sie uns sagen, ob noch jemand Ihrer Heimbewohner dem Verein große Beträge in seinem Testament vermacht hat?«

Diebold schüttelte den Kopf. »Ich bin kein Mitglied des Vereins. Ich habe keine Einsicht in die Bücher. Wer wie viel spendet, kann ich also nicht sagen. Aber ich weiß, dass ich meine Kraft dafür einsetzen werde, dass dieser Verein die Unterstützung erhält, derer er würdig ist.«

»Können Sie uns sagen, bei wem Sie für diesen Verein geworben haben?«

»Herr Horndeich, ich bin der Geschäftsführer der Chrysteri. Im Goldenstern und dem Silberberg bin ich zudem Heimleiter. Im Sommerfeld in Dieburg und im Rotenwald in Gernsheim muss ich nur ab und zu nach dem Rechten sehen. Aber Sie können sicher sein: Bei jedem Bewohner in allen vier Heimen der Chrysteri habe ich für die Hunderetter RU Werbung gemacht.«

»Herr Diebold, wann sind Sie zum letzten Mal in Urlaub gefahren?«, fragte Horndeich.

Diebold musterte ihn. »Das ist jetzt wohl der Moment, wo es für mich angebracht wäre, einen Anwalt hinzuzuziehen. Denn Sie fragen mich gerade nach meinem Alibi. Sie fragen mich, wo ich gewesen war, als die beiden alten Herrschaften verstorben sind. Wenn Sie nach meinem Urlaub fragen, gehe ich davon aus, dass sie über einen gewissen Zeitraum hinweg vergiftet worden sind.

Ich persönlich finde Ihre Anschuldigung unverschämt. Auf der anderen Seite weiß ich, dass Sie mich das fragen müssen. Die Antwort, die ich Ihnen jetzt gebe und die Sie problemlos nachprüfen können – fragen Sie meine Freundin, Vanessa Löblin, fragen Sie das Reisebüro, fragen Sie die Fluggesellschaft, fragen Sie die Hotels, in denen wir übernachtet haben, fragen Sie die Mitglieder unserer Reisegesellschaft – diese Antwort wird mich als potenziellen Giftmörder an den beiden Bewohnern meiner Heime wohl ausschließen. Wenn Sie davon ausgehen, dass derselbe Täter zweimal zugeschlagen hat. Von Mitte März bis Mitte Mai vergangenen Jahres haben meine Freundin und ich uns einen Jugendtraum erfüllt: Wir haben Südostasien bereist. Indien, Nepal, Sri Lanka, Bangladesch und Thailand. Als wir zurückkamen, habe ich erfahren, dass Norbert verstorben war. Wir haben es nicht einmal rechtzeitig zu seiner Beerdigung geschafft.«

Horst Diebold hielt kurz inne, dann fragte er: »Haben die Herrschaften noch Fragen?« Der Tonfall seiner Stimme hätte inzwischen vortrefflich in Hinrichs Kühlraum gepasst.

Feller hatte kurz mit der Zentrale telefoniert und gebeten, alle Anrufe, die in den kommenden zwei bis drei Stunden eingingen, mit seiner Dienstnummer zu verbinden. Er wiederum stellte das Telefon so ein, dass die Anrufe auf sein Handy weitergeleitet wurden. Somit würde dann alles direkt bei ihm landen.

Als Feller vom Präsidium nach Hause geradelt war, hatte er sich überlegt, einfach noch zwanzig Kilometer über das Oberfeld und vielleicht bis zur Grube Prinz von Hessen zu fahren. Aber so richtig Lust hatte er nicht. Er konnte am heutigen Tag wirklich zufrieden sein mit dem, was er herausgefunden hatte. Und dennoch blieb er unruhig, was er sich selbst nicht erklären konnte. Aber er kannte ein Gegenmittel. Das Zauberwort hatte sechs Buchstaben und nannte sich: Arbeit.

Zwei waren Zufall, drei waren eine Serie. Er musste den weiteren verstorbenen Bewohner finden, der ebenfalls an den Hundeverein gespendet hatte. So es ihn denn gab.

Schon vom Büro aus hatte er versucht, den Kontakt zu Angehörigen von Bewohnern des Goldensterns oder Silberbergs aufzunehmen. Immer noch stützte er sich auf die Liste, die Nathalie ihm vor wenigen Tagen angefertigt hatte, die Liste, die all jene nicht aufführte, die nach Krankheit oder durch Unfall gestorben waren,

Neun hatte er nicht erreicht, sondern nur Nachrichten auf der Mailbox hinterlassen. Bei den sechs anderen hatte sich das Prozedere stets geglichen: Sie hatten darauf bestanden, die Polizei anzurufen und sich zu ihm zurückverbinden zu lassen. Ja, im vergangenen Jahrzehnt war das Misstrauen gegenüber unbekannten Anrufern deutlich gestiegen. Von den sechs Personen, die er erreicht hatte, hatte ihm niemand bestätigen können, dass der Verblichene dem Verein Hunderetter RU etwas vermacht hatte. Zwei hatten keine Ahnung, vier waren sich sicher, dass kein Hund der Welt einen Cent des Erblassers erhalten habe.

In seiner Wohnung versuchte Feller, weitere Angehörige zu erreichen. Gern hätte er sich dazu auf den Balkon gesetzt. Vielleicht ein Glas Rotwein getrunken und in die Natur geschaut. Dienstliche Telefonate vom Balkon aus waren ihm jedoch nicht vergönnt. Der Innenhof war riesig. Und zur Innenseite dieses Hofes gingen zahlreiche Balkone. Die Akustik war ausgezeichnet – viel zu gut, um die Gespräche vor dieser Öffentlichkeit zu führen.

Also setzte er sich in sein Arbeitszimmer, das zwar auch ein Fenster hatte, aber im Vergleich zur Aussicht vom Balkon aus wie eine trostlose Höhle wirkte.

Er sah auf die Liste. Elisabeth Wagner. Verstorben mit neunundsiebzig Jahren im Goldenstern. Keine Angehörigen. Verflixt, wen sollte er da anrufen? Ihm fiel ein, dass Nathalie ihm ja schon bei ihrer ersten Begegnung mitgeteilt hatte, dass man sich im Goldenstern sehr darum bemühe, dass die Nachlassangelegenheiten der Bewohner frühzeitig geregelt wurden.

Sein Blick fiel auf die Uhr, die eine App rechts oben im Bildschirm anzeigte. Das Aussehen glich einer Bahnhofsuhr – im Falle dieser App ohne nervigen Sekundenzeiger. Kurz nach sechs. Feller öffnete sein elektronisches Adressbuch. Dank seiner akribischen Art hatte er die Telefonnummer der Rechtspflegerin des Nachlassgerichts Darmstadt sogleich notiert. Er wählte die Nummer, rechnete aber nicht damit, dass sie ans Telefon gehen würde.

»Nachlassgericht Darmstadt, Angelika von Liwke.«

»Guten Abend, Frau von Liwke. Ich habe ja gar nicht zu hoffen gewagt, dass Sie jetzt noch ans Telefon gehen, also, dass Sie überhaupt noch im Büro sind. Hier spricht Hauptkommissar Feller, Kripo Darmstadt. Ich bin ein Kollege von Hauptkommissarin Gabriely und Hauptkommissar Horndeich. Wir waren vergangene Woche bei Ihnen wegen des Testaments von …«

»Lucrezia von Selberg-Broode, ich erinnere mich. Ist

in dieser Sache noch irgendetwas unklar?« Unsicherheit schwang in ihrer Stimme mit.

»Nein, bezüglich des Testaments haben Sie uns wirklich weitergeholfen. Ich interessiere mich im Moment für den Nachlass einer anderen Bewohnerin desselben Heims. Elisabeth Wagner. Das Problem bei ihr: Es gibt keine Angehörigen. Meine Frage an Sie: Hat sie bei Ihnen ein Testament hinterlassen?«

»Können Sie mir bitte das Sterbedatum nennen?«

Feller blickte auf seine Liste: »Sie verstarb am 30. September 2016.«

»Elisabeth Wagner?«

»Ja, das war ihr Name.«

»Einen kleinen Moment.«

Feller hörte das vertraute Klappern von Tasten, dann meldete sich Frau von Liwke wieder zu Wort: »Ja. Wir haben tatsächlich ein Testament von ihr. Es wurde ein Erbschein ausgestellt. Ihr gesamtes Vermögen fiel einem gemeinnützigen Verein zu.«

Warum wird man bei einer Schreckensnachricht bleich, diese Frage hatte sich Feller vor einer Woche gestellt und am Tag danach kurz zu diesem Thema recherchiert. Die Antwort: Das Blut wird aus den Armen und Beinen abgezogen und den lebenswichtigen Organen zugeführt, wenn der Körper diese in Gefahr sieht. Fehlt das Blut in der Haut, erscheint diese bleich. Verantwortlich dafür ist unter anderem das Hormon Adrenalin. Natürlich hatte er nach gefundener Antwort nicht innegehalten, sondern über den Tellerrand geschaut. Man könnte auch sagen, er war vom Hölzchen aufs Stöckchen gekommen. Jetzt erinnerte er sich an die Wirkungsweise von Adrenalin. Ein Stresshormon. Der Blutdruck steigt, die Herzfrequenz erhöht sich, der Körper kann nun schneller reagieren, ganz wie unsere Vorfahren vor mehreren Tausend Jahren: Flucht oder Kampf, das ist hier die Frage. Eine der Wirkungen war unter anderem Trockenheit im Mund. Und das kannte Feller von sich selbst. War er aufgeregt, blieb ihm, im wahrsten Sinne des Wortes, die Spucke weg. So auch jetzt. Deswegen stammelte er ein wenig, als er fragte: »Hunderetter RU?«

»Ja, tatsächlich. Sie hat ihr gesamtes Vermögen diesem Verein gespendet. Das bestand im Wesentlichen aus ein paar Goldbarren im Bankschließfach und einem beträchtlichen Aktiendepot. Rund eine Dreiviertelmillion Euro.« Die Beamtin hielt kurz inne. »Hat nicht auch Lucrezia von Selberg-Broode diesem Verein eine beträchtliche Summe hinterlassen?«

Feller antwortete nicht. »Wäre es Ihnen möglich, mir eine Kopie des Erbscheins oder des Testaments zukommen zu lassen?«

»Ja. Selbstverständlich. Ich schicke Ihnen gleich eine Kopie an Ihre E-Mail-Adresse.«

»Haben Sie ganz herzlichen Dank, Frau von Liwke. Sie haben uns abermals sehr geholfen! Ich wünsche Ihnen noch einen schönen Abend.« Keine neunzig Sekunden später deutete ein *Pling* an, dass Angelika von Liwke Wort gehalten hatte. Sie hatte ihm sowohl eine Kopie des Testaments als auch eine des Erbscheins geschickt.

Feller öffnete das PDF. Das Testament war aufgesetzt am 1. August 2016. Keine zwei Monate vor ihrem Ableben.

Feller griff zum Telefon. Auch dieser Leichnam würde seiner Ruhe beraubt werden. Er wählte die Nummer des zuständigen Richters. Bestimmt würde Hinrich morgen wieder etwas zu tun bekommen. Und Feller konnte sich vorstellen, dass ihm das nicht schmecken würde.

Mittwoch, 13. Juni

Martin Hinrich war an diesem Morgen nicht nach Reden zumute – und das war Leah Gabriely nur recht. Horndeich hatte erzählt, welche Kapriolen der gelbe Bagger am Vortag geschlagen hatte, als der Kollege am Tag zuvor der Exhumierung von Norbert Bellensdorf hatte beiwohnen müssen. Leah hätte nicht im Traum daran gedacht, dass das Los heute sie treffen würde. Am vorigen Tag hatte Hinrich verkündet, dass er, sollte nochmals eine Leichenausgrabung nötig sein, von Anfang an mit von der Partie sein wolle, damit bei der Exhumierung keine Fehler gemacht würden. Nun standen sie am Rande des Grabes von Elisabeth Wagner auf dem Waldfriedhof.

»Wie viele wollen Sie denn eigentlich noch rausholen lassen«, fragte der Rechtsmediziner unvermittelt.

»Keine Ahnung«, antwortete Leah.

»Ich mach meinen Job ja gern, aber wenn die dann so vermodert sind – das ist dann doch nicht so mein Ding.«

Meins auch nicht, dachte Leah still. Sie fragte sich, wo Hinrichs Kollegin Dr. Emilia Schubert in diesem Moment war. Horndeich hatte gestern berichtet, dass die beiden einen regelrechten Ehekrach inszeniert hätten. Sonderlich sympathisch war ihr die Rechtsmedizinerin aus Leipzig nicht. Ein bisschen zu etepetete, ein bisschen zu affektiert. Instinktiv griff Leah an ihren Dutt.

Nach Hinrichs kurzer Intervention herrschte wieder Schweigen. Leah hörte, wie die Schaufel des Baggers zum ersten Mal Kontakt mit dem Sarg aufnahm. Die Helfer bei der Aktion traten an den Rand des Grabes, man beriet sich, dann setzte der Bagger sein Tun fort.

Der Sarg von Elisabeth Wagner schien gut erhalten. Ein zweiter und deutlich größerer Bagger hob ihn mit seinem Greifarm in einem Ruck aus dem Erdreich. Mitarbeiter eines Bestattungsinstituts bugsierten ihn in einen Leichenwagen.

Leah sah auf ihre Uhr, der kleine Zeiger hatte die Acht noch nicht einmal erreicht. Sie war überrascht, wie schnell es Feller gelungen war, die Exhumierung zu organisieren. Aber alles hatte perfekt geklappt. Sie würde jetzt mit nach Frankfurt fahren, und spätestens zur Mittagszeit wäre sie, hoffentlich mit Ergebnissen, wieder in Darmstadt.

»Ach, hier seid ihr!«, vernahm Leah eine weibliche Stimme hinter sich. »Ist ja ein wahres Labyrinth, der Friedhof!« Taugten Emilia Schuberts Stöckelschuhe noch für den Hauptweg des Waldfriedhofs, verlor sich ihr Sinn in den Tiefen des Seitenwegs vor dem Grab von Elisabeth Wagner. Und auf dem weitläufigen Gelände konnte man sich durchaus verirren: Der Gottesacker füllte die Fläche von mehr als dreißig Fußballfeldern.

»Hallo, Frau Gabriely«, sagte Emilia Schubert, versuchte auf Zehenspitzen zu Martin Hinrich zu gelangen, um die Absätze und ihre Fußknöchel nicht zu gefährden. Sie begrüßte ihn mit einem Kuss auf den Mund.

Na, ist der Ehefrieden wohl wiederhergestellt, dachte Leah. »Wir sind hier ja eigentlich auch fertig«, resümierte sie.

»Fertig? Dann hätte ich mir den Weg ja sparen können.«

Mit einem Blick auf den Friedhofsplan hättest du dir sicher eine halbe Stunde Suchen ersparen können, dachte Leah. Schließlich hatte Horndeich, nachdem er die Exhumierung organisiert hatte, jedem eine kurze Mail zukommen lassen, in der unter anderem die Parzellennummer vermerkt war, auf der Elisabeth Wagners Grab lag.

»Und Sie kommen mit nach Frankfurt?«, wollte Hinrich von Leah wissen.

»Ist es nötig?«

»Na ja, Sie kennen ja unsere Arbeit. Aufschneiden, ausräumen. Danach kommt der brisante Teil: Meine werte Kollegin«, Hinrich deutete auf Emilia Schubert, die daraufhin ein Lächeln in ihr Gesicht zauberte, als ob Heidi Klum sie soeben als nächste Kandidatin für *Germany's Next Topmodel* vorgeschlagen hätte, »sie wird dann im Labor klären, ob Sie mit Ihrer Theorie recht haben und auch Frau Wagner Opfer einer Vergiftung durch Ethylenglykol wurde. Sie können natürlich den Gaschromatografen gern über die Schulter schauen – aber das dauert halt seine Zeit.«

Leah hatte verstanden. Sie würde die beiden Turteltäubchen nicht stören. »Ich lasse Sie machen. Bitte melden Sie sich einfach, sobald Sie ein Ergebnis vorliegen haben.«

»Selbstverständlich, Frau Gabriely«, flötete Emilia Schubert. Zeitgleich erreichten Hinrich, Emilia Schubert und Leah den Ausgang. Bevor Hinrich in seinen BMW steigen konnte, drückte ihm Frau Schubert noch ein Küsschen auf die Wange, stöckelte dann zu ihrem roten MX5-Cabrio mit Leipziger Kennzeichen. In dem Moment, in dem Leahs EOS mit einem Aufleuchten der vier Blinker bezeugte, dass seine Pforten nun geöffnet waren, fuhr Emilia Schubert auch schon winkend an ihr vorbei. Selbstverständlich mit offenem Verdeck.

Feller hatte einen erstklassigen Job abgeliefert. Horndeich erinnerte sich daran, wie der Kollege vor drei Jahren zu ihrer Truppe gestoßen war. Horndeichs Frau Sandra hatte die Hände über dem Kopf zusammengeschlagen, als Horndeich ihr mitgeteilt hatte, wer da als Verstärkung zur Mordkommission geschickt worden war.

Sandra, früher ebenfalls aktiv im Polizeidienst, hatte den Kollegen Feller mehrfach erlebt – aber nicht als Computerexperten, sondern als Mitarbeiter, der draußen in der Welt Ermittlungsarbeit leistete. Das war sicher nicht seine Stärke gewesen, wobei Horndeich den Eindruck hatte, dass Feller heute deutlich entspannter mit Menschen umgehen konnte, als das noch vor drei Jahren der Fall gewesen war. Er musste nicht verstehen, weshalb, aber es war ihm nur recht.

Und dann hatte Feller am vorigen Abend das dritte Todesopfer ausfindig gemacht, das ebenfalls an diesen Verein für rumänische Hunde gespendet hatte. Eine Dreiviertelmillion Euro. Kaum zu glauben. Er fragte sich, was die Menschen dazu brachte, so viel Geld für eine solche Sache zu spenden. Kinderarmut in Deutschland war ein wichtigeres Thema, dachte Horndeich. Oder Kriegsflüchtlinge, die kaum mehr hatten als die Kleider an ihrem Leib. Sebastian Rossberg, der Vater seiner ehemaligen Kollegin Margot Hesgart, er unterrichtete zwei syrische junge Frauen, Alia und Ceylin, und einen jungen Mann, Udai, der ebenfalls aus diesem Land kam, in Deutsch. Die drei besuchten ihn dreimal die Woche für zwei Stunden im Souterrain seines Hauses. Seine Lebensgefährtin, Chloe, gebürtige Amerikanerin, sprach mit den dreien Englisch, das diese deutlich besser beherrschten. Und wenn er eines wusste, dann, dass diese drei jungen Menschen die deutsche Sprache wirklich lernen wollten. Um hierbleiben zu können, um sich hier ein Leben aufzubauen.

Horndeich war weder blind noch naiv, dazu war er zu lange bei der Polizei. Auch er sah in den Parallelgesellschaften mit mafiaähnlichen Strukturen ein großes Problem. Doch er hatte ein Problem damit, dass alle in einen Topf geworfen wurden, Alia, Ceylin, Udai mit den Clans in Berlin und den Gangs in Frankfurt. Und einem Verein, der diese Menschen die deutsche Sprache lehren wollte – dem würde er auch Geld hinterlassen.

Udais Eltern und jene von Ceylin lebten nicht mehr. Sie waren im April 2017 ums Leben gekommen. In der syrischen Stadt Chan Schaichun. Horndeich hatte sich den Namen auch nur merken können, weil Sebastian Rossberg ihn ihm mindestens zehn Mal vorgebetet hatte. Ein Giftgasangriff. Bei dem sich viele Seiten darum stritten, wer ihn denn nun begangen hatte. Horndeich wusste es nicht. Aber dass Jugendliche, deren Eltern bei einem Giftgasangriff ums Leben gekommen waren, flüchteten – das leuchtete ihm ein. Und für einen Moment musste er sich vorstellen, dass seine Tochter …

Horndeich hielt sein Gedankenkarussell mit einer Notbremsung an. Er nippte an seiner Kaffeetasse. Ganz leicht zitterte seine Hand.

Er hatte den Gedanken gerade erfolgreich verscheucht, als Silvia Rauch an den Türrahmen des Büros klopfte.

»Komm rein!«, sagte Horndeich.

»Na, du siehst so aus, als hätte ich dich bei wichtigen ermittlungstaktischen Überlegungen gestört?«

»Nicht wirklich«, antwortete Horndeich.

»Wir haben die Durchsuchung von Andreas Liebermanns Wohnung abgeschlossen.«

Horndeich setzte sich auf, drückte das Kreuz durch. »Und? Was gefunden? Sonst stündest du wahrscheinlich jetzt nicht hier.« Er machte eine einladende Handbewegung in Richtung des Bürostuhls auf der gegenüberliegenden Seite. Horndeichs und Leahs Schreibtische standen einander direkt gegenüber. Der von Leah war stets penibel aufgeräumt, und Horndeich bemühte sich redlich, diesem Ideal zu folgen. Vergeblich, aber nicht völlig aussichtslos.

Silvia Rauch trat ein, zögerte kurz. Horndeich schmunzelte. Leahs Terrain war vermintes Gebiet. So akribisch, wie sie ihren Platz fast mikrobiotisch rein hielt, so sehr war sie darauf bedacht, dass niemand auf ihrem Thron Platz nahm. »Sie begleitet Hinrich zur Exhumierung. Sie kommt erst gegen Mittag zurück«, gab Horndeich Entwarnung.

Silvia ließ sich auf Leahs Stuhl nieder. »Viel haben wir nicht gefunden. Ich habe nochmals mit dem Vermieter telefoniert. Liebermann hatte auch eine Garage im Hof. Die diente ihm als Stauraum. Viel steht dort allerdings nicht. Ein paar Kisten, ein paar Möbel – die Hoffnung, dass wir dort einen Vorrat an Frostschutzmittel finden, hat sich nicht erfüllt.«

»Aber?«, gab Horndeich Silvia die Möglichkeit, auf den Punkt zu kommen.

»Wir sind durch seine Regale gepflügt. Da war nichts Auffälliges. Ein paar Ordner waren mit dem Etikett *Finanzen* beschriftet. Darin waren die Steuererklärungen der letzten zehn Jahre fein säuberlich abgeheftet. Aber unspektakulär.«

»Also nichts, was ins Auge fiel?«

»Doch. Er hatte eine Geldkassette. So was Ähnliches. Eine Blechkiste, dreimal so groß wie eine Zigarettenschachtel. Und darin zweitausendsechshundert Euro Bargeld. Das Ganze im Kleiderschrank, unter dem Sockenberg. Das würde ich definitiv nicht als normal bezeichnen.«

»Irgendein Hinweis darauf, woher das Geld stammt?«

Silvia lächelte und schüttelte den Kopf. »Ich habe es mit den durchgestrichenen Nummern von Lucrezia von Selberg-Broode verglichen. Sie hat ihm das Geld nicht gegeben.«

»Silvia, ich kenne dich schon so lang. Das war das Vorprogramm. Können wir jetzt bitte zur Sache kommen?« Es war Horndeich nicht entgangen, dass Silvia ihr Tablet mitgebracht hatte.

»Also gut. Ich kann nicht sagen, ob das was Wichtiges ist. Ich teile dir nur mit, was mir aufgefallen ist.«

»Leg los«, sagte Horndeich und wiederholte die einladende Handbewegung.

»Mir ist das Portemonnaie ins Auge gesprungen. Ein Geldetui aus rauem Leder. Hellbraun, nichts Auffälliges.« Silvia zeigte Horndeich mehrere Fotografien der Brieftasche. Das letzte Bild zeigte die Börse aufgeklappt. »Da, auf der rechten Seite, das ist das Fach für die Münzen. Mit Druckknopfverschluss. Und links, da siehst du die Fächer für alles, was Scheckkartenformat hat.«

Horndeich betrachtete die Abbildung. »Ja. Sehe ich. Und was ist damit?«

»Jetzt kommt die nächste Aufnahme, da habe ich alle Karten aus der Geldbörse genommen. Jetzt schau«, sagte Silvia und zeigte auf den oberen Schlitz, in dem auf dem vorigen Bild eine Scheckkarte gesteckt hatte. »Hier war eine EC-Karte von der Darmstädter Volksbank drin.« Sie deutete auf den Schlitz darunter: »Da war die Kreditkarte drin. Auch Volksbank.« Dann zeigte sie auf die beiden unteren Schlitze. »Fällt dir da irgendwas auf?«

Horndeich betrachtete die Fotografie, konnte aber nichts Merkwürdiges erkennen.

»Dieser Schlitz ganz unten, in dem hat keine Karte gesteckt. In dem dritten war auch keine.«

Mit einer Spreizbewegung der Finger vergrößerte sie das Bild, sodass nur noch die Einschübe drei und vier zu sehen waren. Jetzt erkannte Horndeich, dass beide vollkommen unterschiedlich aussahen.

»Schau, hier, in diesem dritten Fach, da muss aber über einen längeren Zeitraum eine Karte gesteckt haben. Die beiden Enden sind völlig ausgeleiert. Und hier ...–«, sie zeigte auf die Ecken des dritten Einschubs, »hier sieht man auch Schleifspuren. Die Karte ist immer wieder rausgenommen und reingesteckt worden.«

Silvia beendete den Vortrag, und Horndeich sah sie mit großen Augen an. »Und?«, brachte er seine Verwirrung auf den Punkt.

»Ich kann dir nur sagen, dass hier bis vor ganz kurzer Zeit eine dritte Karte gesteckt hat. Und verwendet wurde. Das Portemonnaie hat ja noch viele weitere Kartenfächer.« Sie wischte jetzt auf dem Tablet nach rechts, dann sah man Fotos, auf der die Geldbörse noch weiter aufgeklappt war. »Von Krankenkasse bis zum Organspendeausweis – hier hat er all die Karten aufbewahrt, die man nicht jeden Tag ziehen muss. Aber diese dritte Karte, die hat er öfters benutzt. Deswegen war sie auch in den äußeren Fächern und nicht in den versteckten inneren.«

»Und was war das jetzt für eine Karte?« Horndeich schalt sich einen Idioten. Das war die Steilvorlage für Silvia.

»Das, werter Kollege, ist euer Job. Ich liefere nur die Fakten.«

Horndeich nickte.

Ein wenig resigniert. Offenbar war eine nicht vorhandene Karte im Scheckkartenformat gerade ihre heißeste Spur.

Leah hatte erwartet, dass die Liste der Spender, die den Verein Hunderetter RU in den vergangenen fünf Jahren mit einem Geldsegen bedacht hatten, mindestens fünf Aktenordner gefüllt hätte. Stattdessen hatte Oliver Cosqualez ihnen einen einzigen Schnellhefter überreicht. Die Spenderliste umfasste keine zwanzig Seiten.

Cosqualez hatte Horndeich und Leah freundlich empfangen, als diese ihn vor einer Stunde aufgesucht hatten mit der Bitte, ihnen ebenjene Liste auszuhändigen. Dem würde er gerne nachkommen, versicherte er, aber der Datenschutz … Sobald ihm eine richterliche Verfügung vorläge, würde er die Daten selbstredend ausdrucken. Wenige Telefonate später spuckte das Fax im Büro von Hunderetter RU den Beschluss aus. Cosqualez hatte sich an den Rechner gesetzt und die Liste ausgedruckt. Feller hatte sie vor wenigen Minuten gescannt und in eine Tabelle umgewandelt. Nun saßen sie im kleinen Besprechungsraum, und der große Monitor zeigte die Zusammenstellung.

Leah bat Feller: »Kannst du die Liste nach der Höhe der Spenden sortieren?«

Es kostete Feller zwei Mausklicks. Fünf Euro, fünf Euro, fünf Euro, dann ein paar Spalten mit Zehn-Euro-Beträgen. Es folgten die Spenden in Höhe von jeweils zwanzig Euro.

»Sortier sie doch bitte andersrum. Die hohen Beträge zuerst«, bat Horndeich.

Leah staunte nicht schlecht. Der höchste Spendenbetrag war mit sechs Millionen Euro dotiert. Der Gönner hieß William Bösedow und hatte in Stuttgart gewohnt. Die Spalte, die rechts von jener mit der Höhe der Geldsummen angeordnet war, trug die Überschrift *Herkunft*. In Herrn Bösedows Fall stand dort: *Erbschaft*. Bei den niedrigen Posten war in der jeweiligen Tabellenzelle immer die Bezeichnung *Website* vermerkt. Bösedows Spendedatum lag fast auf den Tag genau drei Jahre zurück.

Der Name in der Spalte unter William Bösedow war Leah bekannt: Norbert Bellensdorf. 3,2 Millionen Euro. Es war die zweithöchste Spende, die der Verein jemals erhalten hatte.

Sigrid Röder hielt den dritten Platz, mit immerhin noch 2,5 Millionen Euro. Auch sie hatte in Stuttgart gewohnt und war wie Norbert Bellensdorf vor einem Jahr verstorben.

Leahs Blick fiel auf die Zeile Nummer vier. Jasper Wellnitz hatte 2,2 Millionen Euro an den Verein gespendet. Das Treppchen knapp verfehlt, dachte Leah. Er war vor vier Jahren in Darmstadt verstorben. Die Adresse erkannte Leah auf den ersten Blick: Sie gehörte zur Seniorenresidenz Goldenstern.

»Schaut mal«, sagte Horndeich. »Die beiden Stuttgarter Adressen. Die sind identisch.«

Feller rief Google Earth auf und gab die Adresse in der Parlerstraße ein. Er pfiff durch die Zähne: »Noble Gegend. Killesberg.« Seine Finger flogen über die Tasten, und Sekunden später hatte er die Website eines Altersheims auf den Bildschirm gezaubert: *Seniorenresidenz Filantropos*. Der Bezeichnung *Seniorenresidenz* wurde das Gebäude gerecht. Sicherlich hundert Jahre alt, schätzte Leah, groß, schön, teuer. Der Text auf der Startseite schien Programm:

Filantropos – unser Name ist Programm. Entlehnt aus dem Griechischen, bezeichnet Filanthropia die Nächstenliebe. In freundlichster Umgebung, mit wundervollem Blick auf die baden-württembergische Hauptstadt werden Sie bei uns jeden Tag genießen. Luxus und Fürsorge, die Ihnen nach einem langen Leben gerechterweise zustehen.

Leah brauchte es nicht auszusprechen, Richard Feller erriet ihre Gedanken – oder er hegte genau dieselben. Er scrollte die Liste ein kleines Stückchen nach unten, und erneut tauchte die Stuttgarter Adresse auf.

»Sortier es nach den Adressen«, baten Leah und Horndeich simultan. Aber kein weiterer Mensch aus der Seniorenresidenz Filantropos hatte in den vergangenen fünf Jahren auch nur einen Euro an die Hunderetter RU gespendet. Doch stattdessen sprang ihnen die nächste Übereinstimmung ins Auge: Im Alphabet vor Stuttgart folgte in der Spenderliste die Stadt Reutlingen. Wieder stammten zwei Geldspenden von Menschen mit derselben Adresse. Einmal belief sich der Geldsegen auf eine halbe Million Euro, einmal auf eine Million.

Richard Feller wiederholte die Suche nach der Adresse im Netz und in Google Earth. Auf halber Höhe der Achalmer Straße in Richtung des Konferenzhotels befand sich das Seniorenstift *Dikaios*. Die Website zeigte ein Gebäude, das jenem in Stuttgart in keiner Weise nachstand. Und auch der Text klang verdächtig vertraut:

> *Dikaios – unser Name ist Programm. Entlehnt aus dem Griechischen, bezeichnet Dikaiosýni die Gerechtigkeit. In freundlichster Umgebung, mit wundervollem Blick auf Reutlingen werden Sie bei uns jeden Tag genießen. Luxus und Fürsorge, die Ihnen nach einem langen Leben gerechterweise zustehen.*

»Scheint derselbe Werbetexter zu sein«, bemerkte Horndeich trocken.

Feller schaltete kurz zurück auf die Sortierung nach Geldbeträgen, markierte die Nummer zehn der Liste, schaltete danach wieder auf die Sortierung nach Adressen zurück. Tübingen. Dreimal vertreten, dreimal dieselbe Adresse. Die nächsten Klicks waren bereits Routine. Das Heim hieß Sofios.

Entlehnt nach dem griechischen *Sofia* für Weisheit. Eine weise Entscheidung, den *Luxus* und die *Fürsorge* dieses Hauses zu wählen, verhieß der Starttext auf der Internetseite.

»Zufall geht anders«, brachte es Horndeich auf den Punkt.

Die übrigen Wohltäter, die alle mindestens sechsstellige Summen gespendet hatten, kamen aus dem Goldenstern in Darmstadt, dem Silberberg in Auerbach und aus einem Heim namens Sommerfeld in Dieburg.

Feller schaltete zurück auf die Sortierung nach Geldbeträgen. Eine Viertelmillion war die niedrigste sechsstellige Summe. Danach folgten noch die Spende von Diebold über tausend Euro, danach nur Spenden im unteren dreistelligen Bereich oder eben im zweistelligen oder einstelligen. Hinter all jenen Spenden war als Herkunft immer *Website* angegeben.

»Es gibt überhaupt keine Barspenden«, bemerkte Feller. »Ganz offensichtlich sammeln Cosqualez und seine Gefährten ihre Gelder nicht in den Fußgängerzonen.

»Jetzt stellt sich die wichtigste Frage: Gehören diese Heime in Baden-Württemberg auch Horst Diebold?«

Theodor Knaup wirkte ein wenig – altmodisch. Er trug Anzug und Krawatte, beide bestimmt nicht billig. Das Haar war licht, die verbleibenden Strähnen mit Gel nach hinten getrimmt. Und mit der Brille auf der Nase wirkte er auf Horndeich ein wenig wie der Lehrer Lämpel aus *Max und Moritz*. In diesem Moment hielt er sogar einen Zeigestock in der Hand. Seine Stimme war kräftig und angenehm und hätte auch einem Staatsmann gut zu Gesicht gestanden.

Knaup gehörte zum Bereich Wirtschaftskriminalität des Polizeipräsidiums in der Klappacher Straße. Die Spitze des Zeigestocks richtete sich auf ein rechteckiges Kästchen am oberen Rand der Präsentationsfolie, die Knaup zuvor erstellt hatte und die jetzt in Übergröße auf dem Surface Hub zu sehen war.

Zwei Stunden zuvor hatten Horndeich und Leah ihm die Ergebnisse mitgeteilt, die die Analyse der Spender des Vereins Hunderetter RU ergeben hatte. Die Frage, die nun über allem stand: Gehörten die Heime aus der Stuttgarter Region ebenfalls zu Horst Diebolds Gruppe? Oder war er auf die eine oder andere Weise mit diesen Heimen verbunden? Knaup hatte wissen wollen, bis wann sie die Ergebnisse bräuchten. Und während Horndeich in seinem Hirn noch nach einer diplomatischen Formulierung gekramt hatte, war Leah helfend eingesprungen: »Vor drei Stunden wäre super.«

Knaup hatte nur genickt und verkündet, er würde sehen, was sich machen ließe. Knaup war erst seit einem Monat im Präsidium angestellt. Horndeich hatte den Kollegen schon ein paarmal gesehen, aber bislang noch kein persönliches Wort mit ihm gewechselt. Passend zu Anzug und Krawatte favorisierte er bislang noch das Sie statt des Dus.

Bevor er an den großen Bildschirm im kleinen Besprechungsraum getreten war, hatte er deutlich gemacht, wie sehr er sich ins Zeug gelegt hatte. Dank guter Kontakte zu einem Kollegen aus dem gleichen Ressort des Polizeipräsidiums Stuttgart, der wiederum seinerseits einen guten Draht zur IHK in Stuttgart pflegte, die ihrerseits einen kurzen Weg zum Amtsgericht und damit zum Handelsregister unterhielten, wäre es ihm gelungen, die groben Strukturen auseinanderzudividieren. Und auch Feller hatte seinen Teil dazu beigetragen, die Puzzleteile zusammenzutragen.

»Ich möchte es mal so formulieren«, hatte Knaup erklärt. »Hätten wir hier ein Puzzle mit tausend Teilen vor uns, lägen jetzt schon dreihundert an der richtigen Stelle. Das genügt, um zumindest ein grobes Bild zu zeigen.«

Horndeich selbst hatte wenige Stunden zuvor mit einem Stuttgarter Kollegen telefoniert. Michael Flaig, ebenfalls Hauptkommissar der Mordkommission, hatte ihm aufmerksam zugehört, als Horndeich ihm die Namen der großzügigen Spender an den Verein Hunderetter RU durchgegeben hatte. Die Aufgabe der Stuttgarter war nun, herauszufinden, ob auch bei diesen Todesfällen irgendwelche Indizien dafür sprachen, dass hier vielleicht jemand nachgeholfen hatte, damit freizügige Hinterlassenschaften an den Verein fließen konnten. Eine Antwort hatte Horndeich von Flaig zu diesem Zeitpunkt der Besprechung noch nicht erhalten.

»Also«, begann Knaup den Vortrag, »das Ergebnis zuerst: Horst Diebold hat mit all den Heimen zu tun, die Sie mir genannt haben. Horst Diebold ist der Vorstandsvorsitzende einer Aktiengesellschaft. Diese Aktiengesellschaft heißt Diliprotuum AG.«

»Was ist das denn für ein Name?«, fragte Leah.

Es war Feller, der eine Antwort parat hatte: »Die ganzen Firmen orientieren sich ja an irgendwelchen griechischen Ausdrücken des Humanismus. Allein heute haben wir gesehen, dass sie sich gerne mit Nächstenliebe, Weisheit oder Gerechtigkeit schmücken. Ich denke, der Name Diliprotuum AG geht auf das griechische *diliges proximum tuum* zurück, was nichts anderes heißt als *Liebe deinen Nächsten.*«

»Kann sein«, übernahm Knaup wieder das Wort. »Auf jeden Fall führt er den Vorsitz dieser Aktiengesellschaft. Und diese Aktiengesellschaft ist die Holding für zwei Gesellschaften mit beschränkter Haftung & Compagnie Kommanditgesellschaft – besser bekannt unter ihrer Abkürzung GmbH und Co. KG.«

»Was bedeutet das bitte: Holding?«, wollte Horndeich wissen. Klar, er hatte den Begriff schon gehört, aber es war ihm wichtig, diesem Knaup jetzt genau folgen zu können.

»Holding – stellen Sie sich das so vor wie ein Dach über einem Haus in vielen Wohnungen. Die Aktiengesellschaft ist das Dach, und unter der Aktiengesellschaft sind über mehrere Stockwerke viele Wohnungen. Stellen Sie sich vor, der Strom für die Steckdosen kommt nicht durch Leitungen im Boden, sondern über Drähte, die zum Dach des Hauses führen. Unter dem Dach wohnt kein Mensch. Dort steht einzig und allein der Verteiler, der alle darunterliegenden Wohnungen mit Strom versorgt. So, und nun ersetzen Sie den Begriff *Strom* durch *Geld* – dann haben Sie eine Vorstellung davon, was eine Holding ist.«

Das verstand Horndeich. Er mochte Menschen, die komplizierte Dinge so einfach wie Christoph von der *Sendung mit der Maus* erklären konnten.

»Eine dieser GmbH & Co. KGs hat ihren Sitz in Darmstadt. Die Chrysteri GmbH & Co. KG. Dort ist Diebold der geschäftsführende Gesellschafter.«

»Jetzt verstehe ich das«, sagte Feller. »Man muss lernen, so zu denken. Chrysteri steht für das griechische *Chrysos,* also Gold, und *Asterí,* also Stern. Goldenstern.«

Knaup legte die Stirn in Falten ob der Unterbrechung. »Mag sein. Griechisch war noch nie meine Stärke«, sagte er. »Wie Sie hier sehen«, fuhr Knaup fort, »leitet Horst Diebold unter diesem Dach vier Heime. Goldenstern in Darmstadt, Silberberg in Auerbach, Sommerfeld in Dieburg und Rotenwald in Gernsheim. In zweien dieser Häuser ist er außerdem als Heimleiter tätig, im Goldenstern und dem Silberberg.«

»Damit scheffelt er eine Menge Kohle«, warf Leah ein.

»Selbstverständlich«, antwortete Knaup. »Er bekommt ein Salär als Vorstandsvorsitzender der Diliprotuum Aktiengesellschaft, ebenso als geschäftsführender Gesellschafter der Chrysteri GmbH und dann noch als Heimleiter des Goldensterns und des Silberbergs.«

Wow, dachte Horndeich. Irgendetwas hatte er bei seiner Karriereplanung falsch gemacht.

»Und wie ist es mit den Heimen rund um Stuttgart?«, wollte Leah nun wissen.

»Da ist sein Einfluss geringer. Es gibt eine Dachorganisation, die Filantropos in Stuttgart, die gleichzeitig das gleichnamige Heim betreibt. Ob Diebold hier Anteile hatte, das werden die fehlenden siebenhundert Teile des Puzzles zeigen. Diebold ist dort Gründungsgesellschafter, aber nicht geschäftsführender Gesellschafter. Insgesamt sind es acht Heime, die unter dem Dach der Filantropos GmbH & Co. KG arbeiten, alle im Raum rund um Stuttgart. Diebold ist jedoch nirgendwo Heimleiter und bei den jeweiligen Tochterfirmen auch nirgendwo geschäftsführender Gesellschafter.«

»Also hat er keine Karten drin bei den Stuttgartern?«, stellte Leah die entscheidende Frage.

»Ach, Frau Gabriely, das eine sind die Strukturen eines Unternehmens, das andere sind die Verpflichtungen innerhalb eines solchen. Ich kann Ihnen nur sagen, welche Positionen Horst Diebold auf dem Papier hatte. Welche Positionen er in der Realität ausübte – das kann ich Ihnen nicht sagen. Aber, unterm Strich: Horst Diebolds Name taucht in allen Heimen, die Sie mir genannt haben, auf. Das kann ich mit Sicherheit sagen. Was ich Ihnen ebenfalls noch mitteilen kann, zumindest nach meinem schnellen Check: Laut Finanzamt sind die Stuttgarter Heime ein Vorzeigemodell. Wenn ein Beamter des Finanzamts von einem Unternehmen schwärmt – nun, das kann man auf zwei Arten interpretieren. Entweder macht das Unternehmen seinen Job extrem gut. Oder das Unternehmen macht seinen Job extrem gut, um nicht aufzufallen. Aber da sind wir wieder bei den fehlenden siebenhundert Puzzleteilen.«

Leah bedankte sich bei Knaup. Er hatte sie ein gutes Stück vorangebracht, ihnen die Strukturen eines dubiosen Systems von Pflegeheimen erklärt.

»Diebold kann wohl kaum der Mörder sein. Wie soll er Norbert Bellensdorf im Silberberg und gleichzeitig Sigrid Röder in Stuttgart vergiftet haben. Das passt alles nicht«, sagte Horndeich.

»Und auch Andreas Liebermann hat in Stuttgart nie gearbeitet«, stellte Feller fest. »Der war immer nur im Goldenstern oder im Silberberg beschäftigt.«

Leah wandte sich nochmals an Knaup, der sich inzwischen

gesetzt hatte. »Herr Knaup, eine Frage noch: Unter dem Dach der Chrysteri ist es gängige Praxis, dass die Mitarbeiter zeitweise in den anderen Heimen der Gruppe arbeiten. Wenn im Silberberg Not am Mann ist, springt jemand vom Goldenstern kurzfristig ein. Ist das Konstrukt in Stuttgart ähnlich? Könnte jemand von Reutlingen problemlos ein paar Wochen in Tübingen arbeiten?«

Knaup erhob sich wieder, obwohl es am Monitor nichts mehr zu zeigen gab. »Ja. Die Konstrukte in Darmstadt und Stuttgart sind ähnlich. Wäre ich ein Unternehmer, würde ich es ähnlich aufziehen. Ich könnte meine Mitarbeiter problemlos mal an dem einen oder mal an dem anderen Standort beschäftigen. Wenn mir die Mitarbeiter nicht gegen das Knie träten, wäre alles in Ordnung.«

Leah schwieg kurz, dann sagte sie: »Gehen wir davon aus, dass Liebermann für Chrysteri der Todesengel war. Er wurde immer an den Stellen eingesetzt, an denen jemand vergiftet werden sollte. Ich lasse jetzt ganz bewusst außen vor, wer letztlich davon profitierte. Aber wenn dasselbe Prinzip auch in Stuttgart gelten sollte, dann müsste es dort einen Pfleger oder eine Pflegerin geben, die bei allen Todesfällen jeweils sechs Wochen vor Ort gearbeitet hat.«

Horndeich dachte kurz nach. Und er musste zugeben: Leah Gabriely hatte recht. Vielleicht gab es zwei Todesengel. Vielleicht gab es einen Leiter, Horst Diebold, aber vielleicht waren zwei Personen für die Tötung der Bewohner verantwortlich. Zeit, dem nachzugehen.

»Dann müssen wir die Mitarbeiter in Stuttgart überprüfen lassen. Also die Mitarbeiter in Stuttgart, Tübingen, Reutlingen – und all den anderen Heimen, die unter der Fuchtel von Horst Diebold standen.«

Leah nickte, stand auf. »Horndeich, du hast bereits mit den Stuttgartern Kontakt aufgenommen. Bitte kümmere dich darum, dass sie uns die Personalakten der Mitarbeiter schicken. Und dass sie vielleicht vorher schon klären, wer von den Mitarbeitern bei allen Todesfällen, bei denen Geld an den Verein Hunderetter RU geflossen ist, vor Ort gepflegt hat. Vielleicht gibt es ja einen ähnlichen Treffer in Stuttgart wie bei uns mit Andreas Liebermann in Darmstadt.«

Kurz herrschte Schweigen im kleinen Besprechungsraum. Dann sagte Feller, ganz leise: »Und wir müssen diesen Verein noch mal genauer unter die Lupe nehmen.«

»Papa?«

»Ja, mein Schatz?« Horndeich hatte gedacht, nein, er hatte gehofft, dass mit dem Lesen von mehr als fünf Seiten über dem normalen Pensum seine Tochter nun jenes Stadium der Müdigkeit erreicht hätte, das sie endlich würde einschlafen lassen. Doch er kannte seine Tochter. Der Tonfall, in dem sie die zwei Silben des von ihm so geliebten Wortes Papa ausgesprochen hatte, verkündete, dass hier noch eine Diskussion anstand. Zumindest eine kurze.

»Papa, ich finde das nicht gut.«

»Was findest du nicht gut?«

»Dass ich mich mit dem Jonas vertragen soll und du dich mit deiner Mama nicht verträgst. Also mit meiner Oma.«

»Stefanie, du darfst den Jonas nicht hauen.«

»Aber der Jonas sagt immer so böse Sachen. Papa, du bist keine linke Socke! Du bist überhaupt kein Strumpf! Das darf der Jonas nicht sagen. Und wenn er so was sagt, dann kriegt er eine auf die Nase!«

Tja, die große Schere zwischen dem, was politisch korrekt war, und dem, was er eigentlich für korrekt hielt. Wenn ihn Jonas beleidigte und seine Tochter ihm dafür eine auf die Zwölf gab – eigentlich sollte er sich freuen, für die Courage, die Stefanie an den Tag legte. Auf der anderen Seite waren Prügel nie eine Lösung. Sollten es zumindest nicht sein.

»Stefanie, der Jonas, der ist einfach dumm. Der versteht einige Sachen nicht.« War das ein Weg zu weniger Gewaltbereitschaft?

»Papa, das habe ich ihm ja auch gesagt. Ich habe ihm gesagt, dass er dumm ist. Und dass er nix versteht. Und da ist er auf mich los. Und da habe ich ihm eins auf die Nase gegeben. Voll auf die Zwölf!«

Horndeich wandte sich ab. Auf keinen Fall durfte seine Tochter jetzt sehen, dass er von einem bis zum anderen Ohr grinste. Er antwortete nichts, und seine Tochter legte schnell nach. »Aber das ist nicht richtig. Du hast ja gesagt, man muss mit jedem irgendwie zurechtkommen.«

»Ja, Stefanie«, sagte Horndeich. »So ist das. Auch wenn man Leute nicht mag, muss man mit ihnen zurechtkommen.«

»Also darf man sie auch nicht wegkicken.«

»Nein, das sollte man nicht. Man sollte immer versuchen, mit den Menschen zu reden.«

»Ja, Papa, da hast du recht.«

Seine Tochter schmiegte sich jetzt an ihn. Und Horndeich kannte sie gut. Wenn sie diese katzenhafte Bewegung in seine Richtung anstrengte, dann wusste er, dass irgendetwas im Busch war. Entweder folgte darauf das Geständnis, etwas Falsches getan zu haben, oder, viel schlimmer, eine Retourkutsche, basierend auf irgendwelchen Phrasen, die er irgendwann einmal von sich gegeben hatte. Und seine kleine Tochter war so verdammt schlau, sie ihm alle um die Ohren zu hauen. »Papa, dann musst du dich auch mit deiner Mama vertragen.«

Horndeich schwieg.

»Wenn ich mich mit dem Jonas – wie sagst du immer: arrangieren muss, dann musst du das auch mit deiner Mama. Mit meiner Oma. Papa, ich möchte sie endlich kennenlernen!«

Das Vertrackte daran war, dass seine Tochter die Wahrheit sprach. Sie repräsentierte alles, wozu er sie erzogen hatte. Ausgleich statt Prügel, das war die Devise. Aber er selbst? »Stefanie, ich weiß überhaupt nicht, wo meine Mama jetzt wohnt. Ich weiß noch nicht mal, ob sie überhaupt noch lebt!« Er hatte nicht nachgedacht über den Satz, er hatte ihn einfach nur ausgesprochen.

»Papa. Du bist die Polizei. Du findest jeden. Wenn du das wirklich willst. Und ich möchte endlich meine Oma kennenlernen.«

Horndeich schwieg abermals. Es war alles gesagt. Und er wusste nicht, wie er sich den Argumenten seiner Tochter hätte widersetzen können. Verflixt, warum war Sandra jetzt nicht da? Bei solchen Diskussionen, da war er immer für die sachlichen Argumente zuständig. Die weiblichen Argumentwindungen – das war Sandras Job. Er vermisste sie. Er vermisste sie in seinen Armen. Und er vermisste sie ganz besonders hier und jetzt bei dieser Diskussion.

Sein Handy klingelte. Er sah auf das Display. Der Kollege aus Stuttgart.

»Schatz, da muss ich rangehen. Gute Nacht. Schlaf gut!«

»Papa, schlaf du auch gut. Aber vergiss nicht: Ich will meine Oma kennenlernen! Also meine andere Oma!«

Noch bevor Horndeich irgendetwas hatte erwidern können, hatte sich Stefanie schlagartig Richtung Wand gedreht, die Bettdecke zur Schulter gezogen. Ende der Diskussion.

Horndeich verließ das Kinderzimmer und nahm gleich darauf das Gespräch an.

»Herr Horndeich, hier Michael Flaig, Kripo Stuttgart.«

Horndeich schloss die Tür zum Kinderzimmer bis auf einen schmalen Spalt. »Danke, dass Sie mich zurückrufen.«

»Ihr Verdacht hat sich bestätigt.«

»Was heißt das?«

»Das heißt, dass wir hier, nachdem wir nur drei Stunden ein bisschen rumtelefoniert haben, bereits vier Fälle von Ihrer Liste dahingehend einstufen können, dass hier durchaus Zweifel an einem natürlichen Tod angebracht sein könnten. Zwei aus Stuttgart, einer aus Reutlingen, einer aus Tübingen.«

»Wow«, sagte Horndeich und ließ sich auf den Stufen der Treppe zum Erdgeschoss nieder.

»Aber das ist noch nicht alles. Wir wussten ja, in welcher Richtung wir suchen mussten. Bei allen vieren gibt es genau eine Pflegerin, die immer ein paar Wochen zuvor im jeweiligen Heim gearbeitet hat. Lydia Kirchner.«

»Haben Sie mit dieser Lydia Kirchner schon gesprochen?«

»Nein. Wir haben zwar bei ihr geklingelt, aber sie ist heute Abend nicht zu Hause gewesen. Wir werden es morgen versuchen, da hat sie Spätdienst.«

»Und was unternehmen Sie bezüglich der Verdachtsfälle?«

»Dasselbe wie Sie. Wir haben die Exhumierung beantragt. Ich glaube, das wird morgen bereits losgehen. Auch Ihr Rechtsmediziner aus Frankfurt hat sein Kommen zugesagt.«

»Dann möchte ich mich herzlich bei Ihnen bedanken. Keiner von uns hatte auf dem Schirm, dass da so etwas Großes dahinterstecken könnte.«

»Ja. Ist ja nur gut, dass Sie dahintergekommen sind.«

Zufall, dachte Horndeich. Wäre Lucrezia von Selberg-Broode nicht an jenem Abend mit dem Kopf auf dem Boden aufgeschlagen – sei es durch Ria Brandes oder durch einen Sturz –, niemand wäre darauf gekommen, dass Lucrezia von Selberg-Broode und noch weitere Menschen heimtückisch über längere Zeit vergiftet worden waren. Horndeich hatte lange darüber nachgedacht, ob Ria Brandes die Wahrheit sagte. Hatte sie die alte Dame wirklich nur am Schreien hindern wollen, wenn auch auf eine etwas unglückliche Art, mit dem Kissen im Gesicht, für wenige Sekunden? Oder hatte sie sie tatsächlich ermorden wollen? Um das Bargeld aus der Harfe zu klauen? Nicht wissend, dass ihre Tochter eine größere Erbschaft erwartete?

Horndeich wusste, dass dies Sache des Richters wäre. Er müsste darüber befinden, inwieweit Ria Brandes sich schuldig gemacht hatte. Doch je länger er darüber nachdachte, desto mehr erschien ihm die Version, die Ria Brandes erzählt hatte, glaubhaft. Wenn das auch hier überhaupt nichts zur Sache tat.

Und dann war da die Angelegenheit mit seiner Mutter. Seit dreißig Jahren hatte er keinen Kontakt mehr zu ihr. Und genauso lange redete er sich ein, dass er das auch nicht vermisste. Als er Sandra geheiratet hatte, da war dieses Thema an die Oberfläche geschwappt. Sandra hatte nicht verstanden und sich auch nicht damit abfinden wollen, dass er seine Mutter nicht zur Hochzeit einladen wollte. Horndeich hatte ihr nur mitgeteilt, er habe mit seiner Mutter gebrochen, er wisse nicht, wo und wie sie jetzt lebe. Und sooft er nach Diskussionen mit Sandra durchaus in der Lage war, den eigenen Standpunkt zu hinterfragen und eventuell auch zu verändern, so stur war er in diesem Punkt geblieben.

Sandra hatte zuvor ja selbst bei der Polizei gearbeitet und ihre eigenen Kontakte. Sie hatte den Kollegen nach Ingeborg Horndeich aus Hamburg suchen lassen. Aber er hatte keinen Erfolg gehabt. Sandra hatte sich damit abgefunden, Horndeich war dankbar dafür. Und nun: Jetzt war da seine Tochter, die auf die ihr eigene durchsetzungsstarke Art nach ihrer Oma fragte – nein, *verlangte*. Horndeich wusste nicht einmal, ob sie überhaupt noch lebte.

Doch er war es seiner Tochter schuldig, nach seiner Mutter zu suchen. Auch wenn er auf ihr Leben selbst keinen Pfifferling mehr gab.

INGEBORG IV

Niemals hätte ich gedacht, dass ich hier so viel Zeit verbringen würde. Xaver ist seit über zehn Jahren tot, und ich lebe bereits über fünf Jahre in diesem Heim.

Die Bewohner sind nett. Und ja, hätte es Xaver nicht gegeben und ich wäre Wilhelm vierzig Jahre früher begegnet – vielleicht wären wir ein Paar geworden. So genießen wir die gemeinsame Zeit, gehen sogar ab und an noch mal ins Theater.

Wie gern würde ich meinem Sohn erzählen, wie es mir ergangen ist. Vor zehn Jahren, da habe ich mal einen Privatdetektiv engagiert, in der Hoffnung, er könne Valentin ausfindig machen. Aber es ist ihm nicht gelungen.

Wilhelm hat mich vor einem Jahr gefragt, wem ich eigentlich mein Geld hinterlassen möchte. Zunächst war ich ratlos. Aber dann, dann tauchte plötzlich dieser Herr Diebold auf. Er ist Teilhaber des Unternehmens, zu dem dieses Heim hier gehört.

Ich war erstaunt, dass einer von der Führungsriege sich zu den Bewohnern hinabbequemt. Er war mir von Anfang an sympathisch. Ein eloquenter Mann, der sich zu benehmen wusste. Und der einer Dame den Stuhl zurechtrückte, damit sie sich setzen konnte. Einer mit Manieren.

Er hat mich gefragt, was ich mir wünsche, was mein Geld bewirkte, wenn ich aus diesem Leben scheide. Zunächst fand ich es ungehobelt, dass er es wagte, solch ein Thema anzusprechen, und das sagte ich ihm auch. Er hat daraufhin nur die Schultern gezuckt und gemeint: »Frau Wellenburg, ich bin sehr viel jünger als Sie, aber ich mache mir heute bereits

Gedanken darüber, was mit meinem Geld passiert, wenn ich nicht mehr da sein werde. Natürlich hoffe ich, dass dieser Zeitpunkt noch weit entfernt liegt. Aber wer ist gefeit gegen Unfälle? Und so habe ich bereits heute ein Testament aufgesetzt, hinter dem ich zu hundert Prozent stehe.«

Es hat mich nachdenklich gemacht. Sehr nachdenklich.

Ein paar Wochen später habe ich ihn gefragt, was mit seinem Geld passiert, sollte er von einem Moment auf den anderen nicht mehr auf dieser Erde weilen. Er hat mir berichtet, dass er sich wünsche, dass auf der Welt mit den Geschöpfen Gottes besser umgegangen würde, als es heute der Fall sei. Und da wolle er einen kleinen Teil dazu beitragen.

Ich habe ihn gefragt, wie er das meine. Er hat mich angelächelt und hat gesagt: »Wie oft haben Sie schon Richelieu gestreichelt?«

Da musste auch ich lächeln. Richelieu war der Hund unserer Pflegedienstleiterin. Und sie brachte ihn jeden Tag mit zur Arbeit. Er wohnte quasi in ihrem Büro. Die Frage von Herrn Diebold ließ sich einfach beantworten: »Jeden Tag mindestens einmal.«

Und dann zeigte er mir ein Foto von Richelieu, der im rumänischen Braşov als Welpe in ein Tierheim gekommen war. Ein Straßenhund. An einigen Stellen hatte der Hund gar kein Fell mehr und wunde Stellen. Er war in einem entsetzlichen Zustand. »Mein Geld wird dafür Sorge tragen, dass es diesen armen Geschöpfen besser geht.«

Er hat mir von dem Verein erzählt, für den er sich engagiert. Hunderetter RU. Der Verein hätte seinen Sitz zwar in Darmstadt, aber er unterstütze ein großes Tierheim in Braşov, der siebtgrößten Stadt in Rumänien.

Er hat mir Bilder gezeigt aus Braşov, die er selbst aufgenommen hat. Ausgemergelte Hunde, kranke Tiere, die versuchten, im Großstadtdschungel zu überleben.

Als er mich das nächste Mal besucht hat, da habe ich ihn

gefragt, ob er mir nicht ein bisschen mehr über diesen Verein erzählen könne.

Schon eine Woche später kam er wieder zu mir. Und hatte Jackie dabei. Auch so eine Promenadenmischung. Jackie hat mir gleich die Hand geleckt. Wir haben uns sofort verstanden. Herr Diebold hat sein Tablet angeschaltet. »Ich zeige Ihnen ein paar Bilder, ich glaube, das zeigt viel besser, worum es hier geht.«

Schon beim ersten Bild schossen mir die Tränen in die Augen. »Das ist Jackie vor einem halben Jahr«, sagte er. Als ob die Kleine gespürt hätte, was auf dem Tablet gezeigt wurde, winselte sie kurz.

»Na ja, und wie sie jetzt aussieht, sehen Sie ja.«

Er hat mir viele Bilder gezeigt, auch von den Menschen, die dort arbeiten. Einfache Menschen in einfacher Kleidung. »Sie können sich nicht vorstellen, wie hoch die Arbeitslosigkeit dort ist. Vierzig Leute haben sie dort angestellt. Und sie werden anständig bezahlt. Damit ist dieses Heim eigentlich auch ein bisschen ein Heim für Menschen.«

Auf dem nächsten Bild strahlte mich eine junge Frau an, die drei Welpen auf ihrem Arm hielt. Auch ihre Kleidung war ärmlich, aber das Gesicht leuchtete regelrecht vor Glück, und auch die Hunde sahen zufrieden aus. Was für ein süßes Bild! Als Herr Diebold gegangen war, habe ich viel nachgedacht. Ich habe mich danach mit Wilhelm besprochen. Er sagte, er könne mit Hunden nicht viel anfangen. Er sei wohl eher der Katzentyp. Und er würde sein Geld lieber Vereinen spenden, die sich um Menschen kümmern. Aber – er fände das nicht schlecht. Und wenn Diebold sich dafür engagiere, dann wäre es wohl auch seriös.

Ich habe dann mit Diebold gesprochen. Er hatte Tränen in den Augen, als ich andeutete, dass ich den Verein sehr großzügig zu bedenken gedachte. Ich war mir sicher, das Richtige zu tun. Ich habe mich dann an einen Notar gewandt und mein Testament aufgesetzt. Ich habe wirklich alles versucht, um meinen Sohn zu finden. Vergeblich. Und er hat auch nie Kontakt zu mir aufgenommen.

Spricht irgendetwas dagegen, mein Geld, wenn ich nicht mehr bin, diesen geschändeten Kreaturen zukommen zu lassen?

Nein.

Ich bin mit mir im Reinen.

Ich habe ein Leben gelebt, das sehr viele schöne Seiten hatte. Meine Jahre mit Xaver – mein Gott, wem ist schon so ein Glück beschieden, einen Abschnitt seines Lebens mit solch einem Menschen teilen zu dürfen.

Ich werde bald gehen.

Ich spüre das.

Die Kälte.

Donnerstag, 14. Juni

Der Tag begann alles andere als gut. Zunächst: Kaffee perfekt, Müsli perfekt, Wetter perfekt. Und dann trat Leah Gabriely aus der Wohnungstür auf die Straße.

Am Abend zuvor war sie erfreut gewesen, für ihren VW unmittelbar vor dem Haus einen Parkplatz gefunden zu haben. Sie hatte niemanden, mit dem sie dieses Glück teilen konnte, und sich so allein ein Glas leckeren südafrikanischen Rotweins auf ihrem Balkon gegönnt.

Und nun? Nun stand direkt hinter ihrem Wagen Brunos Jeep Gladiator. Es fiel ihr immer noch schwer, sich an den Anblick zu gewöhnen. Jedes Mal, wenn sie den Wagen sah, versetzte es ihr einen Nadelstich ins Herz. Leah wusste, wie damit rational umzugehen war. Und gleichzeitig erkannte sie, wo ihre Grenzen lagen. Wie lange hatte es gebraucht, bis sie bereit gewesen war, irgendeinen Mann auch nur in die Nähe ihres Körpers oder gar ihres Herzens zu lassen. Und dann hatte der Mann gesagt: *Danke, aber nein danke.*

Dass sie mit ihrem Fuß nicht spontan in Wing-Tsun-Manier gegen den Wagen trat, hatte sie letztendlich ebenfalls dem Wing-Tsun-Training zu verdanken. Nicht genug damit, dass sein Wagen dort stand – nein, nun musste Bruno auch noch höchstpersönlich auftauchen. Er nahm sie erst wahr, als er den Schlüssel zur Fahrertür bereits gezückt hatte.

Kurz trafen sich ihre Blicke, Bruno nickte ihr zu. Sie meinte ein kurzes Zögern wahrzunehmen, doch dann stieg er ein, ließ den Wagen an, rangierte aus der Parklücke, und keine zwanzig Sekunden später war diese Begegnung wieder nur Geschichte. Und Leah konnte sich fragen, ob sie tatsächlich stattgefunden hatte oder nur in ihrer Fantasie.

Sie atmete tief durch. Nein. Keine Fantasie. Allein beim Ausparken hatte der Gladiator schon einen Liter Benzin in Auspuffgestank verwandelt. Leah Gabriely setzte sich in ihren eigenen Wagen und fuhr schlecht gelaunt zum Polizeipräsidium.

Zu Beginn der Morgenbesprechung teilte Horndeich mit, was der Kollege Flaig aus Stuttgart ihm am Vorabend berichtet hatte.

Dann fasste Leah zusammen: »Also, Lydia Kirchner arbeitet und tötet in den Heimen rund um Stuttgart und Andreas Liebermann in den Heimen rund um Darmstadt. Alle Vergiftungsopfer wohnten in den Heimen von Horst Diebold. Eine schöne Konstruktion, aber wir haben keine handfesten Beweise, dass Liebermann oder Kirchner irgendjemanden umgebracht haben.«

»Wie können wir nachweisen, dass Diebold sowohl Liebermann als auch Kirchner für seine Zwecke eingespannt hat?«, dachte Horndeich laut nach.

Schweigen breitete sich aus, dann sagte Feller: »Nach wie vor stellt sich auch die Frage: *Cui bono?* Wer verdient irgendetwas daran, dass diese alten Menschen umgebracht werden?«

»Na, das dürfte eindeutig sein: Horst Diebold.«

Feller schüttelte ganz leicht den Kopf. »Laut Finanzamt ist der Verein so was von sauber.«

»Dann der Chef des Vereins. Dieser Cosqualez«, schlug Leah vor.

Feller schüttelte den Kopf erneut. »Ich sagte doch gerade: Der Verein ist so was von sauber. Das ganze Geld fließt in dieses Tierheim.«

»Vielleicht hat Diebold auch einfach nur einen an der Klatsche. Er hat ein perverses Vergnügen daran, die Macht zu haben, andere Menschen zum Morden zu bewegen. Garstige alte Leute gehen von dieser Welt, und dafür werden süße rumänische Hunde aufgepäppelt.« Leahs Vorschlag.

»Und wie brachte Diebold Andreas Liebermann dazu, die Menschen zu töten? Wusste er, wen er da einstellt? Dass er früher als Todesengel aktiv war? Hat er ihn dann seine Triebe in seinen Heimen ausleben lassen – und dafür gesorgt, dass die Kohle bei dem Verein landet?«

»Woher sollte er wissen, wen er da einstellt?«, fragte Feller. »In der Personalakte befinden sich nur die gefälschten Zeugnisse. Durch die kommt man nicht darauf, dass Liebermann sich irgendetwas hat zuschulden kommen lassen.«

»Wir müssen jetzt zwei Dinge herausfinden«, übernahm Leah wieder die Aufgabe, Struktur in die Sache zu bringen. »Zum einen müssen wir den Verdacht gegen Lydia Kirchner erst einmal fundieren. Ich hab die Stuttgarter gebeten, mir die Personalakte zu schicken. Ist bereits da. Das übernehme ich dann. Und ihr beide solltet mit dem Staatsanwalt reden, dass er uns beim Richter einen Durchsuchungsbefehl für die Vereinsräume von Hunderetter RU besorgt. Wenn wir alle Unterlagen sehen und nicht nur das, was das Finanzamt zu sehen bekommt, finden wir vielleicht die Brücke zu Diebold und seinen Heimen.«

»Richard, kümmere du dich bitte darum«, sagte Horndeich. Ich will mich noch mal mit dem Stuttgarter Kollegen abstimmen. Vielleicht wäre es gut, wenn ich dorthin fahre und bei der Befragung von Lydia Kirchner dabei bin.«

»Gut, mach das.«

Feller machte keinen glücklichen Eindruck. Schon ein Telefonat beim Richter hieß, dass er sich nicht hinter seinen Computern verkriechen durfte. Leah konnte sich das Gefühl nicht verkneifen, sauer auf Feller zu sein. Sauer, weil er offensichtlich dabei war, eine Partnerin zu finden, die nicht sie war. Und gleichzeitig war sie sauer auf sich, weil sie deshalb sauer auf Feller war. Manchmal nervte das Leben.

Leah hatte die Akte von Lydia Kirchner vor sich liegen. Im Gegensatz zu ihrem Kollegen Feller, der der Vision eines papierlosen Büros schon ziemlich nah gekommen war und fast ausschließlich mit Rechner, Maus, Tastatur und Monitoren arbeitete, zog sie bei wichtigen Dokumenten einen Ausdruck vor.

Lydia Kirchner war 1978 im ostfriesischen Leer geboren worden. Sechzehn Jahre später hatte sie das Abschlusszeugnis der Realschule in den Händen gehalten, mit einem Durchschnitt von 2,7. Sie hatte danach in der ostfriesischen Stadt im Altenheim Passat eine Lehre zur Altenpflegerin begonnen und drei Jahre später erfolgreich abgeschlossen. Das Heim hatte sie nach der Ausbildung übernommen, und sie arbeitete dort weitere zehn Jahre lang. Dann folgten vier Jahre Berlin, in einem Heim namens Sonnenhalde.

Moment, dachte Leah, der Name ist mir doch schon untergekommen. Sie öffnete die Suchmaske auf dem Rechner, gab Sonnenhalde ein, und bereits den Bruchteil einer Sekunde später wurde der Treffer angezeigt: die PDF-Datei der Personalakte von Andreas Liebermann. Leah öffnete das Dokument. Auch Andreas Liebermann hatte in diesem Berliner Altenheim gearbeitet. Vielmehr hatte er dort *nicht* gearbeitet – das Zeugnis war eine Fälschung gewesen.

Leah öffnete das Ermittlungsprotokoll, dort waren unter

anderem auch die wichtigen Kontaktdaten zu diesem Fall gespeichert. Auch jener von Frau Schmidt aus der Personalabteilung des Heimes Sonnenhalde. Sie wählte die Nummer. Frau Schmidt nahm das Gespräch nach dem dritten Klingeln an.

Leah stellte sich als Kollegin von Richard Feller von der Kripo Darmstadt vor.

»Frau Gabriely, suchen Sie wieder nach jemandem, der nicht bei uns gearbeitet hat?«

Sollte das ein Scherz sein oder Zynismus? Leah beschloss, nicht drauf einzugehen. Sie gab Schmidt die Daten von Lydia Kirchner durch – und bekam stante pede die Antwort, mit der sie gerechnet hatte: »Hat nie bei uns gearbeitet.«

Obwohl sie die Auskunft erwartet hatte, spürte sie dennoch, dass ihr Puls sich beschleunigte. Bei Andreas Liebermann hatte das gefälschte Zeugnis dafür Sorge getragen, zu verschleiern, dass er bereits einmal einen Prozess am Hals gehabt hatte, in dem er beschuldigt worden war, alte Menschen im Heim umzubringen. Was, wenn das bei Lydia Kirchner ebenso der Fall war? Das bedeutete auch, dass nicht Andreas Liebermann allein seine Vita aufgehübscht hatte, sondern dass sowohl ihn als auch Lydia Kirchner jemand dabei unterstützt hatte. Ein und dieselbe Person. Horst Diebold? Und was wollte diese Person dann bei Lydia Kirchner verschleiern?

Andreas Liebermann war in dem Haus auffällig geworden, in dem er seine Ausbildung gemacht und danach lange Zeit gearbeitet hatte. Galt das ebenso für Lydia Kirchner?

Leah suchte die Nummer des Heimes in Leer heraus. Wählte. Bat darum, mit der Heimleitung verbunden zu werden.

»Hohenstein am Apparat«, sagte eine Stimme, die offensichtlich zu einem ebenfalls nicht mehr ganz jungen Herrn gehörte.

»Leah Gabriely, Kriminalpolizei in Darmstadt.«

»Guten Tag, Frau Gabriely, wie kann ich Ihnen behilflich sein?«

»Herr Hohenstein, bei Ihnen hat einmal eine gewisse Lydia Kirchner gearbeitet, als Altenpflegerin.«

»Ja, Frau Kirchner, ich erinnere mich gut an sie. Aber so heißt sie nicht mehr, heute heißt sie ja Becker.«

»War sie verheiratet?«, wollte Leah wissen.

»War? Mein Gott, ist etwas passiert?« Der Schreck in seiner Stimme schien echt. Da machte sich jemand Sorgen.

»Nein, Lydia Kirchner lebt. Aber uns war nicht bekannt, dass sie einmal verheiratet gewesen war.«

»Was wollen Sie denn nun von mir wissen?«, hakte Herr Hohenstein nach.

»Ich habe ein Zeugnis vorliegen, das Ihr Haus Frau Kirchner ausgestellt hat.« Sie schaute auf das Dokument. »Sie haben es sogar selbst unterschrieben.« Mit ein wenig Fantasie konnte man das Gekrakel tatsächlich als seinen Nachnamen identifizieren.

»Natürlich. Ich unterschreibe alle Zeugnisse. Und das bereits seit über vierzig Jahren.«

»Wir ermitteln in einer Serie von Todesfällen in einem Heim, in dem Frau Kirchner gearbeitet hat«, fasste Leah die Fakten etwas komprimiert zusammen. »Meine Frage ist nun, was für eine Mitarbeiterin Frau Kirchner gewesen ist.«

»Wie meinen Sie das? Ob sie pünktlich war? Ob sie mit alten Menschen umgehen konnte, ob sie beliebt war? Eine Antwort darauf finden Sie in dem Zeugnis, das Ihnen vorliegt.«

Leah hatte nicht den Nerv, noch eine Weile um den heißen Brei herumzureden. »Könnten Sie sich vorstellen, dass sie mit Tötungen an Heimbewohnern in Verbindung steht?«

»Frau Kirchner? Eine Mörderin? Die Menschen umbringt, die ihr anvertraut worden sind? Was ist denn das für ein Blödsinn?«

»Also nicht?«

»Frau Gabriely, ich habe keine Ahnung, wie Sie auf solche Unterstellungen kommen, aber Frau Kirchner war eine unserer besten Mitarbeiterinnen. Ich war sehr traurig, dass sie uns verlassen hat. Und der einzige Grund, weshalb sie gegangen ist, war, dass sie Kurt geheiratet hat. Kurt Becker. Er wohnt in Burgwedel bei Hannover. Hat dort eine Bäckerei. Sie haben zwei Jahre eine Fernbeziehung geführt, dann ist Frau Kirchner zu ihm gezogen. Ein halbes Jahr später haben sie geheiratet, und ich habe es mir nicht nehmen lassen, zu der Hochzeit zu fahren. Frau Kirchner war wirklich eine ganz besondere Kraft. Und ein sehr angenehmer Mensch.«

»Haben Sie denn noch Kontakt zu ihr?«

»Nein. Wir waren nicht wirklich befreundet. Ich habe mich nur so für sie gefreut, dass sie diesen Mann gefunden hat. Es gab noch mal zwei Weihnachtskärtchen hin und her, aber danach ist der Kontakt eingeschlafen. Aber dass Frau Becker oder Kirchner, oder wie auch immer, irgendetwas mit der Tötung von Heimbewohnern zu tun haben soll – der Gedanke ist einfach nur lächerlich. Nein, er ist völlig absurd.«

»Und hat sie in Burgwedel wieder gearbeitet?«

»Ja. Zumindest damals, als sie geheiratet haben. Frau Becker hat immer davon gesprochen, dass sie Kinder haben wolle und dann mit dem Arbeiten aussetzen würde. Aber ob sie mittlerweile Kinder hat, das weiß ich nicht. Und wenn sie jetzt wieder Kirchner heißt, dann scheint die Ehe offensichtlich nicht mehr zu bestehen. Schade.«

»Wissen Sie, in welchem Heim in Burgwedel sie gearbeitet hat?«

»Das war nicht direkt in Burgwedel. Das war in Langenhagen, das liegt etwa fünfzehn Kilometer von Burgwedel entfernt. Das Heim hieß …« Er hielt kurz inne, dann fuhr er fort: »Ich komme jetzt nicht mehr auf den Namen. Aber in der Nähe gab es ein Kino.«

Keine Viertelstunde später hatte Leah das Altenheim in

Langenhagen identifiziert. Es trug den Namen Fürstenhof. Die Kontaktdaten waren auf der Website vermerkt.

Zehn Minuten und einige Fehlverbindungen später sprach Leah mit Mirjam Maatsen, der Chefin des Heims. Abermals betete sie den kurzen Vortrag herunter, wer sie war und warum sie anrief. Diesmal kam sie gleich auf den Punkt und fragte direkt, ob Lydia Kirchner alias Lydia Becker in diesem Heim jemals in Verdacht geraten wäre, sich an Heimbewohnern vergriffen oder vielleicht sogar aktive Sterbehilfe geleistet zu haben. Der Begriff war natürlich ebenfalls ein Euphemismus.

Mirjam Maatsen schwieg. Dann fragte sie: »Wie kommen Sie darauf?«

»Der Verdacht ist in einem anderen Heim aufgetreten. Und wir befragen nun ihre vorigen Arbeitgeber.«

Wieder legte Mirjam Maatsen eine Pause ein, bevor sie weitersprach: »Es ist jetzt acht Jahre her. Ich hatte damals genau seit einem Jahr die Leitung des Heims übernommen. Wir sind ein reines Pflegeheim. Wir haben inzwischen eine große Demenzstation. Und viele unserer Bewohnerinnen und Bewohner sind bettlägerig. Und natürlich wird bei uns gestorben. Oft. Eine der anderen Pflegerinnen hat mich darauf angesprochen, dass sie den Verdacht habe, Lydia Becker hätte einer alten Dame eine Überdosis Insulin gespritzt. Ich bat um Diskretion. Und darum, Lydia Becker im Auge zu behalten. Und tatsächlich wiederholte die Pflegerin ihre Anschuldigungen, sie hätte es mit eigenen Augen gesehen. Wir haben daraufhin Kameras installiert. Mein Fehler. Ich hätte sofort zur Polizei gehen sollen. Eine der Kameras hat Lydia Becker gefilmt, wie sie außerhalb der normalen Medikamentengabe einer Dame eine Spritze verabreicht hatte. Und das war das große Problem. Wir hatten Persönlichkeitsrechte verletzt, sowohl von der alten Dame als auch von Lydia Becker.

Es kam zum Prozess, und kaum hatte der angefangen,

hatte Lydia Becker den Pflichtanwalt gegen einen anderen ausgetauscht. Das Ende vom Lied: Lydia Becker wurde freigesprochen, und wir hatten eine Klage wegen der illegalen Überwachung am Hals. Ging riesig durch die Medien damals. Um Ihre Frage also kurz und knapp zu beantworten: Ja, ich kann mir sehr wohl vorstellen, dass Lydia Becker, oder jetzt heißt sie ja wieder Lydia Kirchner, wie Sie gesagt haben, ein sogenannter Todesengel ist. Wobei ich diesen Begriff nicht mag.«

»Wissen Sie, wann sie sich hat scheiden lassen?«

»Gar nicht. Sie ist Witwe. Ihr Mann starb kurz vor dem Prozess. Nierenversagen. War eigentlich noch viel zu jung dafür.«

Nachdem sich Leah von Frau Maatsen verabschiedet hatte, folgte sogleich der nächste Anruf: bei der Hannoverschen Tageszeitung. Denn sowohl Burgwedel als auch Langenhagen lagen unweit der Hauptstadt von Niedersachsen. Wieder wurde sie ein paarmal hin und her verbunden, bevor sie mit dem Leiter des Archivs sprach.

Natürlich hätte sie auch auf eigene Faust in den Zeitungsdatenbanken des Internets recherchieren können. Feller hatte sie damit einmal vertraut gemacht. Und da Leah es liebte, Dinge, die sie nicht wusste, zu recherchieren, hatte sie sich auch den kostenpflichtigen Account bei einem der großen Anbieter gegönnt. Doch der direkte Weg zur Zeitung schien ihr schneller.

Der Leiter des Archivs zeigte sich sehr kooperativ, und es dauerte keine fünfzehn Minuten, da meldete er bereits Vollzug: Ja, über diesen Prozess am Landgericht Hannover sei seinerzeit viel berichtet worden, insbesondere, weil eben die Frage mit den Kameras hochgekocht war. Er selbst erinnerte sich sehr gut an den Prozess. Leah bat ihn, ihr alle Artikel zuzusenden.

Es dauerte nicht einmal so lang wie die Spieldauer eines Basketballviertels, bis sie per E-Mail eine PDF-Datei mit fünfzig Seiten erhielt. *Drucken oder nicht drucken, das ist hier die Frage,* dachte sie, öffnete die Datei doch zunächst nur auf dem Monitor.

Leah überflog die Berichterstattung. Dass die Filmaufnahmen nicht zum Prozess zugelassen waren, war ein großes Thema. Und auch der Anwaltswechsel von Lydia Becker war einen eigenen Bericht wert. Doch offensichtlich war der Prozess weniger dadurch entschieden worden, dass sie so einen brillanten Anwalt hatte, als dadurch, dass die Hauptbelastungszeugin ihre Aussage zurückgezogen hatte. Sie könne nicht mit Sicherheit sagen, was Lydia Becker im Zimmer der alten Dame getan oder nicht getan habe. Das hatte Mirjam Maatsen in ihrem Telefongespräch gar nicht erwähnt.

Auf einem Foto strahlte der Anwalt in die Kamera, seine Mandantin hielt sich einen Schnellhefter vors Gesicht. Hatte der Anwalt die Zeugin bestochen? Oder war sie eingeschüchtert worden?

Der Hintergrund zeigte die Zuschauerbänke, die fast vollständig gefüllt waren. Leah zoomte das Bild des Anwalts etwas größer. Dann fiel ihr Blick auf ein Gesicht im Zuschauerraum. Das kam ihr bekannt vor. Obwohl die Fotografie in der Datei extrem pixelig war. Doch wenn Leah die Augen etwas zusammenkniff und den Pixeln die Schärfe nahm, meinte sie, einen der Zuschauer identifiziert zu haben.

Sie rief nochmals im Archiv der Hannoverschen Tageszeitung an – der Leiter hatte ihr die direkte Durchwahlnummer gegeben. Zwei Minuten später erhielt sie eine weitere E-Mail, in der auch die nicht veröffentlichten Fotos zum Artikel als einzelne Dateien angefügt waren. In der Originalauflösung.

Leah öffnete die erste Bilddatei. Und stellte fest, dass sie recht gehabt hatte. Im Zuschauerraum des Prozesses in Hannover hatte ein Mann gesessen, dem sie in diesem Fall schon öfter begegnet waren: Horst Diebold.

Horndeich war auf dem Weg nach Stuttgart. Der Passat CC von der Fahrbereitschaft sauste über die Autobahn, während er über die Freisprechanlage mit dem Kollegen Flaig sprach.

»Sie haben neue Erkenntnisse?«, fragte dieser.

»Ja. Meine Kollegin Leah Gabriely hat sich heute bereits die Personalakte von Lydia Kirchner vorgenommen. Und dabei zwei Dinge über Lydia Kirchner herausgefunden.«

»Oh – dann kann ich meinem Kollegen sagen, er muss sich der Akte nicht mehr widmen. Ich bin ganz Ohr«, sagte Kommissar Flaig.

»Zum einen hat Lydia Kirchner bei Weitem keine so weiße Weste, wie es ihre Personalakte vorgibt. Sie ist in Hannover angeklagt gewesen, in einem Altenheim Menschen umgebracht zu haben. Sie ist freigesprochen worden, aber letztendlich nur, weil die Hauptzeugin eingeknickt ist. Und das mit der Videoüberwachung nicht so ganz professionell aufgezogen war.«

»Das ist natürlich ein starkes Indiz dafür, dass sie auch hier an einer Vergiftung beteiligt ist – wenn die sich denn bestätigt.«

»Ja, wir warten auf die Vollzugsmeldung Ihrer Rechtsmedizin. Leah hat aber noch etwas anderes herausgefunden: Der Leiter der Heime der Filantropos GmbH, Horst Diebold, hat Lydia Kirchner in dem Prozess in Hannover zumindest als Zuschauer beobachtet. Meine Kollegin hegt sogar die Vermutung, dass er eventuell für den Wechsel des Anwalts verantwortlich war. Zuerst trat Lydia Becker, wie sie damals noch hieß, mit einem Pflichtanwalt an. Und kurz danach wechselte sie zu einem Staranwalt, den sie sich ganz bestimmt nicht von ihrem Gehalt als Altenpflegerin leisten konnte.«

»Wird ja immer interessanter«, sagte Flaig. »Was glauben Sie persönlich?«

Horndeich musste nicht lange überlegen. »Ich würde die Leitung von Lydia Kirchners Heim mit ins Boot holen. Die wichtigste Frage: Gibt es dort vielleicht einen Bewohner oder eine Bewohnerin, deren Gesundheitszustand sich in den vergangenen Wochen deutlich verschlechtert hat? Falls ja, würde ich die Person darauf ansprechen, ob Lydia Kirchner ihr außerhalb der normalen Medikation noch irgendetwas anderes verabreicht.«

»Klingt wie ein guter Plan. Ich fahre direkt nach Killesberg und spreche mit der Heimleitung.«

»Wunderbar. Mein Navi sagt mir, dass ich in ungefähr einer Stunde ebenfalls in Stuttgart sein kann.«

»Ich fühle mich heute wirklich nicht gut«, sagte Frau Wellenburg.

»Sollen wir nicht doch einen Arzt holen?«, wollte Michael Flaig wissen. Sein Blick war besorgt.

Horndeich sah sich um im Raum der alten Dame. Das Zimmer war nicht so luxuriös eingerichtet wie jenes von Lucrezia von Selberg-Broode. Aber auch diesem Raum sah man an, dass die Besitzerin über Geld verfügte.

Die Heimleiterin, Miranda Lootsen, hatte den Namen Ingeborg Wellenburg genannt, als Flaig ihr das Raster beschrieben hatte, nach dem sie fahndeten: ein älterer Mensch mit wenig Kontakt zu Angehörigen oder Freunden, mit stattlichem Vermögen, der Hunde mochte und dem es innerhalb der vergangenen sechs Wochen gesundheitlich deutlich schlechter ging, ohne erkennbare Ursache von außen. Auf Ingeborg Wellenburg trafen alle Eckdaten zu.

Der Raum war funktional aufgeteilt: Frau Wellenburg saß in ihrem Sessel, Michael Flaig und er hatten es sich auf dem Sofa bequem gemacht. Ein Büfettschrank und ein Bücherregal verstellten einen Teil der Wände, ein Esstisch mit zwei Stühlen besagte, dass Frau Wellenburg wohl nicht mehr mit größerer Gesellschaft rechnete. Horndeich hatte mit Flaig abgesprochen, dass dieser Frau Wellenburg befragen würde. Flaig hatte ihn auch nur als Darmstädter Kollegen vorgestellt, ohne Dienstrang oder Namen zu nennen.

»Ich brauche keinen Arzt. Wird ja bald wieder besser.«

»Wie lang geht das denn schon so, dass Sie sich schwächer fühlen als sonst?«

Frau Wellenburg hob eine Augenbraue, sah den Kollegen an und versuchte sich in einem Lächeln, dessen Andeutung Vollendung genug sein musste. »Sind Sie jetzt mein Arzt?« Der Hauch des Lächelns ging in der blassen Version eines Schmunzelns unter.

»Frau Wellenburg, wir fragen uns, ob Frau Kirchner Ihnen nicht vielleicht ein Mittel gibt, damit es Ihnen besser geht.«

Frau Wellenburgs Augen weiteten sich. »Woher wissen Sie …? Sie hat es Ihnen doch ganz bestimmt nicht erzählt. Das Mittel ist doch noch gar nicht zugelassen.«

Michael Flaigs Gedankengang erschien Horndeich einleuchtend – und perfide. Frostschutzmittel war süß. Man konnte es also nur durch etwas noch Süßeres tarnen. Zum Beispiel einen Energydrink. Einmal hatte er so ein Zeug probiert, das wie kalte Gummibärensuppe schmeckte, und es sofort wieder in die Welt geprustet. Aber es musste ja Menschen geben, denen so was schmeckte.

»Keine Angst, Frau Wellenburg, wir haben nicht vor, jemanden zu verpetzen. Wir wollen Ihnen den Drink auch gar nicht wegnehmen. Aber wir sind auf der Suche nach den Hintermännern.«

Das klang gut. Das klang nach Mafia.

»Sie ist so nett, die Lydia. So besorgt um mich. Sie hat mir gesagt, dass das ein amerikanisches Energiegetränk ist, mit sehr hoch dosierten Vitaminen. In Amerika nennen sie das Powerdrink. Damit bekomme ich meine Energie zurück, hat sie gesagt. Sie hat auch gesagt, dass das manchmal etwas dauert und man sich über eine kurze Zeit noch ein bisschen schlapp fühlen kann. Der Körper muss sich erst daran gewöhnen, dass er so viel Vitamine bekommt. Aber dann, dann fühlt man sich wieder wie sechzig, hat sie gesagt.« Allein der Gedanke an die Kraft gab ihr ein Stück derselben zurück.

Nun lachte sie wirklich auf. Doch das Lachen verschwand so schnell, wie es gekommen war. »Aber ich darf darüber nicht reden. Denn das Getränk ist hier in Deutschland ja nicht zugelassen. Da würden sich die Behörden fürchterlich anstellen, als ob zu viel Vitamine schaden könnten. Und in diesem Energiegetränk, da ist alles in der richtigen Mischung drin. Und sie wollte dafür noch nicht mal Geld haben.«

»Wie lange gibt sie Ihnen diesen Powerdrink schon?«

»Drei Wochen vielleicht. Und sie hat gesagt, in spätestens einer Woche, da geht es dann richtig aufwärts.«

Horndeich hegte keinerlei Zweifel mehr, dass Lydia Kirchner ein von Diebold bezahlter Todesengel war. Er verstand die Hintergründe noch nicht ganz. Aber das, was hier passierte, war ziemlich eindeutig.

»Frau Wellenburg, wir arbeiten mit dem Gesundheitsamt zusammen. Dadurch, dass der Drink nicht zugelassen ist, haben wir bislang auch noch keinen in die Finger bekommen. Wir würden ihn aber sehr gerne untersuchen. Und Sie sind die Einzige, die uns Zugang dazu verschaffen kann. Wenn Frau Kirchner Ihnen wieder ein Fläschchen gibt, dürften wir dann eine kleine Probe nehmen?«

Frau Wellenburgs Blick wanderte von Flaig zu Horndeich und wieder zurück. Sie schüttelte leicht den Kopf. »Das geht leider nicht.«

»Warum nicht?«

»Weil Lydia mich den Drink trinken lässt, dann aber die Flasche gleich wieder mitnimmt. Sie sagt, es darf keine Spuren geben. Wenn herauskäme, dass sie diesen Drink verteile, könnte sie richtige Schwierigkeiten bekommen und vielleicht sogar ihren Job verlieren. Und das will ich nicht. Habe ich jetzt vielleicht schon zu viel gesagt? Mein Gott, habe ich mich gerade verplappert, und Lydia verliert ihre Arbeit?« Auch die Angst schien Kraft zu mobilisieren. Frau Wellenburg richtete sich in ihrem Sessel auf.

Michael Flaig ergriff ihre Hand und sagte mit leiser

Stimme: »Machen Sie sich keine Sorgen. Frau Kirchner wird keine Schwierigkeiten bekommen. Das kann ich Ihnen versprechen.« Dabei sah er Frau Wellenburg in die Augen, so lange, bis sie den Blickkontakt abbrach.

Mein Gott, der Kollege hatte es richtig gut drauf, zu lügen, dachte Horndeich. Aber wenn es notwendig war, das Leben der alten Dame zu retten – sei's drum.

»Bringt Ihnen Frau Kirchner den Drink denn immer zur gleichen Zeit?«

»Nein.« Frau Wellenburg machte eine wegwerfende Handbewegung. »Geht doch gar nicht. Sie hat doch Schichtdienst. Das heißt, mal kommt sie morgens und mal am Abend. Immer, wenn sie mir meine Tabletten bringt, dann hat sie auch das Energiegetränk dabei. Sie sagt, es ist wichtig, ihn einmal am Tag zu trinken. Ob früh oder abends, das spielt keine Rolle. Sie kennt sich da wirklich mit aus! Sie hat gesagt, dass sie es ebenfalls trinkt und es ihr damit sehr viel besser geht als früher. Aber warum die deutschen Gesundheitsbehörden so was Tolles nicht auf den Markt lassen wollen, das verstehe ich nicht. Lydia auch nicht, hat sie mir gesagt. Aber ihr ist es wichtig, dass auch die Menschen, die sie mag, bei Kräften bleiben oder wieder zu Kräften kommen. Ist schon ein Engelchen, wirklich!«

Wohl eher ein Todesengelchen, dachte Horndeich.

Flaig sah auf seine Armbanduhr und wandte den Blick in Richtung Horndeich. Der besagte: *Wir sollten uns vom Acker machen, die Kirchner kann bald da sein.*

Die Akten des Vereins waren eingetroffen, ebenso die Computer. Fast ein Dutzend Beamte war wie ein kleiner Wirbelsturm in die Vereinsräume von Hunderetter e.V. getobt. Oliver Cosqualez war nicht anwesend gewesen, als die Beamten am Haus ankamen, in dem sich die Vereinsräume befanden. Daher musste das Haustürschloss dran glauben. Bislang hatte Cosqualez sich auch weder gerührt noch beschwert.

Feller hatte die Festplatten aus den beiden Rechnern bereits ausgebaut und kopierte sie. Untersuchungen wurden niemals an der Originalfestplatte vorgenommen. Diese war ja schließlich ein Beweisstück. Er beschloss, einen Blick auf die beschlagnahmten Akten des Vereins Hunderetter RU zu werfen.

Alle Aktenordner waren im kleinen Besprechungsraum auf Rollwagen vor der Wand abgestellt worden. Einundsechzig Stück, erfasste Feller mit zwei Blicken.

Einer der Ordner war mit *Basis* beschriftet. Darin befand sich die Satzung. 2006 war der Verein gegründet worden. Oliver Cosqualez war Gründungsmitglied, die Namen der anderen sechs sagten Feller nichts. Fünfzig Euro Jahresbeitrag kostete die Mitgliedschaft.

Dahinter war das Gründungsprotokoll abgeheftet, die Wahl, die Oliver Cosqualez zum Vorstand bestimmte. Es folgten weitere Unterlagen und Zertifikate, zum Teil auch in rumänischer Sprache.

Schließlich eine aktuelle Mitgliederliste. Fünfundzwanzig Mitglieder zählte der Verein. Nicht wirklich viel für das Geld, das er verwaltete.

Mehr war in dem Ordner nicht zu finden.

Feller griff sich den nächsten, beschriftet mit *Jahreshauptversammlungen*. Darin die Protokolle seit 2006. Cosqualez war seitdem ohne Unterbrechung der Vorstand. Der einzige Vorstand.

Feller seufzte und stellte den Ordner wieder zurück.

Er griff nach einem anderen, der beschriftet war mit *Finanzen 2017a*. Der Ordner enthielt eine Aufstellung über Einnahmen und Ausgaben des Vereins. Feller überflog die Tabelle nur oberflächlich. Neben dem Tierheim gab es vor allem zwei Posten, die den vierstelligen Bereich tangierten: die Kosten für die Werbeagentur und die Kosten für das Buchhaltungs- und Steuerbüro. Feller stellte den Ordner zurück. Wenn das Finanzamt in all den Jahren nichts zu beanstanden gehabt hatte, würde er wohl kaum etwas finden. Da mussten sich dann Kollegen wie Theodor Knaup vom Bereich Wirtschaft die Zähne ausbeißen.

Er griff nach einem anderen Ordner, der die Beschriftung *Spendenakquise* trug.

Er öffnete ihn. Dieser hier war besonders gut bestückt. Waren die Finanzordner immer nur ungefähr zur Hälfte gefüllt, quetschten sich hier die letzten DIN-A4-Papiere unter den Klemmbügel knapp unterhalb der Ringöffnung. Trennblätter separierten einzelne Sektionen voneinander.

Auf dem ersten Trennblatt stand: *Fotos Brașov*. Feller blätterte um. Auf einem weißen DIN-A4-Blatt waren zwei Fotografien ausgedruckt, jeweils mit dem Dateinamen darunter. Beide Bilder zeigten ausgemergelte Hunde, der untere hatte sogar vier offene Wunden, lag auf einem Schrottauto und schlief. Ob er bereits verendet war, das konnte man dem Foto nicht entnehmen.

Feller blätterte weiter. Die kommenden zwanzig Seiten präsentierten streunende Hunde, einzeln, in Rudeln oder, wie fast auf jedem Bild der letzten zehn Seiten, Welpen, die kaum eine Chance hatten.

Das zweite Trennblatt war beschriftet mit: *Fotos Tierheim*. Das Kontrastprogramm. Hunde, die mit Dackelblick in die Kameralinse schauten, manchmal durch ein Gitter hindurch. Und auch wieder Welpen, Welpen, Welpen, die ebenfalls die Kamera nicht scheuten und bedeutend gesünder aussahen als ihre Artgenossen auf den vorigen Blättern. Einige Bilder zeigten auch die rumänischen Mitarbeiter, die Hunde fütterten, Zecken entfernten oder Heizlüfter aufstellten, wenn drum herum auf dem Boden der Schnee lag. Alle Bilder waren professionell fotografiert worden. Der Fotograf hatte ganz genau gewusst, welche Wirkung er erzielen wollte und wie er sie erreichte. Hinter dem dritten Trennblatt war eine DVD in eine Hülle gesteckt, beschriftet mit dem Titel *Viel Herz und vier Pfoten*. Feller entnahm die Scheibe und legte sie ein ins Laufwerk seines Rechners. Der Film startete. Und über der gleichnamigen Überschrift wurde ein weiterer Schriftzug eingeblendet: *Die Nordstory*. Links oben auf dem Bildschirm konnte man das Logo des Norddeutschen Rundfunks erkennen. Feller musste nur die ersten drei Minuten des Films schauen, dann hatte er begriffen, dass die Reportage über einen ganz anderen Verein berichtete.

Hinter dem nächsten Trennblatt war noch eine DVD abgeheftet. Feller legte sie ein, startete das Videoprogramm. Oben links im Film diesmal das Logo des Südwestrundfunks. Ein Interview der Landesschau Baden-Württemberg. Auch hier ging es um einen anderen Verein. Die Moderatorin interviewte den Vorsitzenden, der ebenfalls in Rumänien ein großes Tierheim betrieb. Nach eigenen Angaben das größte der Welt. Hinter dem nächsten Trennblatt folgte der Ausdruck einer PowerPoint-Präsentation. Der Verein wurde vorgestellt, der Vorstandsvorsitzende Oliver Cosqualez strahlte von einem Foto, daneben ein paar persönliche Daten. Haus und Büro des Vereins wurden gezeigt.

Dann eine Karte von Rumänien, auf der mit einem roten Kreuz der Standort des Tierheims markiert war. Dann Bilder über Bilder von Hunden, wie sie nicht leben sollten, und Hunden, wie sie durch den Verein glücklich gemacht wurden. Sozusagen. Dann folgten viele Fotografien, die Feller auf den vorigen Blättern schon gesehen hatte. Meist begleitet von kurzen Statements – bei denen ebenfalls klar war, dass hier professionelle Texter am Werk gewesen waren, wie auch bei der Website. Aber Feller hatte ja schon bei der oberflächlichen Durchsicht der Finanzen festgestellt, dass die Agentur auch gut bezahlt wurde.

Den Rest des Ordners blätterte Feller nur durch. Es waren verschiedene Versionen der PowerPoint-Präsentation. Sie unterschieden sich einerseits durch die Länge, andererseits durch die Sprache der Statements. Die eine Version appellierte ausschließlich an Mitleid und Gefühl, die andere durchaus auch an den Intellekt, durch wohl ausgewählte Zitate. Feller las: *Wenn du einen verhungernden Hund aufliest und ihn gesund pflegst, wird er dich nicht beißen. Das ist der Hauptunterschied zwischen Hund und Mensch.* Den Namen darunter kannte Feller: Das Zitat war Mark Twain zugeschrieben. Feller konnte es nicht lassen. Er musste recherchieren, ob das nicht frei erfunden war. Doch die Recherche im Netz ergab: Das Zitat war echt und entstammte dem sechzehnten Kapitel von Twains Roman *Knallkopf Wilson*.

Feller stellte den Ordner zurück. Dann trat er selbst ein paar Schritte in den Raum hinein. Sein Blick streifte über die Ordnerwand. Irgendwo hinter diesen einundsechzig Ordnerrücken musste die Antwort liegen: *Cui bono?* Horst Diebold, der Spinner? Das konnte er sich nicht vorstellen.

Er braucht eine Pause.

Der riesige Monitor des Surface Hubs im kleinen Besprechungsraum zeigte das Antlitz von Dr. Martin Hinrich in übernatürlicher Größe. Der Mann saß offensichtlich direkt vor seinem Laptop. Das Gesicht füllte die gesamte Höhe des Bildschirms aus. Hinrichs Kopf maß damit fast einen Meter. »Ich wollte Ihnen die Ergebnisse gleich bekannt geben«, sagte er.

Leah fragte sich, ob der Laptop gleich von Geisterhand gedreht und das Konterfei von Dr. Emilia Schubert sichtbar würde. Doch nichts geschah.

»Ich bin heute Morgen in aller Herrgottsfrühe nach Stuttgart gefahren. Sie haben eine Leiche in Stuttgart und eine in Reutlingen aus den Gräbern geholt. Ich war bei der Obduktion dabei. Ich weiß ja inzwischen, wonach wir suchen müssen.«

»Ist Frau Schubert auch mit von der Partie?«, fragte Leah direkt.

Vier Buchstaben, ein Gesichtsausdruck. Beides zusammen erzählte eine mehrseitige Geschichte. »Nein«, zischte Martin

Hinrich, sah in die Kamera, und die Falten, die seine Stirn durchzogen, zeigten, wie hoch seine Motivation war, zu diesem Thema auch nur einen fünften Buchstaben hinzuzufügen.

»Aber sie ist doch die Expertin, wenn es um die Chemie geht«, konnte Leah sich nicht verkneifen zu sticheln. Wie oft hatte Hinrich ihr den letzten Nerv geraubt. Nun sah sie die Chance auf eine kleine Revanche.

»Stuttgart hat auch gute Experten«, fauchte Hinrich zurück. Damit war das Thema für ihn offenbar erledigt, denn er fuhr fast nahtlos fort: »Was Sie am meisten interessieren sollte: Beide Heimbewohner sind durch eine Überdosis an Ethylenglykol gestorben. Wir haben es hier also definitiv mit einer Serie zu tun. Und zwar einer, die offensichtlich über Darmstadt hinausreicht.«

Noch bevor Leah sich bedanken konnte, hatte Hinrich sich auch schon aus der Videokonferenz ausgeklinkt.

Der Haussegen hing wieder schief, dachte Leah. Wobei Haussegen für die Art von Beziehung, die diese beiden Egomanen führten, wohl kaum der passende Begriff war.

Horndeich saß mit dem Stuttgarter Kollegen Michael Flaig und der Heimleiterin Frau Lootsen im Büro der Buchhaltung. In der Seniorenresidenz Filantropos war nicht nur die Verwaltung des Heims untergebracht, sondern auch jene für die gesamte Filantropos GmbH & Co. KG. Sie hatten sich in das nüchtern eingerichtete Büro zurückgezogen, damit die beiden fremden Männer keine Aufmerksamkeit auf sich ziehen konnten. Die Leiterin der Buchhaltung hatte am heutigen Tag Urlaub, sodass das Büro nicht besetzt war.

»War denn Horst Diebold oft hier in Stuttgart?«, wollte Horndeich wissen.

Miranda Lootsen antwortete: »Ja, immer mal wieder. Er ist zwar in das operative Geschäft nicht eingebunden, er hatte viel mit den Häusern in Darmstadt zu tun. Aber als Vorstandsvorsitzender unserer Holding, der Diliprotuum AG, hat er natürlich auch immer ein Auge auf uns. Das ist keine Kritik, im Gegenteil. Er kümmert sich einfach. Hat immer ein offenes Ohr für die Sorgen seiner Mitarbeiter.«

»Und der Kontakt zu den Bewohnerinnen und Bewohnern Ihres Hauses?«

»Sein Credo ist: Wenn du unten nicht hinhörst, kannst du oben nicht steuern. Er setzt sich nicht nur mit den Mitarbeitern, sondern auch mit einzelnen Bewohnern zusammen, trinkt mal am Nachmittag in der Cafeteria gemeinsam mit den anderen einen Kaffee und isst ein Stück Kuchen. Ja, er kümmert sich wirklich um uns.«

»Kennen Sie den Verein Hunderetter RU?«

»Natürlich. Ich weiß, dass er sich für diesen Verein engagiert. Aber er hat das noch nie an die große Glocke gehängt. Ich habe ihm mal angeboten, am Empfangstresen einen Stapel Flyer auszulegen, aber das wollte er nicht. Da wünscht er sich absolute Neutralität. Da ist er ganz und gar integer.«

So kann man es auch nennen, dachte Horndeich. Offensichtlich bringt er den Verein nur jenen nahe, bei denen auch ein dicker Batzen Kohle zu holen ist, vermutete er.

»Meine Herren, ich werde jetzt nach unten gehen«, sagte Miranda Lootsen. »In einer Viertelstunde startet die Runde der Medikamentenvergabe. Und Sie sind sich sicher mit Frau Kirchner?« Tonfall und Mimik belegten deutlich, dass Frau Lootsen sich nicht wohlfühlte in ihrer Haut. Sie hatten die Heimleiterin zu Beginn des Gesprächs in ihren Verdacht eingeweiht.

»Frau Lootsen, sehr viel spricht dafür – deshalb müssen wir das jetzt abklären.«

Frau Lootsen nickte. »Ich werde Lydia in mein Büro bitten. In dem Augenblick, in dem sie dort ist, schicke ich Ihnen die SMS. Dann haben Sie fünf Minuten Zeit, zu Frau Wellenburg zu gehen, und müssen nur noch warten, bis Frau Kirchner das Zimmer betritt.« Sie verließ das Büro.

»Dann hoffe ich mal, dass uns die alte Dame nicht hinauswirft.«

Horndeich zuckte die Schultern. »Ich glaube, sie wird eher dankbar sein, dass wir uns mit ihr unterhalten.«

Zwei Minuten später klingelte Horndeichs Handy: »Leah, was gibt's?«

»Die Rechtsmedizin in Stuttgart – inklusive unseres hochgeachteten Dr. Hinrich, aber exklusive der Chemieexpertin Dr. Emilia Schubert – bestätigt, dass die beiden exhumierten Leichen ebenfalls mit Ethylenglykol vergiftet worden sind.«

Horndeich bedankte sich, beendete das Gespräch und teilte seinem Stuttgarter Kollegen das Ergebnis mit.

»Ich bin mir nicht sicher, ob ich mich darüber freuen soll«, sagte Flaig.

Fünf Minuten später blinkte Horndeichs Smartphone auf. »Wir können«, sagte er, und sie verließen das Büro.

Eine Minute später klopften sie an die Tür von Frau Wellenburg.

»Herein«, vernahm Horndeich die Stimme aus dem Inneren, und sie betraten das Zimmer.

»Ah, die Herren von der Polizei! Haben Sie etwas vergessen?«

Michael Flaig schüttelte den Kopf. »Nein, wir haben alles erledigt, und da dachten wir, wir schauen noch mal bei Ihnen rein.«

»Das ist aber nett. Die Polizei, dein Freund und Helfer! Aber müssen Sie nicht schnell wieder zurück ins Präsidium? Die Bösen fangen?«

Wenn Sie wüssten, dass wir genau deswegen hier sind, dachte Horndeich. Er fühlte sich nicht wohl, ein wenig wie ein Betrüger. Er unterhielt sich mit dieser Dame, die er sonst keines Blickes gewürdigt hätte. Sicher, dieses Zweizimmerapartment in diesem Heim – es gab viele alte Menschen, die meisten alten Menschen, die nicht so komfortabel residierten. Und dennoch – war sie nicht einsam? Auf der anderen Seite dachte er, dass er jetzt, in seinem Alter, mit Menschen seiner Generation den meisten Gesprächsstoff hatte. War es also nicht vielleicht reizvoll, diese Riesen-WG mit Menschen zu teilen, die über den gleichen Erfahrungshorizont verfügten? Die Adenauer nicht nur aus den Geschichtsbüchern kannten? Sebastian Rossberg, der mit seiner Freundin Chloe im Souterrain ihres Hauses wohnte, beteuerte jedoch jedes Mal, wenn sie gemeinsam im Garten saßen, wie sehr er diese vertraute Umgebung genießen würde.

»... hier geboren. Und immer hier gelebt. Und ich will ja auch gar nicht weg«, sagte Michael Flaig. Horndeich hatte das Gespräch überhaupt nicht verfolgt.

Die alte Dame wandte sich nun an Horndeich: »Wie war noch mal ihr Name, junger Mann?«, fragte sie.

Horndeich holte gerade Luft, um seinen Namen zu nennen, als es an der Tür klopfte. »Herein«, sagte Frau Wellenburg, wandte den Blick aber nicht von Horndeich ab.

Erst als Lydia Kirchner das Zimmer betrat, drehte sie sich zu ihr. »Sehen Sie, Lydia, ich habe Besuch! Zwei sehr nette Herren von der ...«

Flaig war aufgestanden, zog seine Polizeimarke und sagte in ruhigem Ton: »Frau Kirchner, Sie sind vorläufig festgenommen.«

Lydia Kirchner ließ das Tablett mit den Medikamenten fallen. Ihr Blick fiel kurz zur Tür, offensichtlich dachte sie für einen Moment darüber nach, ob Flucht eine Option wäre. »Vergessen Sie's«, sagte Michael Flaig. »Bitte zeigen Sie uns, was Sie in Ihren Taschen haben.«

Eine Art Smoothie-Fläschchen linste mit seinem Deckel knapp über der Öffnung der rechten Kitteltasche hervor. Michael Flaig nickte in Richtung der Hüfte. »Ich würde Ihnen das jetzt gerne aus der Tasche nehmen. Und ich möchte Sie bitten, sich nicht dagegen zu wehren. Denn wir werden dieses Fläschchen auf jeden Fall untersuchen.«

Während Michael Flaig aus einer Innentasche einen blauen Latexhandschuh fischte, sanken Lydia Kirchners Schultern nach unten. Sie wehrte sich nicht, als Kollege Flaig das durchsichtige Fläschchen mit gelber Flüssigkeit aus dem Kittel zog.

»Herr Kommissar Flaig, das können Sie doch nicht machen! Das ist doch mein Powerdrink. Sie haben doch versprochen …«

Horndeich war sich nicht sicher, doch er meinte in Frau Wellenburgs Augen zu sehen, dass sie verstand. Hatte sie bis eben völlig aufrecht in ihrem Sessel gesessen, so sanken ihre Schultern nun nach unten. Sie sah Horndeich an, als würde sie ihn um Hilfe anflehen.

Horndeich schüttelte nur den Kopf.

Frau Wellenburg nickte.

Michael Flaig war mit Lydia Kirchner bereits halb aus dem Zimmer getreten, als Frau Wellenburg nochmals fragte: »Jetzt habe ich Ihren Namen gar nicht mitbekommen.«

»Steffen Horndeich«, sagte Horndeich und sah Frau Wellenburg an.

Ihre Schultern hoben sich, der Kopf auch, sie sah Horndeich an, als habe sie gerade einen Geist gesehen. Dann flüsterte sie: »Valentin?«

»Valentin«, murmelte Frau Wellenburg. Sie lag auf der Trage des Rettungswagens. Nachdem sie ihren Sohn erkannt hatte, hatte sie einen Schwächeanfall erlitten.

»Steffen«, sagte Horndeich.

»Ja, Steffen. Steffen ist besser. So hat mein Opa geheißen. Du hast ihn nie kennengelernt. Steffen«, wiederholte sie den Namen nochmals.« Ihre Hand hielt die seine fest umklammert, ließ sie nicht los.

Als sie seinen alten, verhassten Vornamen ausgesprochen hatte, bewirkten die Schallwellen aus ihrem Mund dasselbe wie ein Faustschlag in den Solarplexus. Horndeich blieb die

Luft weg. Die alte Dame, mit der er geplaudert hatte – sie war seine Mutter.

Valentin. Das Wort war von seinen Ohren mit dem Expressaufzug in seinen Magen hinabgesaust. Und jetzt führte es dort einen Veitstanz auf. Ihm wurde übel. *Valentin Steffen Horndeich*, das hatte im ersten eigenen Personalausweis gestanden. Mit vierundzwanzig hatte er den Namen Valentin streichen lassen. Ziemlich großer bürokratischer Akt, aber er hatte darauf bestanden. Er hatte diesen Namen immer gehasst. Und ganz besonders in den zwei Jahren nachdem sein Vater gestorben war, hatte er es kaum mehr ertragen, wenn seine Mutter ihn bei diesem Namen gerufen hatte.

In der vergangenen Nacht hatte er darüber nachgedacht, dass er, wenn dieser Fall abgeschlossen wäre, tatsächlich noch einmal einen Anlauf starten wollte, seine Mutter ausfindig zu machen. Oder zumindest ihr Grab. Für Stefanie. Hatte sich erledigt.

Und nun lief er neben der Trage her, auf der seine Mutter lag. Tatsächlich seine Mutter. Von allen Altenheimen auf der ganzen Welt wohnte sie ausgerechnet in einem von jenen, die sie in ihrem Fall untersuchten. Nein, ganz offensichtlich sollte sie auch ein Opfer werden. Dann musste sie in ihrem Leben zu Reichtum gekommen sein, den sie wohl auch diesem Verein spenden wollte. Und anscheinend hatte er ihr das Leben gerettet.

Er sollte sich darüber freuen.

Er konnte es nicht.

Und Valentin hatte sich in seinem Magen vermehrt und vermehrt, und alle Valentins boxten auf die Innenwand des Organs ein. Er sah das Schild mit der Aufschrift *Toiletten.* »Moment«, rief er, ließ die Hand seiner Mutter los, riss die Tür auf und erreichte die Kabine gerade noch rechtzeitig, bevor sich all die bitteren Valentins wieder aus seinem Körper verabschiedeten. Und alles an Feststoffen und Galle mitnahmen, was sie greifen konnten.

Er sank neben der Kloschüssel auf den Boden.

Brauchte Sekunden, bevor er wieder Kraft hatte, aufzustehen. Er spülte seinen Mund aus, klatschte sich kaltes Wasser ins Gesicht. Besah sein Spiegelbild. Nach Ähnlichkeiten mit seiner Mutter musste er nicht suchen. Eines der wenigen Dinge, die sein Vater ihm gegenüber oft wiederholt hatte, war, dass er ihn kaum verleugnen konnte, so ähnlich war er ihm schon als Junge gewesen.

Horndeich trocknete sein Gesicht ab, dann verließ er den Toilettenraum.

Sie hatten auf ihn gewartet.

Seine Mutter war auf der Trage eingeschlafen.

Zum letzten Mal hatte er sie mit sechzehn in Hamburg gesehen, danach nie wieder. Nun, wo er sie hier getroffen hatte, passten sich die Gesichtszüge, an die er sich erinnerte, denen an, die er jetzt sah. Wie eine Videoüberblendung.

In zwei Stunden würden sie wissen, ob der Drink, den Lydia Kirchner in ihrem Kittel verstaut gehabt hatte, mit Ethylenglykol versetzt war. Doch Horndeich hatte daran kaum Zweifel. Im Krankenhaus konnten sie solch eine Vergiftung allein über die Blutwerte feststellen. Und es gab Mittel, die der Vergiftung entgegenwirken konnten.

Flaig hatte ihm gesagt, dass er Lydia Kirchner nun ins Polizeipräsidium mitnehmen würde. Dort würden sie abwarten, was die chemische Analyse des Drinks ergäbe. Erst danach wollte er sie vernehmen. Und bis die Ergebnisse vorlägen, würden bestimmt zwei Stunden vergehen.

Als die Sanitäter die Trage in den Sanka luden, erwachte seine Mutter wieder. »Kommst du mit, Steffen?«, hauchte sie.

Seine Mutter ins Krankenhaus begleiten? Nein, Horndeich hatte darauf keinen Bock, wie seine Tochter es seit zwei Monaten formulierte. Auf der anderen Seite: Wäre sie nicht seine Mutter, hätte er einer alten Dame abschlagen können, sie zum Krankenhaus zu begleiten?

So viele Erinnerungen tauchten in Horndeichs Gehirn

gleichzeitig auf, ein wahres Feuerwerk an Botenstoffen zwischen den Neuronen. Angenehm ging anders.

»Ich habe so viele Fragen«, hauchte Frau Wellenburg.

Auch wenn Horndeich es sich nicht eingestehen wollte, er hatte ebenfalls viele Fragen. Zum Beispiel diese: Warum hieß sie Wellenburg? Und nicht mehr Horndeich? Nun, grundsätzlich war diese Frage ja sehr einfach zu beantworten. Seine Mutter hatte nochmals geheiratet.

»Fahren Sie mit?«, fragte einer der Sanitäter.

»Ja.« Horndeich stieg in den Krankenwagen.

Als der Wagen anfuhr, dachte er: *Stefanie wird stolz auf dich sein. Auch wenn es gar nicht dein Verdienst war.*

Feller hatte die Festplatten kopiert. Als er sie sich anschauen wollte, wurde ihm klar, dass die Platten aus den Vereinscomputern passwortgeschützt waren. Es gab Programme, die einen solchen Schutz aufheben konnten, aber die brauchten dafür eine gewisse Zeit. Also ließ er sie arbeiten.

Mehr aus Langeweile klickte er nochmals auf die Seite des Vereins Hunderetter RU.

Er hatte sich zuvor das Interview des Südwestrundfunks mit dem anderen rumänischen Tierschutzverein angeschaut. Deren Tierheim lag hundertzwanzig Kilometer von Bukarest entfernt.

Richard Feller klickte auf die Website. Zwar war an vielen Stellen von dem Tierheim in Braşov die Rede, aber den genauen Standort fand er nicht. Dann stieß er auf die Rubrik *Wen wir unterstützen*. Salvator Câine, so nannte sich das Tierheim vor Ort. Hier fand er schließlich eine Adresse: Strada Nicolae Labis. Und eine Hausnummer.

Er gab die Daten bei Google Earth ein. Was er fand, war die Straße. Was er nicht fand, war ein Areal von dreitausend Quadratmetern, das auch nur im Entferntesten als Tierheim hätte durchgehen können. Entlang der Strada Nicolae Labis gab es nur Felder. Und einzelne Häuser.

»Es existiert nicht«, sagte Feller zu sich selbst. Er checkte die Adresse in den Ordnern – überall war ausschließlich diese eine Adresse genannt.

Und langsam formte sich in seinem Kopf eine Antwort auf die Frage: *Cui Bono?*

»So, Frau Kirchner, jetzt haben wir ein paar Fragen an Sie. Zum Beispiel jene, warum Sie Frau Ingeborg Wellenburg haben vergiften wollen.«

Lydia Kirchner saß apathisch auf dem Stuhl hinter dem Tisch in einem der Vernehmungsräume des Polizeipräsidiums Stuttgart. Ihr Blick war nach unten gerichtet, auf ihre Hände, die wiederum auf ihren Beinen lagen.

»Wir haben den Drink analysiert, den Sie Frau Wellenburg zu kredenzen gedachten – so wie Sie das bereits seit mehreren Wochen tun. Die Dosis von Ethylenglykol war diesmal jedoch ziemlich hoch. Offensichtlich der finale Schlag.«

Ein wenig gestelzt drückt sich der Kollege Flaig aus, dachte Horndeich. Aber vielleicht gehörte das ja zur Taktik.

Er hatte sich wieder ein wenig erholt. Im Krankenhaus hatten sie festgestellt, dass die Blutwerte von Frau Wellenburg – Horndeich musste sich korrigieren: von *seiner Mutter* – unter aller Kanone waren. Besonders der pH-Wert war bedenklich abgerutscht.

Vom Krankenhaus war Horndeich direkt ins Stuttgarter Polizeipräsidium gefahren. Zwar zeigte sein Magen immer noch deutlich an, dass die Seele etwas aus dem Gleichgewicht geraten war. Aber es gelang ihm, sich auf die Befragung von Lydia Kirchner zu konzentrieren. Der Frau, die seine Mutter offenbar hatte umbringen wollen. Nun galt es, ihr das eindeutig nachzuweisen.

Er zwang sich zur Professionalität. Was ihm nicht sehr schwerfiel. Denn die innere Leere war nicht verschwunden.

Flaig sprach weiter. Und Horndeich war ihm fast dankbar, dass er selbst erst einmal die Statistenrolle zugewiesen bekam.

»Hat Horst Diebold Ihnen eigentlich den Anwalt bezahlt? Damals, bei dem Prozess in Hannover?«

Kurz zuckte es in Lydia Kirchners Gesicht, aber sie wandte den Blick nicht von ihren Händen ab. »Der hat sie damals gut rausgepaukt. Wissen Sie, wie der das gemacht hat? Hat er gedroht, die Zeugin zu ermorden? Oder hat er ihr ein paar gut gebaute Muskelmänner vorbeigeschickt, die ihren Standpunkt mehr als deutlich gemacht haben?«

Lydia Kirchner hob nun doch den Blick: »Ich hab keine Ahnung gehabt. Ich war völlig perplex, dass die Astrid ihre Aussage zurückgezogen hat. Ich hab wirklich gedacht, dass ich in den Knast muss.«

»Heißt das, dass Astrid recht gehabt hat? Dass Sie wirklich jemanden in dem Heim Fürstenhof umgebracht haben?«

Wenn Lydia Kirchner nun das Zauberwort »Anwalt« sagte, war die Befragung beendet. Solange sie es nicht tat, hatten sie die Chance, mehr zu erfahren. Denn ein Anwalt würde ihr bestimmt raten, zu schweigen.

»Ja. Die Astrid hatte recht. Ich hab der Patientin damals Insulin gespritzt. Zu viel. Sie hatte ja ohnehin Diabetes, da hätte eigentlich nichts schiefgehen sollen.«

»Und warum haben Sie damals das Insulin gespritzt?«

Lydia Kirchner zuckte mit den Schultern. »Gab immer wieder Gründe. Manche von den alten Leuten, die waren einfach unausstehlich. Die haben dich angespuckt, wenn du sie gewaschen hast. Die haben all ihren Frust nur an dir ausgelassen. Da konntest du dir den Arsch aufreißen, wie du wolltest. Die waren ja oft nicht mehr klar im Kopf, ich weiß das. Aber trotzdem ist irgendwann eine Grenze erreicht. Da ging es nicht mehr. Und die Dame mit dem Insulin … Scheiße, ich weiß nicht mal mehr ihren Namen … die hat mir immer wieder gesagt, dass sie einfach nicht mehr leben möchte. Aber das hat sie nur mir gesagt, wie ich später erfahren habe. Ist schon eine schräge Welt in so einem Pflegeheim.«

»Neben der Insulindame haben Sie also noch andere beim Sterben begleitet?«

Nun sah Lydia Kirchner auf. Setzte sich gerade hin, drückte den Rücken durch. »Quatsch. Ich hab die nicht beim Sterben begleitet. Ich hab sie umgebracht.«

Horndeichs Blick traf sich mit jenem von Flaig. Das sah nach einem umfassenden Geständnis aus. Horndeichs Blick fiel automatisch auf das Aufnahmegerät auf der Tischmitte. Die rote LED leuchtete. Das war gut.

»Kommen wir doch bitte zurück auf Frau Wellenburg. Warum haben Sie ihr diese Drinks gegeben? Und haben Sie sie selbst angemischt?«

Lydia Kirchner schüttelte den Kopf. Doch als sie sprach, wurde klar, dass sie die Feststellung, sie habe Frau Wellenburg die Drinks gegeben, nicht bestritt. »Ich wollt das alles nicht mehr. Ich konnte das auch irgendwie nicht mehr. In dem Pflegeheim früher – mein Gott, wie sollte man da arbeiten? Alles nur mit der Stoppuhr. Du rennst von Zimmer zu Zimmer, windeln, waschen, Medikamente reichen, Essen bringen, Geschirr einsammeln, mal wieder windeln, Kotze wegwischen, Scheiße von der Wand putzen, mit der die Frau Mueller mal wieder gemalt hat. Und nie die Zeit, wirklich mal etwas *richtig* zu machen. Mit Herz zu machen. Scheiße, ich konnte ja kaum lächeln, weil das wieder zwei Sekunden mehr auf der Uhr bedeutet hätte. Und das wurde damals immer nur schlimmer, schlimmer, schlimmer. Immer mehr Leute im Heim bei immer weniger Kollegen, um sie zu versorgen. Dann noch eine Grippewelle im Winter, und eigentlich hättest du den Laden dichtmachen müssen. Und das alles für einen beschissenen Hungerlohn.«

Und das war ein Grund, Leute umzubringen? Um den Personalschlüssel wieder ein bisschen aufzustocken? Horndeich verstand nicht, was da in Lydia Kirchners Kopf vor sich ging.

»Ja. Ich hab da welche umgebracht. Die, die es wollten,

oder die, die ich nicht mehr wollte. Ich wollte mich sogar schuldig bekennen, nachdem der erste Verhandlungstag gelaufen war, damals in Hannover. Und plötzlich war da der Horst Diebold. Der mich abgefangen hat. Und er hat zu mir gesagt, dass es nicht gerecht wäre, wenn ich für das, was ich getan hätte, in den Knast muss. Ich habe erst gar nicht kapiert, was er gemeint hat, aber dann hat er mich zum Abendessen eingeladen. Warum? Das hab ich auch nicht verstanden. Also am Anfang. Hab mich nicht wohlgefühlt, da in dem Restaurant. War alles so komisch, die Bedienung ist ständig um einen rumgeturnt. Na ja, und da hat Diebold mir gesagt, wie meine Zukunft aussieht.« Lydia sah wieder auf ihren Schoß.

Horndeich wartete, und auch der Kollege Flaig zeigte erste Anzeichen von Ungeduld. Er knibbelte am Ärmel seines Hemdes.

Horndeich rutschte mit dem Stuhl näher an Lydia Kirchner heran. Er glaubte zu wissen, wie er sie zum Reden bewegen konnte. »Er hat Ihnen zwei Möglichkeiten geboten, nicht wahr? Entweder Sie würden im Knast landen. Oder Sie würden in einem seiner Heime arbeiten, unter sehr viel besseren Bedingungen. Ohne dass Sie jemand anspuckt. Im gehobenen Segment. Und eben mit viel mehr Zeit für die Bewohner.«

Lydia Kirchner sah Horndeich an, verständnislos. »Woher wissen Sie das? Sie waren doch nicht dabei damals.«

Nein, das war Horndeich nicht. Aber so langsam begann er Horst Diebolds Masche zu verstehen. »Zuerst hat er Ihnen den neuen Anwalt besorgt. Und Ihnen gesagt, dass Sie von nun an im Gerichtssaal die Klappe halten sollen. Nur der Anwalt würde für Sie reden. Und dann, nach der Gerichtsverhandlung, würden Sie einen neuen Job bekommen. Hier, in Stuttgart. Weit weg von Hannover. Vielleicht auch mal in Reutlingen oder Tübingen. Sie brauchten außerdem mehr Kohle. Sie waren Witwe. Und auch Geld hat Diebold Ihnen geboten. Deutlich mehr, nehme ich mal an, als Sie in Langenhagen verdient haben.«

»Ich verstehe das nicht, woher wissen Sie das?« Lydia Kirchner sah Horndeich irritiert an.

»Wann hat Diebold Sie das erste Mal gebeten, jemanden zu vergiften?«

Abermals zuckte Lydia Kirchner mit den Schultern. »Weiß ich nicht mehr. Vor sechs Jahren?«

»Und wie hat er das gemacht?«

»Hab damals gerade in Reutlingen gearbeitet. Und da war so eine Dame, die hat jeden völlig von oben herab behandelt. Ich meine, ich fand das nicht so schlimm. Die hat nicht gespuckt, die hat nicht gekratzt, die hatte nicht mit Scheiße an der Wand gemalt. Dann war ich ja schon zufrieden. Aber Diebold hat zu mir gesagt, dass das nicht gerecht wäre. Dass jemand, nur weil er Geld habe, die anderen nicht behandeln dürfe, als wären sie schlechtere Menschen. Da hat er recht gehabt. Und dann hat er mich wieder zum Essen eingeladen. Und an dem Abend hat er mir alles runtergebetet, was diese Frau mir an den Kopf geworfen hat. Ich hab das gar nicht so in Erinnerung gehabt, aber er hatte recht. Und dann hat er mir gesagt, dass diese Frau sehr viel mehr Geld als Intelligenz hätte. Und wenn sie nicht mehr leben würde, dann könnte auch ich vierzigtausend Euro bekommen. Die Frau hätte niemanden mehr. Keinen Mann, keine Kinder, keine Enkel. Sie war ganz allein. Wahrscheinlich wäre das auch der Grund, warum sie sich immer so eklig benehmen würde. Dann hat er gesagt, dass ich ja schon Menschen umgebracht hätte, ich wüsste ja, wie das geht. Mir wurde da ganz schlecht. Aber Diebold sagte, das wäre schon in Ordnung. Vierzigtausend Euro, und die Welt wäre ein bisschen besser, weil diese Dame niemanden mehr beschimpfen könnte. Weder mich noch meine Kollegen, noch sonst wen.«

Wieder schwieg Lydia Kirchner.

Horndeich billigte ihr die Gedankenpause zu.

Nur wenig später sprach sie von sich aus weiter: »Wir waren dann noch mal essen. Und er hat mir gesagt, dass Insulin in diesem Fall überhaupt nichts bringen würde, denn die Frau wäre kerngesund und bräuchte im Leben keine Spritze. Aber Frostschutzmittel, damit könne man Menschen zu ihrem Ende führen, ohne dass der Arzt, der den Totenschein ausstellt, Verdacht schöpft. Er hatte schon ein paar Links im Internet gesammelt, mit denen ich mir die Grundlagen von Ethylenglykol – Scheiße, so ein schweres Wort, ich glaube, das ist das schwerste Wort, das ich je gelernt habe –, also, da habe ich gelernt, wie das geht. Schließlich waren wir ein drittes Mal essen, da habe ich mich dann auch nicht mehr so unwohl gefühlt in diesem Restaurant, und dann wusste ich, wie ich das machen konnte. Zweimal eine hohe Dosis von Ethylenglykol in das Saftglas gespritzt, dann wurde es der Dame ziemlich schummrig. Ihr dann von dem amerikanischen Energydrink erzählt, der in Deutschland nicht zugelassen wäre, der einem aber die Kraft zurückgäbe. Also hab ich es gemacht.«

»Und die Frau, die ist dann gestorben?«

»Ja, die ist dann gestorben. Abends eingeschlafen, morgens nicht mehr aufgewacht. Es war ganz einfach. Und, ich glaube, auch schmerzlos.«

»Und dann haben Sie vierzigtausend Euro bekommen?«

Lydia Kirchner nickte nur. Dies laut auszusprechen brachte sie offensichtlich nicht über sich.

»Wie haben Sie das Geld bekommen? In bar?«

Lydia Kirchner schüttelte den Kopf. »Nein. Ich habe ein Konto. Also Herr Diebold, er hat mir einen falschen Personalausweis gegeben. Stand eine Adresse in Leonberg drauf. Sah aber total echt aus, der Personalausweis. Damit, hat er gesagt, soll ich in Leonberg ein Konto eröffnen. Sparkasse, Volksbank, wäre völlig egal. Habe ich gemacht. Und da kam das Geld drauf. Also nicht alles auf einmal, aber immer mal tausend Euro, mal tausendfünfhundert Euro. Und dann hat er mir auch fünfzehntausend Euro in bar in die Hand gedrückt. Und dann hat er mir gesagt, dass ich von dem Konto immer nur Bargeld abheben soll. Am Geldautomaten. Aber nie so viel, dass es auffällt. Also nie mehr als fünfhundert Euro am Tag, und bloß nicht mehr als tausend Euro in zwei Wochen. Habe ich gemacht. Hat prima geklappt.«

»Aber Sie wollten doch aussteigen«, hakte Horndeich nach. »Sie haben sogar mit dem Gedanken gespielt, sich der Polizei zu stellen.«

»Ja. Natürlich wollt ich aussteigen. Aber vor allem wollte ich raus aus diesem Altenheim in Langenhagen. In Reutlingen im Dikaios zu arbeiten, das hat dann Spaß gemacht. Viel weniger Bewohner pro Pfleger und viele Leute noch ziemlich gut zu Fuß. Ganz wenige mit Demenz. Und auch ganz wenige, die bettlägerig waren. Ja, da konnte man gut arbeiten. Und das wollte ich nicht verlieren. Und, scheiße, das Geld konnte ich natürlich auch gut gebrauchen. Nicht mehr überlegen, ob man ins Kino oder in die Disco geht. Sondern, pfeif drauf, beides! Endlich mal beides!«

»Und Diebold, er kam dann immer öfter auf Sie zu und hat verlangt, dass Sie Leute vergiften?« Horndeich formulierte es bewusst so hart. Er wollte die Reaktion von Lydia Kirchner sehen.

Wieder das inzwischen vertraute Schulterzucken. »Ja. Einmal im Jahr. Zweimal im Jahr. Er hat mich dann immer auch in den anderen Heimen eingesetzt. Hier in Stuttgart, da habe ich mich am wohlsten gefühlt. Und diese Frau Wellenburg, scheiße, ich hab die gemocht. Ich wollte die nicht umbringen. Die hat mich gut behandelt. Die hat alle gut behandelt. Die war ein richtiger Schatz. War der Moment, wo ich gedacht habe, jetzt hör ich auf. Und je schwächer sie wurde, desto mehr hat sie mir von ihrem Sohn erzählt. Den sie irgendwann verloren hat. Das war echt traurig. Ich hätte ihr so gern geholfen. Den Sohn zu finden. Oder so. Bevor das Gift sie umgebracht hätte.«

Horndeich schluckte. Lydia Kirchner sprach über niemand anderen als seine Mutter. Lydia Kirchner hätte seine Mutter umgebracht. Um vierzigtausend Euro einzustreichen. Vierzigtausend Euro für die Mutter, die er seit dreißig Jahren nicht gesehen hatte und niemals in seinem Leben mehr hätte sehen wollen.

Und jetzt? Jetzt war alles anders. Er hatte sie ins Krankenhaus begleitet. Er hatte ihre Hand gehalten. Das hatte nichts weggewischt. Dass sie ihren Vater betrogen, sich nicht um ihn gekümmert hatte. Aber, und jetzt übernahm er den Kraftausdruck von Lydia Kirchner: Scheiße, sie war seine Mutter. Ohne sie wäre er nicht auf der Welt. Ohne sie hätte es auch keine Stefanie gegeben. Und auch keinen Alexander. Das war der Moment, der ihm die Tränen in die Augen trieb.

»Ja, Kommissar Horndeich, ich hab auch geweint. Ich wollte das nicht mehr. Ich wollte keine Menschen mehr umbringen. Ich wollte nur noch da arbeiten, wo ich gearbeitet habe. Mein Geld verdienen, gut zu den Menschen sein, auch zu denen, die mich beschimpfen. Immerhin haben sie mich nicht bespuckt. Es klingt blöd, aber irgendwie bin ich dankbar, dass Sie mich heute festgenommen haben. Ich bring keine Leute mehr um. Es ist vorbei.«

»Gut, dann möchte ich Sie jetzt noch um eines bitten. Erinnern Sie sich bitte genau. Und schreiben Sie uns die Namen der Menschen auf eine Liste, die Sie im Auftrag von Horst Diebold getötet haben.«

Lydia Kirchner griff nach Stift und Block.

Schrieb völlig regungslos, nur die Hand bewegte sich.

Dann schob sie Horndeich den Block zu.

Darauf standen acht Namen.

»Wow!« Das hatte Leah Gabriely in den vergangenen fünfzehn Minuten des Öfteren gedacht. Mit dem Hausdurchsuchungsbefehl des Richters hatte sich die Truppe auf den Weg gemacht. Seitersweg lautete die Adresse. Direkt am Löwentor, dem Eingang zur Rosenhöhe, dem schönsten Park der Stadt.

Diebold war nicht in seiner Wohnung gewesen. Einer der Hausbewohner hatte die Polizei eingelassen. Der Rammbock tat sein Übriges: Die Wohnungstür gab nach.

Leah streifte durch die Wohnung. Ein schönes Schlafzimmer mit großem Kleiderschrank, verspielt, ein großes Doppelbett, mehr war im Raum nicht untergebracht. Doch der Raum selbst hatte mehr als zwanzig Quadratmeter. Platz. Etwas, das Leah sehr schätzte. Wenn man sich den Bademantel auszog, um sich ins Bett zu legen, lief man niemals Gefahr, sich irgendwo einen blauen Fleck zu hauen.

Esszimmer und Wohnzimmer waren ähnlich großzügig angelegt, sogar das Badezimmer. Badewanne, Dusche, Waschbecken, Toilette, Bidet – aber dafür mehr als sechzehn Quadratmeter Platz.

Sie betrat das Arbeitszimmer. Gemeinsam mit dem Kollegen. »Stopp!«, rief sie, bevor die anderen über das Zimmer herfallen konnten. Ihr Blick wanderte über den Schreibtisch. Ein Monitor. Eine Maus. Eine Tastatur. Aber kein Rechner. Im Regal eine Dockingstation für einen Laptop. Die komfortable Version, solch ein Gerät ins eigene Netzwerk zu integrieren. Laptop einrasten lassen, und alle Anschlüsse für USB, Monitor, Tastatur und Maus oder externe Laufwerke standen zur Verfügung. Doch auch die Dockingstation war leer.

»Können wir rein?«, wollten die Kollegen wissen.

»Einen Moment noch«, sagte Leah.

Das Regal war gefüllt mit Ordnern und Büchern. Nur zwei Regalbretter waren leer. Leah ging darauf zu. Sie machte die Taschenlampe ihres Smartphones an. Staub im hinteren Bereich des rund fünfzig Zentimeter tiefen Regalbretts. Die fünfundzwanzig Zentimeter Tiefe eines Aktenordners waren hingegen staubfrei. Hier hatte jemand vor ganz kurzer Zeit Ordner ausgeräumt. Und Leah war sich sicher: Was auch immer die Kollegen hier einsammeln würden – es würde sie nicht weiterbringen. Das Geheimnis lag in den Unterlagen, die nicht mehr da waren, sowie in dem Computer und dem Laptop, die sich ebenfalls nicht mehr hier befanden.

Leah rief Diebold auf seiner Handynummer an. Er hatte sie ihr zum Glück gegeben. Niemand nahm ab. Nur die Mailbox. Offensichtlich hatte Diebold das Weite gesucht.

Leah wählte Horndeichs Nummer auf ihrem Smartphone.

»Leah, was gibt's?« Horndeich Stimme klang ein wenig erstickt.

»Horst Diebold, der hatte doch eine Freundin? Die hat er als Alibi angegeben. Mit dieser Reise nach Asien. Hast du ihre Kontaktdaten?«

»Einen Moment«, sagte Horndeich. Zwanzig Sekunden später nahm er das Gespräch wieder auf und sagte: »Vanessa Löblin, so hieß die Dame. Mehr habe ich auch nicht notiert. Ist das wichtig?«

Blöde Frage, dachte Leah. *Wenn es nicht wichtig wäre, hätte ich dich nicht angerufen.* Sie beendete das Gespräch.

In Darmstadt gab es genau eine Vanessa Löblin. Sie wohnte in Bessungen. Leah wählte die Nummer des Richters, der Bereitschaft hatte. Sie hätte auch den Staatsanwalt anrufen können, aber sie bevorzugte den direkten Weg. Die Details konnte der Richter dann mit der Staatsanwaltschaft aushandeln. Ihr war es nur wichtig, dass sie den Durchsuchungsbefehl auch auf die Wohnung der Freundin ausweiteten. Wenn Horst Diebold die ganzen Ordner und vielleicht auch die Computer dorthin geschafft hatte, dann war Eile geboten.

»Echt, Papa?!«

»Ja, meine Liebe. Ich habe tatsächlich deine Oma gefunden. Sie ist nicht gesund, sie ist im Krankenhaus, aber es geht ihr so weit ganz gut. Die Ärzte helfen ihr.«

»Papa, Papa, das ist echt – cool! Ich hab es gewusst, ich hab das gewusst, dass du sie findest! Danke! Danke!!«

Wie gern hätte er seine Tochter jetzt im Arm gehalten,

anstatt nur ihre Stimme aus dem Lautsprecher des Handys zu hören. Auch wenn er wusste, dass das Lob ihm eigentlich nicht gelten durfte.

Er hatte zuvor mit seiner Frau telefoniert. Sandra hatte kaum glauben können, was er erzählt hatte. Dann hatte sie geschwiegen und mit leiser Stimme gesagt: »Schatz, niemand verlangt von dir, dass du jetzt vor Freude an die Decke springst. Ich weiß, dass euer Verhältnis sehr schwierig war. Deswegen brauchst du jetzt einfach Zeit.«

Der Druck hinter Horndeichs Augen war in diesem Moment gestiegen. Was überhaupt nichts mit seiner Mutter zu tun hatte, sondern damit, dass seine Frau wieder einmal die richtigen Worte gefunden hatte, jene, die er in diesem Moment gebraucht hatte.

Nun konzentrierte er sich wieder auf das Gespräch mit seiner Tochter: »Meine Liebe, ich bin noch in Stuttgart. Ich kann heute nicht mehr zurückfahren. Du musst bei Oma und Opa bleiben. Opa fährt dich morgen in die Schule. Es tut mir leid, aber ...« Was hätte er sagen sollen? Phrasen wie *Der Fall nimmt mich total in Anspruch?* Damit hätte seine Tochter nichts anfangen können. Wieder musste er seine Gedanken kindgerecht herunterbrechen: »Wir haben hier in Stuttgart jemanden festgenommen. Und da muss ich noch dableiben.«

»Hast du einen Bösen festgenommen?«

Lydia Kirchner. Eine Frau, die mehrere Menschen umgebracht hatte. War sie eine Böse? In Momenten wie diesen fühlte sich Horndeich einfach nur müde. Sie war böse, natürlich war sie böse. Aber hatte er da nicht auch einen Funken Verständnis? Wollte er dort arbeiten, wo eine Frau Müller mit Scheiße ein Porträt an die Wand schmierte? Und das für ein Gehalt, das kaum die Hälfte des seinen betrug? Konnte man es da nicht verstehen, wenn jemand ausrastete?

»Ich habe jemanden festgenommen, der wahrscheinlich Menschen getötet hat.« Er würde seiner Tochter jetzt nicht sagen, dass auch Stefanies Oma auf der Todesliste gestanden hatte.

»Papa, du machst das schon! Aber ich bin so glücklich, dass du meine Oma gefunden hast. Ich werde jetzt ein neues Bild malen. Der eine Opa, der hat Flügel, der lebt nicht mehr. Aber meine Oma Nummer zwei, die lebt. Die braucht keine Flügel. Die werde ich hoffentlich ganz bald kennenlernen!«

Ja, die wirst du sicher bald kennenlernen. Und du wirst mit ihr wahrscheinlich viel mehr sprechen, als es mir möglich sein wird, dachte Horndeich und beendete das Gespräch.

Vanessa Löblin wohnte in der Rüdesheimer Straße. Diese war links und rechts von Linien mit Reihenhäusern gesäumt, wie Gräten an einer Wirbelsäule. Wenn der Südbahnhof der Kopf war, so befand sich Vanessa Löblins Haus am südlichen Ende auf Höhe der Brustflosse. Für die Polizeiwagen bedeutete es, dass sie nicht direkt vor die Haustür fahren konnten.

Vanessa Löblin war sichtlich erschrocken, als die Polizei vor ihrer Tür stand. »Was ist denn hier los?«, fragte sie entgeistert. Doch ihr Gesicht verriet, dass sie genau wusste, worum es ging. Vanessa Löblin war eine große Frau, überragte Leah um ein paar Zentimeter. Sie trug das schulterlange, glatte Haar offen. Die perfekten Gesichtszüge wichen nur aufgrund einer großen Nase vom Idealbild ab.

Leah hielt ihr den Durchsuchungsbeschluss entgegen. »Frau Löblin, wir können jetzt jeden Zentimeter Ihres Hauses umkrempeln. Sie können aber sich und uns das Leben leichter machen, wenn Sie uns sagen, was Horst Diebold Ihnen zur Aufbewahrung gegeben hat.«

Vanessa Löblin zögerte. In dieser Zeit zogen bereits fünf Kollegen in Uniform an ihr vorbei. »Wir werden alles finden, was wir finden müssen. Dazu können wir jedes Buch aus dem Regal ziehen. Sie können uns aber auch einfach sagen, was Horst Diebold bei Ihnen deponiert hat.«

Es war wohl das Bild von Leahs Kollegen, der eine große, rote Plastikklappkiste öffnete, die Vanessa Löblin dazu bewog, ihnen Einhalt zu gebieten. »Stopp!«, schrie sie in einer Lautstärke, die im letzten Winkel unter dem Dach noch gehört worden wäre. »Hören Sie auf! Ja, Horst hat mir heute Vormittag ein paar Kisten vorbeigebracht. Ich geb Sie Ihnen. Aber bitte, lassen Sie mein Haus in Ruhe!«

Offenbar hatte Frau Löblin Bilder jüngster Fernsehserien vor Augen. Dort warfen Polizisten zumeist erst mal alles auf den Boden, bevor sie es wieder aufhoben, um festzustellen, ob der Gegenstand für sie relevant wäre. War er es, landete er in einer Kiste, wenn nicht, ging's wieder hinab auf den Boden. So würden die Kollegen hier nicht vorgehen. Aber die Angst Vanessa Löblins war der Effizienz förderlich: »Also?«

Frau Löblin führte Leah und die Beamten in den Garten hinter dem Haus. Die Grundfläche des Grüns maß vielleicht doppelt so viel wie die Grundfläche des Hauses, die wohl rund vierzig Quadratmeter betrug. Am Ende des Grundstücks stand eine kleine Gartenhütte. Vanessa Löblin machte eine Handbewegung in diese Richtung, mehr musste sie nicht tun.

Die Kollegen nahmen sich die Hütte zur Brust. Leah warf nur einen Blick hinein. Mindestens vierzig Leitzordner in Klappkisten aus Plastik, dazu noch ein paar Plastiktaschen. In einer erkannte sie den Computer. »Was ist das hier?«, wollte Leah wissen.

»Können wir reingehen? Ich erzähle Ihnen alles«, sagte Frau Löblin.

Leah nickte und drehte sich um.

Im Wohnzimmer stand ein Esstisch. Vanessa bot Leah an, Platz zu nehmen, dann setzte sie sich zu ihr. »Horst war heute Morgen da. Mit all diesem Zeug. Er stand völlig neben sich. Ich hatte keine Ahnung, was los war mit ihm.«

Leah sagte nichts. Sie hatte durchaus eine Vorstellung davon, was in den Leiter der Chrysteri GmbH Co. KG gefahren war. Die nackte Angst. Dadurch, dass sie gestern die Spenderlisten des Vereins bekommen hatten, war es nur noch eine Frage der Zeit gewesen, bis sie auf seine Spur kommen würden. Die Ordner würden nun Auskunft geben über seine Geschäftsstrukturen. Letztlich darüber, wie das Geld, das er über Hunderetter RU eingesammelt hatte, auf einem seiner bestimmt zahlreichen Konten landete. »Weshalb hat er die Ordner bei Ihnen deponiert?«

»Er hat sie nicht deponiert. Er wollte sie loswerden. Und auch die Taschen. Ich habe nicht nachgefragt, aber ich bin nicht dumm. Das sind Belege für irgendwelche Machenschaften, die nicht ganz koscher sind. Er wollte das Zeug in meinem Garten verbrennen, aber das geht gar nicht. Da hätte die Polizei sofort auf der Matte gestanden, denn meine Nachbarn hätten das nie geduldet, Rauchwolken aus dem Garten hier in der Vorzeigesiedlung. Ich hab versucht, ihn zu beruhigen. Und dann habe ich ihm vorgeschlagen, ich würde das alles in Gartensäcke packen und morgen früh zur Müllverbrennung fahren. Geht ja. Kann ja jeder Privatmann hin, zahlt zwölf Euro fünfzig und kann seine Sachen in den Schlund werfen. Da hätte sie niemand mehr gefunden. Wenige Stunden später, da wäre ja alles verbrannt gewesen.«

»Wo ist er denn jetzt hin?«, wollte Leah wissen.

»Ich weiß es nicht. Er ist einfach losgefahren.« Jetzt zeigte sich zum ersten Mal eine Träne in Vanessa Löblins Gesicht. Leah war sich nicht sicher, ob die Träne ihrem Freund galt oder den Schwierigkeiten, in die er sie gebracht hatte.

»Wissen Sie, mit welchem Auto er unterwegs ist? Mit seinem eigenen?«

Vanessa Löblin schüttelte den Kopf. »Nein. Er ist mit meinem gefahren. Frau Gabriely, was werfen Sie ihm denn eigentlich vor?«

Die Frage kam reichlich spät. Offensichtlich hatte Vanessa Löblin damit gerechnet, dass ihr Freund irgendetwas im

Schilde führte, das nicht ganz durch das deutsche Gesetzbuch gedeckt wurde.

»Anstiftung zum Mord. Das ist das, was wir ihm bis jetzt beweisen können. Aber da kommt sicher noch ein bisschen was dazu: Betrug, Geldwäsche …« Der verbale Schlag gegen die Leber hatte gesessen. Vanessa Löblin sackte in sich zusammen.

»Ihr Wagen? Sie haben ihm Ihren Wagen gegeben?«

Frau Löblin nickte nur.

»Lassen Sie mich raten: Morgen sollten Sie den Wagen als gestohlen melden, nicht wahr?«

Vanessa Löblin schüttelte den Kopf: »Übermorgen.«

»Okay. Und wo ist er hingefahren?«

Frau Löblin schüttelte den Kopf.

»Wo ist er hingefahren?« Leahs Stimme wurde lauter.

Wieder keine Reaktion.

»Gut. Dann gehe ich mal davon aus, dass Sie ihn decken. Wäre Beihilfe zu einer Straftat.«

Die Tränen flossen nun in Regimentsstärke über Vanessa Löblins Gesicht. »Wir haben ein Ferienhaus. In der Steiermark, in Österreich. Vielleicht fährt er dorthin. Hat er immer geliebt. Gleich nachdem er die Sachen abgeladen hatte, ist er losgefahren.«

»Haben Sie die Adresse?«

»Ja.« Vanessa Löblin diktierte sie Leah.

»Und wie lautet das Kennzeichen Ihres Wagens?«

Vanessa Löblin schrieb es auf einen Zettel. Leah rief die Zentrale an und gab die Fahndung raus. Dann bedankte sie sich bei Frau Löblin – so viel Höflichkeit musste sein – und ging zu den Kollegen in Richtung Gartenhütte. »Was haben wir?«, wollte sie von Silvia Rauch wissen.

»Eine ganze Menge Ordner. Einen Computer. Zehn Liter Frostschutzmittel. Aber das Interessanteste: eine EC-Karte, ausgestellt auf den Namen Andreas Glückert. Findet raus, wer das ist. Mein Bauchgefühl sagt mir, dass es diesen Andreas Glückert in Darmstadt gar nicht gibt. Tippe auf falsche Karte, so wie bei Lydia Kirchner. Und dann sind da noch zwei Handys.«

Die Ausbeute konnte sich sehen lassen. Leah griff zum Telefon und ordnete eine bundesweite Fahndung nach Horst Diebold an. Ebenso wie eine Streife in Zivil, die unmittelbar bei dem Ferienhaus in Österreich Posten beziehen sollte. Sie würden ihn kriegen, diesen Horst Diebold. Da war sich Leah sicher.

Auch der Vorstand des Vereins Hunderetter RU war bislang nicht mehr in seinem Haus aufgetaucht. Offensichtlich hatte sich Oliver Cosqualez ebenfalls abgesetzt.

Leahs Handy klingelte. Hinrich.

»Herr Rechtsmediziner, was kann ich für Sie tun?«

»Ich habe heute ja noch zwei Leichen exhumiert. Eine vom Stuttgarter Pragfriedhof, eine vom Friedhof Unter den Linden in Reutlingen. Da ich ja wusste, wonach ich suchte, übergab ich die Gewebeproben der Leichen sowie das, was ich an Körperflüssigkeiten noch habe retten können, unmittelbar ins Labor.«

Leah musste schmunzeln. Hinrich erzählte die Geschichte, als ob er ganz allein die Leichen ausgegraben und untersucht hätte. Gleichzeitig nahm sie wahr, dass die Stimme des Rechtsmediziners müde wirkte. Er verzichtete denn auch auf irgendwelche Späßchen und fuhr direkt fort: »Vor einer halben Stunde habe ich die endgültige Bestätigung bekommen: Die Leiche aus Reutlingen ist ebenfalls durch Ethylenglykol vergiftet worden. Bei der Leiche aus Stuttgart konnte es der Laborleiter nicht mit hundertprozentiger Sicherheit feststellen. Es war möglich, aber es war nicht eindeutig nachweisbar.«

Leah hatte noch eine Rückfrage auf der Zunge, doch Hinrich verabschiedete sich bereits: »Over and out.«

Leah brauchte nicht viel Fantasie, um sich auszumalen, was der Grund für Hinrichs Niedergeschlagenheit war.

Freitag, 15. Juni

»Herr Feller?«

Feller drehte sich auf seinem Bürosessel in Richtung Tür. »Herr Liebermann?«

Der Mann im Türrahmen nickte.

Die Kollegen vom Empfang hatten Rupert Liebermann zu ihm geschickt, nachdem dieser nach Feller gefragt hatte. Rupert Liebermann, der Vater von Andreas Liebermann, der lieber bei seiner neuen Familie in Südafrika blieb, als in Deutschland seinen Sohn zu beerdigen. Doch offensichtlich hatte er seine Meinung geändert. »Kommen Sie rein, nehmen Sie Platz.«

Rupert Liebermann tat, wie ihm geheißen. Ein einziger Stuhl in Fellers Refugium war nicht mit Elektronikteilen belegt. Liebermann ließ sich darauf nieder.

»Herr Liebermann, was wollen Sie hier?«

»Ich …« Liebermann zögerte. »Ich bin hier ja bei der Mordkommission. Woran ist mein Sohn gestorben?« Von der Kaltschnäuzigkeit, die der Mann noch Anfang vergangener Woche vorgelegt hatte, war nichts mehr zu spüren.

»Er ist erdrosselt worden.«

Liebermann sog hörbar Luft ein. »Sie haben seinen Mörder schon gefasst?«

»Davon gehen wir aus.«

»Haben Sie auch gegen meinen Sohn ermittelt?«

Das war eine seltsame Frage. Von einer Ermittlung gegen Andreas Liebermann war nie die Rede gewesen. Und schon gar nicht bei dem Telefonat mit seinem Vater. »Wie kommen Sie darauf?«

»Sie wissen, dass vor ein paar Jahren ein Prozess gegen meinen Sohn angestrengt wurde? Bei dem er aus Mangel an Beweisen freigesprochen wurde?«

Natürlich wusste Feller davon. Er war es, der es herausgefunden hatte. Doch Feller war irritiert darüber, dass der

Vater, der bisher so gar kein Interesse für seinen Sohn gezeigt hatte, hier auftauchte, um ihm davon zu erzählen.

»Ich habe nicht mehr viele Verbindungen nach Deutschland. Ein alter Schulfreund, er hat von dem Prozess damals erfahren und mir die Zeitungsausschnitte geschickt.«

»Haben Sie mit Ihrem Sohn darüber gesprochen?«

Liebermann schloss die Augen und schüttelte den Kopf. »Nein. Wir hatten keinen Kontakt mehr. Ich wollte auch keinen mehr.«

»Warum?«

»Ist das wahr, wofür er angeklagt wurde? Hat er wirklich alte Menschen im Heim umgebracht?«, fragte der Vater traurig.

»Was den Prozess angeht, dazu kann ich Ihnen gar nichts sagen. Aber in einem anderen Fall, den wir gerade bearbeiten, sprechen viele Indizien dafür, dass er in zwei Heimen hier in der Umgebung genau das getan hat.«

Liebermann nickte, als ob er nichts anderes erwartet hätte. Er wirkte, als läge eine tonnenschwere Last auf seinen Schultern.

»Herr Liebermann, warum sind Sie hier? Was wollen Sie von mir?«

»Ich hätte damals zur Polizei gehen sollen. Stattdessen habe ich mich aus dem Staub gemacht.«

Feller richtete sich auf. »Wann, damals? Und weshalb?«

Liebermann setzte sich wieder gerade hin, sah Feller in die Augen, als er sprach: »Mein Sohn muss bei meinem Vater die Hölle erlebt haben. Ich habe das nie wahrhaben wollen, aber es ist eine Tatsache. Mein Vater hat ja auch mich erzogen. Es war keine Erziehung, es war vielmehr eine soldatische Grundausbildung, bei der körperliche Züchtigung zur Tagesordnung gehörte. Meine Mutter hat mich davor bewahrt, dass er mich totgeschlagen hat. Aber auch sie ist niemals zum Jugendamt gegangen. Sie versorgte meine Wunden und danach die ihren. Wahrscheinlich habe ich auch deshalb diesen Beruf gewählt, bei dem ich überall auf der Welt war, bloß nicht zu Hause. Natürlich hat das meine Ehe nicht ausgehalten. Ich sagte Ihnen ja bereits am Telefon, dass meine Frau uns verlassen hat, als Andreas fünf Jahre alt war.

Meine Eltern, sie hatten ihr Häuschen, sie hatten den Schrebergarten, und sie hatten eine kleine Rente. Sie kamen auf einfachem Niveau über die Runden. Und ich wusste mir nicht anders zu helfen, als meinen Sohn ihnen zu überlassen, nachdem meine Frau abgehauen war. Ich gab mich der Illusion hin, dass mein Vater mit dem Alter ruhiger und ausgeglichener geworden wäre. Und ich ging weiter meinem Beruf nach, kam viermal im Jahr für ein paar Tage nach Hause. Dann habe ich viel Zeit mit meinem Jungen verbracht. Der mich immer gefragt hat, wann ich denn endgültig zurückkäme. Wann er denn endlich bei mir leben könne. Und erzählte mir, wie schrecklich sein Großvater zu ihm war.

Mein Job hat mir immer viel Spaß gemacht. Und ich redete mir ein, dass ich viel Geld verdienen musste, um meine Eltern und meinen Sohn zu unterstützen. Und dass ich deshalb gar nicht anders konnte, als weiterzumachen wie immer. Mir fiel auch auf, dass Andreas sich nicht mehr über den Großvater beschwerte. Und ich redete es mir schön, dass sich das Verhältnis gebessert hätte. Dabei wusste ich genau, dass Andreas nur einfach nicht mehr darüber sprach.«

Feller erinnerte sich, dass Hinrich zahlreiche Narben auf Andreas Liebermanns Rücken erwähnt hatte, die seit mehr als zehn Jahren verheilt waren. Sie vermittelten Feller eine lebhafte Vorstellung davon, wie Andreas Liebermanns Großvater den Jungen erzogen hatte.

Rupert Liebermann fuhr fort: »Als meine Mutter starb, wurde Andreas immer schweigsamer und in sich gekehrter. Zweimal habe ich versucht, mit meinem Vater zu reden, ihn dazu zu bringen, dass er meinen Sohn besser behandelt, als er mich behandelt hat. Aber natürlich veränderte das nichts.

Ich habe dann Blair kennengelernt, meine zweite Frau. Danach war ich nur noch zweimal in Deutschland. Bin nicht stolz drauf.« Liebermann beendete seine Ausführungen. Er machte Anstalten, sich zu erheben.

»Herr Liebermann, sagen Sie mir, weswegen hätten Sie zur Polizei gehen sollen?«

Liebermanns Blick wanderte wieder in Richtung Boden. »Andreas war gerade achtzehn geworden, als man mich anrief, dass mein Vater gestorben sei. Ich bin sofort nach Deutschland geflogen, zur Beerdigung. Er hatte kein Testament hinterlassen, ich erbte alles. Ich wusste gar nicht, dass mein Vater tatsächlich fast fünfundzwanzigtausend Euro zur Seite gelegt hatte. Und natürlich gehörte ihm das Haus.

Mein Sohn hatte keine Träne geweint, seit ich in Deutschland gelandet war. Stattdessen hat er verlangt, dass ich ihm das Haus überschreibe, und mich dabei mit einem eiskalten Blick angeschaut. Da wusste ich es. Da wusste ich, dass mein Vater keines natürlichen Todes gestorben war, sondern dass Andreas ihn umgebracht hatte.« Nun stand Rupert Liebermann wirklich auf. Im Stehen sagte er noch: »Danke, dass Sie mir zugehört haben. Und können Sie mir sagen, wo der Körper meines Sohnes derzeit aufbewahrt wird? Dann werde ich mich um die Beerdigung kümmern.«

Feller erhob sich ebenfalls. Zu einem »Gern geschehen« konnte er sich nicht durchringen. Und dennoch war er froh, dass dieser Mann hier seinen Sohn selbst beerdigen würde und nicht eine anonyme Bestattungsfirma. »Ich gebe Ihnen die Telefonnummer der Rechtsmedizin. Die können Ihnen sagen, wo der Körper aufbewahrt wird.«

Als Feller Rupert Liebermann hinterherblickte, sah er einen gebrochenen Mann.

Horndeich sah auf die Uhr. Es war kurz vor sechs. Kurz vor Wochenende. Am Morgen war er von Stuttgart zurückgefahren und hatte es so eingerichtet, dass er seine Tochter von der

Schule abholen konnte. Auf dem Weg zu seinen Schwiegereltern hatte Stefanie ihn mit Fragen über ihre Oma gelöchert. Er hatte höchstens jede fünfte beantworten können. Eine hatte sie immer wiederholt: »Wann kann ich meine Oma sehen?«

Horndeich hatte ihr erklärt, dass sie noch im Krankenhaus liege. Dass sie nicht ganz gesund sei.

»Dann müssen wir sie besuchen«, hatte Stefanie nicht vorgeschlagen, sondern eingefordert. »Als die Mama im Krankenhaus lag, da haben wir sie auch jeden Tag besucht.« Horndeich hatte versucht zu argumentieren, dass das etwas anderes gewesen wäre, aber gegen seine Tochter hatte er keine Chance. Also hatte er Stefanie versprochen, am morgigen Samstag mit ihr nach Stuttgart zu fahren, die Oma zu besuchen und danach vielleicht in den Stuttgarter Zoo zu gehen. Stefanie war hellauf begeistert.

»Horndeich, hast du mit den Kollegen in Graz telefoniert? Wird das Ferienhaus von Diebold immer noch beobachtet?« Leahs Stimme holte Horndeich wieder in die Gegenwart zurück.

»Ja, die beobachten das Haus noch. Aber wenn er direkt dorthin gefahren ist, dann hätte er bereits gestern Abend ankommen müssen. Vielleicht hat er irgendwo einen Schlenker oder einen Umweg gemacht, das wissen wir nicht. Die österreichischen Kollegen auch nicht. Die behalten das Haus noch bis morgen früh um zehn im Blick. Wenn er bis dahin nicht aufgetaucht ist, werden sie ihre Leute wieder abziehen.«

»Und der Wagen von Diebolds Freundin ist nirgendwo gesehen worden?«

Horndeich zuckte mit den Schultern. »Alle Kollegen in Deutschland haben den Wagen auf dem Schirm. Aber er ist noch nicht aufgetaucht. Wer weiß, ob er überhaupt noch in Deutschland ist.«

»Kollege Knaup, was haben Sie rausbekommen?« Horndeichs Kollegin wandte sich wieder an den Experten für Wirtschaftskriminalität.

Theodor Knaup hatte eine erste grobe Sichtung der Ordner von Horst Diebold vorgenommen. Feller hatte sich des Computers angenommen, dessen Festplatten aber verschlüsselt waren. Zwar hatte er bereits eine Software darauf angesetzt, ihnen aber mitteilen müssen, dass diese wohl frühestens am Montag geknackt sein würden. Deshalb mussten sie sich bislang mit den Inhalten der Ordner begnügen.

»Also, Horst Diebold hat offensichtlich ein ganz ausgeklügeltes Netz geknüpft, um sich zu bereichern. Und Sie haben ganz richtig vermutet: Der Verein Hunderetter RU ist der Schlüssel dazu. Wie Kollege Feller ja schon herausgefunden hat, existiert an der Stelle, an der es stehen soll, überhaupt kein Tierheim. Hier werden wir die rumänischen Kollegen um Amtshilfe bitten, aber das alles wird viel Zeit in Anspruch nehmen – wenn wir denn überhaupt jemals etwas Gerichtsverwertbares aus Rumänien bekommen. Auch die beiden Handys, die Sie gefunden haben, helfen.«

»Das war offensichtlich das rote Telefon nach Rumänien«, sagte Feller. Er hatte sich bereits der SIM-Karten angenommen. »Ausschließlich Telefonate zu einer rumänischen Nummer. Wobei die wahrscheinlich zu einem Wegwerfhandy gehört.«

»Die Puzzleteile aus den Ordnern sowie die Handys zeichnen folgendes Bild«, fuhr Theodor Knaup fort. »Fangen wir an: Horst Diebold hat in Liechtenstein ein Treuhandkonto eingerichtet. Ich verschone Sie jetzt mit all dem Banker-Latein. Das Wichtigste daran ist: Horst Diebold tritt bei allen Geschäften nach außen überhaupt nicht auf, sondern ein Treuhänder, der den Namen seines Klienten nicht preisgeben muss. Doch über dieses Konto hat Diebold in seinen Ordnern Buch geführt. Das Geld, das darauf eingezahlt wurde, kam zu neunzig Prozent aus Rumänien. Meine Vermutung: Diebold hat einen Komplizen im rumänischen

Brașov. Die Aufgabe dieses Mannes ist, oder besser *war*, die Ausgaben für das Tierheim zu fingieren. Das Geld fließt von Deutschland zu ihm und wird dort vermeintlich ausgegeben, um das nicht existierende Tierheim mit nicht existierendem Futter und nicht existierenden Arbeitskräften zu unterhalten. In Wirklichkeit wird das Geld auf das Konto in Liechtenstein überwiesen.

Von diesem Konto aus wandert ein Teil des Geldes über ein paar Umwege, wie zum Beispiel ein Private Equity Fund, also eine Beteiligungsgesellschaft, tatsächlich in die Diliprotuum AG, also das Dachunternehmen, unter dem Diebold sowohl die Darmstädter als auch die Stuttgarter Häuser betreibt. Auch hier sind noch nicht alle Details klar, ich denke, das kriegen wir aber gerade gezogen, wenn Kollege Feller die Festplatten geknackt hat. Ungefähr die Hälfte des rumänischen Geldes landete so im Unternehmen von Diebold.«

»Und die andere Hälfte?«, wollte Horndeich wissen.

»Die lässt sich nicht ganz so gut verfolgen. Da gibt es Briefkastenfirmen auf den Caymaninseln, allerdings konnten wir noch nicht herausfinden, wo das Geld landet. Meine Vermutung: Diebold hat halbe-halbe gemacht. Die eine Hälfte floss in sein Unternehmen, die andere Hälfte ist das, was er für sich selbst abgezwackt hat.«

»Und wieso schiebt er das Geld in sein Unternehmen?«

»Das kann ich Ihnen noch nicht beantworten. Ich sehe nur, dass es so ist. Dazu muss ich mir erst die ganzen Firmenbücher vornehmen. Aber das kostet viel Zeit. Wir werden das alles machen, aber wie gesagt, das dauert. Ich nehme auch an, dass er die andere Hälfte des Geldes nicht nur für sich verwendet hat. Die Rumänen oder der Rumäne bekommt auch ein Stück vom Kuchen, und dass Oliver Cosqualez nicht auffindbar ist, liegt sicher daran, dass auch er sich aus dem Staub gemacht hat. Er hat sicher ebenfalls Geld dafür bekommen, dass er den Papiertiger Hunderetter RU brav gefüttert und am Leben erhalten hat.«

»Und dann war da noch das Geld für Lydia Kirchner und Andreas Liebermann«, ergänzte Leah.

»Richtig«, stimmte Theodor Knaup der Kollegin zu. »Vielleicht kann auch die Freundin, Frau Löblin, noch etwas Erhellendes beitragen.«

Leah schüttelte den Kopf: »Ich habe mich heute früh fast eineinhalb Stunden lang mit ihr unterhalten. Entweder hat sie eine Schauspielerausbildung am Lee-Strasberg-Institut gemacht, oder sie weiß wirklich nichts. Ich tippe auf Letzteres. Ihr war wohl bewusst, dass Diebold illegale Geschäfte am Laufen hatte, aber sie sagte, sie wäre davon ausgegangen, dass er an der Börse zockte und da vielleicht den einen oder anderen nicht ganz lupenreinen Deal gemacht hätte.«

Horndeich schüttelte den Kopf. Dass jemand mehrere alte Menschen umbringen ließ, um sich an deren Erbe zu bereichern, das konnte er kaum fassen. Er hatte in seinen Dienstjahren viel mit Menschen zu tun gehabt, die andere getötet hatten. In den seltensten Fällen waren diese Leute kaltblütige Mörder. Meist hatte es eine Notsituation gegeben oder einen Affekt, bei dem sie die Kontrolle verloren hatten. Aber dass jemand ein ganzes Firmengeflecht aufbaute, um möglichst effizient Erbschaften abzugreifen, das schien ihm geradezu grotesk.

»Und wie konnte dieser Verein, bei dem das ganze Geld ja zuerst landete, existieren?«

Theodor Knaup antwortete knapp: »Das deutsche Finanzamt interessiert sich dafür, dass alle Unterlagen korrekt sind. Und Papier ist geduldig. Niemand in Deutschland käme auf die Idee, nach Rumänien zu fahren, um sich anzugucken, ob das Geld dort richtig verwendet wird. Wenn alle Unterlagen stimmen, freut sich der Fiskus, besonders, wenn er noch ein paar Steuern kriegt – auch wenn das bei einem gemeinnützigen Verein natürlich nicht sehr viel ist. Mir kann auch niemand erzählen, dass das Steuerberatungsbüro nicht eingeweiht war. Aber das wird sich schwer nachweisen lassen.«

Leahs Handy klingelte. Sie nahm das Gespräch an, nannte ihren Namen. Offensichtlich kannte sie den Gesprächspartner nicht. Sie hörte kurz zu, dann sagte sie »Chefinspektor Beyer, meine Kollegen sind auch hier im Raum, ich stelle Sie gerade mal auf Lautsprecher.«

»Guten Abend, allerseits. Mein Name ist Chefinspektor Alois Beyer aus Graz«, krächzte es aus dem Handy. »Wir haben eine gute Nachricht für Sie: Wir haben Horst Diebold festgenommen. Er ist tatsächlich vor einer Dreiviertelstunde auf dem kleinen Hof vor dem Haus vorgefahren.«

»Super«, sagte Leah. Und alle vier im Raum applaudierten.

»Wir haben uns den Inhalt des Wagens auch schon angesehen. Ich glaube, er hat noch einen Schlenker bei einer Bank gemacht und sein Schließfach ausgeräumt. Bargeld, zwei falsche Pässe und ein paar Unterlagen, die wir noch sichten müssen.«

»Wann dürfen wir mit ihm rechnen?«

»Na ja, ich denke, wir schlafen heute Nacht erst einmal alle. Und morgen früh bekommt er einen individuellen Transport zu Ihnen nach Darmstadt. Ich denke, dass wir gegen siebzehn Uhr bei Ihnen eintreffen werden.«

Das war's mit dem Wochenendtrip nach Stuttgart, dachte Horndeich. Stefanie wäre enttäuscht, er hingegen konnte gut damit leben, seine Mutter erst einen Tag später wiederzusehen. Und auf keinen Fall würde er es sich nehmen lassen, bei der ersten Befragung von Horst Diebold mit dabei zu sein.

Samstag, 16. Juni

»Warum bin ich hier?« Horst Diebolds Stimme zeigte keinerlei Anzeichen von Nervosität. »Weil ich mit dem Wagen meiner Freundin zu unserem Ferienhaus gefahren bin?«

»Und weil Sie im Wagen gefälschte Pässe hatten, ausgestellt jeweils mit einem Foto von Ihnen.«

Horst Diebold zuckte die Schultern. Horndeich sah auf seine Uhr. Kurz vor sechs. Sie saßen zu zweit im Verhörraum, mit ihm nahm Leah an dieser ersten Befragung teil. Stefanie war nicht glücklich gewesen, dass der Trip nach Stuttgart um einen Tag verschoben werden musste. Doch als ihr Opa ihr versprochen hatte, gemeinsam mit ihr ins Freibad mit der großen Rutsche zu gehen, hatte sie den Aufschub verschmerzen können.

»Herr Diebold – Sie haben Lydia Kirchner dazu angestiftet, Bewohner Ihres Heimes mit Ethylenglykol zu vergiften. Unter anderem Frau Ingeborg Wellenburg. Lydia Kirchner hat ein umfassendes Geständnis abgelegt, und Ingeborg Wellenburg hat uns erzählt, wie Sie sie dazu gebracht haben, einen großen Teil ihres Vermögens dem Verein Hunderetter RU zukommen zu lassen. Wir sprechen hier also von Anstiftung zum Mord in mindestens acht Fällen.«

Diebold sagte immer noch nichts.

So sprach Leah weiter: »Ihre Freundin, Vanessa Löblin, wir haben ihr einen Besuch abgestattet, bevor sie Ihren Auftrag ausführen konnte, den Inhalt der Kisten und Taschen, die Sie bei ihr vorbeigebracht haben, zu vernichten. Ist jetzt alles bei uns. Und in groben Zügen wissen wir auch, dass Hunderetter RU nur dazu diente, Sie reich zu machen. Es gibt kein Tierheim in Braşov. Aber es gibt ein reich gefülltes Treuhandkonto in Liechtenstein. Und von dort fließt das Geld zum Teil in Ihr Unternehmen und zum Teil in Ihre Taschen.«

Diebold schwieg weiterhin.

»Ach ja, und dann wäre da noch der Mord an Andreas Liebermann.«

»An Liebermann? Ich dachte, die Freundin war's? Also die Exfreundin.«

»Kennen Sie einen Andreas Glückert?«

»Nein. Der Name sagt mir nichts.«

»Hm. Dann werde ich Ihnen ein wenig auf die Sprünge helfen. Das ist Andreas Glückert.« Leah drehte den Laptop, der vor ihr stand, in Diebolds Richtung. Darauf war ein Foto zu sehen, auf dem ein Mann an einem Automaten Geld abhob. Die Perspektive zeigte, dass das Bild von der Überwachungskamera der Bank aufgenommen worden war.

»Das ist Andreas Liebermann. Den erkenne ich. Wie kommen Sie darauf, dass er Andreas Glückert heißt?«

»Ganz einfach. Weil das Konto bei einer Bank in Bensheim auf diesen Namen eröffnet worden ist. Wir waren gestern dort. Das Konto besteht seit 2012. Dann haben wir eine Liste der letzten Abhebungen bekommen. Der Inhaber hat Bargeld immer an Automaten in Darmstadt abgehoben. Das ist übrigens die einzige Art, auf die das Konto genutzt wurde.«

»Gut. Dann kenne ich einen Andreas Glückert, wenn auch nicht unter diesem Namen. Mache ich mich damit strafbar?«

»Nein, damit nicht. Diese Aufnahme ist entstanden drei Tage vor Andreas Liebermanns Tod.« Leah zog den Laptop wieder zu sich heran, klickte und tippte ein wenig, dann drehte sie den Bildschirm wieder in Diebolds Richtung. »Und dieses hier drei Tage *nach* seinem Tod.«

Das Gesicht war messerscharf abgebildet. Die Perspektive glich jener des vorigen Fotos. Es bestand kein Zweifel daran, dass Horst Diebold Geld abgehoben hatte.

»Er hat mir die Karte gegeben.«

»Warum hätte er das tun sollen? Geschenk des Hauses? An den freundlichen Arbeitgeber? Klingt nicht sehr schlüssig.«

Wieder zog sie den Laptop zu sich, drehte ihn Sekunden später wieder zu Diebold. »Vorgestern. Sparkasse in Darmstadt.« Das Antlitz zeigte abermals Horst Diebold. »Ich habe da eine etwas andere Theorie«, sagte Leah. »Und die lautet folgendermaßen: Wie auch Lydia Kirchner war Andreas Liebermann für Sie das ausführende Organ beim Projekt Geldbeschaffung durch Erbschaft. Auch er hat Bewohner in ihren

Heimen langsam mit Ethylenglykol vergiftet. Mit der gleichen Masche, mit der auch Lydia Kirchner bei den Bewohnern Erfolg gehabt hat: der vermeintliche Energydrink, der in Deutschland nicht zugelassen ist. Dann stirbt Lucrezia von Selberg-Broode. Allerdings nicht unmittelbar durch die Vergiftung. Und weil alles auf den ersten Blick so aussieht, als ob sie erstickt worden wäre, wird ihr Körper in die Rechtsmedizin Frankfurt gefahren. Und es ist nur noch eine Frage der Zeit, bis die herausfindet, dass Lucrezia von Selberg-Broode vergiftet worden ist. Das war der Moment, in dem Andreas Liebermann Panik bekommen hat. Und in dem er Sie erpresst hat: Würde die Polizei auf seine Spur kommen, würde er Sie und damit Ihr ganzes Imperium mit in den Abgrund reißen. Vielleicht hat er auch damit gedroht, sich zu stellen. Das Ergebnis für Sie wäre dasselbe gewesen: Ende Gelände und so ziemlich den Rest Ihres Lebens im Knast.«

»Und dieses Kärtchen soll beweisen, dass ich Andreas Liebermann ermordet habe?«

»Nun, es ist ja heutzutage so, dass auch die kleinsten Spuren zu finden sind. Bei der EC-Karte, die auf Andreas Glückert ausgestellt war, sind es feinste Partikel von Leder. Und zwar genau von jenem Leder, aus dem Andreas Liebermanns Portemonnaie gefertigt ist. Da könnte man auf die Idee kommen, dass Sie sich Andreas Liebermanns entledigt haben. Ach ja, auf dem Kanister mit Frostschutzmittel finden sich auf dem Griff Fingerabdrücke von Andreas Liebermann. Und eben Ihre. Haben wir gerade abgeklärt. Auch da könnte man auf die Idee kommen, dass Sie den Kanister aus Andreas Liebermanns Wohnung entwendet haben. Ich verstehe nur nicht, wie Sie so dumm sein konnten, die EC-Karte nicht einfach stecken zu lassen.«

Diebold wusste genau, dass Horndeich ihn nicht zwingen konnte, etwas zu sagen. Dass er das Recht auf einen Anwalt hatte. Horndeich sah, wie die Gesichtsfarbe seines Gegenübers einen leichten Rotton annahm.

»Es entspricht einfach nicht einem Mann Ihrer Intelligenz«, stichelte Leah weiter.

Diebold sagte nichts, aber das Rot intensivierte sich.

»Vielleicht sollten Sie in Erwägung ziehen, reinen Tisch zu machen. Das wird sich auf das Strafmaß sicherlich positiv auswirken.«

Diebold erwiderte nichts. Doch Horndeich spürte, dass nicht mehr viel fehlte und er auspacken würde. Seine Eitelkeit schien der wunde Punkt zu sein. So ruhig er sich alles angehört hatte, was Leah vorgebracht hatte, so sehr hatte er darauf reagiert, dass sie ihn als dumm bezeichnet hatte. Horndeich versuchte, in dieselbe Kerbe noch einmal zu schlagen. »Herr Diebold, wir können auch den Weg des Geldes nachzeichnen. Vom nicht existierenden Tierheim in Braşov zu dem Geld auf dem Liechtensteiner Treuhandkonto, von dort mit ein bisschen Zickzack in Ihr Unternehmen und in Ihre Tasche. Und wissen Sie, was der Schlüssel dazu war?«

Diebold blickte ihn an.

»Wie konnten Sie so blöd sein, Ihrer Freundin Vanessa Löblin nicht nur die ganzen Ordner zu geben, sondern auch die beiden Handys, über die Sie mit Rumänien kommuniziert haben.«

Das war der Moment, in dem der Knoten platzte. »Diese dumme Schnepfe. Ich habe ihr gesagt, sie soll das sofort vernichten, am besten direkt vor Ort verbrennen. Sie wollte es zur Müllverbrennung bringen. Ich habe gesagt, sie sollte das auf jeden Fall gleich machen. Ich hatte keine Zeit mehr. Ich musste direkt nach Liechtenstein, an mein Schließfach, bevor die Bank schloss. Da habe ich sie *ein Mal* um etwas gebeten, *ein Mal!*«

Diebold sah Leah und Horndeich an. »Ich habe verstanden. Es ist zu Ende. Und das alles nur, weil Lucrezia von Selberg-Broode in der Nacht herumgeschrien hat.«

Könnte eine Nebenwirkung der Vergiftung gewesen sein, dachte Horndeich, sprach den Gedanken aber nicht aus.

»Ich möchte meinen Anwalt anrufen«, sagte Horst Diebold. Schade, dachte Horndeich. Doch die folgenden Worte von Diebold erstaunten ihn: »Ich möchte, dass er hierherkommt. Dann werde ich Ihre Fragen beantworten.«

Eine Stunde später saßen sie in derselben Besetzung wieder im Raum. Nur der Platz neben Horst Diebold war jetzt besetzt von Frau Dr. Rita Püschel, seiner Anwältin. Sie hatten sich eine halbe Stunde lang besprochen.

»Nun, stellen Sie Ihre Fragen«, sagte Diebold.

»Ich habe meinem Mandanten dringend geraten zu schweigen, doch er hat den ausdrücklichen Wunsch geäußert, hier und jetzt reinen Tisch zu machen.« Offensichtlich musste Frau Püschel das zu ihrer eigenen Ehrenrettung sagen.

»Die Karte, Herr Diebold, warum haben Sie die EC-Karte an sich genommen?«

»Zunächst: Ja, ich habe Andreas Liebermann erwürgt. Es war genau so, wie Sie es vermutet haben, Frau Gabriely: Er hat mich nicht erpresst. Damit hätte ich umgehen können. Es war die zweite Variante: Er sagte, er wolle zur Polizei gehen und ein umfassendes Geständnis ablegen. Und wie Sie völlig richtig vermutet haben, wäre damit alles vor die Hunde gegangen, was ich mir in den vergangenen Jahren aufgebaut habe. Ich hätte es kommen sehen müssen. Er wollte Lucrezia von Selberg-Broode nicht töten. Ich habe es nicht verstanden. Diese Frau hat ihn behandelt wie einen Leibsklaven. Erst als ich in seiner Wohnung war, nachdem ich ihn getötet hatte, habe ich es kapiert. Im Schrank stand eine gerahmte Fotografie, darauf ein kleiner Junge und seine Eltern. Und die Frau – sie sah Lucrezia von Selberg-Broode ähnlich. Ich nehme an, dass das der Grund gewesen war.

Und um Ihre Frage zu beantworten: Ich habe die EC-Karte mitgenommen, weil auf dem Konto noch Geld war. Fünfzehntausend Euro, wie ich beim ersten Abheben festgestellt hatte. Das Geld wollte ich nicht der Bank schenken. Und ich bin auch nie auf den Gedanken gekommen, dass Sie so tief graben würden. Dass Sie die Vergiftung aufdecken würden, das war klar. Und ich bin auch davon ausgegangen, dass Sie Andreas Liebermann als Todesengel entlarven und es dabei belassen würden. Ich hatte mich getäuscht. Und wissen Sie was? Ich bin kein schlechter Mensch. Ich habe das alles nur aufgebaut, weil ich ein *guter* Mensch bin.«

Schweigen im Raum. Rechtsanwältin Püschel rutschte auf ihrem Stuhl hin und her, sagt aber nichts.

Wie konnte sich Horst Diebold selbst als guten Menschen bezeichnen? Nachdem er so viele Morde in Auftrag gegeben hatte? Dann begann Horndeich zu verstehen und schoss ins Blaue: »Sie haben viel Geld von den Erbschaften wieder in Ihr Unternehmen fließen lassen. Davon hatten Sie gar nichts. Also nicht unmittelbar. Aber zumindest rentable Unternehmen.«

Diebold nickte. »1995 habe ich das erste Altenpflegeheim übernommen. Es war das Rotenwald in Gernsheim. Ein ganz normales Heim. Und schon damals zeichnete sich ab, dass man in einem privat geführten Pflegeheim zwei Wege gehen kann: Als privater Investor können Sie Kohle machen. Oder Sie können die Ihnen anvertrauten Menschen würdevoll behandeln. Beides gleichzeitig geht nicht. Die Personalschlüssel waren damals schon so eng gesteckt, dass Krankheit und Urlaub bei den Beschäftigten möglichst nicht vorkommen durften. Ich habe die mir anvertrauten Bewohner verwaltet, viel mehr war nicht drin. Zwei Jahre später stand der Silberberg in Auerbach zum Verkauf. Ein Heim, in dem Menschen mit deutlich mehr Privatvermögen ihren Lebensabend verbrachten. Ich habe den Silberberg gekauft, habe die Diliprotuum AG als Muttergesellschaft gegründet und hatte den Plan, die beiden Heime querzufinanzieren. Das Geld, das im Silberberg übrig blieb, sollte in den Rotenwald gesteckt werden. Sodass ich in diesem Heim auch den Menschen, die ausschließlich vom staatlichen System finanziert wurden, ein bisschen mehr Pflege zukommen lassen konnte, sprich, zwei Pflegekräfte mehr anstellen, als das Heim eigentlich erwirtschaftete. Ich bin trotzdem fast bankrottgegangen. Es hat nicht funktioniert.

Tja, und dann 1999 war ich im Rotenwald. Schon immer war es mir wichtig, den Kontakt zu meinen Bewohnerinnen und Bewohnern zu halten. Ich saß beim Nachmittagskaffee, als sich eine meiner Bewohnerinnen mit einer Freundin unterhielt, die einen kleinen Hund dabeihatte. Und sie erzählte von dem kleinen Kläffer, dass sie ihn aus dem Tierheim habe, dass er aus Rumänien komme, dass dort die Hunde alle umgebracht würden, welch eine Schande dies für die Menschheit wäre und so weiter und so fort. 1999 war unter anderem das Jahr des Kosovokrieges. In Liberia herrschte Bürgerkrieg. Und der zweite Tschetschenienkrieg war gerade eröffnet worden. Und diese kleine Giftzwergin keifte mir die Ohren voll, wie grausam es wäre, kleine Tölen umzubringen. Ich mag Hunde. Aber hier stimmten irgendwo die Verhältnisse nicht. Ein anderer Bewohner hat wohl meine Gesichtszüge richtig interpretiert. Er bat mich in den Garten. Sein Name war Giorgian Popescu. Er hat damals zu mir gesagt: ›Mit der Liebe zu Menschen lässt sich kein Geld machen. Mit der Liebe zu Hunden auf jeden Fall.‹ Er sagte, dass es viel leichter sei, jemanden dazu zu bewegen, ein Vermögen in die Hunderettung zu investieren, als zum Wohle der Mitmenschen. Und er sagte, man bräuchte eigentlich nur einen Verein, der vorgeblich das Elend rumänischer Hunde lindere. Dann würden die richtigen Leute sehr viel Geld spenden. Oder noch besser: Sie würden es vererben.

Die Idee ging mir nicht mehr aus dem Kopf. Und das Problem, dieses Geld dann in mein deutsches Unternehmen einzuschleusen, um es den mir anvertrauten Menschen besser gehen zu lassen, das konnte ich stemmen. Nur mit dem rumänischen Verein, das konnte ich nicht leisten. Also habe ich Popescu noch mal angesprochen. Wie er sich so einen Verein vorstelle, habe ich ihn gefragt. Er hat breit gegrinst und gesagt: In Rumänien zähle die Familie noch etwas. Und vier seiner zehn Kinder wären zurückgegangen in ihre Heimatstadt Braşov. Und mit ein bisschen Schmiergeld ließe sich dort ein fiktives Hundetierheim ganz schnell etablieren. Und sein jüngster Sohn, er wäre ohnehin gerade auf Jobsuche. Und das könne eine gute Aufgabe für ihn sein.

Es war mir völlig klar, dass Popescu auch einen Vorteil davon haben wollte. Und der war klar definiert. Er wollte ein kleines Apartment im Silberberg. Mit dem großen Wohlfühlpaket drumrum. Es dauerte noch zwei Jahre, aber dann war alles in trockenen Tüchern. Mit Oliver Cosqualez bin ich zur Schule gegangen. Wir beide und fünf Mitglieder aus Popescus Clan gründeten den Verein Hunderetter RU. Der das Tierheim Salvator Câine in Braşov, Rumänien, unterhält und finanziert.«

Diebold hielt inne, bat um einen Kaffee. Zwei Minuten später kam Leah mit vier Tassen zurück in den Raum.

»Wer hat Ihnen zuerst eine große Erbschaft hinterlassen?«

»Im Silberberg, eine alte Dame, Frau Fischer. Nein, das ist nicht der richtige Ausdruck. Sie war eine Furie. Kaum zu ertragen für die Belegschaft, kaum zu ertragen für mich. Aber eine Hundenärrin. Ich habe ihr Zeit gewidmet, habe mit ihr Kaffee getrunken, habe mich prostituiert, um an ihre Erbschaft heranzukommen.

Ich war erschrocken, wie einfach es war. Mit einem vermeintlich aus Rumänien stammenden Schoßhündchen auf dem Schoß rief sie in meiner Gegenwart mit tränenerstickter Stimme ihren Notar an und macht einen Termin für die Testamentsänderung aus. Es war nicht immer ganz so einfach, aber es hat fast immer geklappt.

Nachdem Frau Fischer das Testament geändert hatte, hieß es schnell sein. Damit sie es sich nicht nach drei Monaten anders überlegen konnte. Das habe ich dann auch später immer so gehalten. Frau Fischer war auch die Erste, die auf den Trick mit dem Energydrink hereingefallen ist. Eine Million D-Mark, damals noch, haben wir geerbt. Mit allen Unkosten und Abzügen, Steuern und Bakschisch sind rund siebenhunderttausend wieder in Deutschland gelandet. Fünfhunderttausend habe ich in mein Unternehmen gesteckt. Zweihunderttausend habe ich behalten.

Dann habe ich den Goldenstern gekauft. Wir waren innerhalb der ersten zwei Monate ausgebucht. Alles vermietet. Und Sie können sich nicht vorstellen, wie arrogant und selbstgerecht Menschen sein können, die ein Vermögen haben. Sie glauben, dass es ihnen zusteht. Und das Schlimmste: Sie glauben, dass Menschen, die weniger haben, auch weniger wert sind. Das waren die Menschen, an deren Geld ich heranwollte. Und wenn diese Menschen nicht freiwillig für das Wohl anderer Menschen spendeten, dann war eben mein Umweg notwendig.

Und ich wusste, dass ich Menschen brauchte, die den Job mit der Vergiftung übernahmen. Sie glauben gar nicht, wie viel in Krankenhäusern und Pflegeheimen gemordet wird. Und wie wenige dieser Morde entdeckt werden. Ich musste solche Mörder nur rekrutieren. Die, die nach einem Prozess nicht verurteilt wurden, aber niemals mehr mit echten Papieren irgendwo einen Job bekommen hätten. Und dann galt es, die Bereitschaft zu töten in die richtigen Bahnen zu lenken. Ich war erschrocken, wie einfach es war. Sowohl bei Andreas Liebermann als auch bei Lydia Kirchner. Die Stuttgarter Heime habe ich nach dem gleichen Prinzip aufgebaut: Heime für die Reichen, die die Heime für die nicht so Gutsituierten mitfinanzierten. Durch ihre Miete. Und durch ihre Hinterlassenschaften. Mehr habe ich jetzt nicht zu sagen.«

Kurz hielt er inne, dann fügt er noch hinzu: »Ich würde mir wünschen, dass Nathalie Ankenbrand meine Position bei der Diliprotuum AG einnimmt. Sie wird die Heime bestimmt in meinem Sinn weiterführen. Wenn auch nicht mehr mit einer ganz so kommoden finanziellen Situation.«

»Darf ich Ihnen noch eine Frage stellen?«, wollte Leah wissen.

Diebold zuckte mit den Schultern. »Wenn es sein muss.«

»Wie konnten Sie die EC-Karte zum falschen Konto von Andreas Liebermann eigentlich nutzen? Woher wussten Sie die PIN?«

Diebold grinste breit. »Er war nicht die hellste Kerze auf der Geburtstagstorte. 2703. Der Tag seines Geburtstags. Oder 08/15. Letzteres war seine Lieblingsfloskel. Ich habe beide ausprobiert und mit dem Geburtstag den Treffer gelandet.«

EPILOG – SONNTAG, 17. JUNI

Im Garten des Krankenhauses gab es zahlreiche Tische und Stühle. An einem saßen Horndeich, seine Mutter und Stefanie.

»Und dann hast du einen ganz reichen Mann geheiratet?«, wollte Horndeichs Tochter wissen.

»Sozusagen. Mein Mann ist sehr reich geworden. Aber was viel wichtiger war: Er war gut zu mir. Und ich war gut zu ihm.«

Stefanie nickte und sah ihre Oma mit einem Blick an, der auf Horndeich wirkte, als entspringe er den Augen einer Zwanzigjährigen, nicht denen einer Erstklässlerin. Stefanie hatte ihre Oma ausgefragt, nach Strich und Faden. Horndeich hatte die beiden beobachtet. Und immer wieder war der Blick seiner Mutter in seine Richtung abgewandert. Sie erzählte ihre Geschichte ihrer Enkelin. Und gleichzeitig erzählte sie sie ihrem Sohn.

Er wunderte sich selbst, wie wenig von dem Hass, den er als junger Erwachsener gehegt hatte, übrig geblieben war. Der ihn immerhin dazu getrieben hatte, seinen Vornamen abzulegen. Valentin! Und nun war dieser Hass einfach verblasst wie ein Foto auf Kodakpapier, das jahrelang im sonnigen Teil des Raums an der Pinnwand gehangen hatte. Klar, er hatte sich an den Namen Steffen gewöhnt. Aber vielleicht hatte er sich auch deshalb nie dagegen gewehrt, wenn ihn alle beim Nachnamen nannten. Einerlei, wie der Vorname war: Horndeich, das war seine Identität.

Er sah seine Mutter an. Nein, da war kein Hass mehr. Woher auch? Sie hatte gegenüber Stefanie bei der Beichte ihrer Lebensgeschichte nicht immer nur kindgerechte Worte gewählt. Es war ihr wichtig gewesen, dass auch Horndeich ihre Perspektive verstanden hatte. Oder vielleicht irgendwann verstehen würde.

Liebe? Liebe war da auch keine. Die Frau mit den grauen Haaren und den eingefallenen Wangen, sie war ihm fremd.

»… und dann kommst du uns besuchen!«

»Jetzt muss ich erst mal wieder gesund werden.« Dann sah Ingeborg Wellenburg auf ihre Armbanduhr. Horndeich war sie bislang nicht aufgefallen. Eine Omega Seamaster. Was Uhren anging, hatten sie offenbar denselben Geschmack. Oder hatte er den Geschmack gar geerbt? »In fünfzehn Minuten fängt das Spiel an.«

»Welches Spiel?«, fragte Stefanie, beantwortete die Frage aber selbst: »Klar, ist ja Fußballweltmeisterschaft.«

»Richtig. Und heute spielen zum ersten Mal die Deutschen. Gegen Mexiko. Wir werden sie vom Feld hauen!«, sagte Stefanies Oma.

»Papa, können wir das Spiel noch mitgucken? Ich will auch sehen, wie wir die Mexikaner vom Feld hauen!«

So wirklich interessierte sich Horndeich nicht für Fußball. Aber er hatte seine Tochter gestern schon vertrösten müssen. Sollte sie ihren Willen bekommen. Würden sie gemeinsam Fußball gucken.

»Geht ihr beiden schon mal vor und haltet mir einen Platz frei. Ich komme gleich nach«, sagte er. Stefanie hielt ihre Oma an der Hand, als sie in den Aufenthaltsraum traten.

Horndeich streckte die Beine aus, legte die Hände hinter den Kopf und streckte sich im Gartenstuhl aus. Er schloss die Augen.

Als er sein Zuhause ein für alle Mal verlassen hatte, hatte er auch seine gesamte Kindheit hinter sich gelassen. Im ganz wörtlichen Sinne: Er besaß kein altes Spielzeug mehr, kein Matchbox-Auto, mit dem er im Wohnzimmer Rennen gefahren war, auch nicht mehr das Quartett mit Oldtimern, von denen er alle technischen Daten – Hubraum, Zylinder, Baujahr und Herkunftsland – hatte auswendig herbeten können. Und er besaß auch kein einziges Foto von sich selbst als Kind.

Stefanie hatte ihn einmal gefragt, wie er denn als Junge ausgesehen habe. Er hatte den Kasper gemacht, Grimassen gezogen – aber ein Foto war er ihr schuldig geblieben.

Er erinnerte sich, wie sein Vater beim Weihnachtsfest Fotos gemacht hatte, mit Selbstauslöser, vom Stativ aus. Seine Erinnerungen an Weihnachtsfeste waren wenig glücklich. Entweder wie im Kühlraum bei Hinrich oder die Eltern im Ring beim verbalen Boxen.

Aber die Fotos. Die Fotos gab es vielleicht noch.

Und er dachte an sein eigenes letztes Weihnachten. Ein glückliches Weihnachten, an dem seine Kinder kaum weniger gelacht hatten als Sandra und er selbst. Wieder einmal wurde ihm bewusst, dass ihm sehr viel geglückt war in seinem Leben. Und vielleicht konnte ihm das auch die Kraft geben, wieder die Brücke zur Vergangenheit zu schlagen.

Es wird Zeit brauchen, hatte seine Frau gesagt. Und damit hatte sie sicher recht.

Er öffnete die Augen, erhob sich und ging ebenfalls in den Aufenthaltsraum. Am Ende des Raumes war ein großer Flachbildfernseher aufgebaut.

Seine Tochter winkte ihm schon zu. »Ich habe dir extra einen Platz frei gehalten«, sagte Stefanie, die links neben seiner Mutter saß. Der rechte Platz neben seiner Mutter am Außenrand war frei.

Er setzte sich.

Stefanie beugte sich über den Schoß ihrer Großmutter zu ihm herüber: »Weißt du was, Papa? Oma hat Bilder von dir! Als du ein kleiner Junge warst! Und sie will sie mir zeigen. Das ist toll, nicht wahr!«

Seine Mutter sah ihn an. Lächelte, strich ihm über die Wange.

Vor wenigen Tagen hätte allein der Gedanke daran ihn zusammenzucken lassen.

Auch jetzt war es ungewohnt, fremd.

Aber auch nicht ganz so ungewohnt und fremd, wie er es erwartet hätte.

Wahrscheinlich hatten sie beide eine Chance bekommen.

Seine Mutter.

Und auch er.

Anpfiff.

Nathalie hatte die Flasche Rotwein in den Dekanter gefüllt. Der Tisch war reichlich gedeckt mit unterschiedlichsten Antipasti. Neben dem Tisch standen sechs Flaschen Mineralwasser.

Sie waren gerüstet.

In wenigen Minuten würde der iranische Schiedsrichter Alireza Faghani das erste deutsche Gruppenspiel gegen Mexiko anpfeifen.

Nathalie hatte den Fernseher so aufgestellt, dass die Sonne das Bild nicht stören konnte. Ihre beiden Stühle standen dicht nebeneinander.

»Und? Werden die Deutschen gewinnen?«, fragte Feller. Er hatte sich die WM 2014 mehr oder weniger allein angeschaut. Und er erinnerte sich noch gut daran, dass er sich nur in wenigen Momenten in seinem Leben so einsam gefühlt hatte, wie damals vor vier Jahren. Dieser Augenblick war jener gewesen, als die deutsche Nationalelf zum vierten Mal den Titel geholt und er in seinem Wohnzimmer allein gejubelt hatte. Heute würde es anders sein.

»Ich bin ein bisschen skeptisch. Die Testspiele sind nicht besonders gut gelaufen.«

»Die Testspiele sind nie gut gelaufen«, konterte Feller.

»Bei den drei internationalen Spielen in den vergangenen zwei Jahren, bei denen dieser Schiedsrichter gepfiffen hat, haben die deutschen Kicker kein einziges Spiel gewonnen.«

»Wertest du das als Omen, oder höre ich den Vorwurf der Bestechlichkeit?«

Nathalie strich ihm mit ihrer Hand über die Wange. »Ich weigere mich zu glauben, dass es bei der Weltmeisterschaft Bestechungen gibt. Deshalb finde ich auch den Videobeweis so gut.«

Sie setzte sich neben ihn. »Haben wir alles?«

Feller sah sich um. Der Tisch reich gedeckt, der Fernseher vor ihnen, Nathalie neben ihm. Und er ertappte sich dabei, wie seine Hand den Hund kraulte, der sich auf der anderen Seite seines Stuhles niedergelassen hatte. »Ja. Wir haben alles.«

»Es geht los!«

Der Schiedsrichter pfiff das Spiel an.

Kurz vor fünf. Wer wagte es, jetzt an ihrer Tür zu klingeln? Leah hatte sich gerade noch einmal die Aufstellung der deutschen Mannschaft angesehen. Die Spieler der Mexikaner – von denen kannte sie keinen, bis auf Carlos Salcedo, der für die Eintracht Frankfurt spielte.

»Wer ist da?«, blaffte sie barsch in die Gegensprechanlage.

»Bruno. Wir müssen reden.«

Bruno? Ihr Bruno? Der Kuh-Bruno? In ihrem Gehirn formten sich die Worte *Verpiss dich.* Doch sie sprach sie nicht aus. Eine Minute und dreißig Sekunden bis zum Anpfiff. Ihrer beider Timing war schon immer hundsmiserabel gewesen.

Sie drückte den Knopf für den Türsummer.

Weitere dreißig Sekunden später trat er in ihre Wohnung. Frisch rasiert, wie Leah sofort registrierte. Der Zauselbart war ab. Gefiel ihr gut.

»Leah, wir müssen reden«, wiederholte er.

»Das können wir gerne tun. Aber frühestens in einhundertfünf Minuten.«

»In einhundertfünf Minuten? Wieso dann?«

»Weil frühestens dann das Spiel um ist. Und ich werde keine Sekunde verpassen.« Sie ging vor ins Wohnzimmer. Dann sagte sie mit einer etwas gönnerhaften Attitüde: »Du darfst gern mitschauen.«

Sie ließ sich auf dem Sofa nieder. Der Ventilator wirbelte ihr frische Luft zu.

Bruno setzte sich neben sie.

Der Schiedsrichter pfiff das Spiel an.

Und diesmal würde Leah es nicht in den Sand setzen. Sie lehnte ihren Kopf an seine Schulter.

»Wie ist es denn ausgegangen?«

»Eins zu null.«

»Na, das ist doch ein guter Auftakt!«

»Eins zu null für Mexiko«, sagte Emilia.

Hinrich zuckte mit den Schultern.

Emilia legte das Smartphone zur Seite. Kuschelte sich an ihn.

Es gab wichtigere Dinge als Fußball …

Ende

NACHWORT UND DANK

In dem wunderschönen Haus mit der Darmstädter Adresse Dieburger Straße 241 ist kein Seniorenstift Goldenstern beheimatet. Die TU Darmstadt hat das Haus auch niemals an Horst Diebold veräußert. Was vielleicht auch daran liegen mag, dass Horst Diebold in unserem Universum nicht existiert. Aber ganz sicher ist das Georg-Christoph-Lichtenberg-Haus ein Gebäude, das einen Platz in meinen Krimis verdient hat. Dazu bedurfte es dieses kleinen Schlenkers.

Die Klientel des Goldenstern ist eine sehr solvente. Es repräsentiert nicht den Durchschnitt der Gesellschaft. Die Situation der Altenpflege in Deutschland für all jene, die sich eine Wohnung im Goldenstern nicht leisten können, bewegt sich, so finde zumindest ich, in eine falsche Richtung. Wenn private kommerzielle Heimanbieter deutlich mehr Geld bei weniger Personalkosten verdienen als öffentlich-rechtliche Heimanbieter, liegt das nicht an der Ineffizienz letzterer. Vielmehr wird die Altenpflege zum Investitionsobjekt, das hohe Renditen erwirtschaften soll. Die Leidtragenden sind nicht in erster Linie die Investoren … Hier lohnt ein Blick in die Nachbarländer der EU, wie etwa Schweden oder Dänemark. Deren Modelle halte ich es für wert, sich vielleicht das eine oder andere abzuschauen.

Auch in diesem Buch gibt es wieder eine lange Liste von Menschen, denen ich zu Dank verpflichtet bin. Wie immer bemühe ich mich, dies kurzweilig zu schreiben, damit ich die Chance habe, dass Sie, meine werten Leserinnen und Leser, auch diesen allerletzten Worten noch Beachtung schenken.

Fangen wir an mit Corinna Hochrein, die im Georg-Christoph-Lichtenberg-Haus für das Veranstaltungsmanagement zuständig ist. Sie hat sich die Zeit genommen, mir das Haus mit all seinen Winkeln zu zeigen. Wie gerne hätte ich noch so viele weitere Räume dieses Gebäudes mit in den Roman gepackt, selbstverständlich auch die Turmstube, in der sich ein Schriftsteller aufs Trefflichste einrichten könnte …

Ein weiterer Dank geht an Melanie und Ulrich Knopp, die gemeinsam das Duo Harfenzauber bilden. Durch eines ihrer Konzerte habe ich Lucrezia von Selberg-Broode kennengelernt. Und durch Melanies und Ulrichs unermüdliche Hilfe vermochte ich mich in die Welt des Harfespiels ein wenig hineinzuversetzen. Es hat auch meinen musikalischen Horizont erweitert. Dank euch beiden!

Was die Vereins- und Unternehmensstrukturen von Horst Diebold angeht – ohne die Hilfe von Bankfilialdirektor Jens Wöber und Rechtsanwalt Markus Laumann wäre mir ein solches Konstrukt nicht im Ansatz gelungen. Sie beide haben mir nicht weniger als einen Crashkurs in Vereins- und Unternehmensrecht gegeben. Hier sei besonders betont: Alle Fehler in der Beschreibung von Diebolds Netzwerk gehen auf mein Konto. Einige absichtlich. Schließlich wollte ich keine Anleitung zur Geldwäsche schreiben …

Herzlicher Dank gebührt auch Stefanie Fleu und ihrem Team des Tierheims Darmstadt, dort besonders Kathrin Benning und Julian Münch. Sie haben mir gezeigt, wie ein Tierheim tickt und welch tolle Arbeit dort geleistet wird.

Marcus Rohde, Elke Keufen und Michael Pregowski und auch meine Mama haben mich bei der Recherche zum deutschen Pflegesystem unterstützt. Danke!

Mein Bruder Matthias ist promovierter Chemiker – ein großer Vorteil, wenn man zumindest den Hauch einer Ahnung davon bekommen möchte, wie und in welchem Zeitraum man Ethylenglykol in toten Körpern nachweisen kann. Wenn der Bub dann auch noch ein Talent zum Erklären hat, sollte man eigentlich mal einen Spot darüber für die *Sendung mit der Maus* drehen! Danke, Brüderchen!

Barbara Pregowski, Ärztin, hat mit mir über Stunden eine glaubwürdige Vergiftung durch Ethylenglykol konzipiert. Eine wirkliche Herausforderung: Gemeinhin kümmert sie sich eher – erfolgreich! – darum, Menschen zu helfen, und nicht darum, sie zu massakrieren.

Angelika von Wilcke, Rechtspflegerin des Nachlassgerichts in Dieburg, beantwortete meine Fragen – und das waren wahrlich nicht wenige – in allen Dingen rund ums Testament. Danke für deine Geduld!

Und was würde ich machen ohne die Polizei? Besonders geholfen haben mir Marc Dillbahner, Ulrike Kiefel und Stefan Klugmann. Ein ganz spezieller Dank gebührt allerdings Silvia Kominek, die nach wie vor meine Hotline zu den Ermittlungsbehörden ist. Dein Einsatz, vor allem dann, wenn der Autor es mal wieder ganz besonders eilig hat, weil er sonst nicht weiterschreiben kann, ist nicht hoch genug einzuschätzen. Die Commitments haben es am schönsten gesungen (und David Porter and Isaac Hayes haben es komponiert): »… and I thank you! …«

Und da sind dann noch meine Schriftstellerkollegen aus dem Syndikat, der Vereinigung der deutschsprachigen Krimiautorinnen und -autoren. Auch kurzfristig geholfen haben mir hier Jens Kramer, Thomas Schrage, Marc-Oliver Bischoff und Robert Preis. Thx!

Joachim Becker, Richter am Landgericht in Darmstadt, er hat immer die Brücke geschlagen zwischen kriminellem Tun und juristischer Konsequenz. Danke auch für deine Geduld!

Hanne, Chris, Birgit und Stefanie – ohne eure dudenschen Argusaugen wären mir viele Fehler durch die Lappen gegangen! Danke!

Nun, und dann gibt es die Sparringspartner. Jene Menschen, vor denen ich meine Ideen laut aussprechen kann und die mir helfen, die Spreu vom Weizen zu trennen. Da ist zunächst Christiane – unsere Hunderunden sind für die Entwicklung der Geschichte nicht wegzudenken. Damit ein ganz großer Dank an dich – und ein kleiner an Emma. Platz! Manfred, du bist oft der Richtungspfeil, wenn ich nicht weiß, in welche Richtung ich in meiner Geschichte abbiegen soll. Unsere Spaziergänge haben erneut geholfen, die Erzählung wieder aufs Gleis zu setzen, wenn eine Weiche falsch gestellt war. Anni, wenn ich dich nicht hätte, würde die Beschreibung der femininen Welten so was von den Bach runtergehen! Danke für deine Recherchen und deine Inspiration! Katrin Ankenbrand (ja, sie ist eine entfernte Cousine von Nathalie) – Danke für deinen Support, mich auch in die Seele von Emilia hineinversetzen zu können!

Und natürlich: Ein herzliches Dankeschön an den Verlag, mit dem ich seit mehr als einer Dekade (!) meine Bücher in die Welt schicke. Katrin Andres und Isabelle Toppe – es war schön, mit euch zu arbeiten! Natürlich auch ein dickes Dankeschön an dich, Lisa Wolf, die du dieses Buch lektoriert und dadurch deutlich besser gemacht hast!

Tja, und dann der Dank an die aller-, allerbesten Rücken-Freihalter dieser Welt: Georg Simader und Felix Rudloff. Und ihr Team von copywrite! Ich bin froh, dass ich euch habe! Kleine Randbemerkung für diesen Roman: Danke, Georg, für deine italienisch-kulinarischen Inspirationen!

Ohne euch alle hinter mir hätte das Buch nie entstehen können. Deshalb danke ich euch für eure Unterstützung und für euer Wissen.

Michael Kibler, Juli 2018

Wer den Schlaf der Toten stört …

*Cover- und Preisänderungen vorbehalten

Michael Kibler

Treueschwur

Kriminalroman

Piper Taschenbuch, 384 Seiten
€ 13,00 [D], € 13,40 [A]*
ISBN 978-3-492-31222-6

Während eines Kongresses der Gerichtsmediziner in Darmstadt wird bei Renovierungsarbeiten im Kongresszentrum ein Schädel gefunden. Steffen Horndeich und Leah Gabriely von der Mordkommission finden heraus, dass der Besitzer des Schädels vor sehr langer Zeit verstorben sein muss. Ganz anders sieht es bei den Skelettresten aus, die wenig später in einem Waldgebiet auftauchen: Das Mordopfer kann noch nicht so lange tot sein. Schon die Feststellung der Identität wird zu einem komplexen Puzzlespiel. Und dann mehren sich die Hinweise, dass ausgerechnet der Schädel bei der Lösung des Falls eine wichtige Rolle spielen könnte.

Leseproben, E-Books und mehr unter **www.piper.de**

PIPER